KÜSS MICH, RAKE

DUKES & SECRETS

BUCH VIER

MARIAH STONE

Stone
Publishing

Die Originalausgabe erschien im Jahr 2023 unter dem Titel "Betting Against the Scoundrel".

Für die deutschsprachige Ausgabe: Übersetzt von Sandra Latoscynski. Covergestaltung: Qamber Designs and Media. Alle Rechte vorbehalten.

Stone Publishing - TSH Collab Rotterdam - Willem Ruyslaan 225 - 3063 ER Rotterdam - Netherlands

Herstellung und Druck über tolino media GmbH & Co. KG, Albrechtstr. 14, 80636 München. Printed in Germany. Fragen zu Produktsicherheit an: gpsr@tolino.media.

ERHALTE EIN KOSTENLOSES BUCH VON MARIAH STONE

Melde dich auf Mariahs Mailingliste an und erfahre als Erste über die heißesten Deals und die Veröffentlichungen meiner neuen Bücher, lies unveröffentlichte Auszüge aus meinen Romanen, und erhalte exklusive Give-aways!

KostenloseLiebesromane.de

BÜCHER VON MARIAH STONE

MARIAHS ZEITREISEN-LIEBESROMAN SERIEN

- Im Bann des Highlanders
- Im Bann des Wikingers
- Im Bann des Piraten
- Im Bann des Schicksals

⸲⁂⸱

MARIAHS REGENCY ROMANCE SERIE

- Dukes & Secrets

⸲⁂⸱

ALLE BÜCHER VON MARIAH IN REIHENFOLGE

Scan den QR-Code für eine vollständige Übersicht über alle Ebooks, Taschebücher, und Audiobücher von Mariah.

1

Rache ...

Spencer trieb eine Faust in den Sandsack, und mit jedem Schlag entwich etwas mehr von der aufgestauten Wut in ihm. Als Ziel hatte er die ganze Zeit das Gesicht eines Mannes in den Fünfzigern mit schütterem dunklem Haar vor Augen. Jeder Schlag, den Spencer ausführte, landete in seiner Vorstellung auf den markanten Gesichtszügen dieses Mannes: auf dem geraden Nasenrücken, der strengen Linie der Brauen über den eng stehenden Augen.

Als Spencer als Nächstes auf den kantigen Kiefer zielte, wurde die Bewegung von einem scharfen Stechen in seinem linken Oberschenkel abrupt unterbrochen. Ihm entwich ein Stöhnen, Schweißperlen standen ihm auf der Stirn. Kurzzeitig verlor er sogar das Gleichgewicht und stolperte beinahe über die Ledertasche des Arztes, die ungünstig auf dem Boden lag. Als er taumelte, fielen Verbände und ein Glas mit Einreibemittel aus der Tasche und rollten über den Holzboden.

Er zwang das verletzte Bein, sich zu bewegen, und spürte den Schmerz, der wie eine feurige Lanze durch Muskeln und Sehnen stieß. Verzweifelt klammerte er sich an den Sandsack, um sich zu stabilisieren, und verfluchte die Unordnung in seinem Schlafzimmer. Nicht versandte Briefe, die er an Penelope geschrieben hatte, lagen zerknittert auf dem Schreibtisch. Sein Bettzeug war zerwühlt und ungemacht. Er schickte das Hausmädchen jeden Tag weg – er verließ dieses Zimmer sowieso kaum, was sollte das also bringen?

„Spencer!", erklang eine Stimme hinter seinem Rücken, die er nur zu gut kannte. „Geht es dir gut?"

Er spannte sich an, ließ den Sandsack los und richtete sich auf, wobei sein Oberschenkel mit einem scharfen Schmerz protestierte. Aber die körperliche Pein verblasste im Vergleich zu dem dumpfen, anhaltenden Schmerz in seiner Brust. Er bewegte das linke Bein, um mit dem anderen Arm einen Schlag gegen den Sandsack zu führen, aber sein Oberschenkel verkrampfte sich und war nun steif wie ein Knochen. Der Schweiß stand ihm auf der Stirn, als er mit einem frustrierten Aufstöhnen den schwingenden Sandsack auffing.

Schwer atmend hielt er sich wieder mit beiden Armen am Sandsack fest und sammelte Kräfte, um den Schmerz aus seinem Gesicht zu vertreiben.

Er räusperte sich. „Was machen Sie hier, Duchess? Ich habe Teanby gesagt, dass ich nicht zu Hause bin."

„Du bist jetzt schon seit zwei Wochen nicht ‚zu Hause'."

„Ich habe meine Gründe", sagte Spencer.

Er atmete tief ein, verdrängte den Schmerz, der seit sieben Monaten sein ständiger Begleiter war, und drehte sich um. Da stand sie in der Tür, die einzige Frau, die er je geliebt hatte. Die

Frau, die ihn durch den Krieg gebracht hatte. Es war der Gedanke an ihre großen blaugrauen Augen gewesen, der ihn jeden Morgen in der dunklen, nach ungewaschenen Körpern und Salzlake stinkenden Koje aufwachen ließ, um das Deck zu schrubben, Seile zu spleißen oder die Takelage zu reparieren.

Er hatte gedacht, er würde zu seinen Pflichten als Duke zurückkehren, zu seinen liebenden Brüdern und seiner Schwester, vor Miss Penelope Beckett auf die Knie fallen und sie bitten, seine Frau zu werden.

Aber er war nach Monaten höllischer Kämpfe und dem unbarmherzigen Leben eines Seemanns zurückgekehrt und hatte ein Leben vorgefunden, das er nicht wiedererkannte. Diese hübsche, strahlende Frau war nun seine Schwägerin, verheiratet mit seinem Bruder. Spencer war kein Duke mehr und würde nie wieder einer sein.

Chalworth Place, die Residenz des Duke, in der er seit dem Tod seines Vaters vier Jahre lang gelebt hatte, stand verkohlt da. Die schwarzen Balken und Säulen trugen nichts als den Himmel. Vieles von dem, was er besessen hatte, einschließlich seiner Lieblingsgemälde, zu deren Kauf Penelope ihn angeregt hatte, war in Schutt und Asche gelegt worden. Jetzt lebte er wieder in seinem Elternhaus, dem Seaton-Anwesen, aus dem seine Geschwister ausgezogen waren, als ihr Leben während seiner Abwesenheit aufgeblüht war.

Er war der Älteste, der Erbe, der einst ein mächtiger Duke gewesen war. Und doch war er vor etwa einem Jahr begraben worden, nachdem er von Gerichtsmedizinern und Zeugen für tot erklärt worden war. Da er keine eigenen Söhne hatte, handelte es sich nicht um eine Art Schwebezustand, bei dem ein Titel zwischen zwei Erben unentschieden blieb. Spencers Fall war sehr klar. Der Nächste in der Erbfolge war sein Bruder Preston. Daran änderte auch eine Rückkehr aus dem Grab nichts. Der Titel würde bei dem neuen Erben bleiben. Doch trotz dieser Rechtfertigung fühlte es sich für ihn so an, als wäre ihm alles zu Unrecht entzogen worden.

„Duchess", sagte er förmlich, wobei ihr offizieller Titel wie ein Schatten zwischen ihnen hing. Nicht *seine* Duchess ... Vergangenes Jahr, als sie noch Freunde waren, hatte er sie Penelope genannt. „Sie sehen ... gut aus. Wohlstand steht Ihnen. Ist es nicht seltsam, wie vertraute Gesichter sich eines Tages wie Fremde anfühlen können ...?"

Der Schock und die Schuldgefühle auf ihrem Gesicht entgingen ihm nicht.

Aber sie sammelte sich wie eine echte Duchess und neigte den Kopf, während ihre Hand, die in einem Handschuh steckte, das Réticule umklammerte. „Manchmal findet das Herz seine Heimat an den Orten, an denen man es am wenigsten erwarten würde. Und wenn es sich einmal niedergelassen hat, verlagert es sich selten."

Es fiel ihm schwer, sie anzuschauen. Sie war schwanger, aber nicht von ihm, und strahlend. Sie war hübsch, ja, aber das war es nicht. Ihre Haut wirkte fast durchscheinend und wurde von den Seidenstoffen betont, die sich an ihren Körper schmiegten. Die edlen und eleganten Stoffe stammten von Preston, nicht von ihm. Sie war die lebendige Verkörperung all dessen, was er verloren hatte. Ihr strahlendes Glück, das so offensichtlich mit Preston verwoben war, erinnerte ihn daran, dass die Welt ohne ihn weitergegangen war.

Auf ihn traf das jedoch nicht zu. Im Gegenteil, er verrottete.

In vielerlei Hinsicht war er gestorben.

„Es muss in der Tat angenehm sein ...", bemerkte er, „... zu sehen, wie sich alles bequem ordnet, während andere die Scherben aufsammeln müssen."

Ihre Augen wurden feucht, und ein Gefühl der Schuld sorgte dafür, dass sich Spencers Magen zusammenzog.

„Aber es gibt noch immer die Hoffnung, dass die morgige Sonne uns allen Heilung bringt", erwiderte sie leise und riss ihm erneut das Herz aus dem Leib.

Ihr Blick wanderte durch sein unordentliches Zimmer und hielt an einem Marinegemälde inne, das er von der Wand gerissen hatte.

Natürlich machten sie sich Sorgen um ihn. Sie mussten alle verrückt geworden sein vor Sorge. Aber er konnte ihnen einfach nicht gegenübertreten. Er hatte nichts zu geben außer Traurigkeit, Leere und Wut.

„Wo ist er?", verlangte eine weibliche Stimme zu wissen, die aus dem Flur hinter Penelope drang. „Du meine Güte, Spencer, ich schwöre, ich werde dich umbringen."

Calliope. Natürlich würde sie auch hier sein. Trotz ihres herrischen Tonfalls klang sie atemlos und schwach.

„Hier, Schwester!", rief Penelope und drehte sich um, um über ihre Schulter zu schauen.

„Ah!", rief Calliope hinter ihr.

Spencer stöhnte. „Sie sollten nicht hier sein, Duchess! Ich bin ganz offensichtlich unpässlich." Er breitete seine Arme zu beiden Seiten aus, um zu verdeutlichen, dass er nicht angemessen gekleidet war. Er trug ein Hemd, das offen stand, sodass ein großer Teil seiner Brust zu sehen war. Er konnte spüren, wie der verschwitzte Stoff des Hemdes und der Hose an seinem Körper klebte.

Penelopes Blick streifte ihn, und sie hob eine Augenbraue. Von der Liebe und der Leidenschaft, die ihre Augen glitzern ließen, wenn sie Preston ansah, war nichts zu sehen.

„Du bist jetzt mein Bruder", sagte sie fest und bewegte sich tiefer in sein Schlafzimmer hinein. „Ein bisschen Haut zu sehen, wird mich nicht schockieren. Außerdem ist es deine eigene Schuld, weil du uns zwei Wochen lang gemieden hast. Ich weiß, es muss ein ziemlicher Schock für dich gewesen sein, als du ankamst und feststellen musstest, dass sich alles verändert hat."

„In der Tat, wir haben dir genug Zeit gegeben, zur Vernunft zu kommen", sagte Calliope, als sie in einem Kleid aus gelber Seide und Musselin das Zimmer betrat. „Es ist deine eigene Schuld, dass wir Sumhall stürmen mussten. Deine Selbstisolation muss umgehend beendet werden. Du kannst deine Familie nicht ewig meiden."

Sie hatte recht, aber er war einfach noch nicht bereit. Nicht bereit für Fragen, für Gekreische, für weise Worte und für Mitleid.

Spencer seufzte und drehte sich zu der Anrichte um, auf der eine Karaffe mit Whisky und ein Glas auf einem Tablett standen. In den vergangenen zwei Wochen waren die beiden seine Begleiter gewesen. „Nicht ewig", murmelte er, während er sich die Flüssigkeit einschenkte. „Aber ein paar Jahre mehr sollten es schon sein."

Aus dem Flur ertönten weitere Schritte, und die Muskeln in Spencers Kinn spannten sich an. War die ganze Familie hier?

Im Gegensatz zu Penelope, die in ihrer Schwangerschaft prächtig aussah mit den rosigen Wangen, war seine sonst so lebhafte jüngere Schwester blass und dünn. Ein Hauch von Feuchtigkeit bedeckte ihr Gesicht, aber es sah nicht gesund aus.

Wie zur Bestätigung dieses Gedankens schoss Calliopes Hand zu ihrem Mund. Ihr anderer Arm wurde von ihrem neuen Mann Nathaniel, dem Duke of Kelford, ergriffen, der in den Raum sprang, um sie zu stützen.

„Wir alle wollen, dass du dich erholst", sagte Preston, der als Nächster in der Tür erschien, und der Blick aus seinen intensiven, dunklen Augen bohrte sich in Spencer.

Spencer machte eine weit ausholende Geste mit seinem Arm,

sodass der Whisky in einem Halbkreis verschüttet wurde. „Groß-artig. Ist der Rest der Familie auch hier? Richard?"

„Natürlich bin ich hier", ertönte es von hinter der Ecke, und Richards Kopf lugte um den Türrahmen herum.

„Ich wusste es", sagte Spencer. „Teanby würde sich von niemandem überzeugen lassen, außer von seinem Liebling."

Richard und seine Frau Jane sowie seine herrschaftliche, aber freundlich dreinblickende Großmutter kamen ebenfalls herein. Mit einem Mal schrumpfte Spencers großes Schlafzimmer, und seine Lungen fühlten sich in der Brust an wie zusammenge-schnürt.

„Teanby würde niemanden hereinlassen, wenn er mit demje-nigen nicht einverstanden wäre", sagte seine Großmutter. „Wir sind alle der Meinung, dass du dich nicht länger verstecken soll-test. Das ist ungesund, mein Schatz."

Ungesund ... Er war ungesund. Körperlich und seelisch. Sie hatten keine Ahnung von dem Ausmaß.

Und das Schlimmste war, dass sie alle eine wandelnde Erinne-rung an das waren, was er verloren hatte.

Er selbst eingeschlossen.

„Die Einzigen, die sich anscheinend für etwas Ungesundes interessieren, seid ihr", knurrte er. „Ich will einfach nur in Ruhe gelassen werden."

„Aber du hast uns rein gar nichts erzählt!", rief Calliope. Sie schluckte heftig, sodass sich ihre Kehle bewegte. „Du bist seit zwei Wochen zurück, und wir haben dich lediglich für eine halbe Stunde an den Docks gesehen, und dann hast du dich hier einge-schlossen. Du willst uns nicht einmal sagen, wer dir das angetan hat!"

Spencer spürte, wie sein Gesicht an Farbe verlor, als Calliopes Worte zu ihm durchdrangen. Er kannte sie nur zu gut, seine kleine Detektivin, die immer Geheimnissen nachjagte wie ein Hund einer

Fährte. Die Enthüllung, dass sie sich geopfert hatte, indem sie einen Marineoffizier geheiratet hatte, nur um bei der Suche nach ihm zu helfen, traf ihn wie ein physischer Schlag. Er fühlte sich, als würde sich seine Seele für einen Moment von der Erde lösen und in einem Meer aus Schock und Schuldgefühlen treiben.

Er konnte nicht zulassen, dass seine schwangere Schwester, die er so sehr liebte, sich mit der sehr mächtigen und sehr gefährlichen Person anlegte, die ihn loswerden wollte.

„Ich werde es nicht verraten, schon gar nicht dir", sagte er entschlossen, während er auf seine Familie zuhumpelte. Im Stillen verfluchte er sein linkes Bein, das ihn so unübersehbar betrog. „Du bist schwanger. Du kannst nicht aufhören, dich zu übergeben, du kannst nicht essen und trinken. Du solltest zu Hause bleiben und dich erholen. Kelford, wie konntest du sie hierherkommen lassen?"

„Wenn du glaubst, dass irgendjemand Einfluss darauf nehmen kann, was Calliope zu tun gedenkt oder eben nicht, dann hast du Wahnvorstellungen", antwortete Kelford. Die Muskeln an seinem kantigen Kinn arbeiteten, während er seine Frau festhielt. Sie waren ein ziemlich auffälliges Paar – Calliope mit ihrem kastanienbraunen Haar und den großen blauen Augen und Kelford, der groß, goldhaarig und muskulös war. Wenigstens konnte sich Spencer für seine Schwester freuen. Denn dieser Mann verehrte offensichtlich den Boden, auf dem sie wandelte, und im Gegenzug liebte sie ihn. „Deine Schwester kennt ihre eigenen Grenzen besser als jeder andere, und ich vertraue darauf, dass sie ihre eigenen Entscheidungen trifft."

Das gleiche Maß an Vertrauen und Liebe strahlten auch Richard und seine Frau Jane aus.

„Du musst mich das allein machen lassen", sagte Spencer und sah Calliope an.

Spencer war sich Prestons und Richards Anwesenheit überdeutlich bewusst. Ihr Eifer, etwas zu unternehmen, hing spürbar in der Luft. Doch als sein Blick auf den von Preston traf, flackerte ein Gefühl des Unbehagens in ihm auf. Er konnte das Gefühl des Verrats nicht abschütteln, weil sein Bruder Penelope geheiratet hatte, so irrational es auch war. Obwohl er wusste, dass Preston seine Gründe hatte und dass das alles in der Vergangenheit lag, fühlte es sich für einen Teil von Spencers Seele so an, als hätte sein Bruder ihn aufgegeben.

„Ich bin wieder da. Ich bin in Sicherheit. Mir geht es gut", sagte Spencer.

„Spencer, dir geht es nicht gut", sagte Penelope. „Ich wünschte, du würdest mit uns zu einer Kunstausstellung kommen oder mein Atelier besuchen ..."

Sie verstummte, als Spencer den restlichen Whisky im Glas hinunterschluckte. Die Flüssigkeit brannte in seiner Kehle wie Feuer, aber leider verbrannte sie ihn nicht zu Asche. Konnte sie in seinen Augen erkennen, dass ihre Worte ihn regelrecht umbrachten? Er hatte sich in sie verliebt, als sie sich Gemälde ansahen und darüber diskutierten. Mit ihr und seinem Bruder zu einer Kunstveranstaltung zu gehen, wäre, als würde man eine rohe, infizierte Wunde mit Sand abreiben.

„Du bist jetzt in Sicherheit, weil noch niemand weiß, dass du zurück bist", sagte Calliope. „Abgesehen von der Marine, natürlich. Aber der mächtige Mann, der Admiral Langden gezwungen hat, dich von einer Pressbande verschleppen zu lassen, ist noch immer da draußen. Der Mann mit dem Spazierstock aus Elfenbein. Wenn er erfährt, dass du zurück bist, wird er vielleicht kommen und die Sache zu Ende bringen!"

„Sag uns, wer es war, Bruder", sagte Preston ruhig und gelassen, und doch kannte Spencer seinen Bruder nur zu gut. Unter dieser ruhigen Fassade tobte ein gewaltiger Sturm. In der Stille, die auf Prestons Aufforderung folgte, konnte Spencer die Uhr im Flur des Erdgeschosses ticken hören.

„Bitte, sag es uns!", rief Calliope. Ihre Hand flog wieder zu ihrem Mund, und sie nahm ein paar tiefe Atemzüge.

„Komm, meine Liebe", sagte Jane, während sie Calliope zu einem Stuhl führte und sie sich setzen ließ. „Versuch bitte, ruhig zu bleiben."

„Wer hat das getan, Spencer?", wollte Calliope wissen, deren Stimme krächzend und seltsam klang, als sie gegen die Übelkeit ankämpfte.

Spencer wusste, dass es seine kleine Detektivin wahnsinnig machen musste, keine Antwort auf dieses Rätsel zu haben.

Aber sie hatte recht. Es war ein gefährliches Geschäft, und er hatte seine eigene Rechnung mit dem Mann zu begleichen, der ihn alles gekostet hatte, was ihm wichtig war.

„Das kann ich euch nicht sagen", sagte Spencer.

„Aber warum nicht?", fragte seine Großmutter. „Diese Person hat ein Verbrechen begangen und muss die Konsequenzen tragen."

„Wir sind alle sehr weit gegangen, um dich zu rächen ... und dann zu retten", sagte Preston. „Wir sind alle auf deiner Seite."

Spencer schnaubte spöttisch. „Wem sagst du das, Bruder? Du bist wirklich sehr weit gegangen. Vielleicht ein bisschen zu weit, meinst du nicht?"

Oh, das brachte ihn doch tatsächlich zum Schweigen. Preston hatte sowohl seinen Titel geerbt als auch die Frau zur Ehefrau genommen, die Spencer hatte heiraten wollen. Auch wenn sich herausgestellt hatte, dass Spencer noch lebte, konnte diese Titel-übertragung nicht rückgängig gemacht werden. Preston würde für immer der Duke of Grandhampton und Penelopes Ehemann bleiben.

Penelopes Blick heftete sich auf Preston, und ein scharfer Stich durchzuckte Spencers Brust. Ihre Augen schimmerten glänzend voller Zuneigung und Emotionen. Die Art und Weise, wie ihr Gesicht weichere Züge annahm, wie sich ihre Lippen zu einem zarten, fast ehrfürchtigen Lächeln verzogen ... Das war ein Anblick, von dem er sich in einem anderen Leben vorgestellt hatte, dass er ihm gelten würde.

Sein Bruder war der glückliche Gewinner.

Er sah Richard an, seinen jüngsten Bruder. „Du hast die Schwester des Verbrecherfürsten geheiratet, der angeheuert wurde, um mir zu schaden."

Jane, die umwerfende junge Dame mit dem dunklen Haar, das in einem hübschen Dutt zusammengefasst war, und den hochintelligenten grauen Augen, die ihn hinter den Rändern der auffälligen Brille musterten, öffnete den Mund. Zweifellos tat sie das, um ihm zu widersprechen.

Aber er ließ sie nicht gewähren, sondern richtete den Blick auf Calliope, die ein wenig grün aussah und sich ein Taschentuch vor den Mund hielt.

„Und du hast den Offizier geheiratet, der den Befehl für die Pressbande unterschrieben hat, die mich geschlagen und auf ein Schiff verfrachtet hat, das für den Krieg bestimmt war, der mich fast das Leben gekostet hätte. Ich denke, man kann mit Sicherheit sagen, dass ihr alle mehr als genug getan habt."

Humpelnd drängte er sich an seiner Familie vorbei, die ihn protestierend anstarrte.

„Spencer, wir sehen deinen Schmerz", sagte seine Großmutter. „Du musst ihn nicht allein tragen. Lass uns für dich da sein, auf welche Weise auch immer du es zulässt."

Er brauchte sie nicht, um seinen Schmerz zu ertragen. Keine noch so große Hilfe würde ihm jemals Penelope, seinen Körper, seinen Titel oder seine Identität zurückgeben.

Es gab nur eine Sache, die er brauchte, nur noch eine Sache, die Sinn machte.

Rache.

„Bitte, ihr alle, lasst mich in Ruhe", forderte er. „Ich möchte nicht verhätschelt, geheilt, gestochen oder umsorgt werden."

„Was willst du tun?", fragte Calliope über das Taschentuch hinweg.

Das war genau die richtige Frage. Was wollte er tun?

Er hatte lange genug gegrübelt und sich in Sumhall versteckt. Der Mann, der bestraft werden musste, war noch da draußen und genoss sein Leben.

Spencer spürte einen neuen Schub an dunkler, wütender Energie und straffte die Schultern. Er war froh über diesen kleinen Coup, den seine Familie vollbracht hatte. Sie hatten ihm einen Tritt in den Hintern verpasst und ihm klargemacht, dass es Zeit war zu handeln.

„Was ich tun will?" Er lachte leise und sah sich ein letztes Mal nach seiner Familie um. „Ich gehe auf einen Ball."

Mit diesen Worten verließ er das Schlafzimmer, um seinen Diener zu rufen.

Er würde den Mann zur Strecke bringen, der sein Leben zerstört hatte.

Er würde den Duke of Ashton zerschmettern oder bei dem Versuch sterben.

Und er kannte genau den richtigen Mann, der ihm dabei helfen konnte.

2

„Es tut mir leid, Miss Digby, obwohl ich Ihre Einladung sehe, steht Ihr Name einfach nicht auf der Liste", sagte der große Butler Goodridge, der Joanna mit seinen hängenden Wangen an eine sehr höfliche Bulldogge erinnerte. „Ich fürchte, ich kann Sie nicht hereinlassen."

Joanna sank in sich zusammen. Sie standen in der großen Eingangshalle von Neverton Place, die durch die Reflexionen eines Kristalllüsters glitzerte, der von großen Spiegeln in kunstvollen vergoldeten Rahmen auf beiden Seiten des Flurs vervielfacht wurde. Zwischen den Spiegeln schimmerte die Marmorhaut griechischer Statuen im Kerzenlicht. Die korinthischen Säulen aus rotem Marmor passten zu dem roten Teppich, der durch die Eingangshalle zu den großen Mahagonitüren führte, hinter denen Joanna Musik, Lachen und Hunderte von Stimmen hören konnte.

„Ich muss aber hinein, Goodridge", sagte Joanna und wollte gerade ausführen, wie wichtig es für sie war, ihre Schwester zu begleiten, als Goodridge sie unterbrach.

„Ich kann Mr Digby auf der Liste sehen." Er nickte Joannas

älterem Bruder Gideon zu, der in seinem Kostüm eines römischen Generals mit rotem Mantel, goldenen Rüstungsteilen und einer Lorbeerkrone groß, stattlich und auffallend aussah. „Ich kann Miss Charlotte Digby sehen." Er warf einen Blick auf Joannas ältere Schwester, die wie Rotkäppchen gekleidet war. Charlotte war so hübsch, dass sie nicht einmal auf einem Maskenball eine Maske trug. „Aber Sie, Miss Joanna Digby, stehen nicht auf dieser Liste."

Sie überlegte, ob sie es mit ihrer Maske vielleicht übertrieben hatte. Sie war zu groß für ihr Gesicht, und der Butler hatte wohl vergessen, wie sie aussah. In den ersten zehn Jahren ihres Lebens, als ihr Vater noch lebte, hatten sie ihren Onkel und ihre Tante ziemlich oft besucht.

„Goodridge", sagte Joanna. „Das ist ganz klar ein Fehler. Sie kennen mich. Ich habe hier gelebt. Ich bin die Nichte des Duke."

Wenn sie nicht hineingelassen wurde, würde ihr ganzer Plan, Charlotte zu retten, scheitern, und sie würde keine weitere Chance bekommen.

Der Butler ließ seinen Blick über ihr Kostüm gleiten und sagte nichts. Joannas Wangen schmolzen vor Hitze unter ihrer weißen Maske. Ja, vielleicht hatte sie ihr Kleid nicht bei Mrs Newman oder Madame Dubois bestellt. Ja, vielleicht hatte sie in der vergangenen Woche jeden Abend daran gesessen, die Mottenlöcher und kleinen Risse zu flicken und Ranken mit frischen Blättern und Kirschblüten und Granatäpfeln zu besticken, um ihr Kostüm zu gestalten. Es war ein altes Kleid ihrer Mutter, und es sah zwar nicht so aus wie etwas, was die meisten Damen in diesem Ballsaal tragen mussten, aber sie fand, dass es gar nicht so schlecht aussah. Die auffälligen neuen roten und blauen Stoffe, die sie in diesem Monat hatten kaufen können, waren ausschließlich für Charlotte und ihr Kostüm bestimmt.

„Goodridge ...", warf Gideon ein, „... es muss Ihnen doch

bewusst sein, dass das ein Versehen ist. Der Name meiner Schwester steht auf der Einladung …"

„Lassen Sie meine Nichte herein", ertönte eine weibliche Stimme hinter dem Butler, und Joanna blickte voller Hoffnung auf. „Gideon hat recht. Es war eindeutig ein Versehen. Kommt herein, ihr drei."

Ihre Tante, die Duchess of Ashton, war eine herrschaftliche Frau in den Fünfzigern mit freundlichen dunkelbraunen Augen. Sie trug ein glitzerndes goldenes Kleid, dessen äußere Schicht aus netzartigem Mesh in der gleichen Farbe bestand, auf das Kristalle und kleine vergoldete Sterne aufgenäht waren. Ihre Maske war sehr transparent und bestand aus demselben Mesh, das in einen goldenen Rahmen mit Kristallen und vergoldeten Sternen eingefasst war. Ihr dunkles Haar, das jetzt ein paar weiße Strähnen aufwies, war zu einem hohen Dutt mit einem kunstvollen goldenen Haarteil zusammengefasst.

Ein Stern. Das war es, was das Kostüm ihrer Tante darstellte. Ein Stern – das passte perfekt zu ihr.

Joanna überlegte kurz, ob ihre Tante von dem Horror wusste, den ihr Mann Charlotte antun wollte.

„Wie Sie wünschen, Mylady." Goodridge verbeugte sich und gab Joanna und ihren Geschwistern mit einer einladenden Geste zu verstehen, dass sie durchgehen konnten. Charlotte und Joanna sahen einander erleichtert an.

Jetzt bekam Joanna die Chance, ihre Geheimwaffe gegen ihren Onkel einzusetzen, um ihre Schwester zu retten.

„Dieser Fehler tut mir leid", sagte die Duchess, als sie erst Joannas und dann Gideons und Charlottes Hände drückte. „Und es tut mir leid, dass wir in den Jahren, seit ihr unser Haus verlassen habt, nicht viel Kontakt zu euch drei hatten. Ich habe euch vermisst und wollte euch so gern besuchen. Ich muss gestehen, dass ich überrascht war, als Ashton euch nach so langer Zeit des Schweigens eingeladen hat.“

Charlotte und Joanna kannten den schockierenden Grund nur zu genau. Der Prinzregent wollte Charlotte treffen, mit ihr reden und tanzen und versuchen, sie dazu zu verführen, sein unverschämtes Angebot anzunehmen, das Ashton vor ein paar Wochen zusammen mit der Einladung zu diesem Maskenball übermittelt hatte.

Charlotte sollte die Geliebte des Prinzen werden.

Sollte Charlotte sich weigern, drohte Ashton damit, die Besitzurkunden, die Gideon zustanden, niemals herauszugeben.

„Es ist schon in Ordnung, Tante“, sagte Gideon mit einem gezwungenen Lächeln. „Das Missverständnis liegt nicht bei dir.“

„Missverständnis“ war noch milde ausgedrückt. Ihr Onkel, der nach dem Tod ihres Papas zu ihrem Vormund ernannt worden war, sollte Gideon die Grundstücke und Einkünfte aus dem Erbe ihres Vaters übergeben, sobald er achtzehn Jahre alt war. Gideon war jetzt siebenundzwanzig, und weder die Grundstücke noch das Einkommen befanden sich in ihrem Besitz. Sie lebten von Gideons bescheidenem Gehalt, das er in einer Anwaltskanzlei verdiente, und Joannas geheimem Einkommen, von dem ihre Geschwister nichts wussten.

„Ich hoffe, das Missverständnis kann bald aufgeklärt werden“, sagte ihre Tante, als die Lakaien die großen Türen zum Flur vor ihr öffneten. Die Musik und Stimmen waren jetzt lauter, und selbst hier im Flur, der zur großen Treppe führte, konnte Joanna Kerzen, Wein und Parfüm riechen. „Ich habe mich sehr gefreut, als Joanna mich vor ein paar Monaten aufgesucht hat.“

An dem Tag, an dem Joanna ihre Tante besucht und damit ihr jahrelanges Schweigen gebrochen hatte, war sie versehentlich in eine beunruhigende Szene gestolpert. Ein dubioser Mann mit einem seltsamen Akzent hatte Ashton bedroht, nachdem er ihm eine beträchtliche Summe Geld übergeben hatte. Sie erinnerte sich daran, dass Ashton Whitechapel erwähnt hatte und dass bald etwas geliefert werden würde. Whitechapel war Londons Verbrecherviertel. Was sollte ein Duke dort hinzuliefern haben?

Ihr Ziel heute Abend war es, Beweise für seine illegalen Aktivitäten zu finden, welche auch immer diese sein mochten.

Dann würde sie ihren Onkel zur Rede stellen und ihn dazu bringen, das Angebot des Prinzen zurückzuziehen. Sie würde ihn dazu bringen, Gideons Besitzurkunden auszuhändigen, und ihn vielleicht sogar dazu zwingen, dafür zu sorgen, dass Gideon nach Ashtons Tod dessen Titel erhalten würde.

Keine leichte Aufgabe für eine Maus wie sie. Aber sie musste es schaffen, sonst würde Charlotte als königliche Hure bekannt werden. Ruiniert und ohne jede Hoffnung auf Heirat oder ein normales Leben.

Joannas Atem stockte, als sie den großen Ballsaal betrat. Es war viele Jahre her, dass sie einen solchen Luxus erlebt hatte. Schöne Menschen in aufwendigen Kleidern, Masken und Kostümen. Wohin sie auch blickte, überall sah sie glitzernde Diamanten und Perlen, Seide und Samt in allen Farben. Neverton Place war Ashtons Herrenhaus etwas außerhalb von London, eines der wenigen Häuser mit viel Garten und Platz im Freien. Auf dem Balkon über dem Ballsaal spielte ein Orchester. Die Luft war erfüllt von den Düften von Champagner, Horsd'œuvres und Parfüm.

Joannas Blick fiel mitten in der Menge auf ihren Onkel, den Duke of Ashton, der als Mond verkleidet war und sich mit dem Prinzregenten unterhielt, der ein Zeuskostüm trug. Ashton war ein älterer Mann in den Fünfzigern, dessen Haare gerade anfingen zu ergrauen. Sein Körperbau zeugte von Stärke, und sein Gesicht besaß ein attraktives Profil mit einer geraden Nase und einem kantigen Kiefer.

Der Prinz, dessen Gesicht aufgebläht wirkte mit den dickfleischigen Wangen, stand neben ihrem Onkel. Sein Gewand war mit Donnerkeilen und goldenen Stickereien verziert, und um den Hals trug er eine goldene Kette. Mit den durchscheinenden blauen Augen, in denen ein anzüglicher Schimmer lag, musterte er die Damen um sich herum so aufmerksam, als würde er sich wirklich für einen mächtigen Gott halten, der die Sterblichen begutachtete.

Bei dem Anblick der beiden verkrampfte sich Joannas Brust, und sie ergriff Charlottes Hand und drückte sie. Charlotte beobachtete die beiden Männer ebenfalls mit blassem Gesicht. Gideon bekam davon jedoch nichts mit, sein Blick huschte durch den Ballsaal von einer Frau zur nächsten. Er war ein guter Bruder, aber er hatte eine Schwäche für Frauen und verbrachte die Nächte oftmals nicht zu Hause. Joanna wollte nicht wissen, was er in den Stunden tat, in denen er nicht da war.

„Amüsiert euch, meine Lieben", sagte ihre Tante und verließ sie mit einem strahlenden Lächeln. Als viel beschäftigte Gastgeberin hatte sie zweifellos noch andere Dinge zu erledigen.

„Ah, da sind Sie ja, Lillith", sagte eine stattliche blonde Frau in den Fünfzigern, die sich Joanna von der Eingangstür her näherte. An ihrer Seite befand sich eine sehr hübschen Dame Anfang zwanzig, die wie eine jüngere Version von ihr aussah. „Seien Sie doch so lieb und holen Sie die Ballsaalschuhe für Lady Isabella und mich. Mein Dienstmädchen Christine hat sie. Es ist ganz dringend."

Das Wechseln der Schuhe für den Ball gehörte zu den Aufgaben einer Zofe. Joanna war peinlich berührt, ihr Gesicht und ihr Hals liefen rot an, als hätte sie sich verbrüht. Ihr Kleid war vielleicht einfacher als die Kleider der meisten Damen hier, aber sie hatte sich Mühe gegeben. Charlottes Augen weiteten sich. Gideon runzelte die Stirn und schritt auf die Dame zu.

„Verzeihen Sie, Lady Whitemouth ...", sagte Gideon, „... Sie verwechseln meine Schwester mit einer anderen. Das ist Miss Joanna Digby, die Nichte des Duke und der Duchess."

Lady Whitemouth verzog das Gesicht, ihr Mund öffnete sich. Ihre Tochter hatte den Anstand, anstelle ihrer Mutter verlegen auszusehen. „Oje! Mr Digby, natürlich erinnere ich mich an Sie. Miss Joanna Digby, ich könnte schwören, dass Lady Footers Begleiterin Lillith etwas ganz Ähnliches getragen hat. Sie hat Ihre Figur und eine ähnliche Wildblumenkrone ..."

Sie brach ab, und Joanna verstand, worin das Missverständnis lag. Die Begleiterin einer Dame war eine Frau, die zur Unterstützung einer Adeligen eingestellt wurde. Sie wurden wie Diener behandelt, konnten aber an Veranstaltungen teilnehmen und Kostüme wie die Gäste tragen.

Lady Whitemouth zuckte mit den Schultern. „Ich hätte nicht erwartet, dass eine Dame bei einem Ball eine Krone aus Wildblumen tragen würde." Dann lächelte sie Charlotte höflich an. „Ich vergaß, dass der Duke zwei Nichten hat. Natürlich kenne ich Sie, Miss Charlotte." Charlotte erwiderte ihr Lächeln zurückhaltend.

Joanna wünschte sich, der Boden würde sich unter ihr auftun und sie verschlucken. Sie konnte sich nicht mehr gedemütigt fühlen als in diesem Augenblick. Ja, sie trug einen Wildblumenkranz, war fülliger und entsprach damit nicht dem gertenschlanken Schönheitsideal der modernen Gesellschaft. Ganz im Gegensatz zu Charlotte und sogar Lady Isabella, die ihr einen entschuldigenden Blick zuwarf.

„Ich bitte um Verzeihung", sagte Lady Whitemouth. „Ich muss mir meine Ballsaalschuhe anziehen."

Damit entfernten sich sowohl Lady Whitemouth als auch ihre Tochter ein paar Schritte. Lady Whitemouth fächelte sich heftig Luft zu, und Joanna wünschte sich, sie könnte dasselbe tun. Ihr

Gesicht fühlte sich an, als würde es unter dieser dummen großen Maske kochen.

„Manche Frauen sind einfach unhöflich, Liebes", sagte Charlotte und drückte ihre Hand. „Das hattest du nicht verdient. Und deine Wildblumen sind wunderschön! Sie passen perfekt zum Kostüm der Persephone. Manche Leute wissen einfach nicht, wovon sie reden."

Auch Gideon warf ihr einen Blick voller Mitgefühl zu.

„Danke, Schwester", sagte Joanna, obwohl sie zugeben musste, dass sie es als angenehm empfand, sich hinter einem einfachen Kostüm oder einer großen Gesichtsmaske zu verstecken. Das machte es einfach, mit dem Hintergrund zu verschmelzen, genau wie Lady Whitemouth es angedeutet hatte.

Zwei Herren, einer als Pirat und einer als Ritter gekleidet, begrüßten Gideon und Charlotte. Die Tanzkarte ihrer Schwester füllte sich rasch. Sie tanzte innerhalb kürzester Zeit, während Gideon in ein Gespräch mit einer anderen Gruppe verwickelt wurde.

Joanna verbarg sich mit klopfendem Herzen im Schatten hinter einer Säule. Nur wenige Schritte entfernt sprach Lady Whitemouth mit jemandem, den Joanna nicht kannte.

„Sehen Sie sie sich an, Miss Charlotte, die Nichte des Duke … Ah, was für eine Schönheit. Genau wie meine Isabella. Sehen Sie nur, sie sind wie zwei Diamanten."

„In der Tat, Lady Whitemouth, aber niemand vermag es, mit Ihrer Isabella mitzuhalten."

„Ach, hören Sie doch auf. Und doch haben Sie recht. Es ist so schade um die beiden Digby-Geschwister. Miss Digby und Mr Digby sind wie die Kinder, die der Duke und die Duchess of Ashton nie hatten."

Drei Geschwister! Joanna brannte darauf, sie zu korrigieren. Sie waren *zu dritt*.

„Der Duke muss unglaublich stolz auf die beiden sein", sagte Lady Whitemouth. „Miss Digby ist schön und hat einen tadellosen Ruf, sie ist also eine hervorragende Partie. Und natürlich mag Mr Digby jetzt noch als Anwalt arbeiten, aber eines Tages wird er der nächste Duke of Ashton sein."

Joanna schaute auf ihre leere Tanzkarte und dann zu ihrer gertenschlanken Schwester auf der Tanzfläche. Ihre Wangen waren rosig, die blonden Locken hüpften, und neben dem hübschen Mund zeigten sich Grübchen. Es kam ihr vor, als hätte ihre Schwester vergessen, warum sie hierhergekommen waren!

„Da bist du ja", sagte Gideon an ihrer Seite, als er ihr einen Becher Punsch brachte. „Du versteckst dich wie immer im Schatten, wie ich sehe. Komm, lass uns näher zu den Tänzern gehen. Vielleicht fordert dich ja auch jemand zum Tanzen auf."

Gerade als sie ihren Platz unter den Zuschauern eingenommen hatten, endete der Tanz, und Charlotte wurde von ihrem Tanzpartner, der wie ein mittelalterlicher Minnesänger gekleidet war, zu ihnen zurückgebracht. Als er sich höflich verbeugte und sich zurückzog, sah sie ihren Onkel und den Prinzen auf sie zukommen.

Charlotte warf Joanna einen panischen Blick zu, ihre ganze Unbeschwertheit war von einem Augenblick auf den anderen verschwunden. Joannas Herz zog sich zusammen, aber sie lächelte Charlotte ermutigend an. Sie wünschte, sie könnte ihrer Schwester all die Kraft geben, die sie besaß.

Charlotte und Joanna knicksten vor dem Prinzen, und Gideon verbeugte sich ebenso tief.

Ashton nickte Charlotte zu. „Eure Hoheit, natürlich erinnern Sie sich an meine Nichte Miss Digby. Und dies ist mein Neffe Mr Digby."

Joanna erwartete, dass er sie ebenfalls vorstellte, aber sein Blick streifte sie nur. Joannas Magen krampfte sich zusammen.

War sie wirklich so unsichtbar, so leicht zu vergessen, dass ihr eigener Onkel seine zweite Nichte nicht vorstellte?

„Was für eine Freude", sagte der Prinz, wobei er die Konsonanten leicht lallte. Er neigte den Kopf zur Seite. „Rotkäppchen." Der Prinz grinste und ließ seinen lüsternen Blick ohne Scham über Charlotte hinweggleiten. Seine Wangen waren gerötet, und seine Augen glitzerten. „Darf ich um die Ehre bitten, Rotkäppchen für den nächsten Tanz zu entführen?"

Charlotte räusperte sich und zwang sich zu einem angestrengten, höflichen Lächeln. „Natürlich, Eure Hoheit. Es wäre mir ein Vergnügen."

Wenige Augenblicke später wurde der nächste Tanz angekündigt, und der Prinz führte Charlotte auf die Tanzfläche. Voller Sorge um ihre Schwester verfolgte Joanna jede ihrer Bewegungen. Ihr Onkel begann mit ihrem Bruder ein angespannt und unbeholfen wirkendes Gespräch über das Wetter, das offensichtlich keinem der beiden behagte, während Joanna, die das Gefühl hatte, nicht mehr zu existieren, Charlotte beim Tanzen mit dem Prinzen zusah. Von Zeit zu Zeit tauschten sie nichtssagende Kommentare.

Joanna musste nur sicherstellen, dass ihr Onkel beschäftigt war. Dann würde sie ihr Vorhaben in die Tat umsetzen.

Als der Tanz zu Ende war, brachte der Prinz Charlotte zu Gideon, und sowohl Ashton als auch der Prinz verließen sie mit einer höflichen Verbeugung. Gideon wurde von einer anderen jungen Dame abgelenkt, und Joanna führte ihre Schwester ein paar Schritte von ihm weg.

„Wie geht es dir, Liebes?", wollte Joanna wissen. „War es wirklich so schrecklich?"

Charlotte atmete tief ein und ließ die Luft ganz langsam durch ihre angespannten Lippen wieder herausströmen. „Das war es. Ich konnte nicht glauben, dass ich mit meinen eigenen Ohren gehört habe, was er wollte, Schwester!"

„Das ist so unangemessen!", flüsterte Joanna entrüstet. „Du bist eine anständige Dame mit einem tadellosen Ruf und einer Vereinbarung mit Mr Linsby. Er steht kurz davor, dir einen Heiratsantrag zu machen! Jeder weiß das. Unser Onkel kann dich nicht so demütigen!"

Charlotte nickte mit Tränen in den Augen, und ihre Nasenflügel blähten sich bei jedem Atemzug. „Der Prinz hat mir erzählt, dass er in dem Moment, in dem er mich sah, vor Sehnsucht entbrannt sei. Aber natürlich kann er mich nicht heiraten – er hat eine Frau. Oh, Schwester! Wenn ich es nicht tue, wird unser Onkel das Land, das Gideon gehört, niemals freigeben!"

Wie zur Bestätigung sah sie den Blick des Prinzregenten, mit dem er Charlotte über die Menge hinweg lüstern verschlang.

„Bleib stark", sagte Joanna. „Wir haben darüber gesprochen. Tu nichts Drastisches, ich kümmere mich darum."

„Richtig ..." Charlotte schniefte. „Du hast irgendwelche geheimen Informationen über unseren Onkel. Oh, Joanna, ich möchte keine Frau mit schlechtem Ruf sein! Ich liebe Mr Linsby, und ich möchte seine Frau werden. Vielleicht sollten wir es Gideon doch sagen."

„Wir dürfen es Gideon nicht sagen", bestimmte Joanna entschlossen. „Er würde den Prinzen zu einem Duell herausfordern, um deine Ehre zu schützen, und das wäre Hochverrat. Er würde gehängt werden. Nein. Niemand sonst darf es erfahren."

„Möchtet ihr ein Eis, Charlotte, Joanna?", erkundigte sich Gideon, als er zu ihnen zurückkam. Er runzelte die Stirn, als er Charlottes besorgtes Gesicht sah. „Charlotte, was ist denn los?"

„Ich hätte gerne Eis", sagte Charlotte, als hätte sie seine zweite Frage nicht gehört.

„Ich nicht, danke", sagte Joanna.

Mehrere Gentlemen im Ballsaal bewunderten Charlotte aus der Ferne, während sie das Eis aß. Ein Mann, der wie ein Ritter gekleidet war, begleitete Lady Isabella auf die Tanzfläche, seine Augen ganz auf sie gerichtet. Tatsächlich genossen viele junge Damen – alle schlanker, eleganter gekleidet und selbstbewusster als Joanna – die Aufmerksamkeit und das Interesse der jungen Männer.

Aber niemand schenkte ihr auch nur einen Blick. Wie es wohl wäre, nur ein einziges Mal in ihrem Leben im Mittelpunkt zu stehen? Sie wünschte sich, dass ein Mann sie nur einmal so ansah, wie Charlotte, Lady Isabella und die anderen hübschen Damen angesehen wurden.

Einen Moment lang stand sie mit schmerzendem Brustkorb und brennenden Wangen einfach nur da.

Aber dann wies sie sich in Gedanken zurecht. Genug des Selbstmitleids.

Es war an der Zeit, dass sie Beweise für die verdächtigen Aktivitäten ihres Onkels fand. Wenn sie es heute nicht versuchte, wer wusste schon, wann sie erneut eine Chance bekommen würde? Es waren viele Leute anwesend. Das war eine ausgezeichnete Tarnung, um heimlich herumzustöbern ... Unsichtbar und unbedeutend zu sein, würde sich heute als ihre Stärke erweisen.

Sie wandte sich um, um durch den Ballsaal in Richtung des Flurs zu gehen, als sich plötzlich die Gäste vor ihr teilten wie das Meer vor Moses, und sie blieb auf der Stelle stehen.

Ein großer muskulöser Mann, der wie der Gott der Toten gekleidet war, versperrte ihr den Weg.

Und sein Blick hielt sie unerschütterlich fest.

3

„HADES", hauchte sie.

Er trug eine schwarze Toga über einer schwarzen Tunika mit einem dreiköpfigen roten Hund in der Mitte. Die Toga reichte ihm über die wohlgeformten Knie, die prächtigen, muskulösen Waden und hinunter bis zum Boden um seine Sandalen herum. Die Tunika darunter war kurzärmelig und bedeckte kaum die kräftigen Bizepse. Er trug eine schwarze Maske, bei der in einer Ecke ein dreiköpfiger roter Hund gemalt war.

Der Mund des Mannes war kräftig und wirkte wie gemeißelt, und seine Augen waren dunkel wie Kohle. Er war groß und dunkelhaarig, und er hatte etwas an sich, das sie erzittern und sich gleichzeitig sicher fühlen ließ.

„Persephone ...", säuselte er mit tiefer Stimme, was ihr einen herrlichen Schauer über den Rücken jagte.

Es war unhöflich, sich auf diese Weise vorzustellen, ohne dass jemand das Treffen einleitete, aber auf einem Maskenball konnte man die Regeln ein wenig biegen. Er würde nicht wissen, wer sie war, wenn sie es ihm nicht sagte. Sie würde auch nicht wissen, wer er war. Der Ball würde enden, und es wäre, als wäre dies nie geschehen.

Hinter den Augenlöchern der Maske glitt sein Blick gemächlich über ihren Körper, wanderte wieder nach oben, blieb kurz an ihren Lippen hängen und traf dann erneut ihre Augen. Sie fühlte sich verlegen und wollte sich hinter einer Säule verstecken, da sie in seinem Blick Vorurteil und Abscheu erwartete. Stattdessen fühlte sich ihr ganzer Körper an, als würde er durch das unleugbare dunkle Interesse in seinem Blick langsam zu einem heißen Köcheln gebracht.

Er blickte sich um, und seine vollen Lippen verzogen sich zu einem teuflischen Halbgrinsen. „Bei dreihundert Gästen musste ich ausgerechnet auf Sie treffen …"

Sie knabberte an ihrer Unterlippe und hatte plötzlich das Gefühl, kaum noch Luft zu bekommen, als sein intensiver Blick sich in ihren bohrte.

Sie sollte sich nicht so überrumpeln lassen. Sie sollte sich aus dem Ballsaal schleichen und in Ashtons Arbeitszimmer gehen. Aber vielleicht war es am besten, so zu tun, als wäre sie ein richtiger Gast und hätte keine anderen Absichten.

Ein Lächeln zupfte an ihren Mundwinkeln. „Das muss Schicksal sein, Lord Hades."

Seine Fingerspitzen streiften kaum ihren Handschuh, aber die Berührung schickte einen Energiestrom ihren Arm hinauf und rührte an etwas tief in ihr. Die Wärme, die von seiner Berührung ausging, machte sie schwindelig.

„Erlauben Sie mir, Sie in die Unterwelt zu entführen", murmelte er, während er sie zur Tanzfläche führte.

Humpelte er ein wenig, oder bildete sie sich das nur ein? Es störte sie nicht im Geringsten. Es machte ihn sogar noch faszinierender, und in ihrem Kopf überschlugen sich die Gedanken, als sie ihrer Fantasie freien Lauf ließ und sich ausmalte, wie er wohl zu dieser Verletzung gekommen war. Vielleicht war er in einen Kampf verwickelt worden, um jemanden zu schützen, oder er hatte einen bösen Mann in eine dunkle Gasse gejagt und war in einen Hinterhalt geraten ...

Das Orchester spielte die ersten Akkorde des Walzers – ein neuer, skandalöser Tanz, der bei den Matronen auf Ablehnung stieß, beim Prinzen aber sehr beliebt war. Da es sich um einen Maskenball handelte, glaubte er vielleicht, damit ungestraft davonkommen zu können.

Hades zog sie zu sich heran und legte eine große warme Hand auf ihren Rücken, während er mit der anderen ihre Hand hielt, die in einem Handschuh steckte, und sie durch den Stoff hindurch verbrannte. Sie konnte ihren Blick nicht von seinen Augen abwenden, die hinter der schwarzen Maske dunkel wie die Nacht waren. Er bewegte sie gekonnt und schnell. Er war so groß, dass er sie mit den Armen vollständig umschließen konnte ... und sie war keine kleine Frau.

„Ich konnte den Blick nicht von Ihnen abwenden", murmelte er. „Sie wissen es nicht ... aber Sie sind genau im richtigen Moment in mein Blickfeld getreten und haben mich vor einer Katastrophe bewahrt. Wie das Licht in einem Schutzraum während eines Sturms ..."

Ein Licht? Er konnte den Blick nicht abwenden? Sie hatte ihn gerettet? Noch nie hatte jemand so etwas Romantisches zu ihr gesagt.

„Außerdem ..." Sein Blick fiel auf ihren Busen. „Diese Granatäpfel sind ein sehr schönes Kunstwerk."

Die gestickten Granatäpfel auf ihrem Mieder konnten nicht die Ursache für die unterschwellige Hitze in seiner Stimme sein. Sie hatte einen recht üppigen Busen, aber sie hatte nie bemerkt, dass jemand ihm besondere Aufmerksamkeit schenkte.

„Ich hoffe, meine Granatäpfel blenden Sie nicht, Sir", erwiderte sie, obwohl Hitze ihr Gesicht, ihren Hals und ihre Brust versengte.

Ein leises Lachen entkam aus seiner Kehle. „Sie blenden mich nicht." Schließlich richtete sich seine Aufmerksamkeit wieder auf ihre Augen. „Aber sie haben definitiv eine wärmende Wirkung."

Sie konnte sich nicht zurückhalten und grinste. Wenn seine Wärme der Wärme glich, die sie allein durch seine Nähe verspürte, dann empfanden sie tatsächlich dasselbe.

„Was haben Sie damit gemeint, dass ich Sie vor einer Katastrophe bewahrt habe?", fragte sie.

Die Mundwinkel, die er eben noch amüsiert hochgezogen hatte, bildeten nun eine gerade Linie. „Sagen wir einfach ... ich kam vor Kurzem als Hades aus dem Land der Toten zurück. Und zum ersten Mal habe ich meinen Pirithous gesehen." Seine Stimme zitterte, und Joanna wünschte sich plötzlich, sie könnte einen von Hades' Feinden verjagen. Pirithous war einer der beiden Helden, die Persephone entführt hatten und so zu Hades' Gegnern geworden waren. „Er hat sich in meiner Reichweite befunden. Und ich hätte mich beinahe auf ihn gestürzt ... hätte fast etwas getan, das nicht nur mich, sondern auch meine Familie in große Gefahr gebracht und all meine Pläne zunichtegemacht hätte. Ich war ganz kurz davor. Doch dann, durch die Menge hindurch, habe ich Sie gesehen. Ganz in Weiß, mit Ihrer wundervollen Krone aus Wildblumen und diesen Granatäpfeln ... und ich habe niemand sonst mehr gesehen."

Joannas Atem stockte, als sich ihre Brust mit einer Leichtigkeit füllte und gleichzeitig ganz eng wurde.

Er hatte niemand anderen gesehen, während sie ihr ganzes Leben lang von niemandem gesehen wurde.

Wie war es möglich, dass sie unter einer Maske am meisten auffiel? Wie konnten nur ein paar Minuten in der Gesellschaft dieses Fremden dazu führen, dass sie sich gesehen fühlte?

Plötzlich wurde sie sich ihrer Umgebung bewusst. Sie tanzten zwischen nur vier anderen Paaren, und sie befanden sich in der Mitte des Raumes. Anders als jemals zuvor spürte sie, dass viele Augenpaare auf sie gerichtet waren. Normalerweise wäre sie schüchtern, verlegen und würde in sich zusammenschrumpfen, aber ein seltsames Gefühl ließ sie ihren Rücken gerade aufrichten.

Der gottgleiche Mann, der sie in seinen Armen hielt, war geheimnisvoll, attraktiv, und er roch nach Meer, Wacholder und Zedernholz.

„Sagen Sie, Persephone ...", sagte er, „... haben Sie schon mal einen Granatapfel probiert?"

Sie schluckte schwer, als ihr die Bedeutung seiner Worte bewusst wurde. Ihre Brüste, die beinahe seinen Brustkorb berührten, wurden schwer, ihre Nippel rieben fast schmerzhaft an ihrem Korsett. Und zwischen ihren Beinen begann etwas Wunderbares sehnsüchtig zu brodeln.

Hades hatte Persephone ausgetrickst, als er ihr versprach, sie in das Land der Lebenden zurückkehren zu lassen, wenn sie keine Speisen aus der Unterwelt probieren würde. Der Granatapfel war eine dieser verbotenen Speisen, und er bot ihr die Frucht an und hielt sie für immer in seinem Reich gefangen.

„Das habe ich nicht", antwortete sie atemlos.

„Mhm ...", machte er, während ein verschmitztes, langsames Lächeln seine Lippen umspielte. „Er ist süß ... pikant ... es ist das Köstlichste, was Sie je probieren werden."

Sie konnte sich dunkelroten Saft auf seinen Lippen vorstellen ... Ihr wurde so heiß, dass sie sich fragte, ob sie Fieber hatte.

„Möchten Sie davon kosten?", wollte er wissen. Er beugte sich näher zu ihr, und sein Atem streifte ihre untere Gesichtshälfte.

Sie würde alles probieren, solange er weiter so mit ihr sprach.

Doch bevor sie antworten konnte, bemerkte sie, dass die letzten Akkorde des Walzers gespielt wurden.

Als auch Hades das erkannte, schluckte er schnell. „Bitte, sagen Sie mir Ihren Namen, Persephone. Ihren richtigen Namen."

Panik überkam sie, und sie antwortete nicht.

Hades und sie traten auseinander für seine förmliche Verbeugung und ihren Knicks, was das Ende des Tanzes bedeutete. Ihr Herz schlug so schnell, dass es sich anfühlte, als würde es ihr die Rippen brechen.

Sie musste sich zusammenreißen und sich daran erinnern, warum sie hier war. Sie hatte eine Schwester zu beschützen und das Vermögen und den Titel ihres Bruders zu retten. Sie konnte keine dummen, koketten Spiele mit einem Fremden spielen.

Egal, wie gut es sich anfühlte, in seinen Armen zu liegen, gefangen im Zentrum seiner Aufmerksamkeit. Das war sowieso nicht ihr Platz. Sie war nicht Persephone. Es war nur eine Maskerade, ein Vorwand, nichts weiter. Und sobald die Masken abgenommen würden, würde sie sich wieder im Schatten verstecken, wo sie hingehörte – im Hintergrund.

Bevor er ihre Hand ergreifen oder ihr folgen konnte, wich sie schnell zurück und tat, was sie am besten konnte. Sie machte sich unsichtbar und verschwand in der Menge der Gäste.

Leise und zügig, aber nicht so rücksichtslos, dass jemand ihre Eile bemerken würde, verließ sie den Ballsaal durch die Hintertür und ging in einen schwach beleuchteten Korridor. Hier und da brannten ein paar Kerzen, ein Lakai stand stramm, und sie fragte ihn, wo sich der Raum mit den Nachttöpfen für die Gäste befand. Er wies ihr die Richtung, und sie eilte dorthin. Als sie sicher war, dass er sie nicht mehr sehen konnte, schlich sie sich in den nächsten Korridor, der noch dunkler war, und nur das Mondlicht warf bläuliche Lichtdiamanten auf den Teppichboden. Sie brauchte nicht viel Licht, um den Weg zu finden. Sie kannte dieses Haus gut, denn sie hatte hier einige Jahre lang gelebt, bevor Gideon achtzehn wurde und ihr Onkel sie hinauswarf.

Vorsichtig öffnete sie die Tür zu Ashtons Arbeitszimmer. Es war keiner da. Als sie das Arbeitszimmer betrat, raste Joannas Herz. Sie war noch nie in ein fremdes Zimmer eingebrochen, geschweige denn in das Arbeitszimmer ihres eigenen Onkels.

Behutsam schloss sie die Tür hinter sich und atmete tief durch. Der Raum war durch das Mondlicht, das durch die schweren Vorhänge fiel, schwach beleuchtet. Sie machte sich auf den Weg zu Ashtons Schreibtisch, der groß und imposant war und den ganzen Raum beherrschte.

Mit zitternden Händen zündete sie eine einzelne Kerze auf dem Schreibtisch an und durchsuchte schnell die Papiere und Bücher, die auf der Oberfläche verstreut lagen, in der Hoffnung, etwas Belastendes zu entdecken. Aber da war nichts.

Sie zog eine Schublade nach der anderen auf und sah sie durch. Nichts als alltägliche Dokumente und Briefe. Die letzte Schublade schien ebenso unscheinbar zu sein, sie war gefüllt mit Papieren. Joanna wollte sie gerade schließen, als ihre Finger gegen eine Delle im Holz stießen.

Neugierig tastete sie den Boden ab und entdeckte eine winzige Naht. Ihr Puls beschleunigte sich, und sie drückte darauf, aber nichts geschah. Sie tastete die Stelle ab, fuhr mit den Fingern an den Rändern entlang und übte in verschiedenen Winkeln Druck aus.

Es kam ihr vor, als würden Jahrhunderte vergehen, während ihre Fingerspitzen über die Oberfläche strichen und sie erkundeten. Gerade als sie aufgeben wollte, glitt ihr Daumen über eine kleine, geschickt versteckte Kerbe. Sie drückte fest darauf, und dieses Mal ertönte ein schwaches, aber deutliches Klicken. Ein Teil des Bodens der Schublade sprang auf.

Joannas Finger zitterten, als sie den Rand der Platte ergriff. Sie hob sie an. In dem verborgenen Fach darunter befand sich ein kleines Schließfach.

Ihr Herz pochte. Das musste es sein – etwas Wichtiges, etwas, das ihr Onkel mit großer Mühe versteckt hatte. Zu ihrer Überraschung war das Schließfach nicht mit einem Schloss gesichert. Entweder war ihr Onkel sehr zuversichtlich, dass niemand das versteckte Fach entdecken würde, oder er griff so häufig darauf zu, dass er sich nicht die Mühe machte, es zu sichern.

Vorsichtig zog Joanna die Schachtel mit zitternden Händen heraus. Darin fand sie einen Stapel Briefumschläge. Ihre Brust zog sich vor Hoffnung zusammen, als sie die Aufschrift auf dem oberen Umschlag las.

Whitechapel, Petticoat Street 12.

Whitechapel ... Ein Londoner Stadtteil, das für seine dunklen Gassen und noch dunkleren Geheimnisse bekannt war.

Der Brief in Joannas Fingern zitterte. Ashton hatte gesagt: „Whitechapel ist eine Gewissheit. Gefährden Sie unter keinen Umständen unsere Tarnung dort."

Der Umschlag fühlte sich schwer an. Joanna entfaltete den Brief vorsichtig und ließ ihren Blick über die Worte schweifen.

19. August 1813, Valiant – 260 – 28 18-Pfünder, 8 32-Pfünder – Portsmouth – Chesapeake Bay.

Das Schriftstück wurde in gemessener Art und Weise, selbstbewusst und eindeutig von jemandem verfasst, der gebildet war.

Jemand wie ihr Onkel.

Ein Schauer lief ihr über den Rücken. Das war er, der Beweis, den sie brauchte – eine greifbare Verbindung zu den geheimen Aktivitäten ihres Onkels –, aber wofür? Die Worte auf dem Papier sagten ihr nichts.

Doch das würde ausreichen, um ihn unter Druck zu setzen. Sie brauchte die Bedeutung des Briefes nicht zu verstehen, um zu wissen, dass er das, worum es ging, für sich behalten wollte.

Blaues Mondlicht breitete sich im Raum aus.

Sie verharrte regungslos mit dem Dokument in der Hand und starrte auf eine große, breitschultrige und sehr männliche Gestalt in der offenen Tür.

4

SPENCER STARRTE PERSEPHONE AN, die ein gefaltetes Blatt Papier vor ihre üppigen Brüste hielt. In dem nahezu dunklen Raum wurde sie von einer einzigen Kerze beleuchtet, die auf dem Schreibtisch vor ihr stand.

Die hübsche weiße Maske mit den verschlungenen Blumenmustern aus Spitze bedeckte die obere Hälfte ihres Gesichts und ließ nur die Lippen und den Unterkiefer frei. Ihre Lippen waren rosa und voll, mit dem perfekten Amorbogen, den er mit seiner Zungenspitze erkunden wollte.

Während des Tanzes, den sie miteinander geteilt hatten, hatte er das erste Mal seit vergangenem September nicht an Ashton, Penelope, seine besorgte Familie oder das Meer und die Männer gedacht, die um ihn herum in einem Krieg starben, den sie sich weder gewünscht noch für den sie sich freiwillig gemeldet hatten. Als sie getanzt hatten, war er von ihren funkelnden Augen, die die Farbe grüner Äpfel hatten, gefangen genommen worden. Er hatte gegen den Drang angekämpft, das runde Muttermal in der Nähe ihres Ohrs zu küssen. Die Form erinnerte ihn an einen offenen Granatapfel, rund und mit einem kleinen Zipfel an der Spitze.

Er musste ihren Namen wissen. Erst vor fünfzehn Minuten hatte er sie danach gefragt. Aber anstatt zu antworten, war sie in der Menge verschwunden, als hätte es sie nie gegeben. Er war ihr mit schmerzendem Bein hinterhergeeilt, aber sie war verschwunden. So wie sie vor ihm aufgetaucht war, als wäre sie aus Nebel geformt, so hatte sie sich auch in Nebel aufgelöst.

Aber jetzt war sie hier.

Sein Magen zog sich zusammen, als wollte er ihn warnen.

„Was machen Sie hier, Madame?", fragte er, während er langsam auf sie zuging.

Er war hier, um Beweise dafür zu finden, dass Ashton dafür gesorgt hatte, dass er von einer Pressbande verschleppt wurde. Es musste irgendeine Art von Papierspur geben, Briefe oder irgendeine Verbindung zur Marine.

Vorhin hätte er sich beinahe verraten. Als er seinen Feind zum Greifen nahe sah, hätte er ihn am liebsten am Kragen gepackt, nach draußen gezerrt und ihm das Gesicht zu Brei geschlagen. Der Hass war durch ihn hindurchgeschwappt wie eine unaufhaltsame Flutwelle.

Und doch konnte er in dem Moment, als er Persephone in der Menge sah, niemand anderen mehr sehen. Mit ihrem seltsamen Kranz aus Wildblumen – keine kunstvoll arrangierten, sorgfältig ausgewählten Rosen oder Gardenien oder Fuchsien, sondern einfache Glockenblumen, Primeln und Fingerhüte. Und ihr Kleid, makellos und weiß, mit den kunstvoll aufgestickten Granatäpfeln auf dem Mieder, das ihre vollen Brüste umschmeichelte, die sich herrlich vorwölbten und so einladend wirkten. Er hatte kein Verlangen mehr nach einer Frau verspürt, seit er auf einem Schiff bis auf die Unterwäsche ausgezogen aufgewacht war, aber an diesem Abend war seine Männlichkeit wie aus dem Koma erwacht.

Er sagte sich, dass es nur daran lag, weil er seit über einem Jahr keinen Geschlechtsverkehr mehr gehabt hatte. Und es waren ihr Kostüm und diese herrlichen Brüste. Er ging zu sehr in seiner Rolle auf. Er war Hades. Und Hades wollte Persephone.

Aber ihr süßer, berauschender Duft, das Gefühl ihrer Hand in seiner, ihr weicher Körper in seiner Umarmung ließen ihn sich zum ersten Mal seit fast einem Jahr leicht und unbeschwert und warm fühlen.

Er schloss die Tür hinter sich und trat näher. Als er drei Schritte von ihr entfernt stehen blieb, hielt sie das gefaltete Papier an ihre Seite und umklammerte es fester.

„Ich könnte Ihnen die gleiche Frage stellen", sagte sie und hob ihr Kinn.

Er machte zwei weitere Schritte auf sie zu, bis nur noch wenige Zentimeter sie trennten. Da war er, ihr süßer Duft in seinen Nasenlöchern, und er sog ihn ein wie ein Opiumsüchtiger. Im flackernden goldenen Licht der Kerze sahen die Kurven ihres Körpers so köstlich aus, die Umrisse ihrer Figur ließen ihm den Atem in der Brust stocken. Mit ihren geröteten Wangen und ihren vollen glänzenden Lippen war sie wunderschön und ... reif.

Er würde Granatäpfel nie wieder nur als Frucht betrachten.

„Bitte, geben Sie mir den Brief", sagte er.

„Das kann ich nicht tun."

„Ich versichere Ihnen, dass ich hier bin, um einen bösen Mann zur Strecke zu bringen."

Sie erstarrte für einen kurzen Moment, ihre Augen waren auf ihn gerichtet. „Das bin ich auch."

Er blinzelte. Wie konnte das sein? Sie konnte nicht wissen, dass Ashton Spencer von einer Pressbande hatte verschleppen lassen ... oder doch?

Ashton musste mehr Feinde haben als nur Spencer, also sollte er nicht überrascht sein.

Er musste sich weiterhin auf sein wichtigstes Ziel konzentrieren: die Suche nach Beweisen. Die, wie es schien, nun in den Händen dieser mysteriösen Dame liegen könnten. Etwas Ähnliches wie Leidenschaft entzündete sein Blut. Diese Vorfreude, diese Aufregung hatte er vor jedem Boxkampf gespürt. Er mochte es, herausgefordert zu werden, und als Duke war er von niemandem herausgefordert worden außer von seinen Brüdern und seiner Schwester ... und von Penelope.

Im Wettbewerb blühte er auf, eine Eigenschaft, die ihn schon immer zum Boxen hingezogen hatte. Etwas, das für ihn dank Ashtons Handeln nun nicht mehr möglich war. Doch in der Gegenwart dieser temperamentvollen jungen Frau wurde diese Leidenschaft in ihm neu entfacht.

Er machte einen Versuch, nach dem Brief zu greifen, aber sie wich ihm aus wie eine Katze und trat zurück. Sie hielt den Brief von ihm weg, ihre Augen in den Schlitzen der Maske waren weit aufgerissen.

„Madam", sagte er mit einer leisen Drohung in der Stimme, während er langsam auf sie zuging. „Führen Sie mich nicht in Versuchung. Ich muss dieses Papier sehen. Sie verstehen nicht, was es bedeuten könnte."

„Nein, Sir", sagte sie. „Sie verstehen nicht, was es für mich bedeutet."

Sie machte eine Bewegung mit dem Brief, um ihn zweifellos zwischen ihren Brüsten zu vergraben, als auf dem Flur Schritte zu hören waren, die sich näherten.

Sie schaute ihn eindringlich an, und er verspürte eine Art Blitz in seinem Bauch. Sie verstanden einander ohne Worte.

Sie hatten beide dasselbe Ziel – Ashton zu Fall zu bringen –, aber was war ihr Grund? Und was gedachte sie mit den belastenden Beweisen zu tun, die sie gefunden hatte?

Die Schritte kamen näher. Mit einer blitzschnellen Bewegung schob sie den Brief in eine kleine Schachtel in der Schreibtischschublade und schloss sie.

Die Schritte hörten auf, und Licht fiel auf den Boden, als sich die Tür öffnete.

In Panik packte er sie und zog sie an seine Brust. Er legte sie auf den Schreibtisch, bedeckte ihren Körper mit seinem und presste seine Lippen auf ihre.

Ein leises Keuchen entrang sich ihrem Mund. Sie bewegte sich sekundenlang nicht, seine Lippen lagen einfach nur auf ihren ... aber sie fühlten sich voll und weich an. Ihr Duft – Wildblumen und, verdammt noch mal, der kräftige Duft von Granatäpfeln – ließ das Blut wie heißes Wasser durch ihn hindurchrauschen.

Er übte etwas mehr Druck aus, und ihr Mund öffnete sich ihm und lud den Himmel auf Erden ein. Er tauchte seine Zunge in ihren Mund, und dann, als ob ein Damm gebrochen wäre, verlor er die Kontrolle.

Und das tat sie auch.

Sie waren ein Gewirr aus Gliedmaßen, Armen und Beinen, die sich aneinanderrieben. Er ließ seine Zunge über ihre gleiten, ihre Lippen strichen übereinander hinweg. Ihre Masken prallten aufeinander, seine drückte sich durch die Reibung unangenehm gegen seine Nase, aber das war ihm egal. Ihre Brüste pressten sich an ihn, ihr Körper, warm und weich und so empfänglich, lag unter ihm. Innerhalb eines Augenblicks war er hart für sie und verlangte nach dem Einzigen, was zählte ... sie in seinen Armen zu haben, sie zu spüren und, allmächtiger Gott, in ihr zu sein.

„Also ich darf doch wohl bitten!", ertönte ein empörter Schrei von der Tür her.

Spencer hob schwer atmend den Kopf. Er wusste nicht, wen er erwartet hatte. Einen Lakaien vielleicht.

Sein Blut gefror, als er bemerkte, dass Ashton mit einer Kerze in der Hand in der Tür stand. „Was, zum Teufel, machen Sie in meinem Arbeitszimmer?"

Verdammt. Aber es war nicht seine eigene Identität und Sicherheit, um die er sich jetzt sorgte, sondern die dieser schönen, verführerischen Spionin in seinen Armen.

„Folgen Sie meinem Beispiel", flüsterte Spencer seiner Persephone zu.

Er erhob sich, taumelte und machte eine seltsam ausholende Geste mit seinem Arm.

„Verzeihen Sie mir, Mister ...", sagte er und lallte die Konsonanten.

„Mister?", ereiferte sich Ashton. „Ich bin der Duke of Ashton. Wer sind Sie?"

„Ah", sagte Spencer, als er sich langsam und betrunken gerader aufrichtete. „Euer Gnaden. Ich war so hingerissen von dieser jungen Dame ..." Seine Persephone stellte sich leicht schwankend neben ihn und gab einen sehr überzeugenden Schluckauf von sich. „Ich wusste nicht, dass es Ihr Arbeitszimmer ist."

„Es tut uns leid", sagte sie langsam und mit einer seltsam hohen, verfälschten Stimme.

Ashton knurrte und wedelte abweisend mit der Hand. „Gehen Sie einfach."

Spencer nahm noch immer schwankend ihre Hand und ging an Ashton vorbei.

Auf dem Flur kicherte sie und hielt sich eine Hand vor den Mund. Spencer bewunderte, wie überzeugend sie klang.

Sobald er sie in eine ruhige, private Ecke gebracht hatte, hatte er die Absicht, den Kuss fortzusetzen ... und vielleicht mehr mit ihr zu tun, so viel mehr. Seine Lenden schmerzten vor dem Verlangen, einfach nur Sex haben zu wollen, und es gab keine Frau, die er mehr wollte als diese hinreißende Persephone.

Aber wenn er mit dem Kopf dachte, musste er als Erstes herausfinden, was in dem Brief stand, was sie von Ashton wollte und wer sie war.

Sie eilten den Gang entlang. Um einen ruhigeren Platz zu finden, würden sie durch den Ballsaal gehen müssen. Er hielt ihre Hand in seiner, aber als sie in die Menschenmenge eintauchten, ließ sie ihn los ... und glitt wie ein Fisch im Meer davon.

Verflucht! Wie hatte sie das gemacht?

„Persephone!", rief er ihr hinterher und eilte in die Richtung, in der er sie vermutete, wobei er links und rechts die Leute mit den Ellbogen anstieß.

Aber es war, als würde man versuchen, eine Kutsche über eine schlammige Straße zu ziehen. Er war nicht schnell genug mit dem muskulösen Körperbau und dem verdammten Hinken. Er bahnte sich erst einen Weg nach rechts, dann nach links und ignorierte dabei die wütenden Blicke und die empörten Schreie, die um ihn herum aufbrandeten.

„Spence!", rief jemand hinter ihm, aber er ignorierte seinen Freund. „Wo willst du hin?"

Der Einzige, der wusste, dass Spencer hier war, war Dorian Perrin, der Duke of Rath. Dorian war derjenige, der Spencer unter falschem Namen auf Ashtons Maskenball eingeschleust hatte.

Rath war schon immer intensiv gewesen, ein erbitterter Feind – wenn man das Pech hatte, ihm unrecht zu tun –, aber ein ebensolcher Freund mit einem guten Herzen. Als Bonvivant, so wie Spencer früher einer war, hatte er sich den Ruf eines mächtigen, reichen und geheimnisvoll grübelnden Mannes erworben. Die Damen hielten ihn mit dem dunklen Haar und den himmelblauen Augen für umwerfend gut aussehend.

Spencer mochte ihn für seine Direktheit und für seine Freude daran, die Regeln zu brechen – obwohl er ein Duke war – und den *ton* zu empören.

Sie hatten im selben Boxclub trainiert, und Rath kämpfte von Zeit zu Zeit in dem illegalen Boxring im „Portside". Der Sport tat Rath gut, um all die wütende Energie loszuwerden, die der Mann in sich trug.

Spencer suchte weiter nach seiner geheimnisvollen Persephone, während Dorian ihm hinterherlief.

Es dauerte einige Minuten, bis ihm klar wurde, dass er sie nicht einholen würde, nicht mit diesem Bein. Er hatte sie verloren, und mit ihr das Wissen darüber, was auf dem Papier stand.

Er konnte aber noch immer versuchen, sie am Eingang zu erreichen. Spencer eilte zu den Eingangstüren des Herrenhauses, aber außer Lakaien war niemand da.

„Warte, Spence!", rief Dorian. „Hinter wem bist du denn her?"

Spencer stieß geräuschvoll den Atem aus und fuhr sich mit einer Mischung aus Frustration und Adrenalin durch die Haare. Er drehte sich um, um Dorian ins Gesicht zu sehen. Der Mann war genauso groß wie er, wenn auch nicht so massig. Er war wie der Teufel gekleidet und trug eine schwarz-rote Maske mit aufgemalten Flammen und Hörnern.

Sehr passend für einen Mann, dessen Temperament so explosiv war wie ein Feuerwerk.

„Niemand", brummte Spencer. „Ich dachte, ich hätte ein Gesicht erkannt, aber ich habe mich geirrt."

Dorian blickte zurück, seine Augen funkelten schelmisch. „Na schön. Dann erzähl es mir eben nicht", sagte er mit einem Anflug von Ungeduld. „Aber sag mir wenigstens, warum du von den Toten auferstanden bist und dich als Erstes auf einen Maskenball schleichen wolltest", flüsterte er leise, damit die Lakaien ihn nicht hören konnten.

„Das kann ich nicht, Dorian", sagte Spencer.

„Komm schon. Du musst ein absolutes Wrack sein nach einem Jahr bei der Marine."

Spencer stieß einen langen, verzweifelten Atemzug aus. „Bitte. Nicht du auch noch. Meine Familie hat mich schon genug genervt. Lass mich damit in Ruhe."

„In Ordnung", sagte Dorian. „Und zum Teufel mit dir. Lass uns gehen."

Trotz der Niederlage durchfuhr eine seltsame Art von Hochgefühl, der Rausch einer Jagd, Spencers Körper. Er fühlte sich warm, leicht und ... lebendig.

Er hatte eine Rivalin. Eine verlockende, verführerische, schwer fassbare Rivalin.

Und er würde verdammt sein, wenn er einfach aufgeben würde. Er würde sie finden. Koste es, was es wolle.

„Ja", sagte Spencer, und ein Lächeln umspielte eine Hälfte seines Mundes. „Lass uns gehen."

5

Im Morgengrauen des nächsten Tages, als im Haus noch alles schlief, saß Joanna am Schreibtisch, und nur das leise Kratzen der Schreibfeder durchbrach die Stille. Sie schrieb an der nächsten Folge ihres Fortsetzungsromans für den *London Gazetteer*, ein geheimes Unterfangen unter dem Pseudonym Mr Joaquim Digory. Das Einkommen, das sie dafür erhielt, war beträchtlich und entsprach dem ihres Bruders Gideon, der einhundert Pfund pro Jahr verdiente.

Sie liebte das Schreiben, und es erfüllte sie mit großem Stolz, dass sie ihren Lebensunterhalt selbst bestreiten konnte, wenn es nötig war. Sie würde nie heiraten müssen. Wie ihre Mutter gesagt hatte, würde ohnehin niemand ihr Ehemann sein wollen. Sie versuchte, einen Anflug von Traurigkeit bei diesem Gedanken zu verdrängen. Charlotte und Gideon würden, so Gott wollte, beide heiraten, und Joanna würde allein als alte Jungfer leben, genug verdienen, um sich als Schriftstellerin durchzuschlagen, aber für immer im Verborgenen bleiben.

Das war in Ordnung, sagte sie sich. Sie hatte ihren Platz im

Leben schon vor langer Zeit akzeptiert. Ihre Aufgabe war es, sich im Hintergrund zu halten und anderen zu dienen. Sogar die Führung des Haushalts, die normalerweise zum Aufgabenbereich der ältesten Schwester gehörte, hatte sich aufgrund von Charlottes mangelnder Sachkenntnis allmählich auf Joanna verlagert. Außerdem sorgte Joanna mit ihren literarischen Einkünften dafür, dass die Dienerschaft bezahlt und die Vorratskammern gut gefüllt wurden, wovon ihre Geschwister jedoch nichts wussten.

Das Schreiben war ihre Befreiung, das Erschaffen spannender Welten und Geschichten, in denen sie sich verlieren und durch ihre Figuren erleben konnte. Während sie die Feder in die Tinte tauchte, wanderten ihre Gedanken zu ihrer neuesten Episode. Ihr Protagonist, ein schneidiger junger Mann, war in den nebelverhangenen Wäldern auf der Suche nach seiner Geliebten, die an einen reichen Verehrer gebunden war. Joanna stellte sich eine Wendung vor – das Knacken eines Zweiges, das auf einen bedrohlichen Vampir hinwies, der die Geliebte des Protagonisten gefangen hielt. Ihr Protagonist würde das Monster jagen, die junge Dame, die er liebte, befreien, und die Liebenden würden wieder zusammenkommen. Da Joanna nun wusste, wie es war, geküsst zu werden, freute sie sich sehr darauf, diese Szene zu schreiben.

Die Tür flog auf und riss Joanna aus ihren Grübeleien. Charlotte platzte ins Zimmer herein. Joanna unterdrückte ihre Verärgerung über die plötzliche Unterbrechung und blätterte die Seiten um, wobei sie zweifellos die noch feuchte Tinte verschmierte.

Charlotte trat mit einer erwartungsvollen Haltung ein, als ob Joannas Zeit und ihr privater Raum eine Erweiterung ihrer eigenen wären. Nicht ein einziges Mal fiel ihr Blick auf die Papiere, die auf Joannas Schreibtisch verstreut lagen, oder auf die Schreibfeder in ihrer Hand. Joanna war einfach eine praktikable Annehmlichkeit, die sie nach eigenem Ermessen nutzen konnte.

Joannas Finger verkrampften sich um die Schreibfeder, und Frustration stieg in ihrem Inneren auf. Doch als sie Charlottes tränenüberströmtes Gesicht und ihre geschwollenen Augen bemerkte, wurde ihr Herz weich. Sie setzte den Stift ab und schob die eigenen Bedürfnisse um ihrer Schwester willen erneut beiseite.

Mit den Lockenwicklern noch im Haar und dem Korsett in den Händen ließ sich Charlotte auf Joannas bescheidenes Bett fallen. Da sie kein Dienstmädchen hatten, halfen sie einander oft gegenseitig beim Ankleiden.

„Wohin bist du vergangene Nacht verschwunden?", fragte Charlotte mit erstickter Stimme.

„Ich habe doch beim Butler eine Nachricht hinterlassen", sagte Joanna. „Ich habe meinen Zyklus bekommen und eine Droschke gemietet, um nach Hause zu fahren."

Der Teil über ihren Zyklus war eine Lüge. Der Teil über die Droschke war wahr.

Joanna fühlte sich schuldig, weil sie gelogen hatte, aber sie konnte ihrer Schwester nicht sagen, dass sie von einem fremden Mann skandalisiert worden war ... und es genossen hatte.

Seine starken Arme, die kräftigen Schultern und das köstliche, dekadente Gewicht auf ihr. Seinen Geschmack in ihrem Mund, seinen Duft in ihren Nasenlöchern und seinen Körper, der sich gegen ihren gedrückt und an ihr gerieben hatte ...

„Ich verstehe nicht, warum du nicht zu uns kommen konntest", sagte Charlotte schniefend und musterte Joanna mit einem Stirnrunzeln. „Es sieht dir nicht ähnlich, so geheimnisvoll zu sein."

Joannas Wangen brannten. Ihr Bruder und ihre Schwester waren das Letzte, woran sie gedacht hatte, nachdem Hades sie in die Arme genommen und praktisch verschlungen hatte.

„Sieh dich nur an, du bist ja ganz rot!", sagte Charlotte. „Beruhige dich, Schwester, beruhige dich. So peinlich muss dir das auch wieder nicht sein.“

Joanna räusperte sich und zog den Saum ihres Bademantels enger um sich. „Ist irgendetwas passiert?“

„Ja ...“, sagte Charlotte, und ihre Augen füllten sich erneut mit Tränen, „... es ist etwas passiert. Unser Onkel kam wieder zu mir und hat erklärt, ich hätte fünfzehn Tage Zeit, um mich zu entscheiden, ob ich das Angebot des Prinzregenten annehme oder nicht. Jetzt sind es noch vierzehn Tage.“

Joannas Gesicht verzog sich vor Schreck. „Wie bitte?“

Charlotte nickte und erhob sich, wobei sie sich die Tränen mit den Handrücken abwischte. Sie reichte Joanna das Korsett, zog ihren Morgenmantel aus, sodass sie in ihrem Unterhemd vor ihr stand. Mit einer gewohnten Bewegung hielt Joanna das Korsett tiefer, damit ihre Schwester hineinschlüpfen konnte.

Während sie zusammen das Korsett nach oben zogen, bis es an der richtigen Stelle saß, sagte Charlotte: „Ja, zwei Wochen, Jo. Zwei Wochen, bis ich entweder eine ruinierte Frau bin oder eine, die vom zukünftigen König verachtet wird. Keine der beiden Möglichkeiten ist gut!“

Mit klopfendem Herzen begann Joanna, die Schnüre des Korsetts festzuziehen. *Zwei Wochen* ... Sie musste schneller handeln. „Was ist mit Mr Linsby? Hast du etwas von ihm gehört?“

„Ich habe kein einziges Wort von George gehört.“ Charlotte seufzte. „Vielleicht liegt er jetzt schon irgendwo tot im Baltikum!“

„Liebes, nicht. So zu denken, wird dir nicht helfen. Er ist im Krieg, da kann er nicht in Ruhe schreiben.“

„In der Tat. Er ist mit dem Glauben in den Krieg gezogen, mit einer anständigen Dame eine Vereinbarung getroffen zu haben. Stattdessen wird er zu einer königlichen Hure zurückkommen!“

Die Schnüre wurden aus Joannas Fingern gerissen, als Charlotte sich zu ihrem Morgenmantel hinunterbeugte, der auf dem Bett lag, und in der Tasche nach etwas suchte.

„Und sieh dir das an", sagte sie, als sie sich wieder aufrichtete und eine Halskette zwischen ihren Fingern baumeln ließ. „Um die Ernsthaftigkeit seiner Zuneigung zu zeigen, hat mir der Prinzregent dies geschenkt."

An der goldenen Halskette funkelte in der Mitte ein wunderschöner Diamant.

Joanna keuchte, als sie näher hinsah. „Die muss ein Vermögen gekostet haben! Das ist nicht angemessen."

„Er versucht, mich zu kaufen", sagte Charlotte und stieß ein verzweifeltes Wimmern aus.

Joannas Herz brach für ihre Schwester. Sie drehte Charlotte zu sich herum und umarmte sie. Charlotte weinte zitternd an Joannas Schulter. Und Joanna fragte sich, ob es wirklich Hoffnung gab, ihre Schwester vor diesem Schicksal zu bewahren. Obwohl sie die Adresse des Ortes in Whitechapel erfahren hatte, verfügte sie über keine wirklichen Informationen. Und sie wusste jetzt, dass sie Konkurrenz hatte.

Hades. Der umwerfendste Mann, den sie je gesehen hatte.

Sie erinnerte sich an sein ernsthaftes Auftreten, an seine wohlgeformten, muskulösen nackten Beine und an seine mächtige Brust, die nicht wie die eines Mannes, sondern wie die eines Gottes aussah.

Und die Dinge, die sie zueinander gesagt hatten, jedes Wort war wie ein Sonnenstrahl direkt in ihre Seele geschossen. Auch er wollte Ashton zu Fall bringen ... nur wusste sie nicht, ob das gut war.

Sie war sich sicher, was immer dieser Mann beabsichtigte, er hatte nicht vor, ihrer Schwester zu helfen. Vielleicht hielt er sie sogar aus eigennützigen Gründen davon ab, zu erfahren, was sie wissen musste. Sie konnte einem Fremden nicht das Schicksal ihrer Schwester und ihres Bruders anvertrauen.

„Es ist in Ordnung, Charlotte", sagte sie. „Ich habe gestern etwas Interessantes entdeckt. Aber ich muss schnell handeln. Und das werde ich. Heute Abend."

Charlotte richtete sich auf und sah sie an. „Heute Abend geht nicht. Unser Onkel hat uns in die Oper eingeladen."

„In die Oper?"

„Ja. Anscheinend hat der Prinzregent mich eingeladen. Und unsere Tante und unser Onkel werden mich begleiten. Aber ich kann nicht allein gehen. Bitte, komm mit mir, Liebes!"

„Natürlich werde ich mitkommen", sagte Joanna. „Aber vielleicht schaffe ich es noch, etwas vor der Oper zu erledigen."

Vielleicht schaffte sie es nach Whitechapel und fand heraus, was in der Petticoat Street 12 vor sich ging. Wenn sie Glück hatte, würde sie Beweise dafür finden, was er vorhatte. Und wenn sie wüsste, in was ihr Onkel verwickelt war, könnte sie ihn direkt in der Oper zur Rede stellen. Dann wäre dieser Albtraum vorbei und Charlotte in Sicherheit.

„Und was ist mit den Kleidern?", wollte Charlotte wissen.

„Aber du hast doch etwas Passendes zum Anziehen, oder nicht?", entgegnete Joanna.

„Ich will den Prinzen nicht beeindrucken", sagte Charlotte. „Du hast dein blaues Kleid, aber mein einziges Kleid, das für die Oper geeignet ist, ist zerrissen, Joanna. Du weißt, ich kann nicht so nähen wie du. Nur deine Finger sind so geschickt, dass man die Naht gar nicht bemerkt."

„Aber Charlotte ..."

„Du kannst es doch so gut, Schwester. Bitte."

Ausgerechnet war es auch noch ein großer Riss, erinnerte sich Joanna. Jemand war vor einem Jahr auf das Kleid getreten, als Charlotte es das letzte Mal zu einer Soirée getragen hatte. Der

Stoff war fast bis zur Hüfte gerissen, genau vorne. Es würde schwer sein, es gut zu nähen. Das würde stundenlange mühsame Arbeit und Konzentration brauchen. Keine Chance, dass sie das Kleid reparieren *und* nach Whitechapel gehen konnte.

„Natürlich", sagte sie und seufzte. „Aber du solltest dennoch überlegen, ob du nicht lieber einen Leinensack tragen willst. Vielleicht verschwinden deine Probleme dann von selbst."

„Danke, du bist ein Schatz! Ich verspreche, dass ich das Kleid tragen werde, wenn George mir endlich einen Antrag macht."

Joanna lächelte und nickte. „In Ordnung, komm her. Lass mich dein Korsett fertigschnüren, dann kannst du dich um meines kümmern."

Ihr Ausflug nach Whitechapel musste warten.

6

D<small>AS</small> K<small>ING</small>'<small>S</small> Theatre in Haymarket war kleiner, als Spencer es in Erinnerung hatte. Er pflegte hierherzukommen, um sich zu amüsieren und den Damen zu folgen, die er verführen wollte. Das Gebäude aus Stein und Ziegeln wurde von Feuern in Kohlebecken beleuchtet und hatte Säulen, die einen Giebel stützten. Er kannte hier alle dunklen Ecken für schnelle sexuelle Begegnungen hinter schweren Vorhängen, während der Raum in Dunkelheit gehüllt war und die Aufmerksamkeit des Publikums auf der Bühne lag.

Aber er war nicht mehr der Mann, der er einmal gewesen war.

Er war gebrochen und verloren. Würde er jemals geheilt werden können?

Er überquerte die Straße und achtete darauf, den langsam fahrenden Kutschen auszuweichen, die elegante Damen und Herren zu einem Besuch in die Oper brachten.

Er war ziemlich spät dran, und die meisten Zuschauer waren bereits drinnen. Von seiner Großmutter, die es wiederum von Penelope gehört hatte, wusste er, dass die Duchess of Ashton und ihr Mann hier sein würden. Wenn Spencer Glück hatte, würde auch seine kleine Persephone hier sein. Da sie auf dem Ball gewesen war und in Ashtons Arbeitszimmer herumgeschnüffelt hatte, musste sie ihn irgendwie kennen. Und sie wollte offensichtlich Informationen über ihn bekommen.

Als er dem Lakaien seine Eintrittskarte überreichte, überkam ihn ein unbehagliches Gefühl, und er verspürte den Drang, die Schultern hochziehen zu wollen. Ohne Maske fühlte er sich zu nackt. Zu verletzlich. Die Nachricht von seiner Rückkehr hatte sich in London noch nicht herumgesprochen, da er das Haus nicht oft verließ. Früher oder später würde die Nachricht jedoch über den Schiffskapitän und die Offiziere verbreitet werden, die Spencer nach mehreren Monaten endlich geglaubt hatten, dass er ein Duke war.

Nach dem heutigen Abend würde es niemanden mehr geben, der nichts von seiner Rückkehr wusste. Über die Oper im King's Theatre wurde in der Regel in den Klatschzeitungen berichtet, und alle anwesenden Journalisten würden die Gelegenheit nutzen, um über das Wiederauftauchen des ehemaligen Duke of Grandhampton zu berichten. Vor allem, nachdem man seine Familie glauben gemacht hatte, er wäre tot, sodass sie sogar den Leichnam eines anderen Mannes begraben hatte.

Als er durch die Eingangstür schritt und den roten Teppich betrat, wurde er von dem Duft der Oper eingehüllt, den er so gut kannte. Holzpolitur vermischte sich mit exquisitem Parfüm und dem leichten Geruch von Staub, der von den Teppichen und den schweren Vorhängen herrührte. Im Flur war es laut, die Leute lachten und unterhielten sich. Er erkannte viele Gesichter. Männer, die er aus dem House of Lords, den Gentlemen's Clubs wie dem „Tyche" und „Elysium" und aus dem Boxclub kannte. Damen, die er privat kannte. Seine ehemaligen Geliebten.

Die Leute sahen ihn über die Schulter hinweg an und runzelten verwirrt die Stirn, einige hatten große Augen, andere blinzelten, als ob sie versuchten, ihre Sicht zu klären. Viele flüsterten. Er hörte sogar Keuchen. Lady Farthing, eine Witwe, mit der er sechs Monate eine Affäre gehabt hatte, war blass wie ein Laken und fächelte sich heftig Luft zu.

In der Vorhalle, die in Rot und Gold gehalten war, wurde er schnell zum Mittelpunkt der allgemeinen Aufmerksamkeit. Sein Magen kribbelte, weil sein Instinkt ihm befahl, sich zu verstecken und zu fliehen. Wo war eine Maske, wenn er eine brauchte?

Seine Augen suchten die Menge ab, ohne dass er jemandem seine Aufmerksamkeit schenkte. Er hielt Ausschau nach einer kurvenreichen blonden Frau mit grünen Augen.

Lady Whitemouth trat an ihn heran. „Verzeihen Sie meine Kühnheit, Sir …" Diese winzige Dame war die größte Klatschbase des *ton*. Was auch immer er sagen würde, könnte morgen in den Gesellschaftszeitungen stehen. „Das kann doch nicht sein … oder doch? Der Duke of Grandhampton?"

Er spürte, wie sein Kiefer arbeitete. Er hatte jetzt eine Wahl. Sich weiter in Sumhall verbergen, hinter einer Maske oder in den Schatten. Oder er gab bekannt, dass er hier war, und ließ sich nicht mehr von Ashton einschüchtern, dass er sich vor ihm sogar versteckte. Spencer konnte nur Vermutungen über die Gründe für Ashtons Verhalten ihm gegenüber anstellen. Was auch immer diese waren, Spencer war sich sicher, dass die geheimnisvolle Persephone ihn zu etwas Interessantem führen würde.

Lady Whitemouth zu informieren, bedeutete, ganz London mitzuteilen, dass er zurück war. Es war an der Zeit. Der Krieg mit Ashton hatte begonnen, und er war bereit.

„Das bin ich nicht", sagte er. „Ich bin nicht mehr der Duke of Grandhampton, wie Sie sehr wohl wissen. Aber ich bin Lord Spencer Seaton, und ja, ich lebe."

Ihr Mund öffnete sich zu einem stummen Keuchen, ihre Augen schimmerten förmlich, als sie ihre Tochter Lady Isabella ansah.

Spencer erinnerte sich daran, dass sie auf dem Ball vor seinem Verschwinden beleidigt war über Sebastians Wahl einer Ehefrau.

Aber das war egal. Er wollte Persephone finden – wenn sie hier war. Er ging weiter, während ihm die Blicke und das Getuschel der Leute folgten. Er betrachtete die Ansammlung gut gekleideter Damen und Herren, als ihn jemand von hinten rief.

„Spencer!"

Verärgerung brodelte in seinem Magen, als er Prestons Stimme erkannte, dann drehte er sich um.

Preston atmete schwer, sein Gesicht wirkte verlegen. „Als ich heute Abend in Sumhall ankam, habe ich deine Kutsche wegfahren sehen. Deshalb bin ich dir gefolgt. Ich muss mit dir sprechen."

Spencer wandte sich ab und ließ den Blick über die Köpfe der Leute schweifen. Er könnte genau in diesem Augenblick seine Persephone anstarren, aber würde er sie ohne ihre Maske überhaupt erkennen?

„Das ist ein sehr ungünstiger Zeitpunkt", sagte er abweisend.

„Es wird nie einen guten Zeitpunkt geben", erwiderte Preston.

Spencer knurrte und humpelte mit wachsender Verzweiflung durch die Menge, um nach Spuren der Frau zu suchen. Sie hatte Augen mit der Farbe von frischem Frühlingslaub. Hübsches blondes Haar. Volle Lippen. Das kleine Muttermal in der Nähe ihres Ohrs war ein wenig wie ein Granatapfel geformt. Sie besaß sündhafte Kurven und einen üppigen Busen, dessen Anblick ihn zum Tier werden ließ.

„Lass mich in Ruhe, Bruder", sagte Spencer.

„Ich kann nicht", sagte Preston. „Nicht nach dem, wie die Dinge zwischen uns gestanden haben. Nicht nach deinem Brief und meinen harschen Worten, und nicht, nachdem ich dachte, ich würde den Rest meines Lebens mit dem Wissen leben, dass ich es nie wiedergutmachen kann. Denn zum Glück kann ich das jetzt."

In der Nacht, in der Spencer im vergangenen Jahr von der Pressbande verschleppt worden war, hatten Preston und er sich wegen Penelope gestritten. Preston war sich sicher gewesen, dass Penelope eine Glücksjägerin war, während Spencer ihr einen Antrag machen wollte. An jenem Abend sollte Preston mit Spencer ins „Portside" kommen, hatte es aber wegen ihres Streits nicht getan. Wäre Preston mitgekommen, wäre Spencer vielleicht nicht verschleppt worden.

Bevor er zum „Portside" gefahren war, hatte Spencer seinem Bruder einen Brief geschrieben und versucht, sich mit ihm zu versöhnen und ihre Differenzen endlich beizulegen. Und das war es, was Preston jetzt tat, er versuchte zu kitten, was zerbrochen war, während Spencer derjenige war, der davonlief.

Ein vertrautes Unbehagen machte sich in ihm breit. Verbitterung stieg in ihm auf, eine Mischung aus Neid und Wut auf seinen Bruder. Tief im Inneren wusste er, dass Preston recht hatte. Er wusste, dass er Preston und seiner Familie nicht ewig aus dem Weg gehen konnte. Aber ein Teil von ihm war wütend auf seinen Bruder, weil er alles besaß, was früher Spencer gehört hatte.

Vor allem Penelope.

Er wurde von seinen Gedanken abgelenkt, als er die große Treppe hinaufstieg, die mit einem roten Teppich ausgelegt war. Aber er erinnerte sich daran, dass er nach seiner Persephone suchte. Ein paar Leute, an denen er vorbeikam, runzelten die Stirn, da sie ihn wohl erkannt hatten. Sie schauten verwirrt, denn die meisten glaubten noch immer, er wäre tot.

„Du musst wütend sein", sagte Preston, während er ihm folgte. „Das wäre ich an deiner Stelle auch. Ich habe deinen Titel angenommen. Aber glaub mir, ich wollte ihn gar nicht haben."

Spencer sollte Preston sagen, dass er seine Handlungen verstand. Er verstand die rechtliche Sachlage und die Realität des

Ganzen. Aber es änderte nichts an dem tiefen Verlust, den er empfand.

„Und natürlich Penelope …" Preston brach ab und schwieg einen Moment lang, ehe er drängend fortfuhr: „Bitte sprich mit mir, Bruder. Habe ich recht? Bist du wütend auf mich?"

In diesem Augenblick entdeckte er eine Frau mit blondem Haar. Mit einem Anflug von Hoffnung und Herzklopfen erreichte er sie und betrachtete sie von der Seite. Ihre Lippen waren dünn, und sie hatte kein Muttermal. Außerdem hatten ihre Augen die falsche Farbe. Seine Brust fühlte sich an, als würde sie in sich zusammenfallen.

„Bist du es?", beharrte Preston.

Spencer kochte das Blut in den Adern. „Das ist nicht der richtige Zeitpunkt", presste er hervor. „Ich bin beschäftigt."

„Womit?", fragte Preston.

„Mach dir darüber keine Gedanken."

„Hat es etwas mit der Person zu tun, die dafür gesorgt hat, dass du auf das Schiff verschleppt wurdest? Du musst aufhören zu verheimlichen, wer das ist. Ich verstehe, dass du nicht willst, dass Calliope darin verwickelt wird. Aber du kannst es mir sagen."

Spencer lief weiter. Er marschierte jetzt durch das versammelte Publikum im zweiten Stock. Eine andere blonde Frau von ähnlicher Größe unterhielt sich mit einer Gruppe gut gekleideter Leute, aber sie war zu dünn, um seine Persephone zu sein. Er war begeistert von dem Jagdeifer, der sich in ihm aufbaute, aber dass sein Bruder so unnachgiebig war, machte ihn wütend.

„Lass mich in Ruhe", sagte Spencer. „Du hast dich schon genug eingemischt. Niemand hat dich gebeten, mich zu rächen. Keiner hat dich gebeten, die Frau zu heiraten, die ich wollte. Und niemand hat dich gebeten, mir meinen Titel wegzunehmen."

„Du bist wütend", sagte Preston mit einer ungewohnten Traurigkeit. „Es tut mir leid, Spence. Alles."

Etwas in Spencers Innerem schmolz ein klein wenig. Es war so untypisch für Preston, sich zu entschuldigen. Ihre Rivalität hatte lange angehalten, und sie war brutal gewesen. Auch Spencer hatte mit ihm Frieden schließen wollen, bevor er verschwand.

Nachdem er eine Reihe von falschen Spuren verfolgt hatte, stellte Spencer fest, dass er versehentlich in der Seaton-Loge gelandet war, die die Familie seit Generationen gemietet hatte. Dort befanden sich seine Großmutter mit Jane und Richard sowie Emma und Sebastian, dem Duke und der Duchess of Loxchester, die Spencer und Preston alle überrascht ansahen.

„Spencer! Preston!", rief seine Großmutter, als sie Anstalten machte, um aufzustehen, und Richard half ihr hoch.

„Großmutter", sagte Spencer mit zusammengebissenen Zähnen.

„Ich dachte, du wolltest nicht ausgehen", sagte Richard mit einem Stirnrunzeln.

Spencer seufzte. „Das wollte ich auch nicht."

„Wie geht es dir, mein Schatz?", fragte Großmutter. „Sind die Schmerzen sehr schlimm?"

Spencer wollte nicht, dass irgendjemand ihn zu seinem Schmerz befragte oder darüber, warum er hier war und wonach er suchte. Er wollte in Ruhe gelassen werden. Er wollte nicht, dass seine Familie in Gefahr geriet.

„Mir geht es gut, Großmutter. Danke, dass du gefragt hast."

Sein Blick fiel hinunter in die Grube, in der er Ashton mit der Frau, die seine Ehefrau sein musste, und zwei junge Damen sah. Eine von ihnen war blond und kurvenreich, sie trug ein blaues Seidenkleid. Die andere war blond und schlank und trug ein weißes Spitzenkleid.

Die kurvenreiche Frau kam ihm bekannt vor. Die Art, wie sie ihre Schultern und ihren Kopf hielt. Ihr Kinn. Ihr anmutiger Hals.

Und hatte er nicht erst gestern seinen Körper gegen diese üppigen Brüste gedrückt?

Freude und Verlangen schossen wie Blitze durch ihn hindurch.

Sie war weit weg, aber allein ihr Anblick ließ ihn schneller atmen.

In diesem Moment wurden die Kerzen und Lampen von den Lakaien gelöscht und weitere Lichter auf der Bühne angezündet. Die Leute begannen, ihre Plätze einzunehmen.

Er hatte nicht viel Zeit.

„Bitte entschuldigt mich", sagte Spencer.

Er eilte so schnell davon, wie sein Bein es zuließ, und zuckte zusammen, als ein scharfer Schmerz durch seinen Oberschenkel schoss. Es kostete ihn zusätzliche Anstrengung, sich den Schmerz nicht anmerken zu lassen und eine unbeteiligte Miene beizubehalten.

Wie ein Fisch, der gegen den Strom schwamm, bewegte er sich durch die Menschenmassen, die jetzt in Richtung ihrer Plätze strömten. Dutzende Gesichter von Damen und Herren blitzten vor ihm auf, als er sich zwischen ihnen hindurchdrängte. Parfüm und Eau de Cologne mischten sich in seiner Nase mit dem scharfen Geruch von aromatischem Essig. Er stammte von den Vinaigrettes, den Riechdosen, die die Damen bei sich trugen, um die unangenehmen Gerüche zu überdecken, die bei großen Menschenansammlungen üblich waren. Über diese Dosen konnten sie die gesunden Dämpfe direkt einatmen. Er hatte den Geruch der Oper, des Alkohols und der Ausgelassenheit vermisst. Und doch sehnte sich ein Teil von ihm danach, wieder auf See zu sein, die Salzlake und den Wind zu riechen und die Rufe der Matrosen zu hören, die das Schiff bemannten und einfache Lieder sangen, die vom Land und von den Familien erzählten, die jeder von ihnen vermisste.

Zu Spencers Unmut folgte Preston ihm weiterhin, als er die

Treppe hinuntereilte. Und dank seiner gesunden Beine konnte er auch problemlos an seiner Seite laufen und mit ihm mithalten.

„Liebst du sie noch immer?", fragte Preston, sein Blick war dunkel und brennend.

Tat er das? Er hatte sie geliebt, da war er sich ziemlich sicher.

Es war die Aussicht auf die Zukunft mit ihr gewesen, darauf, sie zu seiner Duchess zu machen, die das Licht in seiner Seele am Leben erhalten hatte. Selbst in den dunkelsten Tagen und Nächten im Bauch des Schiffes, als er fiebrig und im Delirium mit aufgeschlitztem Oberschenkel dalag und der Tod ihm in den Nacken atmete, hatte ihn diese Vision aufrechterhalten.

Aber jetzt war sie die Frau seines Bruders ...

„Ich versichere dir, Bruder ...", sagte Spencer, als er das Ende der Treppe erreichte und sich Preston zuwandte. Da die meisten Gäste bereits auf ihren Plätzen saßen, eilten nur noch wenige Damen und Herren an ihnen vorbei die Treppe hinauf, um ihre Plätze einzunehmen. „... welcher Art meine Gefühle auch immer sind, ich habe nicht die Absicht, deiner Frau nachzustellen. Das schwöre ich."

Er ging nun durch den Flur und in Richtung der Türen zum Auditorium im Erdgeschoss.

„Ich habe nicht gedacht, dass du der Frau eines anderen nachstellst", sagte Preston, der unerschrocken neben ihm herging. „Ich weiß, dass du ein Mann von Ehre bist. Aber das beantwortet nicht meine Frage, ob du sie liebst."

„Was macht das schon aus, ob ich es tue oder nicht?", blaffte Spencer. „Ich werde sie nie haben. Sie gehört dir. Sie wird immer dir gehören."

„Warte, Spence." Preston ergriff Spencers Ellbogen und drehte ihn so, dass sie einander gegenüberstanden. „Was kann ich tun, um das zu ändern? Hätte ich gewusst, dass du noch lebst, wäre ich nie auf die Idee gekommen, die Frau zu heiraten, die du wolltest."

Spencers Brust wurde warm und schmerzte. „Nichts. Du kannst nichts tun, außer mich in Ruhe zu lassen."

„Ich wollte den Titel nie. Du warst schon immer derjenige, der Duke werden sollte. Alles, was ich will, ist meinen Bruder zurückbekommen."

Ja, es war schwer zu sehen, wie jemand anderes Spencers Leben lebte, einschließlich einer glücklichen Ehe mit der Frau, die eigentlich ihm gehören sollte.

Vor allem, wenn dieser Jemand Preston war. Vor allem, wenn Preston so ... geheilt war. So ganz. So gütig. So offen.

Und gerade jetzt war Spencer das genaue Gegenteil davon.

„Das wird nie passieren, Preston", sagte Spencer mit klarer Stimme. „Dein Bruder ist auf diesem Schiff gestorben. Der Mann, den du jetzt vor dir siehst, ist jemand anderes."

Im Blick seines Bruders stand ein schmerzlicher Ausdruck, aber Spencer konnte nicht darüber sprechen. Nicht jetzt. Nicht mit ihm.

Nicht, wenn er Persephone zu jagen hatte. Das schien der einzige positive Lichtblick in seinem Leben zu sein.

Als die Lakaien ihm die Türen öffneten, betrat er den dunklen Saal. Die Oper hatte bereits begonnen, und die liebliche Stimme der Sängerin hallte durch den Raum. Als ob das Schicksal ihn auslachen wollte, war es Persephone, die auf der Bühne sang, und Hades, ein runder Bariton in einer Toga, echote ihr nach.

„Das glaube ich nicht, Spence", flüsterte Preston laut. „Ich weiß, dass du eine Menge durchgemacht hast. Ich weiß, du hast viel verloren. Aber du kannst heilen. Ich weiß das, weil ich selbst geheilt bin. Also werde ich dir helfen ..."

Während Preston redete, sah sich Spencer um. Die Stelle, an der er Ashton, seine Frau und die beiden blonden Damen gesehen hatte, war verlassen. Er knurrte frustriert, drehte sich um und betrachtete Dutzende von Gesichtern. Bunte Lichter und Explosionen blitzten von der Bühne. Wahrscheinlich waren Lichtexperten dabei, Spezialeffekte zu erzielen, indem sie verschiedene Metallsalze in die Flammen warfen. Eine gefährliche Angelegenheit, die jedes Jahr zu einigen Bränden in diesem Theater führte.

Das Zischen der brennenden Salze und der beißende Geruch verursachten ein Ziehen in seinem Magen, als er sich an das Zischen der Kanonen auf dem Schiff und das Pfeifen der durch die Luft fliegenden Kanonenkugeln erinnerte. Er widerstand dem Drang, sich jedes Mal ducken zu wollen, wenn eine Explosion losging.

Er konnte Ashton nicht sehen, aber der mächtige Duke befand sich höchstwahrscheinlich in den Privatlogen. Er schaute zu den Logen hinauf und blickte in die Gesichter, die von den Lichtblitzen beleuchtet wurden.

Dort. Er konnte Ashtons kantiges Gesicht, seine Frau und die beiden Damen erkennen. Der Prinzregent saß bei ihnen und flüsterte der dünneren Dame etwas ins Ohr, die mit großen ängstlichen Augen ins Leere starrte. Die andere Dame warf ihr besorgte Blicke zu.

„Wer ist das?", fragte er Preston.

„Wo?", erkundigte sich Preston und folgte Spencers Blick. „Oh. Das ist der Duke of Ashton, seine Frau, und natürlich kennst du Seine Hoheit."

„Ja. Und die beiden jungen Damen?"

„Ich glaube, das sind Ashtons Nichten."

Kaum hatten Prestons Worte seinen Mund verlassen, erschütterte ein ohrenbetäubender Knall den Boden unter Spencers Füßen. Spencer erschauderte und duckte sich. Er konnte fast spüren, wie die scharfen Holzsplitter des Schiffsrumpfes um ihn herumflogen und seinen Körper zerfetzen wollten.

Die Explosion verursachte mehrere Feuerstöße, die auf dem Holzboden, den Vorhängen und der Perücke der Opernsängerin landeten. Sie schrie auf, als sie ihre schwelende Perücke auf den Holzboden der Bühne warf. Weitere Schreie kamen aus dem Publikum, und lautes panisches Gemurmel breitete sich wie Flammen im Theater aus.

Als das Chaos ausbrach, sprangen die Leute auf und brachten Stühle und Bänke mit lautem Krachen zum Umkippen. Einige von ihnen stürzten und schrien vor Schmerz. Jemand stieß gegen Spencer.

„Wir müssen gehen!" Preston zerrte ihn zum Ausgang.

Rauch erfüllte den Raum.

Und inmitten all dessen stand Spencer wie erstarrt, sein Herz pochte wie eine Trommel. Blitze, Explosionen, herumfliegende Holzsplitter ... Er befand sich nicht mehr im Theater. Er war wieder auf See, auf dem Eriesee, als sein Schiff in Stücke gesprengt wurde und sein Bein auch. Er konnte sich nicht bewegen, konnte nicht atmen. Sein Körper war starr wie Stein.

„Spencer!" Eine verzweifelte Stimme drang wie aus weiter Ferne zu ihm durch, und das Zupfen an seiner Kleidung brachte ihn schließlich dazu, sich zu bewegen ...

Dann hörte er ganz in der Nähe den Schrei einer Frau. Von oben in der Takelage.

Nein, es gab keine Frauen auf dem Schiff. Er wurde aus seinem Albtraum gerissen. Jemand brauchte seine Hilfe. Er blinzelte und schaute auf. Er stand direkt unter dem Balkon einer der Logen.

Eine Frau in einem blauen Kleid hielt sich einen Moment lang an der Brüstung fest und baumelte in der Luft. Mit der freien Hand versuchte sie, nach dem Rand des Balkons zu greifen. Aber ihre Finger lösten sich einer nach dem anderen, und sie fiel ... Instinktiv sprang Spencer nach vorn.

Schmerz explodierte in seinem Bein, als ihr Gewicht plötzlich auf ihn traf. Er stöhnte, aber er hielt stand. Das war nichts im

Vergleich zu dem schwankenden Schiff, auf dem er das vergangene Jahr gelebt hatte.

Er sah auf das erstaunte Gesicht der Frau in seinen Armen hinunter. Er mochte es, wie sich ihr Gewicht anfühlte, ihre warmen Kurven. Sein Herz pochte, und sein Blick fiel auf ihre Lippen mit dem Amorbogen. Voll. Sein Magen kribbelte, er sah zu der Stelle bei ihrem Ohrläppchen. Ja, da war das kleine granatapfelförmige Muttermal. Sein ganzer Körper bebte, der Schmerz in seinem Bein löste sich auf und war vergessen. Ihre Augen ... ja, das leuchtende Apfelgrün eines Frühlings. Und ihr Geruch ... Himmel, er würde ihren Duft überall erkennen – Wildblumen und Granatäpfel. Ihr seidiges goldenes Haar war glatt gebürstet und ohne die modischen Locken um ihr Gesicht frisiert. Es ließ sie wie ein Dienstmädchen oder eine Gouvernante aussehen.

Eine ungezogene Gouvernante, mit der er gerne unanständige Sachen machen würde.

Die Leute stürmten an ihm vorbei und schubsten ihn, Preston rief immer wieder seinen Namen. Das Feuer war jetzt heller, und der Raum war mit so viel Rauch gefüllt, dass seine Augen zu brennen begannen. Aber er hätte genauso gut im Auge des Sturms stehen können – mit dieser Frau in den Armen fühlte er sich so widerstandsfähig wie ein Fels.

„Persephone ...", murmelte er.

Ihre Augen, die schon vor Schreck über den fast tödlichen Sturz aufgerissen waren, weiteten sich noch mehr. Die Lippen, die er gestern Abend noch unersättlich geküsst hatte, öffneten sich erstaunt.

„Wie bitte?", murmelte sie und versuchte, sich aus seinen Armen zu befreien, aber er hielt sie fest.

Sie war Ashtons Nichte.

Verdammt noch mal. Ashtons Nichte! Ein Dutzend Fragen

schwirrten in seinem Kopf herum. Solche Fragen wie: Wie war ihr richtiger Name? Verschwor sie sich wirklich gegen ihren Onkel? War sie genauso böse wie er?

Wenigstens konnte er jetzt, da er wusste, wer sie war, all diese Dinge herausfinden ... aber nicht in diesem Augenblick. Der beißende Rauch war jetzt so stark, dass er in der Nase brannte und seine Kehle und Brust schmerzen ließ.

„Können Sie laufen?", fragte er.

Sie nickte. Er stellte sie sanft auf die Beine und nahm ihre Hand. Das Feuer brannte jetzt durch die Holzwände und die Papp- und Holzrequisiten auf der Bühne. Mit Schuldgefühlen stellte Spencer fest, dass er seine Familie völlig vergessen hatte. Preston ging es gut, doch seine alte Großmutter befand sich oben. Aber Richard und Sebastian waren bei ihr, zusammen mit ihren Ehefrauen. Sie würden dafür sorgen, dass es ihr gut ging.

„Wir müssen gehen, Spence", sagte Preston, und er sah schließlich zu seinem Bruder, der sich den gebeugten Arm vor die Nase hielt.

Er nickte, und sie eilten alle mit den letzten Theatergästen nach draußen.

Als sie an der frischen Luft standen, drehte er sich zu seiner Persephone um, die ihn mit großen funkelnden Augen anstarrte.

„Ich danke Ihnen, Sir", sagte sie.

Enttäuschung machte sich in ihm breit, als ihre Hand aus seiner herausglitt. Und bevor er seine Hilfe anbieten konnte, um sie und ihre Schwester nach Hause zu bringen, verschwand sie in der Menge der Schaulustigen. Er eilte ihr hinterher, drängte sich zwischen den Leuten hindurch, aber genau wie auf dem Ball war sie verschwunden.

Verflucht!

Die Fähigkeit dieser Frau, zu verschwinden, war unheimlich.

Aber jetzt, da er ihre Identität kannte, konnte sie sich nicht mehr lange vor ihm verstecken. Gleich morgen würde er ihre Adresse herausfinden und sie aufsuchen.

7

Gegen elf am nächsten Morgen – nachdem er drei Stunden lang in seinem auf der anderen Straßenseite geparkten Wagen gewartet hatte – sah Spencer Joanna aus der Tür des durchschnittlichen Hauses im georgianischen Stil treten, das zwischen zwei ähnlichen Gebäuden eingekeilt stand.

Wärme schoss durch seinen Körper, als er sah, wie sich ihre Gestalt bewegte. Gekleidet in eine schlichte weiße Haube, einen grauen Spencer und ein braunes Musselinkleid, ging sie zügig an der Backsteinfassade vorbei. Die Schultern hielt sie gebeugt, als wollte sie etwas verbergen ... sich selbst vielleicht. Das gefiel ihm nicht. Eine Frau wie sie sollte sich nicht verstecken. Tat sie es, weil sie ohne Begleitung ausging, wenn sie es nicht sollte?

Miss Joanna Digby ...

Seine Persephone ...

Er hatte ihren Namen von seiner Großmutter erfahren. Und nachdem er herausgefunden hatte, dass sie mit ihrem Bruder und ihrer Schwester zusammenlebte, war es ein Leichtes, die Adresse ihres Bruders herauszufinden, indem er seine Freunde fragte, die er nach dem Brand in der Oper im „Elysium" gesehen hatte. Laut Rath war Mr Gideon Digby tagsüber ein angesehener Anwalt und nachts ein berüchtigter Bonvivant.

Die Kurven von Joannas Körper bewegten sich verführerisch unter ihrem schlichten Kleid und dem bescheidenen Spencer. Sie ging an den zweiflügeligen Fenstern ihres Hauses vorbei. Leuchtend rosa und magentafarbene Geranien standen in Töpfen auf der Fensterbank, und Spencer stellte sich vor, wie Joanna sie jede Woche goss. Sie mussten unter ihrer Berührung wundervoll gedeihen.

Mit dem ihm inzwischen vertrauten, in den Eingeweiden kribbelnden Jagdeifer klopfte er an die Wand der Kutsche, um Carl zu signalisieren, dass er ihr folgen sollte. Etwas, das sie zuvor vereinbart hatten. Die Kutsche bewegte sich langsam hinter Joanna her, die unter dem bedeckten Himmel durch den Morgennebel schritt, der sich auf den kopfsteingepflasterten Straßen absetzte. Eine Kutsche, deren Räder klapperten, fuhr in die entgegengesetzte Richtung langsam die Straße hinunter. Als Joanna an einem der Nachbarhäuser vorbeikam, knarrten die Fensterläden, und ein Dienstmädchen, das sich eine Schürze um die Taille geschlungen hatte, schüttelte energisch einen Teppich aus und schickte Staubmotten in das dämmrige Tageslicht.

An der nächsten Kreuzung kletterte sie in eine Droschke.

Während er ihr durch London folgte, ließ Spencer in Gedanken alles Revue passieren, was er über sie wusste.

Wie er von seiner Großmutter nach dem Brand erfahren hatte, sobald sie wieder sicher zu Hause war und einen Tee trank, hatten sich Miss Digby und ihre Geschwister von ihrem Onkel entfremdet und lebten mit beschränkten Mitteln, weil Ashton sich weigerte, Gideons Erbe herauszugeben. Manche sagten, Ashton hätte es verspielt, und Spencer glaubte, dass dies der Fall sein könnte. Es war klar, dass Joanna sehr bescheiden lebte, während Ashton in

Reichtum schwamm. Der Gedanke daran entfachte ein Feuer aus saurer Wut in seinem Magen.

Einige Zeit später erreichten sie Whitechapel. Der Schlamm wurde unter den Hufen der Pferde und den Rädern der Kutsche zermalmt. Sie fuhren an schiefen und verrotteten Häusern vorbei, durch ein unebenes Straßenlabyrinth, in dem Wäsche von Haus zu Haus hing. Dünne Hausfrauen in geflickten Kleidern durchstöberten auf einem nach Fisch stinkenden Markt schimmelndes Gemüse und begutachteten mit traurigen Augen nasse Getreidesäcke.

Auf halbem Weg durch die Petticoat Street hielt Joannas Droschke an, und sie stieg aus. Spencer stieg ab, ohne Joanna aus den Augen zu lassen, und sagte Carl, er solle um die Ecke warten.

Er folgte ihr in einigem Abstand, als sie an die Tür des Hauses mit der Nummer zwölf klopfte. Es gefiel ihm nicht, sie in diesem Viertel zu sehen, in dem es vor Kriminellen nur so wimmelte, aber er wartete und achtete sorgfältig auf jedes Anzeichen von Ärger, das in ihre Richtung kam.

Es vergingen einige Minuten, ohne dass jemand an die Tür kam. Sie schaute sich um, klopfte dann an ein Nachbarhaus, und eine Frau öffnete die Tür.

Sie begann ein Gespräch mit der Frau, aber Spencer war zu weit weg, um ein Wort zu verstehen.

Das war's.

Sie musste hier auf der Suche nach Informationen über Ashtons Vergehen sein. Warum sonst sollte sie Whitechapel besuchen und sich in diese prekäre Lage begeben? Und wenn Joanna dabei war, etwas Nützliches zu erfahren, dann wollte er das auch. Er marschierte über die Straße, und jeder Schritt ließ einen kleinen Blitz durch seine Glieder zucken, je näher er ihr kam.

Bald stand er neben Joanna und einen Schritt von der Nachbarin entfernt, die an der Türschwelle stand. Die Augen der Frau weiteten sich, als sie ihn musterte.

Joanna starrte ihn ungläubig an.

„Miss Joanna Digby", sagte er zur Begrüßung. „Meine Persephone."

Sie wurde blass.

„Ich bitte um Entschuldigung", sagte er zu der Nachbarin. „Wir waren an dieser Adresse verabredet. Wer, sagten Sie, wohnt in Nummer zwölf?"

Die Frau musterte sie beide von oben bis unten, trat einen Schritt zurück und schloss die Tür. Nur war Spencer schneller. Er stellte sein gesundes Bein zwischen Tür und Rahmen.

„Ich entschuldige mich nochmals", sagte er. „Wo sind meine Manieren? Sie müssen sehr beschäftigt sein, und wir verschwenden Ihre wertvolle Zeit." Er zog einen Shilling aus seinem Portemonnaie. Im Blick der Frau lag ein Glitzern, und sie machte keine weitere Bewegung, um die Tür zu schließen.

„Damit kann ich meine Familie nur ein oder zwei Tage lang ernähren", sagte sie.

„Natürlich", sagte Spencer. Er kramte noch einmal in seiner Geldbörse und nahm ein Pfund heraus. Er bezweifelte, dass die Frau mehr als zehn Pfund im Jahr sah. „Wäre ein Pfund angenehmer?"

Er hielt den Ein-Pfund-Schein zwischen Zeige- und Mittelfinger in die Höhe. Ihre Augen konzentrierten sich darauf wie die einer Katze auf eine Maus.

„Ja, Mylord", sagte sie.

Er nickte und reichte der Frau den Geldschein. Sein Blick glitt zu Joanna, deren Kiefer wütend angespannt wirkte und deren grüne Augen in Flammen standen. Er verstand die Ungerechtigkeit, dass sie ohne größere finanzielle Mittel nicht nach denselben Regeln spielen konnte wie er.

Aber er würde gewinnen, weil er es musste. Welche Gründe sie auch immer hatte, Ashton zu verfolgen, keiner von ihnen konnte mit seinem übereinstimmen.

Die Freude über seinen Sieg wurde von dem Gedanken an seinen Feind verscheucht, der Spencers Herz mit einer gefühllosen Kruste überzog.

„Ich weiß nicht, wie sie heißen", sagte die Frau, während sie den Geldschein unter dem Saum ihres Dekolletés versteckte und sich verschwörerisch umsah. „Aber da ist dieser Kerl, der kommt jeden Sonntag, direkt während der Messe, und verschwindet innerhalb von fünf Minuten wieder."

Die Messe fand sonntags um 10 Uhr statt, und die meisten Menschen befanden sich zu der Zeit in der Kirche. Die Straßen waren dann leer. Es war die perfekte Tarnung, um unbemerkt zu bleiben. Spencer fragte sich kurz, warum diese Frau zu Hause blieb und Zeit hatte, das Kommen und Gehen ihrer Nachbarn zu beobachten.

„Wie sieht diese Person aus?", wollte Joanna wissen.

„Es ist ein großer dünner Mann", sagte die Nachbarin. „Er ist genauso gekleidet wie jeder hier von uns."

„Wie lange macht er das schon?", fragte Spencer.

Sie zuckte mit den Schultern. „Etwa anderthalb Jahre, vielleicht zwei, schätze ich."

„Kommt er allein?", fragte Joanna.

„Ich habe ihn nie mit jemand anderem gesehen."

„Wer hat vor ihm dort gewohnt?", fragte Spencer.

„Mr und Mrs Adey", antwortete sie. „Aber sie wurden rausgeschmissen, weil sie die Miete nicht mehr zahlen konnten." Sie blickte zwischen ihnen beiden hin und her. „Nun, wenn das alles ist, was Sie wollten ..."

Spencer schluckte und verspürte eine seltsame Mischung von Gefühlen. Enttäuschung nagte an ihm, weil er den Mann an der

Adresse nicht angetroffen hatte, aber auch ein Anflug von Erregung, weil er die Jagd fortsetzen wollte. Diese Gefühlskombination beschleunigte seinen Atem. Vorfreude und Frustration vermischten sich in ihm, als er an die Jagd dachte, die er am Sonntag hoffentlich gegen seine Persephone fortsetzen würde.

„Das ist alles", sagte er.

Die Frau schloss die Tür, und Joanna drehte sich zu ihm um. Ihre grünen Augen leuchteten in ihrem Zorn so intensiv, dass sie Smaragde sein könnten. „Wie können Sie es wagen?", stieß sie aufgebracht hervor, wobei sich ihr Brustkorb im Rhythmus ihrer Atemzüge schnell auf und ab bewegte.

„Miss Digby, ich bitte um Verzeihung", sagte er und genoss die Farbe, die er auf ihre Wangen brachte. „Die Frage ist, wie können *Sie* es wagen? Sie hätten mir die Information auf dem Ball mitteilen sollen, anstatt wegzulaufen."

„Woher kennen Sie meinen Namen?", wollte sie wissen. „Und wie haben Sie mich gefunden?"

Doch bevor er antworten konnte, nahm er aus den Augenwinkeln eine Bewegung wahr, und ein prickelndes Gefühl der Gefahr setzte sich in seinem Nacken fest. Ohne den Kopf zu drehen, schaute er genauer hin. Auf der anderen Straßenseite lehnte an der Ecke eines Gebäudes ein Mann, der mit einem zerrissenen Mantel und einer schmierigen Hose wie ein typischer Bewohner von Whitechapel gekleidet war. Die Augen des Mannes, die unter seiner Mütze hervorlugten, waren auf Spencer gerichtet ... oder auf Joanna.

Beide Optionen gefielen ihm nicht.

Er nahm an, dass Ashton nach seinem Erscheinen in der Oper am gestrigen Abend inzwischen von seiner Rückkehr wissen musste.

Bei dem Gedanken lief Spencer ein Schauer über den Rücken, denn er erinnerte sich an eine Umgebung wie diese beim „Portside" und an Männer wie diesen Beobachter, die ihn niedergeschlagen, ausgezogen und zum Schiff getragen hatten. Es war eine Nacht gewesen, die sein Leben und das seiner Familie unwiderruflich verändert hatte.

„Kommen Sie, Miss Digby", murmelte er, denn der Drang, diese Frau in Sicherheit zu bringen, ließ ihm die Haare im Nacken zu Berge stehen. „Lassen Sie uns darüber reden, wenn wir hier raus sind."

Er begann zu gehen, seine Schuhe knirschten im Schlamm, aber nach ein paar Schritten bemerkte er, dass sie ihm nicht folgte. Als er sich umdrehte, sah er sogar, wie sich ihr Rücken in die entgegengesetzte Richtung entfernte. Sie schlängelte sich um Straßenkinder, einheimische Frauen, von denen einige Babys mit Tüchern an den Oberkörper gebunden trugen, und mürrische Männer mit dunklen Augen herum.

Einen Fluch murmelnd, drehte er sich um und eilte ihr hinterher. Sie warf einen Blick zurück und beschleunigte.

„Miss Digby!", rief er.

Als er über die Schulter blickte, sah er, dass der Mann, der zuvor an dem Gebäude gelehnt hatte, ihnen nun in etwa zehn Meter Entfernung hinterherlief.

Er ging so schnell er konnte, aber sein verletztes Bein begann wieder zu schmerzen, und er humpelte durch den Schlamm. Als er sie endlich einholte, war er dankbar dafür, dass sie nicht in der Menge verschwand, wie sie es zuvor schon so oft getan hatte.

„Miss Digby, ich bestehe darauf, dass ich Sie an einen sicheren Ort begleite", sagte er. „Hier ist es nicht sicher."

„Entschuldigen Sie, Sir ...", sagte sie spöttisch, „... ich kenne nicht einmal Ihren Namen. Wie kann ich mit Ihnen irgendwo hingehen?"

„Mein Name ist Lord Spencer Seaton", sagte er. „Sie haben mich bereits kennengelernt."

„Lord Spencer Seaton?" Sie runzelte die Stirn, als versuchte sie, den Namen einzuordnen.

Sie kamen am „Elysium" vorbei, aber Spencer würdigte dem schönen Gebäude, das zwischen den alten, verfallenen Häusern lag, keinen Blick. Er hatte schon viele angenehme Nächte in dem Etablissement verbracht, aber dort gab es nichts mehr, das sein Interesse auf sich zog. Abgesehen davon, dass es ihn belustigte, dass der Besitzer des Clubs sein neuer Schwager war, der über Whitechapel herrschte wie der Prinzregent über England. Obwohl er Richard gegenüber seine Verärgerung über diese Situation zum Ausdruck gebracht hatte, fand Spencer sie amüsant. Welche andere adlige Familie in England würde einer solch ungünstigen Verbindung zustimmen?

Die Seatons waren anders. Sie hielten sich selten an die Regeln und hatten Freude daran, den Erwartungen der Gesellschaft zu trotzen. Aber sie wurden dennoch allgemein bewundert und akzeptiert, ihre Gesellschaft war begehrt.

„Ja, ich habe Ihnen gestern Abend in der Oper das Leben gerettet. Dafür können Sie sich ruhig ein wenig erkenntlich zeigen, indem Sie mir vertrauen."

„Ihnen vertrauen?", erwiderte sie spöttisch und wich geschickt einem Mann aus, der ein Fass manövrierte. „Warum sollte ich jemandem vertrauen, der versucht hat, mir das Schriftstück wegzunehmen, das ich mir so hart erarbeitet habe? Und das ohne ersichtlichen Grund."

„Glauben Sie mir ...", erwiderte er, „... meine Gründe sind mehr als gerechtfertigt."

Sie straffte die Schultern. „Das sind meine auch."

Die Aufregung der Verfolgungsjagd war verflogen, da war nur noch die Angst, die seine Fingerspitzen kalt werden ließ, als er wieder über seine Schulter blickte. Der Mann befand sich jetzt näher bei ihnen. Spencer beschleunigte und achtete darauf, dass er Seite an Seite neben ihr ging.

„Bitte, kommen Sie. Meine Kutsche wartet nur eine Straße weiter."

„Ich werde nicht mit Ihnen in dieselbe Kutsche steigen", erklärte sie. „Nicht nur, weil es ein Skandal wäre und meinen Ruf ruinieren würde, sondern weil ich Sie nicht kenne, Sir."

Er lehnte sich näher an sie heran. „Sie kennen mich, Persephone", murmelte er, und zum ersten Mal sah er ein Aufblitzen von Wärme in den Tiefen ihres Blicks.

Sie verschwand jedoch genauso schnell, wie sie aufgetaucht war.

„Sie irren sich, Lord Seaton", sagte sie. „Bitte hören Sie mich an und lassen Sie mich in Ruhe."

Entschlossen beschleunigte sie ihr Tempo und ließ Spencer hinter sich. Doch schon nach wenigen Schritten rutschte ihr Fuß auf dem glitschigen Boden aus. Sie stolperte unbeholfen und versuchte, das Gleichgewicht wiederzufinden, bevor sie schließlich mit einem Aufschrei, der auf dem belebten Marktplatz widerhallte, in eine trübe Pfütze stürzte. Der Schlamm spritzte um sie herum und zog die Aufmerksamkeit der Menschen in der Nähe auf sich. Einige Schaulustige unterdrückten ihr Lachen, während andere sich offen über ihr Missgeschick lustig machten, vor allem ein Kind. Es zeigte auf sie und lachte hemmungslos, wobei seine Stimme laut über den Lärm der Menge hinweg zu hören war.

Spencer murmelte einen Fluch und bückte sich, um ihr aufzuhelfen, als er aus den Augenwinkeln den Mann sah, der ihnen nur zehn Schritte entfernt folgte. Er hatte eine bedrohliche Narbe in seinem Gesicht.

Er bückte sich, zog Joanna unter den Achseln hoch und warf sie sich über die Schulter. Sein Oberschenkel protestierte, dennoch rannte er so schnell er konnte, trotz der Schmerzen, die ihn jedes Mal durchzuckten, wenn er sein verwundetes Bein benutzte.

Er manövrierte sich zwischen den Reihen der Marktstände hindurch zu seiner Kutsche, während sie lauthals schimpfte. „Lassen Sie mich los! Hilfe! Entführung!"

Wenn dies Mayfair wäre, wäre sie ruiniert. Skandalisiert. Man würde sie im *ton* nie wieder sehen.

Aber das hier war Whitechapel. Die Leute blieben stehen, um sie zu beobachten, doch er hob nur seinen anderen Arm und verkündete ungerührt: „Sie ist in Ordnung. Das ist nur ein Streit zwischen Ehemann und Ehefrau. Hier gibt es nichts zu sehen!"

Und unter den amüsierten und verständnisvollen Blicken der Männer und den wütenden Blicken der Frauen trug er seine Beute zu ihrer Sicherheit zu seiner Kutsche.

Vielleicht war er jetzt ein Hades und entführte Persephone, um sie in seine dunkle und elende Welt zu bringen.

Es war nur zu ihrem Besten, sagte er sich.

Das Gewicht ihres Körpers zu spüren, hatte etwas Befriedigendes an sich. Und ihr runder Schenkel, der sich beim Zappeln bewegte, fühlte sich durch die Schichten ihrer Kleidung hindurch warm und aufreizend an unter seiner Handfläche.

8

„SIE SIND EIN BARBAR!", verkündete Joanna und wünschte sich, sie könnte ihn mit lediglich einem Blick auslöschen, während sich hilflose Wut durch ihren Bauch fraß.

Der Mann, der sie so zornig sein ließ, saß unbeirrt auf der gegenüberliegenden Bank in der edlen Kutsche. Er war unglaublich gut aussehend mit den gemeißelten Zügen eines unsterblichen Gottes. Die Wangenknochen traten so deutlich hervor, dass sich darunter kleine Vertiefungen bildeten. Sein Kiefer war so kantig, dass man mit ihm wahrscheinlich mathematische Winkel messen konnte. Er besaß breite, volle Lippen, einen sinnlichen Mund, an dessen Geschmack sie sich nur zu gut erinnerte.

Und diese Augen ... waren schwarz wie die Tiefe der Nacht, mit langen Wimpern unter dichten Brauen. Die dunklen, vom Wind zerzausten Locken fielen ihm modisch frisiert in die hohe Stirn. Die hohe Krawatte stand ihm ausgezeichnet. Die gut gearbeitete Krawatte ließ ihn noch edler und arroganter wirken. Und erst der Körper ... Gütiger Gott, sterbliche Männer hatten kein Recht, so gut geformt, so breitschultrig, so kraftvoll auszusehen, auch nicht unter Schichten tadellos geschneiderter Kleidung.

Seine leicht vom Wetter gegerbte olivfarbene Haut hob sich von der dunkelvioletten Polsterung hinter ihm ab. Und er beäugte sie mit einem winzigen Hauch Belustigung, als die Straßen von Whitechapel rasch am Fenster vorbeizogen.

„Es ist nur zu Ihrem Besten, Miss Digby", sagte er ohne eine Spur von Bedauern auf seinem Gesicht.

Lord Spencer Seaton ... Der Name ging ihr nicht mehr aus dem Kopf. Sie war sich sicher, dass sie von ihm gehört hatte, aber sie konnte sich nicht erinnern, wo oder wann. Die Seatons waren eine angesehene, ehrwürdige Familie im *ton*, ihr Name war jedem bekannt, der sich in der Gesellschaft bewegte. Es war wahrscheinlich, dass sie in den Klatschspalten auf ihn oder seine Familie gestoßen war, auch wenn sie sich frustrierenderweise nicht an Einzelheiten erinnerte.

Unter anderen Umständen hätte sie wahrscheinlich gezittert, weil sie mit einem so bekannten Mann wie einem der Seatons sprach. Ihr Tanz, ihr Kuss, seine Komplimente an jemanden wie sie ... All das wäre ihr wie ein Traum vorgekommen.

Wenn er nicht so ein furchtbarer, egoistischer, arroganter Schurke wäre!

„Sie müssen mich sofort rauslassen!", rief sie. „Sie haben sich nicht nur wie ein Schurke benommen, sondern mich auch noch vor Dutzenden von Leuten bloßgestellt!"

„Sie haben sich selbst gefährdet, meine Liebe, als Sie ohne Anstandsdame durch die Stadt gegangen sind. Besonders in Whitechapel."

Sie schnaubte spöttisch. „Meine Kleidung unterscheidet sich nicht von der unzähliger Diener. In Whitechapel füge ich mich problemlos ein, niemand würde mich erkennen."

Er legte den Kopf schief, sein schwarzer Blick durchbohrte sie.

„Ganz genau. Sie sind nicht kompromittiert, wenn niemand weiß, wer Sie sind."

Sie sprach mit zusammengebissenen Zähnen. „Sie haben herausgefunden, wer ich bin. Sie sind mir gefolgt und haben die Adresse herausgefunden, die in der Nachricht meines Onkels stand. Jetzt wissen Sie alles, was ich weiß. Also warum haben Sie mich dann auf der Straße entführt?"

„Da war ein Mann, der uns beobachtet hat." Bei dieser Bemerkung verschwand das amüsierte Halbgrinsen aus seinem Gesicht.

„Es waren Dutzende von Männern in der Nähe", argumentierte sie, obwohl die Wut und die Überzeugung in ihrer Brust nachließen.

„Er war hinter einem von uns her. Vielleicht hinter uns beiden."

Joanna blinzelte. Durch die ungläubige Wut hindurch spürte sie nun etwas Neues. Nie zuvor hatte sie die Aufmerksamkeit eines Mannes auf sich gezogen.

Und er war ihr Hades.

Als sie in die dunklen Tiefen starrte, die sie hinter der Maske gesehen hatte, kam die Erinnerung an seinen betörenden Duft, das Gefühl der festen muskulösen Brust und Arme wieder hoch. Ihr Hades, der seit dem Ball ihre Gedanken beherrscht hatte.

Ihr Hades, der sie gestern vor einem fast tödlichen Sturz bewahrt hatte.

Ihr Hades, der hinter derselben Sache her war wie sie und dabei nur zu gerne ihre Pläne durchkreuzte, mit denen sie ihre Schwester vor dem Ruin zu bewahren versuchte ...

„Wo bringen Sie mich hin?", fragte sie.

„Zu meinem Zuhause. Sumhall."

Sumhall befand sich inmitten von Mayfair. „Sie wissen genau, dass man mich nicht allein in Ihr Haus gehen sehen darf. Anders als in Whitechapel könnte ich erkannt werden."

„Nun gut. Wir werden nicht zusammen gesehen werden. Ich werde Carl bitten, dafür zu sorgen, dass meine Haushälterin als Ihre Anstandsdame über den Dienstboteneingang zu uns in die Kutsche steigt. Und wir werden uns unterhalten."

Joanna nahm an, dass dieser Plan, auch wenn er Risiken barg, vielleicht die beste Chance war, ihren Ruf zu wahren. „Worüber reden?"

„Über das, was Sie zu erreichen versuchen. Über Ihre Gründe. Darüber, dass ich diesen Kuss nicht vergessen kann."

Dieser Kuss ... Das Blut schoss ihr in die Wangen und den Hals, ihre Haut brannte. Sie konnte ihn ebenfalls nicht vergessen, und auch nicht, wie er sie angesehen hatte – als wäre sie das Einzige, was in seinem Leben zählte.

Das war gefährlich. Es war so gefährlich, sich einzugestehen, dass dies real war. Sie musste einen kühlen Kopf bewahren. Alles, was sie für ihn empfunden oder was er ihr gezeigt hatte, war nur der Maskerade geschuldet. Dem berauschenden Gefühl, dass sie irgendjemand sein konnte und damit das Interesse eines gut aussehenden und mächtigen Mannes wecken konnte.

Aber sie wusste es besser. Das war wie ein Traum gewesen. Dies war die Realität, was bedeutete, dass sie unsichtbar war und es auch bleiben sollte.

„Ich werde es Ihnen sagen ...", sagte sie und hob ihr Kinn leicht an, „... wenn Sie mir sagen, was Sie wollen und warum."

Ein langsames Lächeln breitete sich auf seinen vollen, herrlich männlichen Lippen aus, und sein Blick verdunkelte sich und wurde intensiver. Wie ein Panther bewegte er sich anmutig auf sie zu und setzte sich neben sie auf die Bank, wobei er sie mit seinem Duft von Wacholder und Zedernholz und dem frischen Geruch des Meeres umhüllte und ihr den Kopf verdrehte. Er legte einen Arm hinter ihrem Rücken auf die Polsterung und hielt sie in der Nähe seines großen Körpers gefangen, dessen Muskeln sich unter dem Stoff des Mantels und der Hose abzeichneten. Sie erinnerte sich an das warme Gefühl dieser Muskeln, an sein Gewicht auf ihr, das dafür gesorgt hatte, dass sie am liebsten mit ihm verschmolzen wäre. Ihr Mund wurde trocken unter der intensiven Musterung.

„Spielen Sie nicht diese Spielchen mit mir, Miss Digby", schnurrte er mit dieser tiefen Stimme, die aus seinem Bauch heraus bis in ihr Innerstes hallte. „Sie werden verlieren. Sie haben einfach nicht mein Geld, meine Macht und meine Mittel. Und Sie sind eine Frau."

Sie keuchte. „Was hat mein Geschlecht damit zu tun, dass ich verliere, Sir?"

„Es ist nicht als Beleidigung gemeint, meine Liebe", sagte er und ließ seinen dunklen Blick gemächlich über ihr Gesicht wandern. „Ganz im Gegenteil. Ich bin ein glühender Verehrer Ihres schwächeren Geschlechts."

„Schwächer?", zischte sie empört.

Er lachte leise, zweifellos amüsierte er sich über ihre Wut. „Lassen Sie mich etwas klarstellen. Es ist ganz offensichtlich, dass Sie fähig, klug und einfallsreich sind. Ganz zu schweigen davon, dass Sie köstlich attraktiv sind", sagte er. Und sie wusste nichts dazu zu sagen.

Keiner hatte sie jemals als köstlich attraktiv bezeichnet. Niemand hatte jemals ein Kompliment über ihr Aussehen geäußert! Anstatt ihn in die Schranken zu weisen, starrte sie ihn an.

„Es geht um die Regeln unserer Gesellschaft", fuhr er fort. „Als unverheiratete Frau kann man sich nicht allein an gefährliche Orte wie Whitechapel begeben. Ein einziger falscher Schritt, und Ihr Ruf ist für immer ruiniert. Das ist eine unglückliche Realität, in der wir leben. Als Mann bin ich frei, überall hinzugehen und alles zu tun."

„Stimmt, eine bedauerliche Realität", stieß sie hervor. „Aber das wird mich nicht aufhalten. Selbst mit all dem, was gegen mich spricht, unterschätzen Sie mich."

Ein Lächeln zupfte an seinen Lippen, die er zusammenpresste, um es zu unterdrücken. Der Effekt war fesselnd, denn seine Gesichtszüge veränderten sich auf subtile Weise und lenkten ihre Aufmerksamkeit auf eine Narbe, die unter der Maske unbemerkt geblieben war. Die sie auch gestern Abend in der Oper und sogar heute in dem Chaos ihrer durcheinandergeratenen Pläne übersehen hatte. Die Narbe war eine lange, dünne Linie, die von der Schläfe bis zu dem schier unmöglich kantigem Kieferwinkel verlief. Die Natur hatte kein Recht, Männer zu erschaffen, die so atemberaubend aussahen wie er. Männer, die durch das Hinzufügen einer Narbe nur noch attraktiver wurden.

Ihre Wut verflog, als sie ihn mit dieser Verletzung sah. Sie verspürte den Drang, die Linie mit dem Finger nachzuzeichnen, sie zu glätten, bis sie nicht mehr existierte. Unfähig, sich zurückzuhalten, hob sie ihre Hand und berührte die geschwollene rosa Haut.

„Woher haben Sie das?", fragte sie.

Er reagierte mit einem flüchtigen Schließen seiner Augen. Das spielerische Glitzern darin verschwand, wurde durch eine unendliche Tiefe ersetzt, und seine Stirn legte sich in Falten, als würde er unter der Last des Schmerzes leiden. Er lehnte sich in ihre Berührung, sein Gesicht schmiegte sich in ihre Handfläche. Die Wärme und Glätte seiner Haut bildeten einen subtilen Kontrast zu den kurzen Bartstoppeln, die leicht an ihrer Hand kratzten und ihren Körper mit einem Kribbeln erfüllten. Nie zuvor hatte ihre Hand das Gesicht eines Mannes berührt, gespürt, wie es sich anfühlte. Und dieses Gefühl ließ sie atemlos zurück.

Seine Wimpern warfen dunkle Schatten auf seine Wangenknochen und ließen ihn plötzlich krank und verwundet aussehen.

Es brach ihr das Herz, daran zu denken, dass dieser mächtige Mann so zerbrechlich und wehrlos sein könnte.

Als er nichts sagte, überschlugen sich ihre Gedanken, um eine Erklärung zu finden. „Lord Spencer Seaton ...", flüsterte sie, und dann fiel es ihr ein, als sich die Teile des Puzzles zusammenfügten.

Er war ihr aus einem bestimmten Grund bekannt vorgekommen. Er war im ganzen *ton* bekannt, weil er einer der reichsten, begehrtesten, wohlhabendsten und verwegensten Junggesellen gewesen war ... der im vergangenen Jahr völlig unerwartet und tragisch gestorben war.

Als ihr das klar wurde, flatterte Joannas Herz unkontrolliert. Es kam ihr vor, als würde sie einem gefeierten Romanhelden gegenüberstehen, von dem sie nur in ihren Lieblingsbüchern gelesen hatte. Und er hatte sie geküsst! Er hatte sie über seiner Schulter getragen! Seine Hand hatte ihren Oberschenkel berührt – wo noch nie eine Männerhand gewesen war!

„Sie waren der Duke of Grandhampton, nicht wahr?", presste sie hervor. „Ich habe gehört, dass Sie bei einem illegalen Boxkampf getötet worden wären."

Er öffnete die Augen, lehnte sich von ihr weg und sah aus dem Fenster. Sie passierten jetzt Farringdon mit seinen bescheidenen Gebäuden.

„Ich war im Krieg", sagte er. „Aber nicht aus freiem Willen."

Sie runzelte die Stirn. „Nicht aus freiem Willen? Was ist passiert?"

Seine scharf definierten Kiefermuskeln bewegten sich. „Ihr Onkel ist passiert", knurrte er.

Vor Schreck entglitten ihr die Gesichtszüge. Dutzende Fragen schossen ihr durch den Kopf ... Wie? Und warum? Was hatte Lord Seaton getan, um ihren Onkel zu verärgern?

Doch all das verblasste, als eine plötzliche Erkenntnis sie einen Moment lang sprachlos werden ließ.

„Ist es Rache, was Sie wollen?", äußerte sie ihre Vermutung.

„Ja", hauchte er. „Der Mann hat mein Leben ruiniert und ist wahrscheinlich noch für viel schlimmere Verbrechen verantwortlich. Er muss bestraft werden."

Dann begegnete er ihrem Blick. Anscheinend waren sie beide Opfer ihres Onkels, auch wenn die Verbrechen, die er an ihnen begangen hatte, sehr unterschiedlich waren.

„Ja", flüsterte sie. „Ja, das muss er."

Er schluckte, und der Ausdruck auf seinem Gesicht erwärmte sich. „Es scheint, als wollten wir dasselbe. Das ist gefährlich für Sie. Sie müssen sich zurückziehen und mich die Dinge regeln lassen."

Joanna runzelte die Stirn. „Zurückziehen? Ich bin diejenige, die die Informationen gefunden hat, die zu dem Haus in Whitechapel geführt haben. Sie hätten es gar nicht gefunden, wenn Sie mir nicht gefolgt wären."

„Wenn Sie mir in Ashtons Arbeitszimmer nicht in die Quere gekommen wären, hätte ich diese Informationen und noch mehr bekommen."

Informationen, deren Bedeutung sie noch immer nicht verstanden hatte. Hätte Lord Seaton eine bessere Vorstellung davon, was der Inhalt des Briefes bedeutete? Diese Zahlen? Die Orte? Das Beste war, die Person zu fragen, die sonntags in die Petticoat Street 12 kam.

Er strich mit den Fingerknöcheln über ihre Wange und verbreitete Wärme wie geschmolzenen Sonnenschein auf ihrer Haut. „Miss Digby ...", sagte er, seine Stimme war wie eine Liebkosung. „Ich habe Ihnen viel mehr erzählt, als ich beabsichtigt hatte. Jetzt sind Sie dran. Was hat Ashton Ihnen angetan?"

Joanna überlegte, ob sie der Frage ausweichen sollte, aber er war eben ehrlich zu ihr gewesen. Was würde es schaden, es ihm zu sagen? Wenn er wirklich die Menschlichkeit besaß, die sie gerade an ihm gesehen hatte, würde er vielleicht die verzweifelte Lage verstehen, in der sich ihre Familie befand. Er könnte Erbarmen haben und sich zurückziehen.

„Nicht mir", sagte sie und verlor die Fähigkeit zu atmen, als seine Fingerknöchel immer wieder über ihr Gesicht strichen und sein Duft und seine Nähe sie zum Schmelzen brachten. „Meiner Familie."

„Ah", sagte er, und ein halbes Lächeln vertiefte die kleinen Falten um seine Augen. „Sie sind eine kleine Beschützerin, was?"

Er könnte ihr unzüchtige Lieder vortragen, und sie würde ihm zuhören, solange er mit dieser schönen kehligen Stimme sprach. Sie konnte nicht aufhören, auf seinen Mund zu starren ... der immer näher und näher kam.

Und dann küsste er sie. Zuerst war es ein vorsichtiges, sanftes Knabbern an ihren Lippen. Sie sollte ihn aufhalten. Sie sollte etwas Abstand zwischen sie bringen und sich auf die Bank gegenüber von ihm setzen. Aber dieser Kuss löste einen Ansturm köstlicher Hitze in ihr aus. Der Mann vor ihr zog sie mit einer unsichtbaren Kraft an.

Als er seine Lippen erneut auf ihre presste und der Kuss sowohl behutsam als auch lang war, konnte sie sich nicht ... wollte sie sich nicht von ihm lösen. Seine Lippen fühlten sich so gut an, wie sie es in Ashtons Arbeitszimmer getan hatten. Dieser Kuss war langsamer. Sanfter. Als er mit der Zungenspitze über ihre Lippen strich, öffnete sie ihren Mund, um ihn einzulassen. Sie genoss das samtige Gefühl seiner Zunge, die gegen die ihre peitschte, den süßen und moschusartigen Geschmack seines Mundes, die Härte seiner Arme, die sie umschlossen und näher an ihn heranzogen.

Und dann konnte sie sich nicht mehr von ihm losreißen. Während ihr Verstand ihr zurief, dass sie sich skandalös verhielt, nicht besser als der Prinzregent, der ihrer Schwester ein so unanständiges Angebot gemacht hatte, schlang sie die Arme um Spencers Hals. Er ließ seine Hände an ihrem Körper zu ihren Hüften hinunterwandern, griff nach ihren Schenkeln und zog sie hoch und dann über seine Beine, sodass sie rittlings auf ihm saß.

Vor zwei Tagen war ihr Kuss in aller Eile geschehen. Ein Schock. Ein Akt der Notwendigkeit.

Dieser Kuss war alles andere als das. Er war eine Erkundung. Fragen und Antworten, Neugierde und angenehme Entdeckungen. Der Kontrast zwischen seiner harten, heißen Präsenz und ihrer weichen, zarten Gestalt ließ ihren Magen sich anspannen. Ihre Brüste wurden schwer und schwollen schmerzhaft an, während sie gegen seine feste Brust gepresst war.

Eine seiner Hände wanderte zu ihrer Brust, und selbst durch ihren Spencer hindurch konnte seine große Hand sie nicht vollständig bedecken. Sie keuchte in seinen Mund, weil er so kühn war und weil ihr Körper vor Freude über seine Berührung zusammenzuckte.

„Hmmm", murmelte er an ihren Lippen. „Ich träume seit dem Ball von Granatäpfeln."

Sein Daumen umkreiste ihre Brustwarze durch die Schichten ihrer Kleidung hindurch, und kleine Lustschübe schossen durch ihren Körper. Die empfindliche Brustwarze zog sich zu einer schmerzenden Knospe zusammen, sodass sie ein Stöhnen nicht unterdrücken konnte. Sie wollte mehr, auch wenn ein Teil von ihr ihr sagte, dass sie aufhören sollte, dass sie ein gefährliches Spiel spielte.

Aber sie konnte nicht. Das Spiel war zu interessant.

In einem entfernten Winkel ihres Geistes wurde ihr bewusst, dass die Kutsche nicht mehr klapperte und sich unter ihnen bewegte. Draußen auf der Straße waren Schritte zu hören.

Keuchend riss sich Joanna von Spencer los. Sie war trunken vor Vergnügen und nass zwischen den Beinen. Wie ein Sack Kartoffeln ließ sie sich auf den Sitz ihm gegenüber plumpsen, richtete hastig ihre Haube, ihren Spencer und wischte sich gedankenlos Haarsträhnen aus dem Gesicht. Spencer, der ebenso atemlos und zerzaust war wie sie, fixierte sie mit einem dunklen, gefährlichen Blick, der sie nicht mehr losließ.

Einen Moment lang dachte sie, dass er sich auf sie stürzen würde ... und dass sie ihn willkommen heißen würde.

Aber jemand versuchte, die Tür zu öffnen. Als er seinen Blick endlich von ihr löste, legte Spencer eine Hand auf den Riegel, um sich zu vergewissern, dass sie sich nicht öffnen würde. Joanna konnte den Kopf des Kutschers durch das Fenster sehen. Sie befanden sich jetzt in Mayfair und hatten auf einer schönen Straße vor einem weißen Herrenhaus mit großen Fenstern und einer prächtigen Eingangstür geparkt.

„Carl, gehen Sie und holen Mrs Girdwood", sagte Spencer. „Sagen Sie ihr, dass sie eine Dame nach Hause begleiten soll."

Der Mann sagte einige Augenblicke lang nichts, dann nickte er schließlich. „Wie Sie wünschen, Mylord."

Dann eilte er in Richtung des Herrenhauses.

„Mrs Girdwood wird dafür sorgen, dass Ihr Ruf unversehrt bleibt, Miss Digby", sagte er und richtete sich auf seinem Sitz auf. Er leckte sich über die Lippen, während sein Blick unverhohlen an ihrem Körper auf und ab glitt. „Obwohl ich zugeben muss, dass es mir nicht leichtfällt, nicht weiter zu versuchen, ihn zu ruinieren."

Joanna lachte. „Ein Gentleman würde der Frau, die er skandalisiert hat, anbieten, das Richtige zu tun."

Er zog die Stirn in Falten. „Glaube Sie mir, meine Liebe, Sie wollen mich nicht zum Ehemann haben."

„Ich wollte sagen, dass ich nicht auf der Suche nach einem bin und es auch nie sein werde."

Sie war immer davon ausgegangen, dass sie sowieso nie einen finden würde, da ihre Schwester immer im Mittelpunkt der männlichen Aufmerksamkeit stand. Joanna war nur ein Hintergrund, vor dem Charlotte glänzte. Aber bei ihm hatte sie dieses Gefühl nicht. Zum ersten Mal in ihrem Leben hatte sie das Gefühl, dass jemand sie wirklich sah.

„Das ist gut. Denn ich kann Sie nur ruinieren, Miss Joanna. Ich kann Sie nicht retten. Ich werde Ihr Schurke sein, nicht Ihr Held."

„Ich bin keine Jungfrau in Not, die gerettet werden muss, Lord Seaton", sagte sie kühl.

Ein leises Lachen entkam seinen Lippen. „Gut. Ich möchte Sie außerdem bitten, mit Ihrer Suche aufzuhören, sonst ruinieren Sie meine Ermittlungen. Ich werde nächsten Sonntag herausfinden, was der große schlanke Mann tut, wenn er in die Petticoat Street kommt."

Sie schnaubte spöttisch. „Wie kommen Sie darauf, dass ich aufhören werde?"

„Ja, wie komme ich nur darauf?"

Ein plötzlicher Geistesblitz ließ Joanna sich aufrecht hinsetzen. Sie wusste nicht, was über sie kam. Vielleicht war die alte, schüchterne, unsichtbare Joanna verrückt geworden, und eine neue Version ihrer selbst war zum Vorschein gekommen.

Eine viel zu kühne Version.

„Wie wäre es mit einer Wette, Lord Seaton?", sagte sie und bereute die Worte in dem Moment, in dem sie ihren Mund verließen.

Seine Augenbrauen hoben sich. Er lehnte sich vor und stützte die Ellbogen auf den Knien ab. „Eine Wette?"

Sie könnte noch immer einen Rückzieher machen und ihm sagen, dass sie nur einen Scherz gemacht hatte. Aber ihre Gedanken rasten, sie war plötzlich von der Idee begeistert.

Er hatte recht. Er hatte viel mehr zu bieten – er war reich und mächtig. Und so sehr sie es auch hasste, ihm zuzustimmen, es *war* einfacher, ein Mann zu sein. Aber Menschen, die wie sie unsichtbar waren, konnten so viel mehr erreichen, als andere ihnen zutrauten.

Wenn er sie unterschätzte, konnte sie gewinnen. Und wenn sie gewann, würde er aufhören, und sie würde ihr Ziel ohne seine Einmischung viel schneller erreichen können. Ohne dass er ihr folgte und ihr im Weg stand.

Aber auch sie befand sich im Wettlauf mit der Zeit. Es waren nur noch dreizehn Tage, bis Charlotte dem Prinzen ihre Entscheidung mitteilen musste, und Joanna hatte noch nichts.

„Wer zuerst die Informationen von dem Mann bekommt, hat gewonnen", sagte sie. „Wer verliert, muss seine Ermittlungen einstellen."

Sie schluckte und beobachtete ihn, wie er über ihren Vorschlag nachdachte.

„Das gefällt mir." Seine Lippen verzogen sich zu einem breiten, verschlagenen Lächeln, das ihn herzzerreißend gut aussehen ließ. „Ich habe keine Angst vor einem kleinen Wettbewerb, besonders dann nicht, wenn mein Gegner so angenehm ist wie Sie. Aber es gibt etwas viel Interessanteres, das Sie anbieten können."

Ihr Mund wurde trocken. „Was?"

„Es ist schon viel zu lange her, dass ich eine Frau hatte. Ich schlage vor, dass Sie mir, wenn ich gewinne, das geben, wonach ich mich am meisten sehne – Sie in meinem Bett, auf die intimste Weise, die ein Mann und eine Frau zusammen sein können. Für eine lange sündige Nacht."

Im ersten Moment traute sie ihren Ohren nicht. In seinem Bett ...? Auf intimste Weise ...?

Er wollte sie ruinieren!

„Ich habe es Ihnen gesagt", sagte er. „Ich werde nicht Ihr Held sein."

Wollte er sie als Frau wirklich so sehr?

Nein, argumentierte ihr rationaler Verstand. Er spielte nur ein

Spiel. Er war ihr Rivale, und er wollte, dass sie sich zurückzog. Dass sie sich fürchtete. Um das Einzige zu schützen, was sie besaß, was einer Frau eine gute Ehe und eine sichere Zukunft ermöglichte – ihre Jungfräulichkeit.

Aber er kannte sie nicht. Überhaupt nicht. Sie war nicht an einer Heirat interessiert. Sie konnte mit ihrer Schriftstellerei selbst für ihre Zukunft sorgen. Vielleicht würde sie eines Tages, wenn sie genug verdient hatte und die richtigen Verbindungen fand, eine Zeitung gründen, die ihr eine gewisse Sicherheit geben und es ihr ermöglichen würde, etwas in der Welt zu bewirken.

Sie mochte zwar unsichtbar sein, aber wenn er dachte, sie ließe sich einschüchtern, hatte er sich getäuscht.

Sie straffte ihre Schultern.

„Das sind ungleiche Bedingungen", sagte sie.

„Oh?" Er schmunzelte. „Ich bin neugierig."

Sie räusperte sich. „Wenn Sie gewinnen, bekommen Sie meine Jungfräulichkeit."

„Hmmm", murmelte er, als würde er eine gezuckerte Pflaume im Mund rollen.

„Aber wenn ich gewinne ...", fuhr sie fort, „... werden Sie nicht einfach aufhören. Sie werden all Ihren ‚männlichen' Reichtum und Ihre Macht und Stärke einsetzen und gegen alle Kriminellen von Whitechapel oder des *ton* selbst vorgehen, wenn es sein muss, um mir zu helfen."

Er betrachtete sie einen Moment lang schweigend. In seinem Blick tobte ein stürmischer Konflikt, der auch seinen Kiefer arbeiten und seine Aufmerksamkeit auf ihrem Gesicht hin und her wandern ließ.

Zwei Personen eilten vom Haus aus auf die Kutsche zu. Eine von ihnen war Carl, der Kutscher. Die andere war eine Frau in den Fünfzigern, wahrscheinlich die Haushälterin Mrs Girdwood.

„Mylord, Sie wollten mich sprechen?", fragte Mrs Girdwood,

als sie an der Tür der Kutsche stehen blieb. Spencer warf ihr einen raschen Blick zu, nickte und öffnete die Tür, die sanft aufschwang.

„Bitte steigen Sie ein und begleiten Sie Miss Digby nach Hause, Mrs Girdwood. Ich vertraue darauf, dass Sie es für sich behalten, dass sie mit mir hier war. Allein."

Als Spencer aus der Kutsche stieg und Mrs Girdwood neben Joanna Platz nahm und ihr einen freundlichen, neugierigen Blick zuwarf, machte sich Joanna darauf gefasst, dass Spencer die von ihr vorgeschlagene Wette möglicherweise ablehnen würde. Er legte seine Hand auf die Kutschentür, als Carl zum Kutschersitz ging, und richtete seine Aufmerksamkeit auf sie.

Mit leuchtenden Augen streckte er seinen Arm nach ihr aus, schüttelte ihre Hand und sagte: „Die Wette gilt."

9

PENELOPE UND PRESTON in ihrem neuen Haus besuchen, war das
Letzte, was Spencer tun wollte.

Es machte es nicht einfacher, dass Newdale Place atemberaubend war, ein Haus, von dem er gehofft hatte, es eines Tages mit
seiner eigenen Frau zu bewohnen. Es war ein georgianisches
Stadthaus in einer Reihe von ähnlich großen Häusern reicher und
aristokratischer Nachbarn.

Aber er hatte nur noch drei Tage, bis er seine Wette gegen die
kleine Miss Joanna Digby gewinnen konnte. Und trotz seiner gestrigen Angeberei vor ihr war er, ehrlich gesagt, nicht sicher, ob er
gewinnen würde. Irgendetwas an seiner erbitterten Rivalin sagte
ihm, dass sie nicht so leicht aufgeben würde.

Er hatte sich nach einer Frau gesehnt, ja. Nach mehreren
Monaten des Zölibats verspürte er ein schweres und schmerz-
haftes Verlangen nach einer körperlichen Verbindung. Aber es
ging nicht nur um Lust. Sie hatte etwas an sich, das ihm einen
Nervenkitzel verschaffte, den er schon lange nicht mehr verspürt
hatte.

Also musste er dafür sorgen, dass er einen Vorsprung hatte – indem er sich direkt in die Höhle des Löwen begab. Ashtons Frau musste etwas über die Geschäfte ihres Mannes wissen. Er musste irgendeinen Hinweis finden, irgendeine Information – womöglich eine, die für die Duchess unbedeutend war –, irgendetwas, das Spencer Aufschluss darüber geben konnte, was Ashton in Whitechapel tat.

Das einzige Problem war, dass er der Duchess noch nie vorgestellt worden war und dass das gesellschaftliche Protokoll es ihm nicht erlaubte, uneingeladen in ihr Haus einzudringen. Er kannte Ashton kaum, nur aus dem House of Lords, wo sie sich aufgrund ihres Altersunterschieds und ihrer unterschiedlichen Interessen natürlich in verschiedenen gesellschaftlichen Kreisen bewegt hatten.

Da die Duchess die Mäzenin von Penelopes Kunst war, war seine Schwägerin die ideale Kandidatin, um eine Einführung zu ermöglichen.

Als er den eleganten Löwentürklopfer aus Messing in die Hand nahm und ihn anschlug, atmete er kurz durch. Der Wind trug den reichhaltigen Duft von Blumen und Grün aus dem kleinen Park auf der anderen Straßenseite mit sich, wo Carl die Kutsche geparkt hatte und wo gut gekleidete Damen und Herren spazieren gingen.

Während er auf der großen Treppe stand und darauf wartete, dass der Butler die Tür öffnete, wurde ihm die Brust ganz eng. Dies hätte sein Haus sein können, in dem er seine Tage und Nächte mit einer schönen schwangeren Frau verbringen würde.

Stattdessen war er ein Eindringling. Ein Besucher, der Zeuge des Glücks eines anderen wurde, während das Leben an ihm vorbeizog.

Monatelang hatte er auf dem Schiff festgesessen, ohne zu wissen, wann oder ob er jemals nach Hause zurückkehren würde. Er hatte zu keiner Zeit gewusst, ob seine Familie in Sicherheit war.

Jetzt war er zu Hause, und seiner Familie ging es gut.

Warum hatte er dennoch nicht das Gefühl, dass er endlich angekommen war? Dass er zu Hause war? Dass er loslassen und seiner Familie erlauben konnte, ihm nahe zu sein, wie sie es früher getan hatte?

Denn alles, was er in seinem Inneren fühlte, war Leere und Verlust.

Die Tür schwang auf und Porter, sein Butler aus Chalworth, stand vor ihm. Das würdevolle Gesicht unter dem stets tadellos gekämmten dichten weißen Haar verzog sich überrascht. Seit Jahren, seit sein Vater gestorben war und Spencer der elfte Duke of Grandhampton geworden war, hatte Porter ihm in dem großen mittelalterlichen Haus gedient, das kurz nach Prestons und Penelopes Hochzeit abgebrannt war.

„Euer Gnaden ...", begann Porter und musste dann seinen Fehler bemerkt haben. Er räusperte sich und neigte den Kopf leicht. „Ich meinte natürlich Lord Seaton. Bitte verzeihen Sie meine Unverschämtheit. Ich habe mich vergessen."

Spencer lächelte, und in seiner Brust wurde es warm, aber gleichzeitig verspürte er darin einen leichten Schmerz. „Bitte entschuldigen Sie sich nicht, Porter. Ich hätte Ihnen schreiben sollen, um Sie zu informieren. Es ist ... eine ganze Menge passiert ... seit vergangenem September."

Porter nickte mit leicht wässrigen Augen. „Ich hatte natürlich für Ihre sichere Rückkehr gebetet. Aber ich habe es nicht gewagt, Ihnen direkt zu schreiben oder Sie zu besuchen, um mich nach Ihrer Gesundheit und Ihrem Wohlbefinden zu erkundigen. Ich habe mir jedoch die Freiheit genommen, Ihren Bruder täglich nach Ihrem Befinden zu fragen."

„Ich danke Ihnen", sagte Spencer. Porter war eine weitere Erinnerung an das Leben, das Spencer nie wieder haben würde. An das

Selbst, das er irgendwo in den dunklen, stürmischen Gewässern des Atlantiks verloren hatte. Und doch hegte er keinen Groll gegen Porter, weil er trotz seiner Rückkehr in Prestons Diensten blieb. Im Gegenteil, Spencer hatte seinen Butler immer sehr gemocht und wollte nur das Beste für ihn. „Sind mein Bruder und seine Frau zu Hause?"

„Das sind sie. Erlauben Sie mir ..."

„Wenn Sie mir zeigen, wo sie sind, würde ich gerne reinkommen. Ich habe es eilig, fürchte ich."

Porter nickte. „Natürlich, Mylord, bitte, kommen Sie herein. Und wenn ich meine persönlichen Gefühle ausdrücken darf, ich bin wirklich überglücklich über Ihre Rückkehr."

„Danke", sagte Spencer, und ein Gefühl, das er schon lange nicht mehr gespürt hatte, wärmte seinen Brustkorb von innen.

Er folgte Porter durch einen schönen modernen Flur mit prächtigen Gemälden, die er einen Moment lang bewunderte. Sie erinnerten ihn an Penelopes und seine Diskussionen über Kunst. Er hatte immer gewusst, dass sie malte, und hatte sie ermutigt, ihr Talent zu verfolgen, obwohl ihr Vater es ihr verboten hatte. Er fragte sich, ob das reine, rohe Talent, das er in der Komposition und den Pinselstrichen sah, von ihr stammte. Wenn ja, erfüllten ihn Stolz und Freude für sie.

Ein Teil von ihm wünschte sich, er wäre frei genug, um wieder Penelopes Freund zu sein. Dass er nicht ständig bei dem bloßen Gedanken an sie Schmerz empfinden würde. Um sich wirklich für sie und seinen Bruder zu freuen.

Doch als Porter die Tür zum Salon öffnete und er die beiden eng aneinandergeschmiegt auf dem Sofa sah, ließ ihn die klaffende Leere in seiner Brust wie eine hohle Eisstatue auf der Stelle erstarren. Prestons Hand lag auf Penelopes Bauch, er hatte sein Gesicht in ihre Halsbeuge gedrückt und hielt sie mit seinem anderen Arm umschlungen. Spencer konnte sich nicht erinnern, wann er seinen Bruder das letzte Mal so glücklich, so unbeschwert gesehen hatte.

Das hätte er sein können. Dieser Mann mit einem Hauch Erstaunen in den dunklen Augen und der rosigen Farbe auf den Wangenknochen hätte er sein können.

Und diese Frau mit dem leicht gerundeten Bauch und dem leuchtenden Gesicht, den geröteten Wangen, die unter seiner Berührung kicherte wie ein kleiner glücklicher Vogel, der zwitscherte, wie wundervoll das Leben war ... Sie sollte seine schwangere Frau sein, die unter *seiner* Berührung und in *seinem* Haus glücklich zwitscherte.

Jede kleine Spur von Leben, die der Wettbewerb mit Miss Joanna Digby in ihm geweckt hatte, war verschwunden.

Noch nie hatte sich Spencer so tot gefühlt wie jetzt. Ein bloßer Beobachter, der das Leben betrachtete, das ohne ihn vorbeizog. Und das alles nur wegen eines Mannes ...

Ashton.

Bittere, ätzende Wut begann tief in seinem Knochenmark zu kochen. Er würde Ashton dafür bezahlen lassen. Offensichtlich war der Duke nicht nur in kriminelle Geschäfte in Whitechapel verwickelt, sondern hatte auch Männer beauftragt, Spencer anzugreifen und ihn zu verschleppen. Zum vielleicht hundertsten Mal fragte sich Spencer, warum Ashton ihn so dringend loswerden wollte, dass er ihn zum Sterben in den Krieg geschickt hatte. Egal ... Sobald er Beweise für Ashtons Vergehen hatte – was auch immer diese waren –, würde er einen Strafprozess gegen ihn anstrengen, seinen guten Namen zerstören und ihn für immer als verachtenswerten Mann in die Geschichte eingehen lassen.

Mit dem Hass, der ihm Kraft und Macht verlieh, ging Spencer weiter in den hellen und schönen Salon hinein. Zwischen pastellblauen Wänden standen moderne Möbel auf hellen Teppichen mit verschlungenen Mustern. Er fragte sich, ob die Gemälde mit sonnenbeschienenen, blühenden Gärten und Frühlingslandschaften von Penelope stammten. Auf den Anrichten standen Vasen und andere Kunstwerke der Grand-hampton-Ahnen, die früher in Chalworth gestanden hatten, ebenso wie einige Gemälde aus der Eingangshalle und dem Wohnzimmer.

Spencer hatte sie in Chalworth genossen. Aber sie gehörten ihm nicht mehr. Sie gehörten dem Duke, seinem Bruder.

Sie waren ein weiteres Zeichen für das Leben, das er verloren hatte und nie mehr zurückbekommen würde.

Er bemerkte kaum, dass sich Porter hinter ihm zurückzog, als Preston, der den Besucher endlich wahrnahm, aufblickte.

Ihre Blicke trafen sich.

Im nächsten Moment löste sich Preston von Penelope und sprang auf wie eine Heuschrecke, als hätte man ihn auf frischer Tat mit einer Frau ertappt, die er nicht hätte anfassen dürfen. Das Strahlen und die Freude waren auch aus Penelopes Gesicht verschwunden, als sie sofort besorgt aufstand.

„Spence!", rief Preston aus.

Spencer spürte, wie sich sein Kiefer anspannte. „Du musst nicht wie ein Jugendlicher dreinschauen, der mit einem Dienst-mädchen erwischt wurde, Bruder. Ich bin nicht dein Vater."

Penelope räusperte sich, ihr Gesicht überzog sich mit einer attraktiven Röte. Sie wies auf den Stuhl gegenüber dem Sofa. „Bitte, komm doch herein."

„Danke", sagte Spencer und schloss die Tür hinter sich, setzte sich aber nicht. Er hatte das glückliche Bild seines Bruders und der Frau, die er einst geliebt hatte, sehen müssen, um den kalten, entschlossenen Teil von ihm daran zu erinnern, was wirklich wichtig war. Miss Joanna war eine Ablenkung von seinem Ziel. Von der einzigen Sache, die in seinem Leben noch zählte.

Rache.

„Ich werde nicht lange bleiben", sagte er. „Ich muss dich um einen Gefallen bitten, Penelope."

Sie war so schön, dass es schwer war, sie anzuschauen. Aber war sie hübscher als Miss Joanna? Oder war seine Bewunderung für Penelope nur eine Sehnsucht nach dem Leben, das er nie wieder haben würde? Nach dem selbstbewussten, selbstsicheren Mann, der er einmal war?

„Oh ...", sagte sie. Sie tauschte einen kurzen Blick mit Preston aus, der Spencer unangenehm an Eltern erinnerte, die ein plötzlich anhängliches Kind nicht verschrecken wollten. „Natürlich. Wie kann ich dir helfen?"

„Stell mich der Duchess of Ashton vor. Heute noch. Jetzt ..." Er warf einen Blick auf Preston, der ihn mit dunklen, aber großen Augen musterte. „Wenn du nicht anderweitig beschäftigt bist."

Es war so still, dass Spencer durch das geschlossene Fenster eine Kutsche auf der Straße vorbeifahren hören konnte.

„Ähm ...", sagte Penelope und warf Preston einen langen, fragenden Blick zu. „Ich werde dich ihr gerne vorstellen. Darf ich fragen, warum?"

Spencer antwortete, ohne mit der Wimper zu zucken: „Das darfst du nicht."

„Warum so plötzlich, Spence?", fragte Preston leise.

Allmächtiger Gott, dieses Herumschleichen um ihn ging ihm auf die Nerven. Er war nicht aus Porzellan, das kurz davor war zu zerbrechen.

„Bei allem Respekt, Bruder, das geht dich nichts an."

„Hat es etwas mit Miss Joanna Digby zu tun?", wollte Preston wissen.

Spencer fluchte wieder einmal innerlich und sah Penelope an. „Hilfst du mir oder nicht? Sebastian und Emma, glaube ich, wären auch gerne bereit, mich ihr vorzustellen. Großmutter wäre es sicherlich auch gewesen, wenn sie nicht gestern abgereist wäre, um die Kerridges auf dem Land zu besuchen."

„Das werde ich", sagte Penelope hastig und sah dann wieder zu Preston, der ihr zustimmend zunickte. Das ärgerte Spencer noch mehr, denn es bedeutete, dass Preston sich nicht im Geringsten darum sorgte, dass Spencer das Glück seiner Ehe gefährden könnte. „Erlaube mir, die Kutsche zu rufen."

Sie ging zur Dienstbotenklingel, aber bevor sie zog, bot Spencer an: „Meine Kutsche steht draußen, und Carl wartet."

„In Ordnung", sagte Penelope und legte ihre Hände auf ihrem Bauch zusammen.

Sie war einfach die perfekte Duchess. Manieren, Klasse, Schönheit. Eine bemerkenswerte Sensibilität und Verständnis des Herzens. Hätte sie Spencer gehört, wäre er genauso stolz gewesen, mit ihr bei gesellschaftlichen Anlässen aufzutreten, wie es sein Bruder zweifellos war.

„Soll ich euch begleiten?", fragte Preston vorsichtig.

„Wenn du willst", sagte Spencer. „Ich bin nur an einer angemessenen Vorstellung bei der Duchess interessiert. Das ist alles."

Preston nickte, seine Haltung wirkte angespannt wie ein Felsbrocken. Er erinnerte Spencer an einen grob behauenen Stein, der harte Kanten und seltsame Winkel besaß.

„Vielleicht ...", sagte Penelope und schaute ihren Mann bedeutsam an, „... ist es besser, wenn ich die Vorstellung vornehme, Liebling."

Preston runzelte die Stirn – nicht wütend oder böswillig, sondern so, als ob er versuchte, das Wesentliche zu verstehen, was ihm nicht ganz gelang.

„Korrigiere mich, wenn ich falsch liege, Bruder", sagte sie und begegnete wieder Spencers Blick. Bruder ... das war er jetzt für sie. „Aber es klingt, als wäre dein Problem ziemlich heikel ... nicht wahr?"

Er freute sich nicht darauf, in der gleichen Kutsche wie Penelope zu fahren. Aber es wäre noch schlimmer, wenn er seinen Bruder und Penelope auf dem Weg zu Ashtons Anwesen zusammen sehen müsste.

„Alles, was ich brauche, ist eine Vorstellung ...", sagte er und fügte dann mit einer Kehle, die sich anfühlte, als würde sie voller Kieselsteine stecken, hinzu: „... Schwester."

„Richtig", sagte Preston, und die Falten auf seiner Stirn glätteten sich, als hätte er endlich verstanden. „Nein, natürlich ist es heikel. Ich werde in der Zwischenzeit die neuesten Depeschen für das House of Lords durchsehen. Denk nur daran, sie in einem Stück zurückzugeben", sagte Preston, wobei der Scherz zeigte, wie seltsam und unbehaglich er sich fühlte.

Spencer war es nicht gewohnt, dass Preston sich schuldig fühlte und versuchte, ihm zu gefallen.

„Das werde ich", sagte er und nickte seinem Bruder zum Abschied zu.

Er wartete in der Eingangshalle, während Penelope ihre Haube und den Spencer holte, dann verabschiedete sich Preston zurückhaltend. Er war sichtlich angespannt und unbeholfen.

Spencer hatte die feste Absicht, auf dem Weg zu den Ashtons zu schweigen, aber er hätte es besser wissen müssen. Als sie die hohe Treppe hinabstiegen, Spencer vorneweg, rief Penelope: „Spencer ..."

Es war die Stimme, von der er monatelang geglaubt hatte, sie seinen Namen rufen zu hören, als er sich an der Reling des Schiffes festgehalten und im Delirium der Infektion gelegen hatte, die an seinem Fleisch zehrte und ihr Bestes tat, um ihn zu töten.

Es war sein von ihr ausgesprochener Name, was ihm geholfen hatte, sich an die Hoffnung zu klammern. Als wäre es ein Seil, das ihn zurück in die Welt der Lebenden ziehen konnte.

Er blieb stehen, drehte sich um und betete zu Gott, dass sie nicht wusste, wie viel es ihn jedes Mal kostete, ihr in die Augen zu sehen. Denn es bedeutete, sein vergangenes Ich zu sehen, das er nie wieder sein würde.

Und er wusste nicht mehr, wer er war.

„Was gibt es?", fragte er.

„Ich wollte nur ..." Sie fingerte unsicher mit ihren behandschuhten Händen herum. „Ich hoffe, du findest mich nicht zu aufdringlich ..." Sie war ein paar Stufen hinuntergestiegen und befand sich nun auf gleicher Höhe mit ihm. Sie sah zu ihm auf, so sanft und so zärtlich und so sehr wie die Frau, die er geliebt hatte ... seine erste Liebe. „Ich habe dich vermisst. Ich vermisse dich noch immer. Ich habe mich gefragt, ob wir wieder Freunde sein können. Über Kunst diskutieren, wie wir es früher getan haben. Und über alles reden, wie ... bevor das alles geschehen ist."

Bevor das alles geschah. Bevor er von einer Pressbande entführt worden war. Bevor Preston sie geheiratet hatte. Bevor sie sich in seinen Bruder verliebt hatte.

Spencers Kehle schnürte sich zu. Seine erste Liebe ... Nur war sie nicht mehr die Frau, die er gekannt hatte, die Frau, in die er sich verliebt hatte.

Sie hatte sich verändert. Aus der jungen Frau, die er früher gekannt hatte, die schüchtern und zurückhaltend und sich ihrer eigenen Fähigkeiten nicht sicher war, war eine Frau geworden, die ihren eigenen Willen besaß und ihren eigenen Wert kannte. Es war eine Veränderung, über die er sich freute ... eine, zu der ihre Liebe zu seinem Bruder zweifellos beigetragen hatte.

Sie war einmal seine Freundin gewesen. Jemand, mit dem er mehr von seinen Gedanken geteilt hatte als mit jedem anderen. Doch nichts von dem, was er gesagt hatte, war besonders persönlich gewesen oder in die Tiefe seiner Seele gegangen. Er hatte es immer vorgezogen, die Dinge leicht und fröhlich zu halten. Jetzt konnte er sich kaum noch an diesen Mann erinnern.

„Ich weiß es nicht", sagte er mit heiserer Stimme. „Ich weiß nicht, ob ich das kann."

Er wusste nicht, ob er überhaupt noch jemandem etwas zu geben hatte ... als Freund oder als irgendetwas anderes. Der Krieg und Ashton hatten ihn vieler körperlicher Dinge beraubt – hatten ihm ein verwundetes Bein und andere Narben hinterlassen, die er nicht zählen konnte.

Aber sie hatten ihm auch etwas anderes geraubt, das er nicht anfassen konnte. Vielleicht ein Stück seiner Seele.

Er sagte dies nicht laut, und wahrscheinlich verstand sie die Bedeutung seiner Worte falsch. „Ich wollte dich nie verletzen, Spencer. Es tut mir so leid. Alles."

Seine Kehle schnürte sich zu, und er musste sich räuspern, um die Worte herauszubekommen. Er wurde weich. Er wusste, dass es nicht ihre Schuld war. Er war noch immer wütend, aber nicht auf sie, auch wenn es schwer war, mit ihr zu reden.

„Nein, bitte, Penelope, du musst dich nicht rechtfertigen."

„Ich muss das sagen, Spencer. Du musst meine Sicht der Dinge kennen. Ich wusste nie, dass du Gefühle für mich hast. Die ganze Zeit dachte ich, wir wären Freunde ... Dass du nur daran interessiert wärst, irgendwelchen Röcken nachzujagen, die so verführerisch um dich herumgeflattert sind. Dass du es nicht ernst meinst mit einer Person – schon gar nicht mit dem schüchternen Mädchen, das sich nur für Kunst interessiert. Hätte ich gewusst, dass du mehr empfindest als ich, hätte ich unsere Gespräche abgebrochen."

Die Ablehnung schmerzte. Sie hätte aufgehört, sich mit ihm zu treffen, seine Freundin zu sein, wenn sie von seinen Gefühlen gewusst hätte ... Hätte er ihr einen Antrag gemacht, hätte sie Nein gesagt. Diese Enthüllung war wie ein Hieb gegen sein ohnehin schon angeschlagenes Ego. Es sollte immer Preston für sie sein. Nicht er. All seine Hoffnungen waren vergeblich gewesen. Was sah sie in seinem Bruder, was sie in ihm niemals gesehen hatte?

Die emotionale Ohrfeige klärte seine Gedanken, die sofort zu Miss Digby zurückkehrten. Allein an sie zu denken, entzündete einen Funken in ihm, wie nichts anderes es vermochte. Hatte Penelope jemals eine ähnliche Anziehungskraft auf ihn ausgeübt? War es möglich, dass er nicht nur falsch gelegen hatte, was ihre Gefühle betraf, sondern auch, was seine eigenen anbelangte? Wenn ja, warum schmerzte es noch immer so sehr?

„Ich hoffe, dass wir das können“, sagte er. „Ich meine es ernst. Eines Tages hoffe ich, dass wir Freunde sein können wie früher. Aber um ehrlich zu sein, kann ich mir diesen Tag im Moment nicht vorstellen.“

Penelopes Augen wurden feucht, und seine Brust zog sich zusammen, als er ihre Traurigkeit sah. Er wünschte, er hätte eine bessere Antwort, aber das war alles, was die hohle Leere in der Mitte seiner Brust bieten konnte.

Mit einem Arm, der sich anfühlte, als würde er so viel wie zwei Steine wiegen, gestikulierte er in Richtung seiner Kutsche, wo Carl die Tür aufhielt.

Sie stiegen in die Kutsche. Als Carl losfuhr, versuchte Penelope, den Weg zu den Ashtons mit einem höflichen, wenn auch unbeholfenen Gespräch zu überbrücken. Das fühlte sich besonders anstrengend an, vor allem weil es das komplette Gegenteil war von dem stundenlangen lockeren Austausch, den sie früher miteinander geführt hatten ...

Aber wie sollte er ihr von den Dingen erzählen, die ihm widerfahren waren? Darüber, wer er jetzt wirklich war, über den Hunger und die strenge Disziplin auf dem Schiff, über die Angst, die wie eine fünfte Gliedmaße in seiner Magengrube gelebt hatte. Ein Teil dieser Angst rührte daher, dass er auf dem scheinbar zerbrechlichen Holzschiff in den Weiten des Ozeans gefangen war. Ein anderer Teil kam daher, dass er wusste, dass die feindlichen Kanonenkugeln bald mit unvorstellbarer Geschwindigkeit durch die Luft auf sie zufliegen würden. Wieder einmal spürte er, wie sich Splitter in sein Fleisch bohrten, und atmete den beißenden Geruch von Schießpulver ein, das für ihn oder seine Freunde den Tod bedeuten konnte.

In den ersten Tagen seiner Gefangenschaft hatte er einen jungen Mann, Sam Holter, aus Whitechapel kennengelernt – der einzige Mann, der ihn für einen Duke hielt. Sie hatten zusammen in den Eingeweiden des Schiffes gesessen und sich unterhalten. Spencer hatte großen Respekt vor dem jungen Mann entwickelt, der das Heilen von seiner Großmutter gelernt hatte. Nachdem sie für die Arbeit auf dem Schiff freigelassen worden waren und gelernt hatten, wie man segelte und kämpfte, wie man zielte und Kanonen abfeuerte, wurden sie wahre Freunde, die sich immer gegenseitig halfen und moralische Unterstützung boten.

Als sich Spencer am Oberschenkel verletzt hatte, war Sam in den schlimmsten Zeiten für ihn da. Wäre Spencer der Infektion erlegen, hätte er nicht einsam dem Tod ins Auge geblickt. Sam war an seiner Seite gewesen, hatte seine Hand gehalten und ihm mit beruhigenden Worten und einem festen Blick Trost gespendet.

Wie könnte eine Dame wie Penelope diese Erfahrung jemals verstehen?

Wie eine richtige Duchess lenkte sie das Gespräch. Sie stellte ihm Fragen, und er gab höfliche, nichtssagende Antworten, obwohl er eigentlich nur vor all diesen Unannehmlichkeiten davonlaufen wollte. Um sich abzulenken, dachte er an all die Möglichkeiten, wie er Miss Joanna bei ihrer Wette überlisten könnte … und wie er, sobald er ihre Wette gewonnen hatte, das Vergnügen ausdehnen und die Nacht auskosten würde, in der er sie zu seiner Frau machen würde.

Er brauchte nur diese Vorstellung zu überstehen, und er würde damit seinem Ziel viel näher kommen. Sobald er die Beweise und weitere Informationen über Ashtons Aktivitäten hatte, würde er den Duke endlich vernichten, wie er es verdiente.

Eine halbe Stunde später hielten sie vor Neverton Place, und sein Magen zog sich bei der Erinnerung daran zusammen, wie er seine Persephone innerhalb dieser Mauern verfolgt hatte ... Als er sie das erste Mal gesehen hatte, konnte er niemand anderen ansehen.

Sie war die Persephone für seinen Hades.

In dem Moment, als er sie brauchte.

Und jetzt, wo er wusste, wer sie wirklich war – die reizende kleine Miss Joanna Digby – wollte er sie noch mehr.

Das Verlangen, sie zu sehen, war ein beunruhigendes Bedürfnis, das sich in seinem Körper festgesetzt hatte. Er wollte ihre Wette gewinnen. Er wollte sie aus der Gefahr heraushalten und sich an Ashton rächen. Ihr Erster zu sein, wäre der ultimative Preis. Vielleicht sollte er sich wegen seines Plans schuldig fühlen. Er könnte ihre Zukunft in Gefahr bringen. Aber er würde besonders darauf achten, dass niemand es herausfand ... Es gab Möglichkeiten für eine Dame, einen Ehemann glauben zu lassen, er wäre ihr Erster. Und er brauchte sie auf eine Art und Weise, gegen die er nicht ankam ...

Durch das Gespräch mit Ashtons Frau hoffte er, etwas zu erfahren, das ihm einen Vorsprung verschaffen und ihm einen Hinweis auf Ashtons Verbindung zu Whitechapel geben würde. Vielleicht könnte er mehr über den Mann herausfinden, der sonntags in die Petticoat Street ging.

Er kletterte aus der Kutsche und half Penelope herunter.

Er war überrascht, mehrere Lakaien auf der Treppe stehen zu sehen, die sich unterhielten und ihn beobachteten. Irgendetwas an ihnen passte jedoch nicht zu seiner Vorstellung von Lakaien: Sie hatten zerzaustes Haar, unrasierte Kiefer, und auf einigen ihrer

Gesichter waren ein oder zwei blaue Flecken zu sehen. Sie sahen den Männern, die ihn verprügelt hatten, viel zu ähnlich ... und dem, der Joanna und ihn in Whitechapel beobachtet hatte.

Er konnte nicht umhin, einen Schauer des Unbehagens zu verspüren. Aus welchem unheiligen Grund könnte Ashton seine Schläger in der Nähe und in aller Öffentlichkeit herumlungern lassen?

Sie klopften an, und Penelope teilte dem Butler mit, dass sie die Duchess of Ashton besuchen wolle und dass sie ihren Schwager Lord Seaton dabeihabe. Der Butler verschwand, um sich bei seiner Herrin zu erkundigen, und kam nach ein paar Minuten zurück, um sie einzuladen, mit ihm zu kommen.

Sie gingen durch die große Eingangshalle und den Flur hinter den prächtigen Mahagonitüren.

Der Butler öffnete die Tür zum Salon und kündigte sie an, woraufhin Penelope und er eintraten. Die Duchess saß majestätisch und elegant auf dem Sofa. Sie hielt ihren Rücken gerade, das Haar war zu einem modischen Dutt frisiert.

Ihr gegenüber am Teetisch saß Joanna mit großen Augen und offenem Mund, und ihr verwirrter und wütender Blick huschte zwischen Penelope und Spencer hin und her.

10

VOR ETWA EINER halben Stunde war Joanna in den Salon geführt worden. Sie hatte die Hände zu Fäusten geballt und war darauf gefasst gewesen, von ihrer Tante abgewiesen zu werden, hatte aber gehofft, dass dies nicht der Fall sein würde. Der opulente Raum war genau so, wie sie ihn in Erinnerung hatte, als sie vier Jahre lang hier gelebt hatte, nachdem ihre Mutter und ihr Vater bei einem Kutschenunfall ums Leben gekommen waren. Er war voller komplexer Gemälde und Kunstwerke, Möbel, die mit den vergoldeten, geschnitzten Füßen genauso gut aus Versailles stammen könnten. Hohe Decken und große Fenster, die mit karmesinroten Vorhängen mit goldenen Blumenmustern drapiert waren, ließen viel Licht herein.

Ihre Tante war aufgestanden, um sie zu begrüßen, und in dem Moment, bevor sie die höfliche und gleichgültige Maske einer Duchess aufsetzte – die alles hatte, was man sich wünschen und brauchen konnte, und sich um nichts in der Welt kümmerte –, hatte Joanna einen Blick auf die Person erhascht, die sie viele Male gesehen hatte, während sie in Neverton Place gelebt hatte.

Eine zutiefst einsame und unglückliche Frau.

„Joanna", sagte ihre Tante warmherzig. „Ich habe nicht mit dir gerechnet."

„Ich hoffe, ich bin nicht unwillkommen", erwiderte Joanna.

Ein leichter Ausdruck von Schuld huschte über die Züge der Duchess. „Nein, natürlich nicht. Bitte, setz dich doch."

Sie bat Goodridge, der in der Tür stand und auf die Anweisungen seiner Herrin wartete, Tee zu bringen. Er verbeugte sich und verschwand hinter der Tür.

„Mein Onkel ist nicht hier, oder?", fragte Joanna vorsichtig.

Ihre Tante lächelte höflich. „Nein. Mach dir keine Sorgen um meinen Mann."

Stille breitete sich im Raum aus. So vieles zwischen ihnen war ungesagt. Wie konnte ihr Onkel Gideon um sein Erbe bringen? Warum hatte der Kontakt zwischen den beiden Teilen der Familie in den vergangenen drei Jahren so abrupt aufgehört? Warum hatte die Duchess nichts unternommen, um sicherzustellen, dass ihr Mann das Richtige für Gideon tat? Hatte sie eine Ahnung, dass ihr Mann in etwas Kriminelles verwickelt war, das Whitechapel betraf und sie in Gefahr bringen könnte?

Und wusste sie, dass er versuchte, seine eigene Nichte an den Prinzen zu prostituieren?

„Geht es dir gut?", erkundigte sich die Duchess. „Und Charlotte und Gideon?"

Joanna räusperte sich. Vielleicht sollte sie ihrer Tante von Charlotte erzählen … oder von Whitechapel. Aber warum sollte ihre Tante auf Joannas Seite stehen, wenn sie ihre Sicherheit, ihren Status und ihren Reichtum verlieren würde, wenn Ashton etwas zustieß? Warum sollte die Duchess jetzt etwas unternehmen, wo sie doch an dem Tag, an dem Gideon volljährig wurde, nicht aufgestanden war und ihre Nichten und ihren Neffen beschützt hatte? An dem Tag, an dem Ashton sie aus seinem

Haus verwiesen hatte, anstatt den Namenstag seines Neffen zu feiern.

Nein. Es war das Beste, vorsichtig zu sein. Ihr Onkel hatte deutlich gemacht, dass sie auf sich allein gestellt waren, und trotz der Tränen ihrer Tante hatte sie nichts getan, um dem zu widersprechen.

„Es geht allen gut", sagte Joanna mit einem angespannten Lächeln. „Danke für die freundliche Einladung zum Ball."

„Natürlich. Hast du dich amüsiert?", fragte die Duchess.

Ob sie sich amüsiert hatte? Joannas Geist wurde von der Erinnerung an die schönste Begegnung ihres Lebens überflutet: der Tanz ... das Gespräch ... der Kuss.

„Sehr sogar", sagte sie, während sich ihre Wangen erhitzten.

Die Tür öffnete sich und der Butler, gefolgt von zwei Lakaien, brachte Tabletts mit Teetassen, einer Teekanne und Silberteller mit Gebäck, Keksen, Törtchen, Scones und Rosinenschnecken herein. Während sie alles auf den runden, mit einem makellosen weißen Spitzentuch gedeckten Teetisch stellten, setzten sich die Duchess und Joanna an den Tisch. Als sie wieder allein waren, nahm Joanna einen Schluck Tee mit Milch. Die Duchess sah sie traurig an.

„Ich bedaure, dass wir uns nicht mehr nahestehen, Joanna", sagte die Duchess mit Tränen in den Augen. „Dein Onkel und ich waren nie mit eigenen Kindern gesegnet, wie du weißt. Ich hatte weder Geschwister noch Cousins und Cousinen. Als du und deine Geschwister bei uns gewohnt haben, hat es sich für mich so angefühlt, als wäre ich zum ersten Mal Mutter. Ihr drei wart für mich das, was einer eigenen Familie am nächsten kam."

Traurigkeit erfüllte ihre Brust, und Joanna konnte den Tee in ihrem Mund nicht mehr schmecken. Vielleicht hatte sie sich in ihrer Tante getäuscht. „Warum hast du dann meinen Onkel nicht aufgehalten und uns beschützt?"

Die perfekte Sanduhrenfigur der Duchess hob und senkte sich, als sie tief seufzte. Sie betrachtete das unberührte Gebäck auf ihrem Teller. „Weil es unmöglich ist, gegen Stuart anzutreten. Er gewinnt immer."

Joanna bedeckte die Hand ihrer Tante mit ihrer eigenen. „,Immer' scheint ein absolutes Wort zu sein. Selbst der Mächtigste kann gelegentlich umgestimmt werden."

Ihre Tante sah sie mit schmerzlicher Miene an. „Du kennst ihn nicht so gut wie ich. Er ist ..." Sie öffnete ihre zitternden Lippen, um etwas zu sagen, hielt dann jedoch inne und zog ihre kalte Hand unter Joannas zurück. Mit zittriger Hand nahm sie ihr Buttermesser und verteilte unbeholfen einen Klecks Clotted Cream auf ihrem Gebäck. „Er kann sehr paranoid sein. Wie die plötzliche Zunahme von sehr seltsamen Lakaien beweist, die ihn wie Hunde bewachen. Oder seine anderen Exzentrizitäten ... Sein Egoismus ... Deshalb ist es auch so klug von Gideon, nicht zu versuchen, um sein Erbe zu kämpfen. Er würde es nur noch schlimmer machen. Er sollte einfach ruhig und gehorsam bleiben, so wie er es bisher getan hat, und warten, bis Stuart verstorben ist, und dann kann er den Titel und all das erben. Glaub mir, es wäre ein schlimmer Fehler, den Duke zu verärgern."

Joanna schluckte schwer. Ihre Tante hatte Angst vor ihrem eigenen Mann. Wie schrecklich musste es für sie sein, ihr ganzes Leben mit jemandem zu verbringen, der nicht ihr Fels in der Brandung war, sondern ihr Peiniger.

Mit einem Teelöffel nahm ihre Tante ein wenig von der dunkelroten Konfitüre, die sich auf einem Teller befand. Sie könnte sie nach Portsmouth fragen ... oder nach Chesapeake Bay. Sie könnte sie fragen, was Valiant bedeutete.

Oder sie könnte mit dem Offensichtlichsten beginnen.

„Hat er in Whitechapel zu tun?", fragte Joanna.

Die Duchess erstarrte mit dem Gebäck auf halbem Weg zum

Mund. Ihr Blick wurde plötzlich scharf und wachsam. „Warum stellst du so eine seltsame Frage?"

Joanna leckte sich über die Lippen. Konnte sie etwas andeuten? Oder sollte sie vorsichtig sein?

„Tante, wie du sagst, ist mein Onkel ein gefährlicher Mann. Er ..."

Die Tür öffnete sich und der Butler kam wieder herein. „Die Duchess of Grandhampton und Lord Seaton."

Joannas Magen rutschte ihr in die Knie. Als Spencers große muskulöse Gestalt in der Tür erschien, wurde ihr alle Luft aus den Lungen gesaugt. Ein Gefühl wie ein Blitz durchfuhr sie, als ihre Blicke sich trafen, und der Schock, den sie empfand, spiegelte sich in seinem umwerfenden Gesicht wider. Wie konnte er nur so beeindruckend sein? Mit seinen stolzen Zügen und seinen intensiven dunklen Augen war er wie ein lebendes, atmendes Kunstwerk.

Die kurzzeitige Freude und Aufregung wurden dann jedoch von einer brodelnden Verärgerung abgelöst. Sie hatte bei ihrer Tante Fortschritte gemacht, denn ihrer besorgten Reaktion nach zu urteilen, wusste sie tatsächlich etwas über Whitechapel. Joanna könnte eine mächtige Verbündete gewonnen haben.

Doch dann hatte Spencer sie unterbrochen!

Genau wie gestern.

„Ah, Penelope!", rief Joannas Tante sichtlich erleichtert aus, aber ihr Gesichtsausdruck wirkte noch immer nervös. „Und Lord Seaton ..."

„Mein Schwager", sagte die Duchess of Grandhampton, und Joanna warf einen genauen Blick auf die Frau.

Sie war schön. Ihr Gesicht war nicht nur hübsch, sondern wirklich schön mit den großen Augen, die von langen Wimpern umrahmt waren. Sie besaß hohe Wangenknochen und volle

Lippen. Es war das Gesicht einer Frau, die die Aufmerksamkeit vieler Männer auf sich ziehen musste.

Sie hatte etwas an sich, das sie auch als Person sofort sympathisch machte – vielleicht waren es die freundlichen und intelligenten Augen und das herzliche Lächeln. Von der Arroganz, die manche blaublütigen Frauen und Männer ausstrahlten, war keine Spur zu sehen.

Womöglich war es albern, aber obwohl die Duchess of Grandhampton gesagt hatte, Spencer wäre ihr Schwager, spürte Joanna eine gewisse Unbehaglichkeit zwischen ihnen. Vielleicht lag es an der körperlichen Distanz zwischen ihnen, die viel größer war, als von der Gesellschaft erwartet wurde. Vielleicht lag es auch an der Anspannung, die sich in der Haltung der Schultern der beiden abzeichnete. Oder in den hölzernen Masken der Höflichkeit ...

Irgendetwas an der Frau vor ihr erinnerte Joanna daran, wie Charlotte den ersten und einzigen Jungen gestohlen hatte, an dem Joanna je Gefallen gefunden hatte. Und das ließ sie einen scharfen Stich der Eifersucht gegenüber der jungen Duchess spüren.

Obwohl die Duchess nichts getan hatte, womit sie das verdient hätte.

Aber sie konnte nichts dagegen tun. Das Gefühl hatte sich in ihr festgesetzt, und sie konnte es nicht abschütteln.

„Es ist mir ein Vergnügen, Sie kennenzulernen, Lord Seaton. Bitte setzen Sie sich beide zu uns zum Tee", sagte Joannas Tante. „Goodridge, bringen Sie bitte mehr Tee und Tassen für meine Gäste."

Der Butler verbeugte sich und zog sich zurück, und Spencer und die Duchess betraten den Raum und nahmen am Teetisch Platz.

„Das ist meine Nichte, Miss Joanna Digby", stellte die Duchess sie vor.

„Erfreut, Sie kennenzulernen." Die Duchess of Grandhampton

strahlte, und Joanna rang sich ein höfliches Lächeln ab. Es war wirklich schwer, die junge Frau nicht zu mögen.

„Das Vergnügen ist ganz meinerseits, Euer Gnaden", antwortete Joanna.

„Sehr erfreut, Sie kennenzulernen, Miss Digby", sagte Spencer, und Joanna spürte, wie sein Knie ihres unter dem Tisch berührte.

Sie zuckte überrascht zusammen, weil dieses Verhalten so unpassend und skandalös war. Und dann auch noch direkt vor ihrer Tante! Die Tasse, die sie in der Hand hielt, zitterte heftig, und der Tee ergoss sich auf das Tischtuch und ihre Hand.

Sie keuchte. Während beide Duchesses hastig aufstanden, war Spencer schneller. Er schnappte sich seine Serviette und legte sie auf Joannas Hand, wobei seine Berührung sie mehr versengte, als es der heiße Tee je könnte.

Die Temperatur des Tees war alles andere als verbrühend. Es war eher der Schock über den verschütteten Tee als eine wirkliche Verletzung, und nach ein oder zwei Augenblicken wurde ihr klar, dass ihre Haut nicht wirklich verletzt war. Das brennende Gefühl ließ schnell nach, sodass sie vielmehr erschrocken als verletzt war.

„Mir geht es gut", sagte sie unter dem Gewicht seines intensiven Blickes.

„Vielleicht etwas kaltes Wasser ...", schlug er vor.

„Mir geht's gut. Mein Tee war nicht sehr heiß."

Sie legte die Serviette auf den Tisch.

Als der Butler Teetassen brachte, verlangte ihre Tante kaltes Wasser, aber Joanna lehnte ab, da sie sich unwohl fühlte, wenn jemand solches Aufheben wegen ihr veranstaltete.

Nachdem der Butler und die Lakaien gegangen waren, begann ein unbeholfenes Gespräch, in dem sie zuerst über die Oper und das Feuer sprachen. Danach redeten sie über andere Brände in London, dann über das Wetter und schließlich darüber, dass die Stadt bald wie leergefegt und ruhig sein würde, da die meisten Leute abreisen würden, um den Herbst und Winter auf dem Land zu verbringen. Die beiden Duchesses sprachen ausführlich über Kunst.

Joanna saß derweil wie auf einem Nadelkissen. Spencers Knie berührte erneut das ihre, und ihre Haut schmolz durch die Schichten ihres Unterrocks und des einfachen Kleides. Sie wusste, warum er hier war. Cleverer Wolf, der er war, hatte er die gleiche Idee wie sie.

Joanna wünschte, sie wäre früher gekommen. Sie musste unbedingt herausfinden, ob ihre Tante ihren Mann bei etwas Verdächtigem beobachtet hatte. Aber wie sollte sie jetzt in der Gegenwart von Gästen danach fragen?

„Geht es Ihrem Mann gut, Duchess?", erkundigte sich Spencer. „Ich habe ihn schon eine Weile nicht mehr gesehen."

Ihre Tante stellte die Tasse so leise auf die Untertasse, dass sie aus Stoff sein könnte.

„Es geht ihm gut, danke. Er ist heute ein beliebtes Thema." Sie lachte leise und warf Joanna einen nervösen Blick zu.

„Ist er das?", fragte Spencer und blickte Joanna an. „Nun, er ist ein prominenter Mann, nicht wahr?" Er wandte sich an die Duchess of Ashton. „Können Sie mir sagen, ob der Duke zufällig Wohltätigkeitsarbeit für die weniger Glücklichen leistet? Sagen wir ... in Whitechapel?"

Die Augen der Duchess weiteten sich, dann sah sie zu Joanna. „Meine Nichte hat vorhin fast genau die gleiche Frage gestellt."

Spencers Blick verbrühte Joanna. „Hat sie das?"

„Warum wollen Sie das wissen?", fragte Joanna.

Die junge Duchess of Grandhampton schaute mit zusammengekniffenen Augen, in denen ein deutlicher Ausdruck von Argwohn stand, zwischen Spencer und Joanna hin und her.

„Ich möchte es wissen ...", antwortete Spencer, „... weil ich einen Beitrag zu einer guten Sache leisten möchte."

„Warum fragen Sie den Duke of Ashton dann nicht selbst?",
merkte Joanna an.

„Ich könnte Sie genau das Gleiche fragen", antwortete er.

„Der Duke ist nicht hier, oder?", sagte sie.

„Eine ausgezeichnete Beobachtung. Ich sollte immer zu Ihnen
kommen, wenn ich eine benötige."

„Das sollten Sie, Sir. Wenn Sie nicht selbst dazu in der Lage
sind. Ich bin gerne bereit, Ihnen zu helfen."

„Welch eine Höflichkeit", sagte er. „Welch ein Anmut."

„Das ist auch etwas, in dem Sie eine Lektion gebrauchen
könnten."

Aus den Augenwinkeln nahm Joanna wahr, dass ihre Tante
mit einem verwirrten Blick zwischen Spencer und ihr hin- und
hersah. Die Duchess of Grandhampton verbarg ein Lächeln.

Als Joanna das Ausmaß ihres Fehltritts erkannte, öffnete sie
die Lippen, bereit, sich bei beiden Duchesses zu entschuldigen.
Das war zu weit gegangen. Es war, als hätte sie vergessen, dass
sich überhaupt noch andere Menschen im Raum befanden!

Doch bevor sie etwas sagen konnte, öffnete sich die Tür
erneut, und ihr Onkel kam herein. Seine Hand erstarrte auf dem
Türknauf, als er sie sah.

Dann richteten sich seine Augen auf Spencer. Sein Blick
verfinsterte sich, die Nasenflügel blähten sich auf, und er fletschte
für einen kurzen Moment die Zähne.

Spencers Gesicht wurde blass, ehe sich die hohen Wangenknochen und der Hals röteten. Seine Hand ballte sich um das Buttermesser zur Faust, sodass die Knöchel weiß hervortraten. Joanna
drehte sich bei dem Anblick ihres Onkels der Magen um. Er hatte
weder seinen Nichten noch seinem Neffen je nahegestanden und
sich ihnen gegenüber immer wie ein Fremder verhalten, selbst als
sie noch Kinder waren.

„Guten Tag, alle zusammen", sagte Ashton. „Was für ein uner-
warteter Besuch."

„Ah, Euer Gnaden", sagte ihre Tante mit einem angestrengten
Lächeln, während sie es vermied, ihren Mann anzusehen. „Wir
haben gerade über dich gesprochen. Es scheint, dass unser Besuch
wissen will, ob du in Whitechapel mit Wohltätigkeit zu tun hast."

Ashton ging mit Blick auf Spencer langsam auf den Tisch zu.
„Das habe ich in der Tat. Aber ich muss es wahrscheinlich in
meinem Arbeitszimmer nachschlagen. Mein Gedächtnis lässt
mich manchmal im Stich. Meinen Sie nicht auch, Lord Seaton? Die
wichtigsten Informationen werden normalerweise im Arbeitszimmer aufbewahrt, nicht wahr?"

Spencer hielt Ashtons Blick stand, als hinge sein Leben davon
ab. Sein Oberschenkel, der unter dem Tisch ihren berührte, fühlte
sich so steif an wie ein Baumstamm. Sie konnte sehen, wie eine
Ader an seiner Schläfe heftig pochte.

„Normalerweise", antwortete Spencer mit zusammengebissenen Zähnen.

„Geben Sie mir einen Rat, Lord Seaton", sagte Ashton,
während er sich an die Stuhllehne seiner Frau lehnte. „Angenommen, jemand schleicht sich in Ihr Arbeitszimmer und sucht nach
Ihren Geheimnissen, was würden Sie mit ihm tun?"

„Ich habe keine Geheimnisse."

„Nehmen Sie einfach an, Sie hätten welche. Wichtige Geheimnisse, bei denen es um viel mehr geht als nur um Sie. Was würden
Sie tun?"

Joanna schluckte schwer. Er wusste es. Irgendwie wusste er,
dass es Spencer war, den er im Arbeitszimmer überrascht hatte.
War ihm bewusst, dass sie auch dort gewesen war? Es hatte
nicht den Anschein. Aber er hatte sie ja auch nie wirklich
bemerkt.

„Manche Geheimnisse sind verborgene Verbrechen. Und ein

Mann, der sie hat, ist ein Verbrecher. Wenn Sie mich fragen, muss ein Verbrecher bestraft werden."

In einem Moment nahm Ashtons Gesicht gefährliche, schlangenhafte Züge an. Im nächsten Moment setzte er ein höfliches Lächeln auf, aber in seinen Augen stand noch immer ein giftiger Ausdruck.

„Ganz genau. Bestraft. Sind Sie nicht auch der Meinung, dass sie dafür einen schnellen und präzisen Kopfschuss verdient haben?"

„Ich halte eine Schlinge für angemessener", sagte Spencer. „Damit auch der gewöhnlichste Bürger der Stadt es sehen kann."

Joannas Beine zitterten unkontrolliert, dann spürte sie, wie Spencers Hand unter dem Tisch ihre Finger umschloss. Sie fühlte sich so warm und so beruhigend an wie ein Feuer an einem kalten Tag.

„Ich fürchte, ich muss nach Hause zurückkehren", sagte Joanna und sprang auf.

Sie hätte nicht kommen sollen. Und Spencer hätte das ebenfalls nicht tun sollen. Warum fühlte es sich für sie so an, als würde eine kalte Messerspitze ihre Wirbelsäule hinuntergezogen?

„Das sollten wir auch", sagte die Duchess of Grandhampton und erhob sich. „Es war wunderbar, Sie zu besuchen", sagte sie zu Joannas Tante. „Und schön, Sie zu sehen, Duke", sagte sie höflich zu Ashton.

Spencer erhob sich ebenfalls. „Ashton." Er nickte leicht und ließ sich damit lediglich zur einfachsten Form der Anerkennung herab.

Mit dem Gefühl, sich in Sicherheit bringen zu müssen, eilte Joanna nach einem gemurmelten Abschiedsgruß in Richtung des Duke und der Duchess of Ashton nach draußen. Die Duchess of Grandhampton, Spencer und Joanna stiegen die große Treppe hinunter und gingen dann den Kiesweg entlang zur Kutsche der

Seatons, in der Spencer sie erst gestern geküsst hatte. Ihre Wangen erwärmten sich bei dem Gedanken. Joanna hatte natürlich keine Kutsche, die auf sie wartete, und wollte bis zum Hyde Park laufen, wo sie eine Droschke nehmen würde.

„Bitte, Miss Digby, erlauben Sie uns, Sie nach Hause zu bringen", schlug die Duchess of Grandhampton vor.

„Danke, das ist nicht nötig", sagte Joanna.

„Wir bestehen darauf", erwiderte die Duchess.

„Meine Schwägerin hat recht", sagte Spencer. „Das ist kein Problem."

Da sie nicht wusste, welche Ausrede sie sonst hervorbringen könnte, nickte Joanna. „Ich danke Ihnen."

Die Duchess of Grandhampton saß bereits in der Kutsche, und Spencer half Joanna beim Einsteigen, als er ihre Hand länger festhielt, als es schicklich war. Er beugte sich näher zu ihr, und sein warmer Atem strich über ihre Wange.

„Gut gespielt, Miss Digby", murmelte er. „Wir werden sehen, wie gut Sie sich am Sonntag schlagen. Ich freue mich schon auf unsere nächste Runde. Aber seien Sie versichert, dass ich immer auf Sieg spiele."

11

Im dämmrigen Licht des frühen Sonntagmorgens hockte Joanna neben Spencers Kutsche im stillen Marstall, der sich hinter Sumhall befand. Das Wetter war heute windig. Wütende dunkle Wolken hingen am Himmel und versprachen Regen. Mit einem kleinen Schraubenschlüssel in der Hand griff sie nach der Achse des Rades. Ihr Plan war einfach, aber, wie sie hoffte, effektiv. Sie wollte das Rad gerade so weit lockern, dass es zu einer Verzögerung kam, aber nicht so weit, dass es gefährlich wurde.

Als sie den Schraubenschlüssel an den Muttern ansetzte, die das Rad in Position hielten, verspürte sie eine Mischung aus Adrenalin und Nervosität. Der Schraubenschlüssel klickte leise bei jeder Drehung, doch das war kaum hörbar über dem schwachen Rauschen der nach Jasmin duftenden Luft. Sie blickte sich um, aber das makellose weiße Sumhall, die Ställe und die beiden gepflegten Wohnhäuser auf der anderen Seite des Marstalls waren still. Die Tür des Dienstboteneingangs bewegte sich nicht. Die Fensterläden und Vorhänge an allen Fenstern des vierstöckigen Hauses verharrten ruhig. Sie warf einen Blick zur Backsteinmauer mit den Kutschentoren auf der anderen Seite des Marstalls. Ihr Fluchtweg mit einem direkt an der Mauer stehenden Fass war noch frei. Auf der anderen Seite der Mauer wartete das Pferd, das sie in den Ställen einige Blocks von ihrem Haus entfernt gemietet hatte.

Bei jeder Umdrehung kalkulierte sie sorgfältig das Ausmaß der Lockerung, um sicherzustellen, dass sie den Wagen verlangsamte, ohne eine Ablösung zu riskieren. Sie wollte keinen echten Unfall verursachen, sondern lediglich etwas Zeit gewinnen.

Während sie arbeitete, war sie dankbar dafür, dass sie kein Korsett, keine Unterröcke und keine Röcke trug, verfluchte aber die Enge des Mantels ihres Bruders um ihren Busen. Dennoch boten seine Hosen viel Bewegungsfreiheit, was beim Erklimmen der Mauer hilfreich gewesen war, ganz zu schweigen davon, wie bequem es war, rittlings auf dem Pferd zu reiten.

Wenn niemand zu genau hinsah und sie Gideons Zylinder tiefer in ihr Gesicht zog, ging sie als kleiner, runder Gentleman durch. Auf einem Pferd durch Mayfair zu reiten, war so früh am Morgen weniger riskant. Zu der Zeit kehrten die meisten wohlhabenden Einwohner gerade von Bällen und Soiréen zurück und legten sich schlafen. Sobald sie mit Spencers Kutsche fertig war, würde sie sich auf den Weg nach Whitechapel machen, um den Mann abzupassen und die benötigten Informationen zu bekommen.

Natürlich könnte Spencer noch immer eine Kutsche anheuern, aber dann würde er Zeit verlieren und das würde ihr in jedem Fall einen Vorteil verschaffen.

Sie hatte ihre Geschichte für die Zeitung gestern vor dem Abgabetermin fertiggestellt, auch wenn das bedeutete, nichts für die Ermittlungen getan zu haben. Aber sie brauchte das Einkommen immer noch, jetzt mit all den zusätzlichen Ausgaben – wie das Leihen von Pferden und Kutschen und die mögliche

Bestechung von Informanten – mehr denn je. Sie musste gewinnen. Sie wollte unbedingt, dass Spencer verlor. Nicht nur wegen ihrer Jungfräulichkeit. Und nicht nur wegen der Ehre und des Rufs ihrer Schwester.

Sondern weil Spencer deutlich gemacht hatte, dass er wollte, dass Ashton für die Verbrechen, die er begangen hatte, bestraft wurde. Sollte Ashton jedoch verurteilt werden, würde man ihm seinen Titel, seinen Besitz und sein Einkommen entziehen.

Und damit auch Gideon. Ihre Geschwister und sie würden alles verlieren, einschließlich des Hauses der Familie, in dem sie aufgewachsen waren und das ihr Onkel noch immer besaß.

Die Zeit wurde knapp, und es gab noch immer keine Nachricht von Mr Linsby, der ohnehin noch keinen Antrag gemacht hatte.

Joanna hielt inne und lauschte auf irgendwelche Anzeichen von Aktivität seitens Sumhalls Dienerschaft, aber alles war still. Zufrieden mit ihrer Arbeit wollte sie sich zurückziehen, doch der Schraubenschlüssel entglitt ihrem schweißnassen Griff und fiel mit einem ohrenbetäubenden Klappern auf das Kopfsteinpflaster.

Das Herz schlug ihr bis zum Hals, als sie den Schraubenschlüssel schnell wieder aufhob und den Blick zum Haus schweifen ließ. Die Vorhänge hingen weiterhin ruhig vor den Fenstern, die Türen blieben geschlossen. Erleichterung machte sich in ihr breit, aber der Nervenkitzel ihrer waghalsigen Tat blieb bestehen.

Sie drehte sich um, um zum Zaun zu rennen.

Doch da stand Spencer plötzlich wie eine Mauer vor ihr und versperrte ihr den Fluchtweg. „Brauchen Sie Hilfe, Miss Digby?"

Ihr wurde flau im Magen. Wie konnte sich ein so großer Mann so lautlos bewegen?

Der Anblick seiner massiven Brust unter dem marineblauen Morgenmantel ließ ihr den Atem stocken. Weiches dunkles Haar bedeckte die mächtigen Muskeln seiner Brust, die zu breiten

Schlüsselbeinen führten und dem kräftigen Hals eines Kämpfers. Sie schluckte und begegnete seinem Blick mit trockenem Mund.

„Guten Morgen, Lord Seaton", sagte sie. „Ich wollte nur sicherstellen, dass Sie pünktlich in Whitechapel sind."

Er schnalzte mit der Zunge, seine dunklen Augen musterten sie von Kopf bis Fuß. „Sie hätten mich beinahe getäuscht. Ich dachte, ich hätte einen Mann gesehen, der versucht, die Räder meiner Kutsche zu sabotieren. Und doch sind Sie es, und Sie reparieren sie."

Sie lachte nervös, der Schraubenschlüssel lag schwer und kalt in ihrer Hand. „Ich sollte jetzt gehen. Ihre Kutsche scheint in Ordnung zu sein."

Sie versuchte, sich an ihm vorbeizudrücken, aber er hielt sie am Handgelenk fest, griff mit der anderen Hand nach dem Schraubenschlüssel und ließ ihn auf den Boden fallen. Das Geräusch, als das eiserne Werkzeug auf die Steine prallte, schmerzte in Joannas Ohren. Aber es war das Gefühl seiner heißen Finger um ihr Handgelenk, das sie erschauern ließ, als würden Sternschnuppen durch sie hindurchschießen.

„Was soll ich nur mit Ihnen machen, Miss Digby? Sie böses Mädchen. Sie spielen schmutzig, nicht wahr?"

Sein Blick fiel auf ihre Oberschenkel, verweilte dort und verdunkelte sich. Als Reaktion darauf kribbelte ihre Haut, und sie hatte das Gefühl, dass der Stoff um ihre Beine schrumpfte.

„Sie sind es, der schmutzig spielt, Sir", antwortete sie. „Sie setzen meine Ehre und meine Jungfräulichkeit aufs Spiel."

Er lachte leise und zog sie an seine Brust, die sich wie eine warme und harte Wand anfühlte. „Sie betteln darum, bestraft zu werden, meine Persephone, nicht wahr? Sie betteln darum, in meinem Bett zu liegen, oder nicht? Lass Sie mich Ihnen den Gefallen tun."

Bevor sie antworten konnte, ging er in die Knie und warf sie sich über die Schulter. Sie quiekte und versuchte, sich aus seinen Armen zu winden, aber erneut war er zu stark.

„Hilfe!", schrie sie. „Lassen Sie mich los!"

Aber der Boden flog an ihren Augen vorbei, und er hielt ihre Schenkel fest an sich gedrückt wie ein eiserner Schraubstock. Sie war keine kleine Frau. Wie schaffte er es nur, sie so problemlos herumzuschleudern? Sie gingen durch den Dienstbotengang, in dem sie von erstaunten Lakaien, Köchen und Mägden mit offenen Mündern beobachtet wurden.

„Mylord, ist alles ...?", fragte einer von ihnen, aber Spencer unterbrach ihn.

„Es ist alles in Ordnung", blaffte er.

„Es ist nicht alles in Ordnung!", schrie sie. „Sie müssen mir helfen!"

„Hören Sie nicht auf ihn", sagte Spencer. „Er ist ein Freund von der Marine. Wir scherzen nur."

Vielleicht hatte sie sich darin geirrt, dass er sie mit Leichtigkeit tragen konnte, oder ihr Zappeln, Strampeln, Treten und das Schlagen gegen seinen Rücken machten ihm schließlich zu schaffen. Denn als er die Treppe hinaufstieg, hinkte er und ging langsamer. Ein schmerzvolles Stöhnen kam aus seiner Brust. Sie wusste, dass sie sich von ihm befreien konnte, wenn sie nur fester zutreten würde. Aber bevor sie das tun konnte, brachte er sie in ein Schlafzimmer, schloss die Tür und drehte den Schlüssel im Schloss.

Überraschend sanft stellte er sie auf den Boden. Er keuchte, sein Gesicht war von echtem Schmerz verzogen und mit Schweißtropfen bedeckt. Er rieb sich den Oberschenkel. Joanna sollte kein Mitleid mit ihm haben und auch nicht besorgt sein – er war ganz sicher nicht um ihr Wohlbefinden besorgt, wenn er sie auf diese Weise auf der Schulter trug.

„Geht es Ihnen gut?", fragte sie. „Es liegt an mir. Ich bin so schwer ..."

Was tat sie da? Er hatte sie gerade entführt, und sie entschuldigte sich dafür, dass ihr Gewicht ihn bei seinen Bemühungen behindert hatte?

„Miss Digby …“, brummte er und richtete sich auf, „… Ihre herrliche Fülle ist genau richtig für mich.“

Ihr Mund wurde wieder trocken, und schließlich wurde ihr bewusst, dass sie mit ihm allein in seinem Schlafzimmer war. Es gab ein großes, wunderschön geschnitztes Bett, das gefühlt den ganzen Raum einnahm. Dabei war noch reichlich Platz zwischen dem Bett und dem Kamin mit einem Kohlerost, dem Schreibtisch, der bei den Fenstern stand, mehreren Stühlen und einem kleinen runden Tisch. Es war maskulin und in den Tönen des Meeres gehalten, mit dunklen Blau- und Türkistönen und ocker- und sandfarbenen Ranken- und Blumenmustern in den Stoffen von Polstern, Bettdecken und Vorhängen.

„Es sind nicht Sie, die mir Unbehagen bereiten. Es ist mein Bein …“, murmelte er, während er durch den Raum humpelte. Er hielt an, um sein Knie zu beugen und zu strecken, wie um die Steifheit darin zu lösen. „Es ist meine verdammte Wunde.“

Sie hatte das unangemessene Bedürfnis, ihn zu bitten, es ihr zu zeigen, und zu versuchen, ihm zu helfen, sich um ihn zu kümmern, auch wenn sie keine Ahnung hatte, wie.

„Sie haben mir nie erzählt, was passiert ist …“

Seine Miene verfinsterte sich für einen Moment, sein Blick wirkte gequält. Sie dachte, er würde es ihr sagen, als er den Mund öffnete. Doch dann wurde sein Gesichtsausdruck kalt, und er machte drei große Schritte auf sie zu und packte sie an den Handgelenken.

„Sie haben mir nie gesagt, was in diesem Brief stand.“ Er zerrte sie zu einem Stuhl und drückte sie an den Schultern hinunter, damit sie sich hineinsetzte.

Sie keuchte entrüstet auf. „Lord Seaton!“

Sie versuchte aufzustehen, aber bevor sie sich erheben konnte, saß er auch schon rittlings auf ihr. Sein Gewicht, das sie niederdrückte, war einerseits zu viel und andererseits nicht genug. Gefangen zwischen seinen kräftigen Schenkeln atmete sie scharf ein. Seine Brust und der harte Bauch waren ihr so nahe, dass sie in seinem maskulinen Duft badete. Sie war so geschockt von seiner mächtigen Präsenz, dass sie nicht darauf achtete, als er den Gürtel des Morgenmantels um seine Taille öffnete. Er griff hinter sie, die Haut seiner Brust streifte ihre Nase und ihre Lippen ... so warm ... überraschend weich ... ein wenig salzig ... und so köstlich duftend, dass sie sich danach sehnte, sie zu lecken.

„Warten Sie ein wenig, Miss Digby", murmelte er. „Und Sie können mich die ganze Nacht lang genießen. Hoffentlich heute Nacht."

Abgelenkt durch seine direkte Nähe, erkannte sie zu spät, was er tat. Er fesselte ihre Hände hinter der Rückenlehne des Stuhls! Sie keuchte empört auf und versuchte, ihre Arme zu bewegen, um sich zu befreien. Aber er hielt sie zu fest, während seine flinken Hände sie mit dem Gürtel fesselten.

„Das werden Sie mir büßen", knurrte sie. „Ich werde Sie nicht damit davonkommen lassen!"

Lachend beugte er sich wieder über sie, um nach etwas auf dem Schreibtisch hinter dem Stuhl zu greifen. Ohne aufzustehen, beugte er sich dann zur Seite und fesselte ihren Knöchel mit seiner Krawatte an den Stuhl. Sie zappelte und stieß sich gegen ihn, aber er war zu stark. Spencer gab ein Stöhnen von sich, das mehr nach Vergnügen als nach Schmerz klang.

„Bitte, Miss Digby ...", sagte er etwas atemlos, „... beruhigen Sie sich, während Sie hier auf mich warten." Er strich mit einer Hand über ihre andere Wade, bevor er auch dieses Bein an den Stuhl fesselte. „Nachdem ich den Mann in Whitechapel befragt habe, komme ich zurück, um Ihren Wetteinsatz einzufordern."

„Sie Monster", knirschte sie, als er aufstand und sie mit einem zufriedenen Grinsen ansah. „Sie haben keine Ahnung, was Sie meiner Familie antun!"

Er holte tief Luft und ließ den Atem wieder entweichen. „Ich habe Sie gewarnt, erinnern Sie sich? Erwarten Sie keine ehrenhaften Taten von mir. Aber wenn Sie mir sagen, was in dem Brief in Ashtons Arbeitszimmer stand, werde ich in Betracht ziehen, Sie jetzt freizulassen."

Joanna stöhnte auf. Was sollte sie tun? Wenn er wusste, was diese Worte bedeuteten, hätte er einen viel größeren Vorteil als sie. Zusammen mit dem Vorsprung, den er zur Petticoat Street hatte, würde das Joannas vollständige Niederlage bedeuten.

„Und Sie würden mich dann mitnehmen?", fragte sie.

„Nein, natürlich nicht. Aber es wäre amüsant zu sehen, wie Sie versuchen, ohne Ihr Pferd vor mir da zu sein."

Sie runzelte die Stirn. Selbst wenn sie ihm die Informationen geben würde, würde sie verlieren. Er war ein Schurke durch und durch.

„Fahren Sie zur Hölle."

Er kam zu ihr, beugte sich herunter und drückte ihr einen Kuss auf den Mund. Und sie hasste es, wie sich ihr Körper mit Verlangen und Sehnsucht füllte, nur durch die einfache Berührung seiner Lippen auf ihren.

Er holte ein paar Kleider und Schuhe und ging dann in den Ankleideraum, der mit dem Schlafzimmer verbunden war. Er kam selbstbewusst, ruhig und gefasst wieder heraus.

Sein Blick wanderte langsam an ihrem Körper hinunter, um sich zwischen ihren gespreizten Beinen niederzulassen, und ihr ganzer Körper erhitzte sich.

„Das ist die perfekte Position, um anzufangen", sagte er mit heiserer, grollender Stimme. „Es tut mir fast leid, dass ich Sie so zurücklassen muss."

Joanna fluchte wie nie zuvor, während sie dabei zusah, wie er den Raum verließ. Dieser arrogante Mann machte sich nicht einmal die Mühe, die Tür wieder zu verschließen, jetzt, wo er sie gefesselt hatte.

Als das Geräusch seiner Schritte verklungen war, suchte Joanna den Raum verzweifelt nach einer Möglichkeit ab, ihm zu entkommen. Gott, wie sie ihn verachtete! Und sie schimpfte auch mit sich selbst. Sie war ihm praktisch in die Falle gelaufen, indem sie sich mit ihrem eigenen Handeln in seine Fänge begeben hatte. Wäre sie nicht hergekommen, um seine Kutsche zu sabotieren, wäre sie jetzt nicht in dieser Situation. Sie könnte bereits in Whitechapel sein und den Mann als Erste finden.

Joanna kochte vor Wut und starrte auf den opulenten Raum. Sie ärgerte sich darüber, wie männlich und gemütlich hier alles war. Wie es nach ihm roch – nach Wacholder und Zedernholz. Es gab sogar einen Boxsack. Und wie unglaublich verführerisch es gewesen war, als er sie gefesselt hatte!

Sie stieß ein lang gezogenes Seufzen aus. Sie musste ruhig und gefasst bleiben und tatsächlich etwas tun, um von hier wegzukommen. Ihr Blick fiel auf den Schürhaken neben dem Kamin. Der war nicht scharf genug. Sie brauchte ein Messer oder etwas Ähnliches. Einen Brieföffner vielleicht? Auf seinem Schreibtisch lag nichts.

Sie blickte zur Tür des Ankleidezimmers. Vielleicht befand sich dort etwas ... Mühsam begann sie, ruckartige Bewegungen zu machen. Zwar bewegte sich der Stuhl auf dem dicken Plüschteppich kaum, aber sie kam dennoch langsam vorwärts. Sie keuchte, ihr Magen kribbelte und ihr Atem ging schwer. Zwanzig Minuten später erreichte sie verschwitzt und atemlos die offene Tür des Ankleidezimmers.

Als sie ein Rasiermesser auf dem Frisiertisch entdeckte, wusste sie, dass sie ihre Fluchtmöglichkeit gefunden hatte.

Der Tisch war höher als ihre gefesselten Hände. Joanna nahm ihre ruckartigen Vorwärtsbewegungen wieder auf und manövrierte den Stuhl näher heran. Sie würde das Rasiermesser vom Tisch stoßen und dann den Stuhl irgendwie umkippen müssen, um sich die Klinge vom Boden zu holen.

Mit jedem Zentimeter, den sie sich weiter ihrem Ziel näherte, durchströmte ein Gefühl der Erregung ihren Körper.

Lord Spencer Seaton mochte die Oberhand haben, aber er hatte noch nicht gewonnen.

12

Als ein großer schlanker Mann zielstrebig auf das Haus in der Petticoat Street zuging, löste sich Spencer von der Ecke des Gebäudes, an dem er lehnte. Gemächlich ging er durch die Reihe zwischen den Marktständen hindurch in Richtung des Hauses.

Der Mann trug Kleidung, mit der er sich von den anderen Bewohnern von Whitechapel nicht unterschied: einen Mantel, der vielleicht einmal grün gewesen war, aber inzwischen braun geworden war, und eine genähte und geflickte Hose, die vor etwa zwanzig Jahren nach der damals üblichen Mode gefertigt worden sein musste. Er hatte einen langen, schmutzig-blonden Zopf, der ihm bis zu den Schulterblättern reichte, aber oben auf dem Kopf war eine kahle Stelle erkennbar.

Der Mann hielt an der Tür inne und warf vorsichtige Blicke nach links und rechts auf die fast menschenleere Straße, auf der nur ein paar Straßenkinder und vorbeilaufende Leute zu sehen waren, die wahrscheinlich zur Messe eilten, die eine Viertelstunde zuvor begonnen hatte. Der Wind ließ das Segeltuch über den Marktständen flattern und jagte Müllklumpen über den nassen schmutzigen Boden. Zornige dunkle Wolken zogen über den Himmel, die Luft war schwer und roch nach Regen. Man hatte gerade erst damit begonnen, den Markt aufzubauen, als Spencer zu seiner eigenen Überraschung einige Granatäpfel von guter Qualität gefunden hatte, die er kaufte und bei Carl in der Kutsche ließ.

Er würde sie seiner Persephone anbieten ... Die Erinnerung an ihre glühenden Augen, als sie in seinem Schlafgemach an den Stuhl gefesselt war, und der Anblick ihrer verführerischen Gestalt hatten sich ihm eingeprägt. Der Gedanke ließ ihn tief einatmen, um sich zu beruhigen.

Später, sagte er sich, als er den dünnen Mann dabei beobachtete, wie er mit dem Schlüssel herumhantierte. Er musste nur noch ein wenig warten, bis seine Beute reif und offen vor ihm liegen würde. Er konnte sich nicht erinnern, wann er sich das letzte Mal so sehr auf etwas gefreut hatte. Nicht auf seine Boxkämpfe, nicht auf seinen Traum, zu Penelope zurückzukehren, nicht einmal auf den Augenblick, endlich wieder festen Boden unter den Füßen zu haben.

Was hatte diese Frau mit ihm gemacht?

Er musste vorsichtig sein. Er erinnerte sich daran, dass es nur um Lust ging, um die Befriedigung der Bedürfnisse seines Körpers, die sich in den Monaten auf See angesammelt hatten. Er wollte nichts fühlen oder seinen Verstand und sein Herz für jemanden öffnen. Die Anziehungskraft, die sie auf ihn ausübte, musste also rein körperlich sein. Sobald er sein Verlangen nach ihr befriedigt hatte, würde er nicht mehr an sie denken.

Als sich die Tür unter den Händen des Mannes endlich knarrend öffnete, war Spencer auch schon bei ihm. Mit einem letzten Blick, um sich zu vergewissern, dass ihn niemand beobachtete, schob er den Mann ins Haus und schloss die Tür hinter ihnen. Der dünne Mann wirbelte herum, seine Augen waren wild. Er hatte eine vogelartige krumme Nase und einen kleinen kaninchenartigen Mund. Er schluckte, als er Spencer musterte.

„Wer sind Sie?", fragte der Mann.

„Das tut nichts zur Sache. Sagen Sie mir einfach, warum Sie jeden Sonntag hierherkommen, und es wird Ihnen nichts passieren."

Der Mann wurde blass wie ein frisch gewaschenes Laken und flüchtete durch den dunklen, engen und leeren Flur tiefer in das Haus. Fluchend sprintete Spencer hinterher und atmete die muffige, schimmelige Luft ein, die zweifellos von den feuchten schwarzen Flecken kam, die an den Wänden aus bröckelndem Putz und an der Decke wuchsen, wo nacktes, verrottetes Holz durch die abgeplatzte Farbe zu sehen war.

Der Mann stürmte in das Wohnzimmer am Ende des Flurs und rannte in einem großen Kreis um die einzigen Möbelstücke, die vorhanden waren – zwei Stühle, die in der Mitte des Raumes standen. Den Bewegungsverlauf des Mannes vorausahnend, machte Spencer einen Satz zur Seite, wobei er seinen verletzten Oberschenkel belastete. Wütend stöhnte er auf, da der Schmerz es ihm nicht erlaubte, sich richtig nach vorne zu stürzen. Seine Finger streiften den Mantel des Mannes, aber seine Faust blieb leer.

Mit einem hohen Aufschrei eilte der Mann den Flur hinunter, seine Füße schlugen hart gegen die knarrenden Holzdielen. Spencer rannte ihm nach und wollte den Mann packen, bevor er die Tür erreichte, aber der Mann war schneller. Er riss die Tür auf und flüchtete in das stürmische graue Tageslicht.

Der Mann drehte sich nach links und sprintete so schnell er konnte. Auf den leeren Straßen gab es für den Mann keine Hindernisse, und offensichtlich funktionierten seine beiden Beine ausgezeichnet. Spencer gab jedoch nicht auf, er ignorierte die Qualen, die er seinem Oberschenkel zufügte, den Schweiß, der vom Schmerz hervorgerufen wurde und seinen Rücken und die Stirn benetzte. Verdammt. Vor dem Krieg war er in bester Verfassung gewesen und hätte den Mann bereits eingeholt. Jetzt blieb er humpelnd zurück.

An der nächsten Kreuzung bog der Mann wieder links ab. Die Straßen von Whitechapel waren verwinkelt und dunkel, und wenn der Mann erst einmal das Labyrinth der Gassen und Slums betreten hatte, konnte er Spencer leicht abschütteln.

Der Mann war jetzt etwa zehn Meter entfernt, eine dunkle Gestalt am Ende der Straße. Während er rannte, drehte er immer wieder den Kopf nach hinten, und die kahle Stelle glänzte im schwachen Licht.

An der nächsten Ecke bog er rechts ab, und Spencer drehte sich der Magen vor Enttäuschung um. Wenn er ihn heute nicht erwischte, würde er nicht nur seinen Preis nicht von seiner herrlichen Rivalin einfordern können, sondern den Mann vielleicht auch für immer verschrecken. Zweifellos würde Ashton davon erfahren, dass er den Mann verfolgt hatte, und würde vielleicht noch drastischere Maßnahmen gegen Spencer ergreifen. Und dann wäre alles, wofür Spencer lebte, verloren.

Er rief alle Reserven ab, die er besaß, befahl seinem Körper, den Schmerz zu ignorieren, trotzdem zu rennen, ihn als seine Stärke zu nutzen, und dann beschleunigte er. Als er dem Mann nach rechts folgte, lief er in eine weitere verwinkelte, schmutzige Straße. Der Flüchtige war jetzt vielleicht fünfzehn Meter entfernt. Spencer sah ein paar Steine, die von einem der Häuser heruntergefallen waren. Er war schon immer gut im Kricket, der stärkste Werfer. Er hob zwei massive Steine auf, die größer als seine Faust waren, und rannte weiter. Zielgerichtet warf er einen Stein, aber er fiel zwei Schritte von dem Mann entfernt zu Boden.

Fluchend nahm Spencer den zweiten Stein in seine rechte Hand und warf erneut. Er wollte ihn nur so weit verletzen, dass er langsamer wurde. Der Stein flog in einem großen Bogen und traf den Mann irgendwo am Rücken. Mit einem weiteren hohen Schrei fiel er mit den Armen rudernd nach vorn. Triumphierend humpelte Spencer auf den Mann zu und betete, dass er ihn nicht getötet hatte.

Der Mann lag flach auf dem Bauch, stöhnte und schüttelte verwirrt den Kopf. Er hatte eine blutende Wunde am Kopf, wo er auf dem Boden aufgeschlagen sein musste. Spencer betrachtete seinen Rücken, aber der Mantel war nicht zerrissen, und der Mann bewegte Arme und Beine, was ihm sagte, dass er sich nicht den Rücken gebrochen haben konnte. Vielleicht eine Rippe, aber die würde heilen.

„Kommen Sie, mein Freund", sagte Spencer, als er dem Mann beim Aufstehen half und einen Arm um ihn legte. „Es ist Zeit zum Reden."

Der Mann war kaum in der Lage, seine Füße zu bewegen, versuchte aber ein paar Mal, sich von Spencer zu lösen. Einmal entleerte er seinen Magen, was Spencer verriet, dass er dem Mann eine Gehirnerschütterung verpasst haben musste. Aber Spencer verspürte kein Mitleid mit jemandem, der zu Ashtons Verbrechen beitrug.

Als er den Mann zurück ins Haus brachte und ihn auf einen der Stühle setzte, schmerzte sein Oberschenkel unsäglich. Spencer setzte sich auf den Stuhl dem Mann gegenüber und betrachtete ihn. Die Wunde knapp unterhalb des Haaransatzes hatte sich zu einer Beule aufgetürmt und verfärbte sich blau und lila. Er konnte regelrecht zusehen, wie sich die Beule ausdehnte, den Bereich unter und über dem Auge anschwellen ließ und das Gesicht verformte. Da er im Boxring schon oft geschlagen worden war, wusste Spencer, dass die Schwellung in ein paar Tagen abklingen würde. Der Mann würde sehr wahrscheinlich keinen bleibenden Schaden davontragen.

„Nun, mein Freund, wie heißen Sie?"

Der Mann blinzelte ein paar Mal, als würde er nachdenken. „Joseph."

„Joseph, wenn Sie meine Frage von Anfang an beantwortet hätten, wäre Ihnen kein Schaden zugefügt worden. Ich weiß, dass Sie sonntags während der Messe hierherkommen. Warum?"

Die kleinen Augen des Mannes waren so dunkel wie die eines Kaninchens, und sein Blick huschte umher, wahrscheinlich war er auf der Suche nach einem anderen Fluchtweg. „Ich erzähle Ihnen gar nichts."

Spencer lachte leise. „Verstehe. Und wenn ich Ihnen das hier anbiete?" Er griff in seine Tasche und ließ einen Beutel mit Münzen auf den Boden zwischen ihnen beiden fallen. Die Augen des Mannes weiteten sich.

Doch er rührte sich nicht und sah Spencer wieder an. „Egal, wie viel Gold da drin ist. Es ist mein Leben nicht wert. Nein."

Spencer kniff die Augen zusammen. Offensichtlich hatte der Mann Angst vor Ashton, und Spencer verstand diese Angst. Der Mann war mehr durch Angst als durch Geld motiviert. Spencer nickte und hob den Geldbeutel auf, während der Mann jede seiner Bewegungen bedauernd beobachtete. Dann holte Spencer die Pistole heraus, die er hinter seinem Rücken verborgen hatte, spannte den Hahn und richtete sie auf den Mann.

„Vielleicht kann Sie ja das hier überzeugen", sagte Spencer.

Joseph stieß wieder diesen hohen Schrei aus, und seine Augen weiteten sich noch mehr. Er blinzelte schnell und drängte sich rückwärts gegen den Stuhl.

Spencer empfand weder Freude noch Genugtuung über die Angst, die dem armen Kerl ins Gesicht geschrieben stand. Er hatte nie die Absicht gehabt, ihm wirklich etwas anzutun. Das erste Mal, als er im Krieg jemanden getötet hatte, war etwas in seiner Seele zerbrochen, von dem er wusste, dass es niemals heilen würde. Jedes

Mal, wenn seine Kugel oder sein Schwert den Körper eines Feindes durchbohrt hatte, hatte er sich ein wenig verändert. Die Last, anderen das Leben genommen zu haben, würde ihn nie verlassen.

Aber er könnte diesem Mann noch immer Informationen entlocken, indem er ihm drohte.

„Überbringen Sie Nachrichten?", stellte Spencer eine wilde Vermutung an.

„Ich weiß gar nichts!", sagte Joseph mit einer immer höher klingenden Stimme. „Hab nie reingeguckt! Kann schließlich nicht lesen, nicht wahr?"

Spencer fluchte. Er hatte recht mit den Nachrichten, aber das half nicht viel, wenn der Mann ihm keine Auskunft darüber geben konnte, was in den Nachrichten stand.

„Wohin bringen Sie sie?", wollte Spencer wissen.

„Nach unten zum Hafen von Tilbury. Pottinger Shipping Company, so lautet der Name. Ich schiebe sie nur unter der Tür durch, mehr nicht."

Spencer lehnte sich auf dem Stuhl zurück und atmete tief durch. Tilbury war ein kleiner, aufstrebender Hafen an der Themse in Richtung Ozean, eine vier- bis fünfstündige Fahrt von London entfernt. „Gut. Unsere Bemühungen kommen zügig voran. Jemand bezahlt Sie, nicht wahr?"

„Für jeden Brief bekomme ich ein Pfund."

„Ein Pfund, hm ... Ein ziemlich geringer Preis für Ihr Leben."

„W-warum?", fragte er.

„Weil Sie, Joseph, durch die Übermittlung dieser Nachrichten einem sehr mächtigen Mann helfen, Verbrechen zu begehen." Obwohl Spencer noch immer keine Ahnung hatte, was für Verbrechen das sein könnten ... Aber sicherlich würde kein ehrlicher Mann ein solches System für die Übermittlung von Informationen benutzen.

Joseph schluckte laut. „Ich arbeite für einen Metzger, mehr nicht ...“, quietschte er.

„Wer hat Sie überhaupt gefunden? Wer hat Ihnen diese Arbeit angeboten?“

„Nur ein Kerl ... Ich war mit meinen Kumpels auf ein Bierchen im ‚Portside‘ ... vor etwa zwei Monaten. Er hat mich jammern gehört, dass ich nicht mehr weiß, wie ich mein neues Kind ernähren soll, seit mein Junge nicht mehr stiehlt, sondern auf der Schule lernt, die Mr Thorne Blackmores Schwester gegründet hat. Er hat gesagt, es wäre ganz einfach, man müsste nur ein bisschen laufen. Er hat gesagt, der Kerl vor mir sei auf und davon. Er hat mir diesen Schlüssel gegeben und gesagt, alles, was ich zu tun habe, ist am Tag des Herrn aufzutauchen, das zu nehmen, was da ist, und es nach Tilbury zu bringen, um die Papiere unter der Tür durchzuschieben. Es ist ein halber Tagesmarsch nach Tilbury, auf dem Weg zurück schlafe ich im Wald. Das spart mir die Kosten für eine Postkutsche und bringt mir ein paar Pfund extra im Monat. Der Metzger zahlt nur zehn im Jahr.“

Spencer nickte. „Kennen Sie den Namen des Mannes?“

„Nein.“

„Haben Sie ihn seit jener Nacht vor zwei Monaten wiedergesehen?“

„Nein, seitdem habe ich ihn nicht mehr gesehen.“

Spencer seufzte und senkte die Waffe. Der arme Kerl tat ihm jetzt leid. Joseph wusste nichts, und Spencer hatte ihn gerade verletzt, was es ihm wahrscheinlich erschweren würde, zu arbeiten, wenn er eine Gehirnerschütterung hatte. Er hatte kleine Kinder, von denen eines auf Janes Schule ging, anstatt zu stehlen und kriminell zu werden. Und Spencer hatte den Mann wahrscheinlich gerade in Gefahr gebracht, indem er ihn befragte. Ashtons Spione könnten in diesem Moment das Haus beobachten.

„In Ordnung“, sagte Spencer, holte zehn Pfund hervor und

reiche sie Joseph. „Das ist für Ihre Mühe. Erzählen Sie niemandem, was Sie mir gesagt haben, verstanden?"

Joseph nickte und betrachtete die Geldscheine hungrig.

„Gehen Sie", sagte Spencer.

Joseph riss Spencer das Geld aus der Hand und stolperte den Korridor hinunter. Auch Spencer stand auf und ging den Flur entlang. Er steckte die Pistole in den hinteren Bund seiner Hose, bereit, ebenfalls zu gehen.

Gerade als er die Tür öffnete, um hinauszugehen, sah er, dass Joseph zwei Schritte vom Haus entfernt mit Joanna zusammengestoßen war und sie fast umgeworfen hätte.

Noch immer in ihrer verführerischen Männerkleidung sah sie Joseph mit offenem Mund nach, wie er davonlief. Dann drehte sie sich um, und ihr Blick traf auf den seinen. Spencers Magen rumorte mit einer seltsamen Mischung aus Triumph, Freude darüber, sie zu sehen, und Wut.

„Wie in aller Welt haben Sie sich befreit?", fragte er.

Sie straffte die Schultern, ihre Augen schimmerten feucht mit einem Ausdruck, den er nicht entziffern konnte. „Sie haben ein Rasiermesser in Ihrer Garderobe vergessen", antwortete sie. „Aber was macht das schon, wenn ich zu spät komme. Glückwunsch, Lord Seaton. Sie haben gewonnen."

Spencer hatte sich auf diesen Moment gefreut, seit er die Wette mit ihr abgeschlossen hatte. Aber sie so zu sehen – besiegt, wütend, verängstigt –, vermittelte ihm nicht gerade ein Triumphgefühl. Zum zweiten Mal am heutigen Tag pochte Bedauern in seiner Seele. Er fühlte sich wirklich wie ein herzloser Schurke ... und das gefiel ihm nicht.

Irgendwo in der Ferne grollte Donner, und ein kalter Windstoß zerzauste Joannas Haarsträhnen, die sich unter ihrem Zylinder gelöst hatten. Sie sah umwerfend aus in den seltsamen Kleidern. Die Hose schmiegte sich an ihre wohlgerundeten Hüften, und der

Mantel betonte irgendwie ihren Busen und ließ ihn noch üppiger und einladender erscheinen als zuvor. Ihre Augen waren hell und fokussiert, die vollen Lippen bildeten eine entschlossene Linie.

„Glauben Sie, Sie sind der Einzige, für den etwas auf dem Spiel steht? Ich habe meine eigenen Schlachten zu schlagen, Lord Seaton, von denen Sie keine Ahnung haben."

Er hatte gerade den Mund geöffnet, um etwas zu erwidern, als ihn ein warnendes Zwicken im Nacken aufblicken ließ. In der Lücke zwischen den leeren Ständen auf der anderen Straßenseite stand derselbe Mann, der sie vor vier Tagen beobachtet hatte, als Spencer Joanna hierher gefolgt war – ein Mann mit einer Narbe im Gesicht.

Der Mann zog sich im nächsten Moment in die Schatten zurück. Und obwohl Spencer überlegte, ihm nachzulaufen, unterbrach Joanna seine Gedanken und lenkte seine Aufmerksamkeit wieder auf sie.

„Würden Sie mir wenigstens sagen, was Sie herausgefunden haben?", verlangte sie. „Wer war dieser Mann?"

Spencer dachte über ihre Bitte nach. Ihre Stimme zitterte. Sie hatte etwas darüber gesagt, dass sie ihre Familie schützen wollte ... Bedauern stach erneut in sein Herz. War er zu grausam, um diese Information nicht mit ihr zu teilen? War er selbstsüchtig genug, sein Ziel zu verfolgen, ohne Rücksicht darauf, wie es sich auf Miss Digby auswirken würde?

Sein Bein schmerzte, als er sein Gewicht verlagerte. Es war eine ewige Erinnerung an all die Verluste, die er wegen Ashton erlitten hatte.

Nein. Er hatte allen Grund, egoistisch zu sein und an seiner Rache festzuhalten.

Was auch immer Miss Joanna Digbys Gründe waren, er kannte sie nicht. Sie war eine Fremde, egal wie verführerisch und verlockend sie war.

Er konnte ihre Wünsche nicht über seine eigenen stellen. Er konnte sich nicht öffnen und irgendetwas für sie empfinden.

Als Spencer aus dem Haus trat und die Tür hinter sich schloss, trieb ihm der Wind die ersten kalten Regentropfen ins Gesicht. Es war klar, dass er heute nicht nach Tilbury fahren würde, nicht bevor die Straßen abgetrocknet waren.

Er blickte in Joannas Gesicht und unterdrückte einen Stich des Bedauerns und des Mitgefühls ihr gegenüber.

„Ich werde Ihnen nichts sagen, Miss Digby", sagte er kalt. „Wie auch immer, ich habe gewonnen, und Sie haben verloren. Sie schulden mir Ihre Jungfräulichkeit, und ich werde meinen Preis heute Abend einfordern. Ich erwarte Sie heute Abend nach dem Essen in Sumhall. Benutzen Sie den Dienstboteneingang. Sie haben ihn ja heute Morgen schon kennengelernt." Er setzte sich in Bewegung und hatte das Gefühl, dass bei jedem Schritt ein glühendes Eisen in sein verwundetes Bein gerammt wurde. Wütend über sich selbst, weil er seine Schwäche so offensichtlich zeigte, wandte er sich zu ihr um. „Und wenn Sie nicht auftauchen, werde ich Sie zu Hause abholen. Glauben Sie mir, wenn ich sage, dass Sie das nicht wollen."

Mit diesen Worten ließ er sie stehen und humpelte davon. Der Schock und die Enttäuschung in ihrem Gesicht waren wie Salz in seiner Wunde. Er sollte sich freuen. Er hatte das Ziel erreicht, das er sich für heute gesetzt hatte. Er hatte ihr bewiesen, dass er gewinnen konnte, weil er reicher und mächtiger war und es für ihn als Mann einfacher war.

Doch die Freude über den Sieg und die Vorfreude auf den Genuss ihres Körpers waren verflogen. Er wünschte sich nichts sehnlicher, als sie in seine Arme zu nehmen und ihr zu versichern, dass alles gut werden wird. Aber er war zu schwach, um auf die Belohnung zu verzichten, sie zu beanspruchen.

13

DIE GEBÄUDE im Marstall hinter Sumhall waren dunkle Gestalten mit glitzernden, funkelnden Umrissen im Regen, als Joanna der Lampe folgte, die Spencers Butler Teanby in einer Hand hielt. In der anderen hielt er einen Regenschirm, von dem Wasser auf das Kopfsteinpflaster tropfte. Joanna konnte die Missbilligung des Butlers förmlich riechen, der einfach nur gestutzt hatte, als er ihr die Tür innerhalb des Tores geöffnet hatte.

Sie würde die Geliebte seines Herrn sein, dreist genug, um ihn zu Hause zu besuchen. Eine Frau, die so tief gefallen war, dass sie Männerkleidung trug, rittlings und nicht im Damensattel ritt und sogar versucht hatte, die Kutsche seines Herrn zu sabotieren.

Vielleicht war sie in Teanbys Augen eine Rebellin, aber Joanna vermochte es nicht, sich in irgendeiner dieser Handlungen wiederzuerkennen. Sie war nicht kühn, mutig oder selbstbewusst. Sie war nicht jemand, der gefährliche Wetten einging.

Eines jedoch war sie ... in Schwierigkeiten.

Spencer hatte recht. Es war leichter für Männer ... Es war leichter für *ihn*, gegen sie zu gewinnen, das war sicher.

In dieser Zeit befanden sich die Frauen in einer ungerechten Lage, ihr Leben wurde von den Launen der Männer bestimmt. Da sie gezwungen war, ihre Schwester vor dem Einfluss eines mächtigen Mannes zu schützen, fühlte sie einen noch stärkeren Drang, sich für die Sache der Frauen einzusetzen. Doch bei dem Versuch, genau das zu tun, war sie in eine Falle getappt, die ihr ein anderer mächtiger Mann gestellt hatte.

Der Sturm tobte weiter und schleuderte ihr die Ränder ihrer Kapuze zusammen mit kalten Wasserspritzern ins Gesicht. Es fühlte sich an, als ob ein Babykaninchen gegen ihre Brust klopfte und nicht ihr Herz. Die Kutsche der Seatons glitzerte im schwachen Licht der Lampe über dem Dienstboteneingang, und Regentropfen funkelten, als sie von dem polierten schwarzen Holz abprallten.

Als sie durch den Dienstbotengang ging, hoben mehrere Dienstmädchen die Köpfe, um sie anzusehen. Vielleicht war es besser, unsichtbar zu sein, als berüchtigt zu sein ...

Als sie die Treppe zum Stockwerk mit den Schlafzimmern hinaufstieg, verfluchte sie sich selbst. Was hatte sie sich dabei gedacht, sich freiwillig ruinieren zu lassen?

Sie hätte einfach zu Hause bleiben und die Sache handhaben sollen, wenn Spencer gekommen wäre, um sie zu holen. Gideon würde nicht zulassen, dass Spencer sie mitnahm.

Aber Gideon hätte Spencer zu einem Duell herausgefordert ... und dann könnte einer von ihnen tot sein!

Sie könnte noch immer Nein sagen. Was würde er dann tun?

War er die Art von Mann, der sich ihr aufdrängen würde? Der Gedanke ließ sie erschaudern. Es gab Anzeichen dafür, dass das der Fall sein könnte. Er hatte ihr gesagt, er wäre ein Schurke, kein Held. Er hatte sie über seine Schulter geworfen und sie gegen ihren Willen weggetragen – zweimal! Er hatte sie geküsst, sie berührt ... und sie an einen Stuhl gefesselt!

Und schließlich war er fest entschlossen, sie zu entjungfern.

Sie war eine naive, dumme junge Frau, die sich bereitwillig in die Höhle des Löwen begab ... der sie zweifellos verschlingen würde.

War sie so ausgehungert nach Aufmerksamkeit, dass sie sich selbst in Gefahr brachte? Aber es fühlte sich so gut an, das Objekt der Aufmerksamkeit dieses Mannes zu sein, von ihm begehrt zu werden und ihn im Gegenzug zu begehren ... Die Wahrheit war, dass sie sich noch nie so lebendig gefühlt hatte, als wäre sie wirklich von Bedeutung, als würde sie etwas Wichtiges tun, indem sie versuchte, ihre Schwester zu retten. Und indem sie im Zentrum seiner Aufmerksamkeit stand.

Diese kleine Wette zwischen ihnen, das Rennen gegeneinander, hatte sie schneller und tiefer atmen lassen, als sie es je zuvor getan hatte. Sie hatte sich den Kopf darüber zerbrochen, wie sie gewinnen könnte. Jedes Haar auf ihrer Haut hatte sich aufgerichtet, weil sie sich lebendig fühlte, wenn sie daran dachte, mit Spencer zu konkurrieren.

Er hatte sie Persephone genannt, und sie stieg nun hinab in die Unterwelt und Hades' Klauen.

Aber sie würde sich nicht so einfach geschlagen geben. Und schon gar nicht kampflos. Sie war nicht gekommen, um ihre Jungfräulichkeit an Spencer zu verlieren. Sie war gekommen, um herauszufinden, was der Mann in Whitechapel ihm erzählt hatte. Vielleicht hatte ihre Wette sie schneller atmen lassen, aber sie hatte sie auch stärker gemacht, und das konnte er nur sich selbst anlasten.

Der Butler öffnete ihr die Tür, und sie entdeckte Spencers hochgewachsene Silhouette. Er stand im gleißenden Kerzenlicht mit dem Rücken zu ihr, seine massigen Schultern spannten den Stoff seines Mantels, und starrte in die stürmische Dunkelheit jenseits des Fensters. Er sah so einsam aus ... einsam und verloren.

Ein Teil von ihr sehnte sich danach, zu ihm zu gehen und ihm zu sagen, dass er nicht allein war.

„Ihr Gast ist hier, Mylord", sagte Teanby. Spencer drehte sich um, und sein Blick traf mit Joannas zusammen.

Einen Moment lang erkannte sie in seinem Gesichtsausdruck unendliche Einsamkeit, verzweifelte Dunkelheit und unwiederbringlichen Verlust.

Der Drang, ihn in die Arme zu schließen, ihm ihre Kraft und ihren Optimismus zu geben, war so stark, dass sie sich auf ihn zubewegte. Irgendetwas stimmte ganz und gar nicht mit ihr.

Wie konnte sie Mitleid mit dem Mann haben, der ihr ein Hindernis nach dem anderen in den Weg legte? Er nahm ihr schon so viel weg. Sie hatte nicht vor, ihm auch noch ihr Mitgefühl zu schenken.

Der verzweifelte Ausdruck verschwand aus seinem Gesicht und wurde durch die kalte Miene ersetzt, die sie bei gesellschaftlichen Gegebenheiten von ihm kannte.

„Danke, Teanby", sagte er, wobei sein dunkler Blick zu keiner Zeit von Joanna wich. „Bitte, kommen Sie herein, Miss Digby. Ich habe auf Sie gewartet."

Sie betrat das Schlafzimmer, das ihr bereits vertraut war, und als sich die Tür hinter ihr schloss, zuckte sie ein wenig zusammen. Sein Duft umhüllte sie. Er war überall, der sinnliche, männliche Moschus, in dem sie baden wollte. Langsam, wie ein Löwe, der seine Beute umkreiste, ging er mit einem erkennbaren Hinken auf sie zu, und stellte sich hinter sie. Ihre Haut kribbelte in dem Bewusstsein, dass er sich in ihrer direkten Nähe befand.

„Erlauben Sie mir, Ihnen den Umhang abzunehmen", sagte er, und sie spürte seine Hände an ihrem Schlüsselbein, als er den Verschluss öffnete.

Der Protest erstarb in ihrer Kehle, als seine Finger ihre Haut sogar durch die Kleidungsschichten hindurch verbrannten. Dann fiel der nasse Umhang mit einem leisen Klopfen um sie herum auf den Boden. Er hob ihn auf und hängte ihn über den Stuhl, an den er sie heute früh gefesselt hatte.

„Darf ich Ihnen etwas zu trinken anbieten?", murmelte er, und sein Atem streichelte ihren Hals. „Oder etwas zu essen?"

Joannas Blick fiel auf den kleinen runden Tisch und die beiden Stühle, die am Kamin standen. Auf dem Tisch standen ein Teller mit einer Haube und eine Kristallkaraffe mit Rotwein und zwei Gläsern. Ein drittes Glas enthielt eine bernsteinfarbene Flüssigkeit.

„Ich werde nicht lange bleiben", sagte sie.

„Das bleibt abzuwarten." Er schmunzelte. „Ich trinke schottischen Whisky, wollen Sie auch einen?"

Sie würde heute Abend mutiger sein müssen, als sie sich im Moment fühlte. „Na gut, aber nur ein bisschen. Ich habe ihn noch nie probiert."

„Ich wage zu behaupten, dass Sie heute Abend viele neue Dinge ausprobieren werden", versprach er, während er zum Kamin ging und die Karaffe mit der bernsteinfarbenen Flüssigkeit anhob.

Während er einschenkte, fiel Joannas Blick auf das riesige Bett, und ihre Wangen erhitzten sich. Mit seinem dunklen Blick, der noch immer auf ihr ruhte, kam Spencer zu ihr und reichte ihr das Kristallglas mit dem Whisky. Als sie es annahm, berührten sich ihre Finger, und ein Energieblitz schoss durch ihre Hand.

„Auf eine Nacht der Premieren", sagte er, und seine dunklen Augen verschlangen sie.

„Das werden wir sehen", erwiderte sie.

Sie stießen ihre Gläser mit einem leichten Klirren an, und Joanna nahm einen Schluck von der Flüssigkeit. Das intensive Getränk brannte in ihrer Kehle, und sie hustete, weil sie nicht erwartet hatte, dass es so stark schmecken würde.

„Oh, Himmel!", sagte sie mit brennender Kehle. „Ich trinke überhaupt nicht viel."

Er lachte leise und leerte sein Glas in einem Zug. „Das kann ich von mir nicht behaupten. Nippen Sie weiter daran, Miss Digby. Sie werden Geschmack daran finden, das verspreche ich."

Ihr Magen brannte angenehm, und sie spürte bereits, wie sich ihre Sinne anspannten und ein warmes, schwindelig machendes Gefühl in ihrem Kopf ausbreitete. Sie nahm einen großen Schluck, und die feurige Flüssigkeit floss dieses Mal sanfter hinunter. Die Nuancen waren reichhaltig und rauchig, und sie schloss die Augen, als sich der Gaumen in ihrer Kehle immer weiter öffnete und es auf ihrer Zunge kribbelte.

„Kleine Miss Digby", murmelte Spencer, und als sie die Augen öffnete und ihn ansah, lag purer Hunger in seinem Blick. „Wenn Sie Ihre Miene weiterhin in dieser Art verziehen, werde ich Sie wieder an den Stuhl fesseln. Sie haben mich des Vergnügens beraubt, Sie zur Glückseligkeit zu bringen, während Sie mir nicht entkommen können."

Joanna fiel es plötzlich schwer zu atmen, und sie hatte das Gefühl, als würde sich ein Feuer von Kopf bis Fuß über ihren Körper bewegen. Sie räusperte sich und suchte nach einer Möglichkeit, sich von dieser Hitze abzulenken, von dieser Schwäche in ihren Beinen, von diesem sehnsüchtigen Bedürfnis, genau das zu erleben, was er gerade beschrieben hatte.

„Ich bin jetzt hier, Lord Seaton", schaffte sie es trotz der Hitze, die seine Worte in ihr auslösten, kühl zu sagen. „Um unsere Wette und Ihren Sieg zu ehren. Würden Sie mir wenigstens sagen, was der Mann in Whitechapel Ihnen erzählt hat?"

Spencer entkam ein leises Lachen. „Ich bin nicht verpflichtet, es Ihnen zu sagen, meine Liebe. Sie haben verloren."

Vielleicht war es der Alkohol, aber unverhohlene Wut machte sich in ihr breit. Sie marschierte zum Tisch und stellte das Whiskyglas mit einem Knall darauf ab. Etwas von der Flüssigkeit ergoss sich über ihre Hand, und der scharfe Geruch von Alkohol brannte ihr in der Nase.

„Ist Ihnen klar, was Sie meiner Familie antun? In neun Tagen wird meine Schwester ruiniert sein. Und jetzt ruinieren Sie mich. Danach wird keine von uns beiden mehr heiraten."

Er runzelte die Stirn, seine Überheblichkeit war plötzlich verschwunden.

„Ihre Schwester?", fragte er. „Was ist denn mit Ihrer Schwester?"

„Sie ist der Star in unserer Familie", sagte Joanna verbittert. Sie hatte genug von diesem Spiel. „Sie ist meine ältere Schwester. Sie war schon immer die Hübsche, die Charmanteste, diejenige, der jeder Mann oder Junge hinterherlief."

„Ich habe sie in der Oper gesehen", sagte er. „Ihre Schwester ist mir nicht aufgefallen. Aber Sie schon."

Sie hasste es, dass ein Teil von ihr sich fühlte, als würde sich bei diesen Worten der Boden unter ihren Füßen verschieben. Kein Mann hatte das je zu ihr gesagt, und oh, wie sehr hatte sie sich ihr ganzes Leben danach gesehnt, genau das zu hören. Seit der erste Junge, den sie im Alter von vierzehn Jahren gemocht hatte – und von dem sie geglaubt hatte, dass er sie auch mochte – das Interesse völlig verloren hatte, sobald Charlotte aufgetaucht war. Es hatte ihr das Herz gebrochen.

Von jenem Tag an wusste sie, dass sie für das andere Geschlecht unbedeutend war. Wo auch immer Charlotte auftauchte, sie würde immer diejenige sein, die glänzte. Jedes Mal, wenn in den darauffolgenden Monaten und Jahren sich ein Junge oder ein junger Mann in der Nähe befand, hatte Joanna aufgehört, für sie zu existieren, sobald ihre Schwester erschien.

„Ich habe das ganze Theater nach Ihnen abgesucht", sagte er. „Bin jedem blonden Kopf gefolgt. Aber als ich Sie endlich sah, mit Ihren herrlichen Kurven, hat mein Herz einen Sprung gemacht."

Sie konnte nicht mehr atmen. Er hatte nach *ihr* gesucht?

„Oh", sagte sie sprachlos.

Es wurde immer schwieriger, ihm weiterhin böse zu sein, wenn er solche Dinge sagte und dabei so aussah, als ob er sie ernst meinte.

„Nun, Sie helfen mir nicht dabei, die Jungfräulichkeit meiner Schwester zu retten."

Er blinzelte und runzelte die Stirn. „Wovon reden Sie?"

Sie seufzte. „Mein Onkel ist mit dem Prinzregenten befreundet. Seine Hoheit hat Gefallen an meiner Schwester gefunden, und er hat ihr ein unanständiges Angebot gemacht ... durch meinen Onkel. Er will Charlotte zu seiner Geliebten machen."

„Ashton bietet dem Prinzen seine Nichte als Geliebte an?", brüllte er.

Er war jetzt wirklich furchterregend, und Joanna war froh, dass sich seine Wut nicht gegen sie richtete.

Spencer begann, im Zimmer auf- und abzugehen. „Wie korrupt kann dieser Mann noch sein? Warum tut er das?"

„Ich weiß es nicht. Ich glaube, er würde alles tun, um dem Prinzen zu gefallen."

„Und Sie versuchen, Charlotte zu beschützen?" Er blieb stehen und blickte sie an. „Warum kann sie sich nicht einfach weigern?"

„Mein Onkel hat die Urkunden für das Erbe meines Bruders Gideon. Als meine Eltern starben, wurde Ashton zu unserem Vormund ernannt, weil Gideon noch nicht volljährig war. Er hat Gideons Ländereien und Vermögen verwaltet, bis Gideon alt genug war, alles selbst zu verwalten. Aber mein Onkel hat die Urkunden nie zurückgegeben. Und jetzt sagt er, wenn Charlotte nicht die Geliebte des Prinzen wird, wird er nicht nur Gideons rechtmäßiges Erbe behalten, sondern auch dafür sorgen, dass

Gideon niemals den Ashton-Titel erbt, obwohl er nach allen Gesetzen der nächste Erbe ist."

Spencer stieß einen langen, verzweifelten Atemzug aus und fuhr sich mit den Händen durch die Haare. „Was genau wollen Sie mit dem Ausspionieren und Durchsuchen von Ashtons Sachen erreichen, Miss Digby?"

„Ich schäme mich, das zu sagen, aber ich muss ihn erpressen. Seine eigene Waffe gegen ihn einsetzen. Ich weiß, dass er in eine üble Sache verwickelt ist, auch wenn ich nicht genau weiß, was es ist. Wenn er ein echter Verbrecher ist, kann ich nicht zulassen, dass er vor Gericht kommt und für schuldig befunden wird. Er könnte seinen Titel und all seine Besitztümer verlieren – zusammen mit dem Erbe meines Bruders. Dadurch würde mein Bruder nichts von dem bekommen, was ihm zusteht, alles, was mein Onkel ihm gestohlen hat …"

Spencer nickte. „Ich verstehe."

„Ich meine, die Situation ist so schlimm, dass auch ich etwas verdienen muss, um uns zu unterstützen."

Er runzelte die Stirn. „Sie, Miss Digby?"

Sie wollte sich plötzlich nicht mehr hinter einem Pseudonym verstecken. Sie wollte, dass er es erfuhr. Er wäre der erste Mensch in ihrem Leben, der es erfahren würde.

„Ja, Lord Seaton. Ich. Ich schreibe unter dem Pseudonym Mr Joaquim Digory im *London Gazetteer*. Meine Geschichte …"

„Ist es *Whispers in the Dark*?", fragte Spencer.

Joanna leckte sich über die Lippen. „Das ist es."

„Ich kenne die Geschichte und genieße Ihre Arbeit sehr. Ich hätte nie gedacht, dass es …" Verlegen brach er ab.

Sie schnaufte irritiert. „Eine Frau ist, die sie schreibt", beendete sie für ihn den Satz.

„Ja. Es tut mir leid, dass ich das angenommen habe, Miss Digby. Ich wollte Sie nicht beleidigen."

Sie seufzte. „Das haben Sie nicht. Seit zwei Jahren verstecke ich mich nun schon hinter einem männlichen Namen. Es sollte mich also nicht überraschen, dass Sie angenommen haben, es wäre ein Mann, der das schreibt, als Sie den männlichen Namen des Autors gesehen haben."

Er nickte. „Ganz recht. Aber egal, ob Mann oder Frau, Sie sind sehr talentiert. Ich wünschte, jeder wüsste, dass Sie es sind. Nicht Mr Joaquim Digory."

Sie lächelte. Sein Kompliment, seine unterstützenden Worte beschrieben genau das, was sie auch dachte, sich bisher aber nie getraut hatte, es laut auszusprechen. „Sie sind die erste Person, die es weiß", sagte sie. „Es ist ein Geheimnis. Bitte sagen Sie es niemandem."

„Das werde ich nicht, Miss Digby. Ich danke Ihnen für Ihr Vertrauen."

Als Joannas Augen Spencers begegneten, konnte sie fast hören, wie ihre Abwehr in sich zusammenbrach. Jedoch nicht unter dem Druck der Konfrontation, sondern wegen etwas anderem. Sie spürte, wie sie tief in ihrem Inneren nachgab. Seine Augen, die sonst so wachsam und undurchdringlich wirkten, schienen jetzt zu bodenlosen Becken zu schmelzen und enthüllten ein Echo des stürmischen Aufruhrs, der auch in ihr tobte. Dinge, die sie tief in sich vergraben hatte.

„Jetzt sind Sie dran, Lord Seaton. Sie sagten, mein Onkel wäre der Grund, warum Sie in den Krieg gezwungen wurden ..."

Spencer atmete schneller, seine Kiefermuskeln arbeiteten. Er sah wieder verloren aus, wenn nicht gar besiegt. Ein wütender Mann, der hilflos war und seine Verluste betrauerte. Er setzte sich auf die Kante seines Bettes, und seine Augen wirkten gequält. Er stützte die Ellbogen auf die Knie und starrte in das flackernde Kerzenlicht. Der Sturm, der draußen tobte, trieb schwere Regentropfen gegen das Fenster, wo sie mit einem kontinuierlichen leisen Klopfen gegen das Glas schlugen.

„Was genau ist passiert?", fragte Joanna behutsam, als sie sich ebenfalls auf das Bett setzte. Sie faltete die Hände und richtete die Augen auf ihn. Sie wollte mehr über ihn wissen. Ihn aufdecken, auspacken und enträtseln wie ein Puzzle ... ein Mysterium, das nur für sie bestimmt war.

„Es geschah im September vergangenen Jahres", sagte er. „Ich habe einen Kampf im ‚Portside' gekämpft, und danach wurde ich von mehreren Männern in Marineuniformen angegriffen, die mich bewusstlos geschlagen und mich bis auf die Unterwäsche ausgezogen haben. Als ich irgendwann wieder aufwachte, befand ich mich im dunklen, schmutzigen Laderaum eines Schiffes, zusammen mit so vielen anderen armen Schluckern, die genau wie ich gegen ihren Willen in den Krieg geschickt wurden. Ein anderer Mann wurde in meiner Kleidung gefunden, und meine Familie hat ihn begraben und geglaubt, ich wäre tot." Der gequälte Blick in seinen Augen zerrte an ihrem Herzen, als sie sich die Qualen vorstellte, die sie alle damals durchlebt haben mussten. Dann schüttelte Spencer einmal den Kopf. „Wenn Sie mich damals gekannt hätten, hätten Sie mich wohl kaum wiedererkannt. Ich war der Duke. Ich habe in Preiskämpfen gekämpft. Ich habe gewonnen. Ich habe gern gewonnen. Ich bin den Damen hinterhergejagt und habe sie verführt. Ich habe gern getrunken. Ich mochte mein Zuhause, auch wenn es dunkel und alt und unbequem war." Er lachte selbstironisch.

„Wie Sie wissen, ist der Adel davon ausgenommen, von Pressbanden verschleppt und in den Krieg gezwungen zu werden. Doch das galt nicht für mich. In Wirklichkeit begann es sogar noch eine Woche früher, im August. Ich war zur falschen Zeit am falschen Ort. Ich bin ein Mitglied im ‚Tyche', kennen Sie das?"

Joanna nickte. „Ich habe gehört, dass es ein Gentlemen's Club in St. James ist, nicht wahr?"

„Das ist es. Es ist ein Ort, an dem Gentlemen um alles und auf alles wetten können. Ich habe die Abwechslung dort genossen, auch wenn sie mir jetzt nicht mehr so reizvoll erscheint. Eines Abends habe ich beschlossen, zu einer Soirée zu gehen, die meine damalige Liebhaberin veranstaltete. Es war ein warmer Abend. Ich bog um die falsche Ecke und kam in eine enge Gasse. Am Ende der Gasse habe ich Ashton gesehen, den ich aus dem Club kannte. Er hat einen Straßenjungen geohrfeigt, ein Kind von nicht mehr als zehn Jahren, und ihm ein Papier in die Hand gedrückt. Dann hat er dem Jungen eine Münze ins Gesicht geworfen. Sie hat das Kind am Auge getroffen, glaube ich, und prallte gegen die Pflastersteine. Dann war er weg, bevor ich etwas tun konnte. Der Junge hob die Münze auf und ging schnell auf mich zu, wahrscheinlich ohne mich zu sehen. Als er mich erreichte, habe ich ihn gefragt, ob es ihm gut ginge. Der Junge erschrak so sehr, dass er das Stück Papier fallen ließ und davonlief. Ich habe es aus der schlammigen Pfütze aufgehoben und rannte ihm hinterher, um es ihm zurückzugeben, aber er war zu schnell. Als ich die Nachricht öffnete, war die Hälfte der Schrift vom Wasser verschmiert und ich konnte sie nicht lesen. Der Rest ergab nicht viel Sinn. Da stand ein Datum und ein griechisches Wort und eine Zahl. Der Rest war unleserlich."

Joannas Hände zitterten. Das klang wie der Anfang des Briefes, den sie in Ashtons Arbeitszimmer geöffnet hatte. Das Datum, das Wort „Valiant" war nicht griechisch, aber da war auch eine Zahl gewesen ... 260. Ihr stockte der Atem. Sollte sie es ihm sagen, diese Information mit ihm teilen? Nein, sie musste stark sein und versuchen, um Charlottes und Gideons willen zu gewinnen. Und das bedeutete, dass sie alle Informationen, die sie herausfand, für sich behalten musste.

„Mein Onkel hat Sie nicht gesehen, oder?"

„Das hat er nicht. Aber als ich aufblickte, lugte der Straßenjunge um die Ecke und hat mich angesehen. Dann war er weg."

„Aber woher sollte ein Straßenjunge wissen, wer Sie sind?"

„Vielleicht ist er mir in dieser Nacht gefolgt. Das kann ich nur vermuten. Er könnte mich bis zu meinem Haus beschattet und Ashton Bericht erstattet haben. In der Woche danach habe ich bemerkt, dass mich jemand beobachtet, allerdings war es ein Mann und kein Junge."

„Aber woher wissen Sie eigentlich, dass es mein Onkel war, der dafür gesorgt hat, dass die Pressbande Sie holt?", fragte sie.

„Ich habe es erst viel später auf dem Schiff erfahren", sagte er. „Nach dem Vorfall mit dem Straßenjungen habe ich mein Leben normal weitergeführt und nicht viel über die geheimnisvollen Worte in der Nachricht nachgedacht. Ich weiß noch immer nicht, was sie bedeutet haben, aber jetzt wünschte ich, ich hätte tiefer gegraben und eine Art Untersuchung eingeleitet. Hätte ich das damals getan, wäre das alles vielleicht nicht passiert. Aber ich war zu sehr mit dem Streit beschäftigt, den ich mit meinem Bruder Preston hatte, und ich war verliebt ... Ich war dabei, einen Antrag zu machen."

Joanna musste sich beherrschen, nicht zusammenzuzucken, als ein Stich der Eifersucht sie den Atem anhalten ließ. Er hatte jemanden geliebt ... wollte ihr einen Antrag machen ... Dieser Mann, der so selbstsicher und unerreichbar erschien. Jemand hatte es geschafft, sein Herz so sehr für sich einzunehmen, dass er sie zu seiner Frau machen wollte.

Er hatte gesagt, er würde Joanna niemals heiraten. Alles, was er von ihr wollte, war nur ihren Körper ... für nur eine Nacht. Wegen der Wette.

Und sie saß noch immer hier und hörte zu. Und wenn sie ehrlich war, brannte sie vor Neugierde und dem Wunsch, seine rauen Hände wieder auf ihrer nackten Haut zu spüren.

Wie tief könnte sie fallen?

„Wer war sie?", fragte sie mit zitternder Stimme.

Er sah sie an, seine Augen schauten so ausdruckslos, dass es schien, als herrschte in seinem Inneren vollkommene Leere. „Penelope."

„Ihre Schwägerin?"

Er nickte.

Joanna konnte ihren eigenen Körper nicht mehr spüren. „Sie haben die Frau Ihres Bruders geliebt?"

„Das habe ich. Ich dachte, ich würde es tun. Sie war die einzige Frau, die ich jemals heiraten wollte."

Joanna unterdrückte den Drang, aufzustehen und ihn aus seiner Traurigkeit schütteln zu wollen. Jedes Wort schnitt sie wie ein Messer. Sie war für ihn nichts weiter als ein Sieg, ein Mittel zum Zweck. Eine kleine Ablenkung, um seine traurige Seele zu streicheln.

„Lieben Sie sie noch?", fragte sie mit einer Stimme, die so weit entfernt klang, dass sie auch jemand anderem gehören könnte.

Lange Zeit antwortete er nicht, starrte einfach nur nach draußen in die regnerische Dunkelheit. „Sie war der Grund, warum ich es lebend aus dem Krieg nach Hause geschafft habe. Der Gedanke an sie hat mich von den Toten zurückgeholt."

Joanna durchlief ein kalter Schauer. Er liebte sie noch immer – das musste er. Was sonst würde einen von den Toten zurückbringen? Was sonst als die Liebe würde die Hoffnung monatelang am Leben erhalten und jemanden über den Ozean einen Weg aus dem Krieg zurück nach Hause suchen lassen?

Liebe, die er für Joanna nie empfinden würde. Egal, wie sehr er ihr das Gefühl gab, gesehen zu werden, zu leben und im Mittelpunkt zu stehen ...

Er würde immer seine Schwägerin lieben.

„Und indem er Sie in den Krieg schickte ...", sagte Joanna langsam, „... hat mein Onkel Ihnen den Titel, Ihr altes Leben und die einzige Frau, die Sie je geliebt haben, genommen?"

Er nickte, sein Blick war dunkel und funkelte sie an.

Joanna unterdrückte einen Schauer. Sie wünschte jetzt, dass sie nichts davon wüsste. Aber sie verstand, warum er den Duke unbedingt verhaftet sehen und vor Gericht stellen wollte.

„Deshalb möchte ich, dass er wegen der Verbrechen, die er begangen hat, angeklagt wird. Ich kann mich des Eindrucks nicht erwehren, dass es etwas Schreckliches sein muss, wenn er sich solche Mühe gibt, mich loszuwerden, nachdem ich diese Nachricht gesehen habe. Möchten Sie nicht auch, dass er um Ihrer Schwester willen bestraft wird? Um Ihres Bruders willen? Um Ihrer selbst willen? Er hat Ihnen, seiner Familie, so viel genommen und Ihr Leben als Geisel gehalten."

Joanna stieß einen langen Seufzer aus. „Er hat uns beiden viel genommen."

Spencer nickte, seine Augen trafen die ihren. „Es scheint, dass wir doch nicht so verschieden sind, Miss Digby."

„Aber Sie sind von Rache getrieben. Und ich muss meine Familie schützen."

„Das ist wahr. Wir sind Konkurrenten. Aber seit ich Sie getroffen habe, habe ich das Gefühl, dass meine dunklen Gedanken mich nicht mehr so stark im Griff haben wie früher."

Er rückte auf dem Bett näher an sie heran, und die Matratze senkte sich. „Lassen Sie uns nur für heute Nacht das sein, was ich mir für uns gewünscht habe, seit ich meine Persephone zum ersten Mal gesehen habe."

14

Joanna sprang auf die Füße. Was hatte sie erwartet?

Eine Erklärung der ewigen Liebe?

Sie sollte sich keine Illusionen über diesen Mann machen. Er war an Leib und Seele verwundet. Er liebte jemanden, den er nie haben konnte, und das war nicht sie. Sie war ein Preis, um sein Ego zu streicheln. In seinem früheren Leben war er ein Verführer gewesen, ein Bonvivant, ein Rake, der Röcken nachstellte und den Ruf von Frauen ruinierte ... Er war gut darin, der Teufel zu sein, der er war.

Weil er auch sie verführt hatte.

Sie rang nach Atem, ihr Verstand raste in eine Million Richtungen und suchte nach einem Ausweg, den sie jedoch nicht fand.

Bis auf die eine Sache, die sie sagen konnte. „Nein."

Ganz langsam, mit einem so winzigen Zucken, dass es leicht zu übersehen war, stand er auf. Seine dunklen Augen verließen die ihren nicht einmal für einen Moment. Und in ihr machte sich das beängstigende Gefühl breit, ein Reh zu sein, das von einem Löwen verfolgt wurde.

„Nein?", fragte er, während er einen langsamen Schritt auf sie zuging. „Sie hätten von vornherein Nein zu unserer Wette sagen sollen. Jetzt ist es zu spät, nicht wahr?"

Sie straffte die Schultern. „Was wollen Sie tun, Sir? Sich mir aufdrängen?"

Seine Kehle hüpfte, als er schluckte, und sein Blick verfinsterte sich. „Niemals. Sie werden sich mir freiwillig hingeben oder gar nicht."

Etwas in ihrem Inneren gab nach, eine Anspannung, die sie seit dem Moment gespürt hatte, als sie an das Tor des Marstalls geklopft hatte. „Gut", sagte sie. „Ich habe jetzt mehr Respekt vor Ihnen, Lord Seaton. Und nun werde ich mich verabschieden."

„Was ist Ihr Einwand, Miss Joanna? Hätten Sie dieses ‚Nein' vorher gespürt, wären Sie nicht gekommen." Er trat auf sie zu, so nah, dass sie ihn wieder riechen konnte. Allein sein Duft war berauschender als dieser Whisky. „Aber Sie sind hergekommen, bereit und willens, unsere Wette zu ehren. Ich bin hier. Und Sie sind es auch. Ich will Sie noch immer. Und Sie wollten mich auch, das weiß ich so sicher wie meinen eigenen Namen. Ihr Körper hat auf mich reagiert." Er hob seine Hand und strich ihr sanft eine Haarsträhne hinter das Ohr. „Was ist geschehen? Was hat sich verändert?"

Was geschehen war, war ihr Gespräch. Sie liebte es, wenn er sich öffnete. Zu erfahren, was ihn zu dem Mann gemacht hatte, der er war. Was ihn hatte hart werden lassen.

Aber das war es nicht, was sie umgestimmt hatte.

Was sie umgestimmt hatte, war, dass sein Herz einer anderen gehörte. Was dumm war, denn sie sollte nicht einmal über sein Herz nachdenken. Darüber, dass er überhaupt jemanden heiraten wollte.

„Es ist Ihre Schwägerin", sagte sie, und er zog die Augenbrauen zusammen. „Offensichtlich haben Sie sie so sehr geliebt, dass Sie ihr einen Antrag machen wollten. Und doch haben Sie mir gesagt, Sie würden mich nie heiraten."

Er legte den Kopf schief. „Liebe Miss Digby, ich habe Sie von Anfang an gewarnt, eine Ehe wird niemals Teil dieser Vereinbarung sein. Wenn Sie etwas anderes erwarten ...'"

„Ich weiß. Ich erwarte nichts. Aber Sie haben mir klargemacht, dass ich mein ganzes Leben lang nur den Wunsch hatte, in der Zuneigung von jemandem an erster Stelle zu stehen. Und verzeihen Sie mir, aber ich kann mich einfach nicht dazu durchringen, meine Tugend jemandem zu schenken, der nicht so für mich empfindet. Ich verlange nicht die Ehe, aber ich bestehe auf einen Partner, der in mir mehr als nur einen Ersatz für sein wahres Verlangen sieht."

Er lachte leise. „Mein liebes Mädchen ... seit dem Maskenball stehen Sie als Einzige im Mittelpunkt meiner glühendsten Aufmerksamkeit und meines Verlangens."

Ihr Atem stockte, und ihr Mund wurde trocken. Sie wollte ihm glauben. Aber er hatte nicht gesagt, dass er die Duchess nicht mehr liebte.

„Es geht hier nicht um Liebe, Liebste", sagte er. „Mein Herz wird niemals Teil dieser Vereinbarung sein, und Ihres auch nicht. Was jedoch sein wird ..." Er beugte sich so nah vor, dass sein Atem ihre Wange streichelte. „... ist Vergnügen. So viel Vergnügen, wie Sie ertragen können ..." Er drückte ihr einen sanften Kuss auf die Wange, und sie atmete tief ein, als eine himmlische Wärme ihre Haut durchströmte. „Und dann werde ich Ihnen noch mehr geben ..." Ein weiterer Kuss auf ihre andere Wange folgte, und ein heftiges Kribbeln schoss durch sie hindurch und hinunter zu ihren Brüsten. „... und noch mehr."

Er hauchte ihr einen sanften, keuschen Kuss auf die Lippen, woraufhin sie ein Stöhnen ausstieß. Er schmunzelte zufrieden.

„Glauben Sie mir, meine süße Persephone, Sie werden meine volle Aufmerksamkeit bekommen. Sie und Ihr Vergnügen."

Sie leckte sich über die Lippen und lehnte sich ihm entgegen, als würde sie vom Wind getrieben. Ihr Verstand wurde von seinen Küssen benebelt, und sie konnte sich keinen einzigen Grund vorstellen, warum sie jetzt gehen sollte. Alles, was sie wollte, war mehr.

Aber deine Tugend, argumentierte der kleine Teil von ihr, der noch denken konnte. *Er wird dich niemals heiraten ... und auch kein anderer Mann wird es. Du wärst wirklich ruiniert.*

Sie glaubte ohnehin nicht, dass sie jemals einen Antrag bekommen würde. Eine Heirat war nicht in ihrem Interesse. War es nie und würde es nie sein. Wie viele Ehemänner würden sich überhaupt auf diese Weise um ihr Vergnügen bemühen?

Sie würde die Geliebte dieses Mannes sein. Sie würde diesen Teil des Lebens auskosten, den sie sonst nicht erleben würde. Sie würde leben, und sie würde im Mittelpunkt seiner Aufmerksamkeit stehen. Nur für ein paar sündige Stunden würde sie das Vergnügen erleben, von dem er sprach, und dann hätte sie etwas, an das sie sich für den Rest ihres Lebens erinnern würde. Und auch etwas, worüber sie schreiben könnte.

„Ja", sagte sie und beobachtete, wie sich ein wunderschönes Grinsen langsam auf seinem Gesicht ausbreitete.

Zu ihrer Überraschung ging er zu dem Tisch mit den Erfrischungen unter der Silberhaube und hob ihn hoch. Auf dem Teller lagen verschiedene Käsesorten, Aufschnitt, Weintrauben ...

Und ein Granatapfel.

Ihr Atem stockte, als sie die geöffnete, reife Frucht betrachtete, deren dunkelrote Kerne zwischen den dünnen weißen Adern im Kerzenlicht glitzerten. Wie verzaubert ging sie zum Tisch, unfähig, den Blick von der Frucht abzuwenden.

Er hob eine Hälfte auf und hielt sie ihr hin. Ein dunkler

Tropfen Saft am Rand verschmierte seinen Daumen, und er leckte ihn ab. Als sie beobachtete, wie seine Zungenspitze über seine Haut fuhr, spannten sich die Muskeln irgendwo tief zwischen ihren Schenkeln auf eine herrliche Weise an und brannten.

„Wenn Sie die Frucht der Unterwelt probieren, Persephone ...", sagte er, „... gibt es kein Zurück mehr. Und Sie werden für immer hierbleiben ... für immer mein sein. Letzte Chance, Darling. Sind Sie sich sicher?"

Die Unterwelt musste die verbotene Welt des Vergnügens sein, und er war ihr Herrscher.

Es gab kein Zurück mehr, das wusste sie bereits. Der klare und kräftige Duft des Granatapfels stieg ihr in die Nase, und sie wollte seinen Saft kosten. Mit nach Luft ringender Lunge streckte sie die Hand aus und nahm die Frucht aus seiner Hand.

Sie drückte auf beide Seiten des Fruchtstücks, sodass es in der Mitte aufsprang und roter Saft auf ihr Gesicht und ihren Hals spritzte. Spencers Augen verfinsterten sich, als sich sein Blick auf den Tropfen in der Nähe ihres Mundwinkels konzentrierte. So behutsam sie konnte, löste sie einen Kern ab und legte die Frucht auf den Tisch.

Vielleicht war es albern, aber als ihr Blick auf seinen traf, fühlte sie sich, als wäre sie jetzt seine Königin, die Königin dieses dunklen Herrn, der ihren Körper und ihre Seele besitzen würde, sobald der Granatapfelkern auf ihrer Zunge lag. Langsam nahm sie ihn zwischen die Lippen und zerdrückte ihn zwischen den Zähnen, wobei der süßsaure Saft durch ihren Mund spritzte.

Und es war köstlich.

Er stieß ein gequältes Stöhnen aus, und in dem Moment, als sie schluckte, war er bei ihr.

Sein Kuss war ein Sturm, eine Liebkosung, er verschlang sie, als wäre sie die Mahlzeit, nach der er gehungert hatte. Seine Arme legten sich wie ein Schraubstock um sie, seine Brust war hart wie ein Fels. Ein weiteres tiefes Knurren kam aus seiner Mitte und dröhnte gegen ihre Brust.

„Du schmeckst nach Granatapfel", murmelte er an ihrem Mund und ließ jegliche Förmlichkeit fallen. „Und wie du. Ich habe jede Nacht an den Geschmack deiner Lippen gedacht."

„Habt Ihr das, Lord Seaton?", murmelte sie gegen seine Lippen.

„Nenn mich Spencer, Darling. Ich will meinen Namen auf deinen Lippen hören, wenn du vor Lust schreist."

Bei diesen Worten durchfuhr sie ein heißer Schauer. Als er eine Hand über ihren Oberkörper gleiten ließ und ihre Brust umfasste, erschauerte sie erneut. Mit heißen Küssen bahnte er sich einen Weg ihren Hals hinunter und über ihre Brust zu ihrem Dekolleté. Ihre Haut brannte.

„Ich werde dein Erster sein, Joanna." Ihr Name auf seinen Lippen klang so intim. Nur ihre Familie und enge Freunde nannten sie so. „Ich möchte, dass alles von dir mir gehört."

Er drehte sie um und begann mit flinken Fingern, ihr Kleid am Rücken aufzuknöpfen. Nachdem er es von ihren Armen und ihrem Körper hinuntergezogen hatte, sammelte es sich um ihre Füße auf dem Boden. Ihre Haut prickelte, als sie seinen Blick auf sich spürte. Er war der erste Mann, der sie nackt sah ... Sie gehörte nicht zu den dünnen und hübschen Damen wie Charlotte, die als schöner galten. Sie hatte Rundungen und Kurven und breite Hüften.

„Sieh dich nur an ...", murmelte er, während er sich mit seinem Oberkörper gegen ihren Rücken drückte und sich hinunterbeugte, um ihren Hals zu küssen. Seine Hände umfassten ihre Brüste durch ihr Korsett und ihr Unterhemd hindurch. „Jede Kurve ... Perfektion."

Ihre Kehle wurde trocken ... Konnte sie ihm glauben? Ihr Körper tat es offensichtlich, denn ihre Haut kribbelte, ihre Brüste schwollen an, schmerzten und verlangten nach seiner Berührung. Mehr, mehr, mehr. Sie fühlte es mit jedem Atemzug.

Er öffnete ihr Korsett, und sie versuchte, nicht daran zu denken, wie schnell und gekonnt er das gemacht hatte. Er zerrte es hinunter, und wie immer blieb es an ihren Hüften hängen, und er musste ziehen, um sie davon zu befreien. Ihr Unterrock war als Nächstes dran. Er kniete hinter ihr, als sie aus ihrem Korsett und dem Kreis trat, den ihr Kleid auf dem Boden bildete.

Sie spürte, wie seine heißen Hände unter ihrem Unterhemd an ihren Beinen heraufglitten und heiße Spuren auf ihrer Haut hinterließen. „Sieh dir deinen herrlichen Hintern an", murmelte er, als er sie durch die dünne Schicht des Unterhemdes leicht biss. Sie keuchte und zuckte, aber er ließ sie nicht los, seine großen Hände hielten ihre Schenkel an ihrem Platz. „Sieh dir deinen herrlichen Körper an ... so eine schmale Taille ... so üppige Brüste ... und so ein luxuriöser Hintern." Sie wusste nicht, was ihr mehr Schweiß auf die Stirn trieb, seine Worte oder seine Hände oder sein Mund, der in ihren Hintern biss ... Sie hätte nie gedacht, dass man überhaupt in einen Hintern beißt – oder dass sie es genießen würde!

Er stand mit dem Saum ihres Unterhemdes in den Händen auf und zog es ihr über den Kopf ...

Wie ein Raubtier schritt er langsam um sie herum, wobei seine Augen keinen Zentimeter ihres Körpers ausließen.

Und sie stand nackt vor ihm ... vollständig. Sie konnte sich nirgends verstecken. Nicht hinter einer Maske, einem hässlichen Kleid oder gar der Kleidung eines Mannes.

Zum ersten Mal in ihrem Leben stand sie im Rampenlicht.

Zitternd blickte sie in sein Gesicht und suchte nach Anzeichen von Ablehnung, Zurückweisung oder Reue.

Aber da war nichts als Hunger. Sein Blick war so dunkel, dass er bodenlos erschien. Sein Daumen lag auf der vollen Unterlippe.

Sein Brustkorb bewegte sich langsam und tief, auf den Wangen-knochen lag ein Hauch von Farbe, und etwas sehr Großes und sehr Hartes wölbte sich zwischen seinen Beinen unter seiner Hose.

„Du bist die Göttin des Frühlings, meine Persephone", murmelte er, als er zu ihr kam und die Nadeln aus ihrem Haar löste, sodass es ihr über die Schultern fiel und sie kitzelte. „Sieh dich nur an ... so üppig und reif und so voller Leben ... Versteck dich nicht mehr, mein Schatz. Du brauchst dich vor nichts zu verstecken. Du solltest diejenige sein, die im Vordergrund steht. Du bist geboren, um zu strahlen."

Ihr war jetzt warm, von seinen Worten, von seinem Blick, von ihrer nervösen Vorfreude auf das, was gleich geschehen würde.

Sie dachte, er würde sie zum Bett führen oder sie küssen, aber er ließ sich vor ihr auf die Knie fallen.

„Du bist für das Vergnügen geboren", murmelte er, während sein Gesicht sich direkt vor ihrem Geschlecht befand.

Sie keuchte, als er anfing, süße, sanfte Küsse auf ihre Schenkel um den Scheitelpunkt zwischen ihnen zu verteilen. Jede kleine Berührung, jedes kleine Lecken seiner Zunge auf ihrer Haut war wie Feuer. Ihr Kopf drehte sich von all den heißen und feuchten und herrlichen Empfindungen in ihrem Körper.

„Spencer ...", flüsterte sie und klammerte sich an seine massigen Schultern. „Was hast du ...?"

„Genug des Versteckens, Joanna", murmelte er und legte seine Finger auf die Lippen ihres Geschlechts und spreizte sie. „Heute Nacht bist du die Königin meiner Dunkelheit. Heute Nacht geht es nur um dich."

Dann, bevor sie sich bewegen oder ein Wort des Protestes äußern konnte, war sein Mund auf ihrem Fleisch, und er küsste sie genau dort ... Sie schrie auf vor Überraschung und Vergnügen, als Empfindungen, die sie nie zuvor gespürt hatte, über sie hereinbrachen. Mit der Zunge peitschte er gegen ihre inneren Lippen wie der Sturm gegen das Fenster. Seine verruchte Zunge spielte und kreiste und tanzte einen wilden und wunderbaren Rhythmus.

Mit einem Arm hob Spencer ihr Bein an und legte es sich über die Schulter, um ihr Geschlecht noch näher an seinen Mund zu bringen, während sein Gesicht sich zwischen ihren Schenkeln vergrub. Seine Arme gruben sich in ihre Hüften und hielten sie sicher, als ihre Beine zitterten und sie darum kämpfte, sich aufrecht zu halten.

Aber sie stand. Und er kniete vor ihr.

Um sie zu verehren.

Und je wilder seine Zunge schlug, desto fester zog sich etwas in ihr zusammen, desto mehr baute sich etwas auf und stieg höher und höher. Sie konnte nichts anderes tun, als sich diesem süßen Angriff zu ergeben, sich den unglaublichen Empfindungen hinzugeben, die er ihr schenkte. Sie würde verschwinden, sich in einen Staub aus reinem Sternenlicht auflösen ... und sich verlieren.

Und wenige Augenblicke später war es genau das, was sie tat.

Sie wand sich in seiner Umklammerung und hielt sich an ihm fest, als wäre er die letzte Verbindung zur Erde ... bis ihre Beine nachgaben und sie in seinen Armen zusammenbrach.

Und er fing sie auf.

Der letzte Gedanke, den sie hatte, bevor er sie aufhob und irgendwohin trug, war, dass er gar nicht so ein Schurke war, wie er den Anschein erwecken wollte. Er hatte ihr nicht die Jungfräulichkeit genommen, wie er es wollte.

Er hatte überhaupt nichts von ihr genommen.

Er hatte gegeben. Er hatte sie zu einer Göttin gemacht.

15

„Komm mit mir nach Tilbury", sagte Spencer und zuckte zusammen, als die Worte seinen Mund verließen.

Der Himmel war klar und blau, und die Morgensonne schien hell durch das mit Tropfen bedeckte Fenster auf Joannas volle Oberschenkel, kurz bevor er unter ihrem Hemd verschwand, als sie hineinstieg und es hochzog. Sie stand in der Mitte des Raumes, ihr langes Haar glänzte wie Gold, das ihr auf die Schultern fiel. Ihre grünen Augen leuchteten, ihre Haut glühte und war durchscheinend wie die Sonne, die im Frühling durch die ersten Blätter schien.

Joanna erstarrte mit ihrem Korsett in den Händen und sah ihn an. Er lag noch immer im Bett, hatte eine Hand hinter den Kopf geschoben und genoss den Anblick seiner Persephone, die sich fertig machte. Er betrachtete ihren Körper, der durch ihr Hemd hindurch zu erkennen war: volle runde Brüste, eine schmale Taille, die in herrliche Hüften überging, und großzügige Schenkel, zwischen denen er in der Nacht zuvor so gerne sein Gesicht vergraben hatte. Er wollte jeden Zentimeter von ihr lecken, jede kleine Falte ihrer Haut schmecken.

Aber als er sah, wie sie sich zum Aufbruch bereit machte, erhob sich ein scharfer Protest in seiner Brust. Und das hatte wenig mit der Tatsache zu tun, dass er sie nicht entjungfert hatte, sondern mit dem Gefühl, wie sie sich in seinen Armen angefühlt hatte – warm, weich und nach Granatäpfeln duftend –, während sie geschlafen hatte. Es hatte alles mit dem Geschmack ihrer Lippen und den kleinen Energieblitzen zu tun, die ihn durchzuckten, wann immer er sie berührte, sie ansah oder ihre Stimme hörte.

Und es hatte auch etwas mit dem schweren Schuldgefühl zu tun, das sich in seiner Magengrube festgesetzt hatte, nachdem sie ihm von ihrer Schwester und der Erbschaft ihres Bruders erzählt hatte, und wie sie ihr eigenes Geld verdienen musste, um zu helfen ...

Warum also bat er sie, mit ihm zu kommen, wenn er sich vorgenommen hatte, für niemanden etwas zu empfinden? Sich einfach nur dem körperlichen Vergnügen mit Miss Digby hinzugeben – und nicht einmal das hatte er getan ... Jedenfalls nicht so, wie er es sich vorgestellt hatte, oder zumindest nicht auf alle Arten.

Genau das war der Grund, warum er wollte, dass sie mitkam, sagte er sich. Sie schuldete ihm noch ihre Jungfräulichkeit.

„Was ist in Tilbury?", wollte sie wissen.

Er erhob sich vom Bett und ging zu ihr. Nachdem er ihr gestern Abend ihren ersten Orgasmus verschafft hatte, hatte er sie noch zweimal kommen lassen, bevor sie die Augen nicht mehr offen halten konnte und in seinen Armen eingeschlafen war. Er hatte sich schmerzlich nach ihr verzehrt, aber er hatte es nicht eilig, ihr das zu nehmen, wonach er sich sehnte, seit er sie das erste Mal gesehen hatte. Er hatte in seiner Hose und seinem Hemd geschlafen, während sie nackt war.

Er hatte nicht ein einziges Mal an Penelope gedacht. Er hatte nicht einen Hauch seiner früheren Depression gespürt.

Die vergangene Nacht hatte alles verändert. Er hatte nicht mehr das Gefühl, dass sie seine Gegenspielerin war wie eine Konkurrentin. Und das war gefährlich, weil sie ihn von seiner Mission ablenken und er dann scheitern würde.

Er hatte auch eine neue Schüchternheit an sich entdeckt, die sich auf die unansehnliche Wunde an seinem Oberschenkel konzentrierte. Auf das rohe, geschwollene, noch immer gerötete Fleisch, wo seine Haut weggerissen worden war und die darunterliegende Muskelschicht zum Vorschein kam, die sich unnatürlich unter dem Narbengewebe bewegte. Dem alten Spencer wäre sein Körper nie peinlich gewesen. Er hätte sich keine Sorgen um die Reaktion einer neuen Liebhaberin gemacht.

Er stellte sich hinter sie, zog die Ränder des Korsetts zusammen und begann, es zu schnüren. Dabei bedauerte er, dass er sie bedeckte, obwohl er nichts lieber täte, als sie stundenlang nackt zu sehen. „Tilbury ist unser nächstes Ziel, Joanna.“

Sie drehte den Kopf, und er konnte ihr Profil und ihre großen, überrascht dreinblickenden Augen sehen. „*Unser* Ziel?“

Ihm entschlüpfe ein kleines Lachen. Dies mit ihr zu teilen, zu wissen, dass es ihr helfen könnte, wärmte ihn mehr als der Nervenkitzel der Jagd, gegen sie zu gewinnen. „Joseph, der Mann aus der Petticoat Street, holt immer Briefe ab und bringt sie zur Pottinger Shipping Company.“ Ihr Rücken hörte auf, sich unter dem enger werdenden Korsett zu bewegen. Er zog noch ein wenig fester. Er war etwa zur Hälfte fertig. „Das ist es, wo ich heute hinfahren werde, und ich habe mich gefragt, ob du vielleicht mitkommen willst.“

„Lord Seaton.“ Sie kicherte, grinste und schüttelte den Kopf.

„Was ist mit dem Schurken passiert, von dem Sie versprochen haben, eben jener zu sein?"

Er runzelte die Stirn und zog fester. Ja, tatsächlich, was war mit ihm passiert? „Nichts", platzte er heraus. „Du schuldest mir noch deine Jungfräulichkeit."

„Oh. Richtig. Und ich dachte schon, dein eiskaltes Herz wäre plötzlich geschmolzen. Du hast deinen Preis nicht genommen, und trotzdem bin ich noch immer deine Rivalin, aber du hilfst mir?"

Er zog ein letztes Mal an den Schnüren und verknotete sie. „Wie ich schon sagte, du schuldest mir noch etwas."

Und der Gedanke, sie in den nächsten Tagen nicht zu sehen, während er in Tilbury war, ließ ein dunkles Gefühl der Verzweiflung wie einen Abgrund in ihm aufbrechen.

„Was soll ich Charlotte und Gideon sagen? Ich kann nicht einfach weglaufen. Ich muss sofort nach Hause zurückkehren, bevor sie aufwachen."

„Kannst du ihnen mitteilen, dass du deine Familie auf dem Land besuchst?"

Joanna biss sich auf die Unterlippe, ihr Amorbogen war so üppig, dass Spencer sich danach sehnte, ihn zu küssen. „Ich schätze, ich kann eine Nachricht schicken und mich entschuldigen, dass ich zu den Hodgeses musste. Ich könnte schreiben, dass ich wegen eines Notfalls früh abreisen musste. Priscilla Hodges ist die Cousine meiner Mutter zweiten Grades. Sie ist mit einem Geistlichen verheiratet, und sie haben neun Kinder. Es gibt immer einen Notfall – jemand ist krank, hat sich den Arm gebrochen oder einen anderen Unfall erlitten –, vor allem in der Erntezeit wie jetzt, wenn sie viele Konserven für den Winter einkochen müssen. Sie brauchen immer Hilfe. Ich besuche sie fast jedes Jahr."

„Sehr gut. Schreib ihnen, dass du es so eilig hattest, dass du vergessen hast, eine Nachricht zu hinterlassen, und erst daran gedacht hast, kurz bevor du die Postkutsche besteigen wolltest. Ich kann die Nachricht von einem Lakaien überbringen lassen."

„Gute Idee", sagte sie. „Aber ein Lakai, der die Nachricht überbringt, wäre verdächtig. Kannst du ihn bitten, einen Jungen zu bezahlen, der es für ihn übernimmt?"

Er lachte leise. „Natürlich. Du hinterhältige Strategin."

Joanna schüttelte den Kopf. „Ich fühle mich schrecklich, wenn ich meine Geschwister anlüge. Ich lüge nicht."

„Es ist für Charlotte, Darling. Du tust es für sie beide."

„Das ist wahr." Erfreut drehte sie sich zu ihm um und versuchte, ihr Lächeln zu verbergen, ihre apfelgrünen Augen funkelten. „Na gut. Ich werde mit dir kommen. Nicht wegen dem, was ich dir schulde oder nicht schulde. Sondern weil ich noch immer meine Schwester und meinen Bruder beschützen muss."

„Natürlich", sagte er, und Freude durchströmte ihn. Er schlang seine Arme um ihre Taille und zog sie an seine Brust. „Deine Schwester und deinen Bruder."

Dann küsste er sie.

Drei Stunden später, nachdem sie in seinen Armen ein weiteres Mal zum Höhepunkt gekommen war, sie in seinem Schlafzimmer gefrühstückt hatten und Mrs Girdwood Joannas Haar frisiert und ein paar alte Kleider seiner Mutter eingepackt hatte, die – so versicherte sie Joanna – gut passen würden, saßen sie beide in Spencers Kutsche. Sie ratterten über die noch feuchte, aber bereits befahrbare Strecke nach Tilbury. Ihr Ziel befand sich sechsundzwanzig Meilen von Mayfair entfernt. Wenn die Straße nicht zu sehr vom Regen ausgewaschen war, würden sie den Ort in vier Stunden erreichen. Und wenn er Glück hatte, würden sie ein Gasthaus finden und dort übernachten, damit er mehr Zeit mit seiner kleinen Persephone verbringen konnte.

Auf dem Weg nach Tilbury wurde viel geküsst, geflirtet und geneckt. Und geredet. Sie hörten nie auf zu reden ... na ja, nur wenn sie sich küssten. Sie sprachen über ihre Kindheit, Vorlieben und Abneigungen, Poesie, Literatur, Oper und Kunst ... Die ganze Fahrt über verspürte er dieses Gefühl von Leichtigkeit und Wärme im Bauch, als könnte er seine Arme ausbreiten und die ganze Welt in sich aufnehmen. Nicht für eine Minute spürte er die Dunkelheit, die ihn monatelang auf dem Schiff begleitet hatte. Auf halbem Weg hielten sie an, um die Pferde ausruhen zu lassen und zu Mittag zu essen. Der Rest des Weges verging so schnell, dass er gar nicht merkte, wie der Himmel wieder dunkel wurde, als die Kutsche anhielt und Carl die Tür öffnete.

„Wir sind hier, Mylord", sagte er. „Pottinger Shipping Company in Tilbury."

Spencer zögerte und fühlte sich, als wäre er abrupt aus einem süßen Traum gerissen worden, von dem er wollte, dass er nie endete.

Er kletterte hinunter in die warme Abendluft, während die Sonne hinter den Lagerhäusern und den hohen Masten der Schiffe, die im Wasser schaukelten, unterzugehen begann.

Direkt auf der anderen Straßenseite befand sich ein robustes zweistöckiges Gebäude aus verwitterten Ziegeln und Holz, an dem ein Holzschild mit verblassten Buchstaben angebracht war: Pottinger Shipping Company. Die Fenster waren dunkel, denn zweifellos waren die Büros jetzt geschlossen. In der Backsteinmauer, die auf der rechten Seite der Fassade mit dem Gebäude verbunden war, befand sich ein Tor, und Spencer vermutete, dass es sich dabei um einen Lagerraum handeln musste.

Aus einer Taverne am Ende der Straße duftete es köstlich nach gebackenem Brot und Eintopf, und man hörte lautes Gelächter. Ein Laternenanzünder bewegte sich die Straße entlang und entzündete die wenigen Straßenlaternen. Ein Gemisch aus Erde und feinem Schotter knirschte leicht unter seinen Füßen. Spencer konnte Stimmen hören, das Rollen schwerer Räder auf den Pflastersteinen und das rhythmische Stampfen von Pferdehufen zwei Straßen weiter, näher bei den Schiffen.

Als er sah, dass keine Gefahr drohte und nur ein paar Matrosen und Hafenarbeiter auf der Straße vorbeikamen oder in der Ferne Karren mit Waren rollten, beschloss er, dass es für Joanna sicher genug war, ebenfalls hinunterzuklettern, und half ihr beim Abstieg.

„Soll ich mich in der Taverne nach einem Zimmer erkundigen, Mylord?", fragte Carl und sah sich um. „Oder nach dem Weg zu einem Gasthaus, wo wir die Pferde wechseln können, damit wir heute Abend zurückreisen können?"

Spencer sah sich unschlüssig um. Er hatte keinen genauen Plan, was er tun wollte, ob er den Besitzer direkt konfrontieren oder das Gebäude erst einmal beobachten und nach Hinweisen suchen sollte, wie Ashton dieses Geschäft für seine kriminellen Aktivitäten nutzen könnte.

Was sie brauchten, waren Beweise. Joanna würde sie brauchen, um Ashton zur Rede zu stellen. Spencer würde sie benutzen, um ein Strafverfahren einzuleiten.

Aber Beweise – ob Briefe, Notizen oder Zeugen – waren für beide von zentraler Bedeutung.

Er brauchte nicht auf den Besitzer zu warten, um nach den Briefen zu suchen. Und da in den Büros der Pottinger Shipping Company gerade niemand war, gab es keinen besseren Zeitpunkt, um sich einzuschleichen.

„Nein, Carl", sagte er. „Tun Sie nichts von alledem. Behalten Sie Miss Joanna im Auge, während ich versuche, reinzukommen."

Joanna schnappte nach Luft. „Du versuchst reinzukommen? Was ist mit mir?"

„Es ist zu gefährlich für dich. Du solltest in der Kutsche bleiben."

Sie stieß ein verärgertes Seufzen aus. „Das werde ich nicht", sagte sie und marschierte über die Straße in Richtung des Gebäudes.

Spencer fluchte und folgte ihr. Er sah sich um und zog an der Tür, wohl wissend, dass sie verschlossen sein würde. Und das war sie auch. Er versuchte es an den Fenstern, aber auch die waren verschlossen.

„Du musst das Fenster einschlagen“, sagte Joanna, beugte sich hinunter und hob einen faustgroßen Stein auf.

Spencer nickte. „Zum Glück sind nicht viele Leute da.“

Er nahm ihr den Stein aus der Hand, wickelte ihn in seinen Mantel, um das Geräusch zu dämpfen, und schlug damit gegen das Fenster. Als die Scheibe mit einem Knacken und dem Klirren von fallendem Glas zerbrach, erstarrte er und sah sich um. Doch die Straße war leer und still, bis auf die Hafenarbeiter und Matrosen, die hundert Meter weiter unten in der Taverne lauthals lachten.

Er tauschte einen Blick mit Joanna aus, drückte die Glasreste mit dem Ellbogen nach innen und griff vorsichtig, um sich nicht zu schneiden, durch die Scheibe und öffnete das Schloss. Er schob das untere Schiebefenster nach oben, stemmte sich hoch und kletterte durch das Fenster, bevor er wie ein Sack Fleisch und Knochen zu Boden fiel.

Er stöhnte, als sein Oberschenkel protestierte, rappelte sich aber schnell wieder auf und öffnete Joanna von innen die Tür.

Sie schlüpfte hindurch und schloss die Tür hinter sich.

„Ich kann nichts sehen. Wir müssen eine Kerze anzünden.“

„Ja“, sagte er und blickte auf die kahlen Silhouetten von Schreibtischen, Stühlen und Bücherregalen. „Ich sehe keine Möglichkeit, das zu umgehen.“

Er fand eine Kerzenlampe und eine Zunderdose. Indem er den Stahl gegen den Feuerstein schlug, entzündete er den Zunder und zündete die Kerze an. Die beschlagene Glaskugel der Lampe leuch-

tete gemütlich in der Dunkelheit und erhellte einen Empfangsbereich mit einem großen hölzernen Schreibtisch, hinter dem in
einem Bücherregal Register, Tintenfässer und Federkiele standen.
Links und rechts standen zwei einfache Holzbänke an den Wänden,
auf denen die Besucher sitzen und warten konnten. An den
Wänden hingen Seekarten mit Schifffahrtsrouten sowie Gemälde
und Gravuren von verschiedenen Schiffen. Dazwischen hingen ein
paar Kerzen in Leuchtern. Neben einer Tür, hinter der Spencer eine
Treppe nach oben sah, hing eine große Kreidetafel mit einem Fahr-
plan für ein einzelnes Schiff mit seiner Ladung und seinen Daten.
Es roch nach Staub und Schimmel und ein wenig nach Meersalz.
Alles schien ziemlich alt und ungepflegt zu sein. Die Bänke waren
eindeutig mit Staub bedeckt, und die Gemälde der Schiffe sowie die
Wand, an der sie hingen, wiesen die gelben und grauen Flecken
eines Wasserschadens mit Stellen von schwarzem Schimmel auf.

„Du siehst im Schreibtisch nach", sagte Joanna. „Ich schaue im
Bücherregal nach."

„Gut", sagte Spencer und stellte die Lampe auf die Schreib-
tischkante, sodass sowohl er als auch Joanna etwas sehen konnte,
und begann, die drei Schubladen zu durchsuchen. „Hier ist
nichts", sagte er nach einer Weile. „Ich hätte auch nicht gedacht,
dass es im Empfangsbereich etwas gibt."

Sie nickte und wandte sich ihm zu. „Hier ist auch nichts."

„Oben muss es noch mehr Büros geben", sagte Spencer.
„Komm schon, mein kleiner Dieb."

Sie stiegen die Treppe hinauf und fanden zwei weitere Büros
und ein Esszimmer mit einem runden Tisch in der Mitte und
einem abgenutzten Sofa mit Löchern. Dieser Ort wirkte wie ein
Überlebenskampf und nicht wie ein florierendes Unternehmen.

„Hier, das könnte das Büro des Besitzers sein", sagte Joanna,
als sie die Tür zu einem größeren Raum öffnete, in dem in der Tat

mehrere Regale mit Registern und Büchern an einer der Wände standen und ein Schreibtisch mit Haufen von Papieren, Rollen und Büchern übersät war.

„Gut", sagte Spencer.

Sie arbeiteten weiter.

„Der Name des Besitzers steht hier", sagte Joanna, die mit gesenktem Kopf über einem Stück Papier stand. „Es ist Mr Owen Lucas Bailey Pottinger."

„Es könnte hilfreich sein, seinen vollen Namen zu kennen", sagte Spencer.

Während Joanna die Bücherregale durchstöberte, untersuchte Spencer zunächst jedes Papier, das er auf der Oberfläche des Schreibtischs fand, und öffnete dann jede Schublade. Doch außer Bestellungen, Inventarlisten, Rechnungen, Logbüchern und Berichten des Kapitäns konnte er nichts entdecken.

Sie mussten eine halbe Stunde gesucht haben, als Spencer die Schultern hängen ließ. Er war sich sicher, dass er jedes Blatt Papier studiert hatte.

„Hier ist nichts", sagte er.

„*Noch* nichts", korrigierte Joanna.

Doch gerade, als sie das sagte, ertönten schwere Schritte auf der Treppe, und Spencer und Joanna sahen auf.

Ein Mann in den Fünfzigern stand in der Tür. Er hatte buschige weiße Koteletten und ein hölzernes rechtes Auge.

Sein gesundes Auge weitete sich, als er die beiden voller Angst und Empörung anstarrte. Dann drehte er sich um und stürmte die Treppe hinunter.

Spencer stürzte hinter ihm her, wobei sein verletzter Oberschenkel bei jedem eiligen Schritt von einem stechenden Schmerz durchzuckt wurde, aber die Dringlichkeit des Augenblicks überwog sein Unbehagen. Joanna folgte ihm dicht auf den Fersen, ihre leichten Schritte waren ein schnelles Echo in dem sonst so stillen Treppenhaus.

Als sie das untere Ende der Treppe erreichten, stieß der Mann die Haustür auf und stürmte hinaus auf die kühle nächtliche Straße. Spencer folgte ihm dicht auf den Fersen, mit Joanna direkt hinter ihm.

„Carl, folge ihm!", rief er seinem Kutscher zu, der von den Geräuschen bereits aufmerksam geworden war.

Carl sprintete dem Mann hinterher. „Ja, Mylord!"

Spencer konnte die gebückte Silhouette des Mannes sehen, der davoneilte, sein buschiges weißes Haar war selbst im schwachen Licht erkennbar. Mit seinen beiden gesunden Beinen holte Carl auf, aber der Mann war für sein Alter überraschend schnell.

Der Mann bog um eine Ecke, und Spencer erhöhte sein Tempo, um ihn einzuholen. Aber als er um die Ecke bog, war keine Spur von ihm zu sehen. Carl sah sich um, als ob der Mann aus einem der vielen Schatten auftauchen könnte.

„Wo ist er hin?", fragte Joanna atemlos, als sie ihn einholte.

„Ich weiß es nicht, Miss", antwortete Carl.

Die Straßen von Tilbury waren gespenstisch ruhig. Der Mann konnte überall sein. Schmerz schoss durch Spencers Oberschenkel, und er lehnte sich gegen eine nahe gelegene Wand, um zu Atem zu kommen.

„Wir müssen ihn finden", sagte er, biss die Zähne zusammen und richtete sich auf.

Joanna nickte. „Er muss etwas mit den Briefen zu tun haben."

Sie durchsuchten die umliegenden Straßen und Gassen, die ebenfalls in fast völlige Dunkelheit getaucht waren. Als Spencer einen Mann bemerkte, der ein Haus verließ, erschreckte er ihn halb zu Tode, indem er ihn fragte, ob er einen Mann mit weißen Koteletten und einem Holzauge gesehen hätte. Aber der Mann schüttelte nur den Kopf.

Es war, als ob er sich in Luft aufgelöst hätte.

„Verdammte Dunkelheit", murmelte Spencer und fuhr sich mit der Hand durch die Haare. „Er muss diese Straßen wie seine Westentasche kennen."

„Mylord ...", sagte Carl, „... ich sehe gar nichts."

„Das ist sinnlos", sagte Joanna.

„Das ist es", stimmte Spencer zu. „Lasst uns zurückgehen, bevor wir uns in diesem dunklen Labyrinth verirren. Die Kutsche ist ungeschützt. Folgt mir."

Während sie sich ihren Weg durch die düsteren Straßen bahnten, fragte Carl: „Soll ich doch nach einem Gasthaus suchen, Mylord?"

„Bitte tun Sie das", sagte Spencer. „Wir werden nicht bei Nacht den ganzen Weg zurück nach London fahren. Außerdem möchte ich morgen mit Mr Owen Lucas Bailey Pottinger sprechen, den wir, wie ich vermute, gerade verfolgt haben."

Ja, Spencer wollte mit dem Mann sprechen, um alles über Ashtons Machenschaften zu erfahren, was er konnte. Aber noch mehr als das begrüßte er die Ausrede, um eine weitere Nacht mit seiner süßen Persephone verbringen zu können.

16

„MYLORD, ein Zimmer für Sie und Ihre reizende Frau?", fragte der Gastwirt, der vor Spencer und Joanna stand.

Er war ein stämmiger, dickbäuchiger Mann, der gierig Spencers prächtige Kutsche beäugte, auf der das Wappen von Grandhampton im Schein des Feuers glänzte. Sie standen auf dem dunklen, von mehreren Fackeln beleuchteten Kutschenhof vor dem „Boar and Blackbird". Bei dem Gasthaus handelte es sich um ein großes zweistöckiges Gebäude mit einem Strohdach und Holzbalken. Von den Fenstern ging ein warmer Schein aus, der ein sanftes gelboranges Licht auf den Hof warf.

Joanna sah den Gastwirt scharf an.

„Zwei Zimmer, bitte", sagte sie schnell, bevor Spencer etwas hinzufügen konnte.

„Zwei?" Der Gastwirt runzelte die Stirn. „Es tut mir sehr leid, Mylady, aber ich habe nur noch ein Zimmer."

„Dann wird mein Mann im Stall schlafen müssen", sagte Joanna.

Sie hatten gerade die vergangene Stunde damit verbracht, sich in den Straßen neben der Pottinger Shipping Company nach einem Mann mit einem Holzauge und weißen Koteletten zu erkundigen, und sie hatten die Bestätigung bekommen, dass es sich tatsächlich um Mr Pottinger handelte. Sie hatten sogar die Adresse des Mannes erhalten, aber das Haus stand still und verschlossen, und sie wollten nicht auch noch in ein anderes Gebäude einbrechen. Außerdem brauchten sie Pottinger, er sollte kooperieren und ihre Fragen beantworten. Ihn weiter zu verängstigen, würde dabei nicht hilfreich sein.

Schließlich waren sie aus Tilbury hinausgefahren und hatten das Gasthaus gesucht, von dem Carl gehört hatte. Joanna war erschöpft und freute sich auf ein Zimmer und ein weiches Bett. Sie war fest entschlossen, sich nicht noch einmal von Spencer verführen zu lassen, egal wie gut es sich gestern Abend in seinen Armen angefühlt hatte.

„Ein Zimmer wird ausreichen", sagte Spencer mit einem höflichen Lächeln. „Meine Frau scherzt offensichtlich. Sie wird ihren Mann nicht in den Ställen schlafen lassen. Aber ich brauche einen Platz in den Ställen für meine Pferde und meinen Mann." Er nickte in Carls Richtung.

„Natürlich, Mylord", sagte Carl, und Joanna fragte sich, ob es irgendetwas gab, das er nicht für seinen Herrn tun würde.

„Spencer!", zischte Joanna, als sie ihm einen Tritt gegen den Stiefel verpasste. Er zuckte zusammen und zog seinen Fuß von ihr weg. „Ich werde kein Zimmer mit dir teilen!"

„Wir nehmen das Zimmer", sagte Spencer zum Gastwirt, während er einen Arm um Joannas Taille legte und sie dicht an seine Seite zog. „Meine Frau ist böse auf mich, das ist alles."

„Natürlich", sagte der Gastwirt und warf Joanna einen neugierigen Blick zu. „Lord ..."

„Hades...", murmelte er und unterbrach sich selbst mit einem spontanen Husten. „Hadecliff. Mr und Mrs Hadecliff."

„Du hast Wahnvorstellungen, wenn du glaubst, dass ich mit dir in einem Raum bleibe, vor allem an einem öffentlichen Ort", zischte sie.

„Dann kannst du gerne in den Stall gehen, Liebling", sagte Spencer, und Joanna presste vor Wut die Kiefer zusammen.

„Ich kümmere mich um das Pferd und die Kutsche", sagte Carl. „Schicken Sie nach mir, wenn Sie etwas brauchen."

„Danke, Carl", sagte Spencer herzlich. „Gute Nacht."

Der Gastwirt blickte zurück zur Kutsche. „Keine Mägde? Oder Diener?"

„Nein", sagte Spencer. „Wer braucht schon einen Diener, wenn er eine so wunderbare Frau hat wie ich." Sein Blick glitt über sie hinweg und brachte ihr Blut in Wallung. „Und ich bin durchaus in der Lage, ihr aus den Kleidern zu helfen."

Während Joanna vor Verlegenheit und ungewolltem Verlangen brannte, nickte der Gastwirt geschäftsmäßig und unbeeindruckt von seinen Worten.

„Nun gut", sagte der Gastwirt. „Wenn Sie mir bitte folgen wollen ..." Er ging voran und Spencer folgte ihm, nachdem er Joanna einen amüsierten Blick zugeworfen hatte. „Das Schlafgemach hat eine ausgezeichnete Matratze. Sie wurde von, ähm ... so respektablen Ehemännern und Ehefrauen wie Ihnen empfohlen."

„Ich fürchte, mein Mr Hadecliff wird den Komfort Ihrer guten Matratze nicht genießen", sagte Joanna, als sie ihnen folgte und sich fragte, wie sie aus dieser Situation, in die Spencer sie gebracht hatte, wieder herauskommen konnte. Er zwang sie schon wieder, ein Schlafzimmer mit ihm zu teilen ...

Ein Teil von ihr war um ihre Tugend und ihren Ruf besorgt, während ein anderer, größerer Teil von ihr bei der Erinnerung daran, was er mit ihrem Körper gemacht hatte, kleine Freudensprünge machte ... und mehr erwartete.

„Ach?", fragte Spencer, während er seinen Kopf drehte und sie mit einem dunklen und verschlagenen Blick über die Schulter hinweg ansah. „Was habe ich dieses Mal getan, Frau?"

Sie verdrehte die Augen und eilte näher heran, sodass er sie hören konnte, der Gastwirt aber nicht. „Ich wünschte, du hättest dich mit mir beraten, bevor du mich zu deiner Frau erklärt hast. Ein separates Zimmer für mich wäre viel sicherer gewesen, für den Fall, dass jemand einen von uns beiden wiedererkennt. Wir sind nicht so weit von London entfernt."

„Glaubst du nicht, dass ich dich vor Klatsch und Tratsch bewahren werde, Mrs Hadecliff?", murmelte er mit einem leisen Lachen. „Außerdem würde ich nicht gut schlafen, wenn ich wüsste, dass du ohne meinen Schutz ganz allein in einem anderen Zimmer bist, wo alles Mögliche dich oder deine Ruhe gefährden könnte."

Sie schüttelte den Kopf und hob eine Augenbraue. „Im Moment bist du der Einzige, der mich oder meine Ruhe gefährdet."

Er grinste und wandte sich an den Gastwirt. „Ich hoffe, Sie haben eine gute Köchin. Die schlechte Laune meiner Frau bessert sich in der Regel nach einem anständigen Teller Essen."

Joanna schnappte nach Luft. „Schlechte Laune?"

Spencer grinste sein teuflisches Lächeln und war sichtlich amüsiert.

Sie betraten den Hauptraum des Gasthauses, und der Schein der vielen Kerzen, einschließlich derer in den hängenden Kandelabern, ließ Joanna ein wenig blinzeln, während sie sich an das Licht nach der Dunkelheit gewöhnte. Viele Augenpaare richteten sich auf Spencer und sie, meist von Reisenden wie sie. Aber es gab auch betrunkene Männer und niedere Marineoffiziere, die laut grölten und ihre Becher auf den Tisch knallten. An den holzgetäfelten Wänden hingen die Köpfe von Hirschen, Wildschweinen und anderem Wild. Es herrschte eine lebhafte Atmosphäre, und der

Duft von gegrilltem Fleisch, gekochtem Gemüse und frischem Bier zog durch den ganzen Raum.

„Gewiss, Mr Hadecliff", versicherte der Gastwirt ihnen. „Ich braue mein eigenes Bier, und mein Roastbeef und meine Kartoffeln sind auf der gesamten Strecke von Essex nach London berühmt. Möchten Sie das, Mrs Hadecliff?"

„Nur das Beste für meine Frau", sagte Spencer. „Sag, Liebes, passen dir Roastbeef und Kartoffeln?"

„Sie passen gut", sagte Joanna knapp. „Ich danke Ihnen", sagte sie sanft zu dem Gastwirt, der an all dem überhaupt keine Schuld trug.

Als sie auf dem Weg zum Tisch waren, lachte einer der betrunkenen Offiziere so laut und heftig, dass er seinen Kopf zurückwarf und Joanna damit gegen die Hüfte stieß. Sie taumelte zur Seite, und Spencer hielt sie am Ellbogen fest.

„Entschuldigen Sie, Sir", sagte er mit messerscharfem Tonfall. „Sie haben gerade meine Frau geschubst."

Beim Anblick von Spencers dunklem und gefährlichem Blick flatterten Schmetterlinge in ihrem Bauch. Er war nicht wirklich ihr Ehemann. Sie würde nie seine Frau sein ... Daran musste sie sich erinnern. Denn es fühlte sich viel zu gut an, sich diesem Rollenspiel, dieser Fantasie hinzugeben und sich einzubilden, dies wäre real.

Das war es nicht.

Der Offizier verzog das Gesicht, als er Spencer und sie betrachtete.

„Ich entschuldige mich, ähm ...", sagte er und lallte die Konsonanten.

„Mrs Hadecliff", sagte Spencer mit strenger Stimme.

„Mrs Hadecliff", sagte der Offizier, wobei sich seine Augen fast schlossen. „Ich bitte vielmals um Entschuldigung."

Joanna nickte. Noch nie hatte jemand sie so beschützt, nicht einmal vor so einer Kleinigkeit wie dieser, wenn jemand, der betrunken war, sie geschubst hatte. „Es ist schon in Ordnung", sagte sie. „Es war ganz klar keine böse Absicht, Mr Hadecliff. Lassen Sie uns zu Abend essen."

„Nun gut", brummte Spencer und führte sie weit weg vom Tisch mit den betrunkenen Offizieren.

Sie nahmen neben dem Kamin Platz, in dem kein Feuer brannte. Die Kerze auf dem runden Tisch erzeugte in Spencers Augen teuflische Reflexe von tanzendem Feuer. Sein Fuß berührte den ihren unter dem Tisch, sein Knie nahm seinen festen Platz zwischen den ihren ein. Sie bewegte sich, weil sie dachte, es könnte ein Fehler sein, aber er bewegte sich mit ihr, hielt den Kontakt, und sein Blick ließ den ihren nicht los.

„Spaß beiseite, bist du wirklich mit Roastbeef und Kartoffeln zufrieden?", fragte Spencer. „Ich bestelle gerne alles, was du möchtest. Hähnchen? Fisch? Oder möchtest du vielleicht Portwein anstelle von Bier?"

Joannas Verärgerung schmolz dahin. Vorhin hatte er sie nur geneckt. Das hier war sein wahres Ich. Und das wunderbare Gefühl, dass er ihr Mann war, der sie kannte, der sie beschützen und ihre Interessen verteidigen würde, selbst in solchen Angelegenheiten wie dem Essen, hatte eine gefährlich wohltuende Wirkung.

Nur ein Hirngespinst, erinnerte sie sich. Sie waren noch immer Rivalen. Konkurrenten.

Sie waren nicht Mann und Frau. Nicht einmal Liebende, die sich umeinander sorgten.

Egal, wie sehr es sich danach anfühlte, als würde er es tun ... Egal, wie sehr ihr eigenes Herz schmolz und sich auflöste, wenn sie ihn nur berührte.

„Roastbeef mit Kartoffeln und Bier sind wunderbar", sagte sie leise, und ihre Schenkel brannten an der Stelle, wo sein Knie ihre berührte.

Der Gastwirt eilte mit einem Tablett auf sie zu, auf dem sich Teller mit Roastbeef, das großzügig mit Bratensoße übergossen wurde, sowie Salzkartoffeln, Karotten und Erbsen befanden. Er stellte die Teller zusammen mit zwei Zinnkrügen mit dem hauseigenen Bier vor Spencer und ihr ab.

„Guten Appetit, Mr und Mrs Hadecliff", sagte der Gastwirt. „Ihr Zimmer ist fertig, und wenn Sie mit dem Essen fertig sind, fragen Sie einfach eines meiner Dienstmädchen oder mich. Es ist eines unserer besten Zimmer. Perfekt für ein frisch verheiratetes Paar, das gerade die Ehe geschlossen hat. Darf ich so kühn sein, zu gratulieren? Ich hätte es nicht geahnt, aber Sie beide haben etwas an sich ..."

Joanna räusperte sich, ihre Wangen glühten, während Spencer mit einem Grinsen nickte. „Ziemlich scharfsinnig. Das sind wir. Danke für Ihre freundlichen Glückwünsche."

Der Gastwirt zog sich zufrieden zurück, und Joanna trank ihr Bier, in der Hoffnung, dass es kühl genug war, um ihre Hitze zu lindern.

An anderen runden und quadratischen Tischen saßen Menschen aus der Mittelschicht – junge und alte Männer und Frauen sowie einige Kinder aßen und tranken. Von Zeit zu Zeit ertönte lautes Gelächter, und die Leute warfen Spencer und ihr neugierige Blicke zu.

Das hatte sie nicht erwartet. Sie verstand, dass die Leute Spencer beobachteten ... aber sie? Waren es die Kleider seiner Mutter und die aufwendige Frisur, die Mrs Girdwood kreiert hatte, oder hatte sich etwas in ihr verändert? Sie richtete ihren Rücken auf und sah Spencer an, der kauend das Roastbeef schnitt, aber dabei sie anblickte.

„Bist du nicht hungrig, Mrs Hadecliff?", fragte er. „Das ist sehr gut."

Sie verschwendete keinen Gedanken ans Essen, wenn sie damit beschäftigt war, darüber nachzudenken, was die Nacht sonst noch bringen könnte, auch wenn ihr Magen beim Anblick des dampfenden Essens auf dem Teller knurrte.

„Da bin ich mir sicher", sagte sie und schnitt ein Stück vom Roastbeef ab. Es war etwas trocken, und ihr Messer ging nicht ganz durch.

Spencer beobachtete sie einen Augenblick lang, dann schnitt er ein großes saftiges Stück von seinem eigenen Roastbeef ab und legte es ihr auf den Teller. „Hier", sagte er. „Das ist viel besser."

Mit offenem Mund beobachtete sie, wie er ihre harte Scheibe Roastbeef zwischen Gabel und Messer klemmte und auf seinen Teller legte. Sie sah sich um und fragte sich, ob das jemand gesehen hatte. „Spencer, ich hätte nicht erwartet, dass sich ein Duke so benimmt." Sie kicherte.

Er schnitt das trockene Rindfleisch recht schnell auf, bestrich es mit Soße und steckte es sich in den Mund, ehe er zufrieden kaute. „Ich bin kein Duke, nicht mehr. Und wäre das nicht etwas, was ein liebender Ehemann für seine schöne Frau tun würde?"

Sie schnitt das saftige Rindfleisch auf, das er ihr gegeben hatte und das genau die richtige Menge an Fett besaß und aus dem zartesten Fleischstück stammte. Es gab viel leichter nach, und als sie das Fleisch in die Soße tauchte und es dann in den Mund steckte, beobachtete er ihre Lippen mit großem Interesse. Der Geschmack war in der Tat ausgezeichnet: weiches, salziges Fleisch und scharfe, süßsaure Soße.

„Was du nie sein wirst", sagte sie, nachdem sie geschluckt hatte. „Ein Ehemann."

„Das ist richtig", sagte er und nahm einen langen Schluck von seinem Bier. „Aber ich werde es sein, nur für heute Nacht. Und nur in diesem Gasthaus.“

„Hm“, sagte sie und nahm einen Schluck von ihrem eigenen Bier, das ganz ausgezeichnet war. „Nun denn, da ich im wirklichen Leben nie heiraten werde, sollte ich meinen Mann für eine Nacht wohl genießen.“

Er runzelte die Stirn. „Warum willst du nie heiraten?“

Sie zuckte mit den Schultern und schnitt ein weiteres Stück Rindfleisch ab, wobei sie beim Kauen fast vor Glückseligkeit die Augen schloss. „Ich habe immer angenommen, dass ich das nie tun würde. Keiner hat je Interesse gezeigt, nicht solange Charlotte verfügbar war. Außerdem ist mein Ruf bei dir ständig in Gefahr. Jemand könnte mich erkennen. Allein, in deiner Gesellschaft zu sein, in diesem Gasthaus ... ich werde ruiniert sein.“

Er schluckte sein Essen hinunter und musterte sie. „Das wirst du nicht sein. Wie ich schon sagte, werde ich deinen Ruf mit aller Kraft schützen. Und was deine Jungfräulichkeit angeht ... Frauen kennen viele Wege, einen Ehemann glauben zu lassen, er hätte eine Jungfrau geheiratet. Also ... Warum hast du angenommen, dass du nie heiraten würdest?“

Sie zuckte mit den Schultern. „Ich bin mir nicht sicher, was genau mich auf diesen Gedanken gebracht hat. Ich schätze, ich wusste immer, dass mein Platz im Hintergrund war. Ich bin dafür da, meiner Schwester und meinem Bruder zu helfen.“

Er verengte die Augen. „Das klingt nicht nach etwas, das du dir selbst ausgedacht hast ... Dafür bist du eine zu unabhängige Denkerin. Du bist furchtlos und hochintelligent. Du weißt, was du willst, und wenn es darum geht, die zu schützen, die du liebst, zögerst du nicht. Sich im Hintergrund zu halten, ist also nicht dein natürlicher Instinkt. Das muss etwas sein, was du gelernt hast. Als hätte das jemand zu dir gesagt ...“

Die Erkenntnis traf sie bei seinen Worten. Sie hörte auf, das

Essen zu schmecken, ihr Kiefer erstarrte, sie vergaß Gabel und Messer in ihren Händen. Während die Welt um sie herum zum Stillstand kam, schweiften ihre Gedanken ab.

Von ihren ersten Erinnerungen an war Joanna immer glücklich darüber gewesen, andere glücklich zu machen. Während ihre Geschwister geweint und sich beschwert hatten, wenn ihnen jemand ihr Spielzeug wegnahm, hatte Joanna ihnen fröhlich das Spielzeug gegeben, mit dem sie gespielt hatte. Denn wenn sie Charlottes und Gideons zufriedene Gesichter sah, fühlte sie sich viel besser, als wenn sie sie verärgerte, indem sie etwas für sich behielt. Da sie die Jüngste war, hatte sie nie eigene Sachen, sondern hatte immer nur abgelegte Sachen von ihrer Schwester bekommen. Oft hatte Charlotte den ersten roten Apfel einer neuen Ernte oder die erste Erdbeere des Jahres bekommen. Sie hatte oft beobachtet, dass sich die Menschen von Natur aus mehr zu ihrer Schwester hingezogen fühlten: die Gouvernante, die Dienstboten, ihre Eltern, andere Kinder und Besucher.

Doch an dem Abend, als sie das Gespräch zwischen ihren Eltern belauscht hatte, erkannte sie ihren wahren Platz ...

„Ich glaube, du hast recht", sagte Joanna, während sie sich an einen Abend erinnerte, als sie im Dunkeln durch den Flur ging. „Eines Abends hörte ich, wie Mama und Papa über unsere Zukunft sprachen. Meine Mutter sagte: ‚Ich frage mich, warum Gott uns Joanna geschickt hat ... Wir waren so zufrieden mit einem Jungen und einem schönen Mädchen. Ich wollte nie ein weiteres Kind.' Und mein Vater erwiderte: ‚Das hast du mir sehr deutlich zu verstehen gegeben.' Meine Mutter hat die Augen verdreht und gesagt: ‚Aber du warst betrunken, und so ist Joanna entstanden.' Dann hat sie geseufzt. ‚Sie ist so anders als die anderen. Sie ist nicht so gesellig wie Charlotte und nicht so ehrgeizig wie Gideon. Sie gibt sich immer mit ihren Büchern und ihrer kleinen Welt zufrieden.' Daraufhin meinte Papa: ‚Sie hat ein Herz aus Gold und stellt andere immer über sich selbst. Weißt du noch, wie sie ihr neues Kleid hergab, damit Charlotte es auf dem Ball tragen konnte? Oder als sie die ganze Nacht aufblieb, um Gideon zu helfen, den Aufsatz zu schreiben, über den Monsieur Philippe so wütend war?'

‚Ja', sagte meine Mutter mit einem Hauch von Traurigkeit in der Stimme. ‚Sie ist unser Fels. Immer da, um uns zu unterstützen, zu trösten. Aber ich fürchte, sie wird nie die öffentliche Aufmerksamkeit für sich selbst suchen. Sie begnügt sich damit, andere strahlen zu lassen, während sie im Schatten bleibt.' Und mein Vater murmelte zustimmend: ‚Vielleicht liegt es einfach in ihrer Natur. Einige sind dazu bestimmt, Stars zu sein, während andere ... andere die stille Kraft hinter ihnen sind.'

‚Und ich kann mir nicht vorstellen, dass jemand sie heiraten will', sagte Mama schließlich."

Sie hörte auf zu sprechen, ein wenig verblüfft über das, was gerade aus ihrem Mund gekommen war.

„Ich habe jahrelang überhaupt nicht an diese Erinnerung gedacht ...", sagte sie und begegnete Spencers dunklen Augen, die gleichzeitig vor Mitgefühl und Wut glitzerten. „Ich glaube, das war der Zeitpunkt, an dem mir klar wurde, dass mein Platz im Hintergrund war. Dass ich, weil meine Eltern so dachten, durchschnittliche Dinge verdiente ... durchschnittliche Kleidung ... ein durchschnittliches Leben. Die besten Dinge waren für Charlotte und für Gideon. Und damit habe ich mich damals abgefunden. Viel später, als wir Jugendliche waren, gab es einen Jungen, den ich gemocht habe ... Du weißt schon, die erste Art von Gefühlen gegenüber dem anderen Geschlecht. Seine Familie hat uns im Sommer besucht, als Charlotte für eine Weile bei den Hodgeses war. Sein Name war Benjamin. Während Charlotte weg war, habe ich seine volle Aufmerksamkeit gehabt ... Wir haben zusammen gelesen, sind zusammen ausgeritten, haben Spiele gespielt ... Wir wurden sehr enge Freunde. Und zum ersten Mal in meinem Leben habe ich geglaubt, das wichtigste Objekt der Zuneigung eines Menschen zu sein. Aber als Charlotte nach Hause kam, hat sich seine Aufmerksamkeit völlig verlagert. Er hat sich verhalten, als hätte es mich nie gegeben. Wütend und enttäuscht habe ich Charlotte zur Rede gestellt, aber Mama hat gesagt, ich wäre egoistisch und der Junge hätte mich sowieso nicht gemocht. Dass ich ohnehin keine Chance bei ihm hätte. Und da wusste ich, dass ich einfach zu unscheinbar war, um jemandes Wahl zu sein."

Spencer nahm ihr vorsichtig die Gabel und das Messer aus der Hand, die sie wie durch ein Wunder noch immer festhielt. Sie spürte, wie ihr die Tränen in die Augen stachen, die Erinnerungen, die Erkenntnisse wie eiserne Klauen, die sie in ihrem Gefängnis hielten. Deshalb würde Spencer sie niemals wählen, das wurde ihr jetzt klar, denn er hatte seine eigene Charlotte – seine Schwägerin Penelope. Er würde jetzt erkennen, genau wie Benjamin, dass Joanna seine Zeit nicht wirklich wert war.

Seine warme Hand lag so liebevoll und beruhigend auf ihrer. „Deine Mutter und dein Vater haben dich geliebt, kein Zweifel. Aber sie haben deine Geschwister und dich in Rollen gesteckt, die auf ihren Beobachtungen beruhten. Bei mir war es genauso. Ich war immer der Starke. Preston war der ‚Ersatzmann', also wurde er nicht mit so viel Aufmerksamkeit behandelt. Richard noch weniger. Aber meine Schwester Calliope war die Prinzessin – sowohl für meine Eltern als auch für uns Jungen. Sie wuchs in dem Wissen auf, dass sie geliebt wurde und stark war und frei, zu tun, was sie wollte. Deine Eltern haben deine unglaubliche Selbstlosigkeit und Freundlichkeit fälschlicherweise nicht als die Stärken angesehen, die sie wirklich sind, sondern als Schwäche. Sie wussten nicht, dass Erfolg und Glück auch anders aussehen können. Sie haben nicht erkannt, dass deine Natur dich dazu bringen kann und sollte, auf deine eigene Art zu glänzen."

Joanna hatte das Gefühl, als wären ihre Lungen voller Luft und ganz prall, sodass sie gleich durch ihre Brust platzen würden.

„Deine Schwester und dein Bruder wissen nicht, wie glücklich sie sich schätzen können, dich zu haben", sagte er. „Deine Eltern wussten nicht, dass ihr größter Schatz als ihr drittes Kind geboren wurde. Ich kann nur Mitleid mit ihnen haben, dass sie das nicht bemerkt haben. Du, meine Liebe, stehst für mich gewiss nicht im Hintergrund. Du stehst so weit im Vordergrund, dass ich niemanden sehe außer dir."

Seine Akzeptanz, sein Verständnis waren fast so herzzerreißend wie seine lobenden Worte. Joanna spürte, wie sich eine Wärme in ihr ausbreitete, ein Gefühl, von dem sie bis zu diesem Augenblick nicht gewusst hatte, dass sie sich danach sehnte. Sein Blick hielt den ihren fest, unerschütterlich und aufrichtig, und sie fühlte sich gesehen, wirklich gesehen.

„Lass uns zusammenarbeiten, Joanna", sagte er und verpasste ihr einen weiteren Schock.

Sie blinzelte. „Wie bitte?"

„Wir haben das gleiche Ziel, wenn auch aus unterschiedlichen Gründen und mit unterschiedlichen Konsequenzen. Aber wenn wir zusammenarbeiten, sind wir eindeutig stärker. Was wäre, wenn wir beide bekommen würden, was wir brauchen? Wir besorgen die Beweise. Du gehst damit zu Ashton und bringst ihn zunächst dazu, dir die Urkunde zurückzugeben und dafür zu sorgen, dass deine Schwester vor dem Prinzen sicher ist. Danach lasse ich ihn büßen, indem ich ein Strafverfahren gegen ihn einleite. Ich will, dass er bestraft wird, Joanna. Er hat es verdient."

Freude durchflutete sie. Sie war sich nicht sicher, wie oder warum, aber sein Plan gefiel ihr. „Warum hast du deine Meinung geändert?", fragte sie.

„Meine Familie." Er lächelte. „Wenn jemand meiner Schwester

ein ähnliches Angebot machen würde wie der Prinzregent deiner, würde ich ihm den Hals umdrehen. Den Hals des Prinzregenten kann ich nicht brechen – das wäre Verrat. Aber ich weiß, wie es ist, wenn man seine Familie mit ganzem Herzen beschützen will. Das ist es, was ich auch tun würde. Und ich möchte es dir nicht noch schwerer machen, als es ohnehin schon ist. Ich denke, wir können beides erreichen. Dein und mein Ziel erreichen. Hast du einen Einwand?"

„Wenn Ashton verurteilt wird, wird Gideon niemals Duke werden, wie es ihm zusteht."

„Vielleicht nicht. Aber vielleicht können wir die Krone dazu bringen, dass er das Herzogtum behalten darf, aufgrund deiner Hilfe, Beweise für die Verbrechen deines Onkels zu finden. Und selbst wenn er niemals Duke werden sollte, wird er die Urkunde und das Vermögen von seinem Vater erhalten. Das ist keine kleine Leistung, oder? Das würde dir erlauben, nicht mehr für Geld schreiben zu müssen, und er müsste nicht mehr als Anwalt arbeiten. Es würde euch allen erlauben, euer Leben zu verbessern und nicht mehr kämpfen zu müssen."

„Das ist wahr. Aber ich will nicht aufhören, für Geld zu schreiben. Das mache ich gern. Eigentlich würde ich sogar gern eine Zeitung gründen, in der Frauen unter ihrem eigenen Namen veröffentlichen können. Ausschließlich Frauen." Sie hatte viel darüber nachgedacht, und es war der beste Weg, den sie sich vorstellen konnte, um den Frauen zu helfen, eine gewisse Macht in ihrer Welt zu beanspruchen. Eine Stimme zu bekommen, die niemand zum Schweigen bringen konnte.

Er war ein wenig sprachlos und sah sie mit staunenden Augen an. „Du bist ganz außergewöhnlich. Ich habe noch nie eine Frau wie dich getroffen, Joanna."

Sie strahlte, sein Kompliment fühlte sich an wie Sonne auf ihrer Haut.

„Komm schon, Joanna", sagte er. „Lass uns Verbündete werden."

Verbündete ... mit diesem unglaublich gut aussehenden Mann. Sie wollte auf derselben Seite stehen wie er, mit ihm zusammenarbeiten. Sie könnte ihm von der Notiz erzählen, von dem Datum, dem Wort „Valiant" und den geheimnisvollen Zahlen, den geografischen Bezeichnungen von Portsmouth und der Chesapeake Bay. Sie wollte ihm vertrauen.

Aber konnte sie das?

Rein logisch betrachtet, gab es mehrere Gründe, ihm zu vertrauen. Er hatte sie nicht entjungfert. Er hatte sie mit nach Tilbury genommen, obwohl er das nicht hätte tun müssen. Er war ein Schurke, aber er hatte sein Wort ihr gegenüber nie gebrochen ... noch nicht.

Und die Vorstellung, mehr Zeit mit ihm zu verbringen und gemeinsam an der Verwirklichung dieses Ziels zu arbeiten, fühlte sich an wie der Genuss eines warmen Honigkuchens.

„Lass uns einander helfen", sagte er, und seine dunklen Augen schimmerten. „Gemeinsam werden wir stärker sein."

Wenn das stimmte, wenn er sie erst mit ihrem Onkel reden ließ und dann Ashton vor Gericht brachte, würden sie beide bekommen, was sie wollten. Außerdem hatte sie nur acht Tage zur Verfügung, um vor dem vom Prinzen festgesetzten Termin etwas herauszufinden.

Wenn er sie jedoch benutzte, um zu bekommen, was er wollte, und sie dann am Ende im Stich ließ, würde sie nicht nur die Zukunft ihrer Familie aufs Spiel setzen ... Sie befürchtete, dass sich ihr Herz von einem solchen Verrat niemals erholen würde.

„Was meinst du, Mrs Hadecliff?", murmelte er. „Sollen wir Ashton gemeinsam zu Fall bringen?"

Das klang so herrlich und verführerisch ... Vielleicht war es dieses seltsame Gefühl, dass sie ein Paar waren, zwei Teile eines

Ganzen. Oder vielleicht war es ihr Optimismus, ihre Bereitschaft, das Beste in den Menschen zu sehen und auf einen guten Ausgang zu hoffen, der ihr die Möglichkeit einer Zukunft zeigte, in der er kein Schurke sein würde. Wo er sein Wort halten und ihr helfen würde. Sie würden nicht mehr konkurrieren. Sie würden keine Rivalen mehr sein. Sie würden auf der gleichen Seite stehen.

Es würde Mr und Mrs Hadecliff, der König und die Königin der Unterwelt, gegen Ashton sein.

Was konnte da schon schiefgehen?

Sie musste an seine bessere Natur glauben, sich an die Hoffnung klammern, dass dieser Mann sie an die erste Stelle setzen und sie auf eine Weise wertschätzen würde, wie es bisher noch niemand getan hatte. Sie verdrängte die nagenden Zweifel, die in ihrer Magengrube rumorten, und nickte, womit sie unwissentlich ihr Schicksal besiegelte.

„In Ordnung, Mr Hadecliff. Lass uns Verbündete werden. Bringen wir ihn gemeinsam zur Strecke."

17

Als sich die Tür hinter ihnen schloss und sie allein im Schlafgemach zurückblieben, ging Spencer leicht humpelnd auf sie zu. Sein Blick hielt sie im tanzenden Licht der Kerzen gefangen.

„Deine Schulden sind noch nicht beglichen, Joanna", schnurrte er. „Ich habe dir doch gesagt, dass ich alle deine ersten Male haben werde. Deinen ersten Kuss. Deinen ersten Orgasmus. Und wenn du mich lässt, werde ich heute Abend dein erster Mann sein."

Das Zimmer im Obergeschoss des Gasthofs hatte zwei hohe Sprossenfenster, durch die Joanna das Feuer der Fackeln im Hof spielen sehen konnte. An beiden Seiten hingen schwere Vorhänge aus tiefrotem Damast, die mit einer Lage Musselin gefüttert waren, um die Sommerhitze fernzuhalten. Eine hübsche Porzellanvase mit frisch gepflücktem Lavendel stand auf einer der Eichenfensterbänke. Joanna inhalierte den angenehmen Duft, den sie so liebte.

Das Himmelbett aus Nussbaumholz mit den kunstvoll geschnitzten Pfosten hatte einen purpurroten Baldachin, der mit

Motiven von Fasanen und Wildblumen bestickt war. Das Bett war mit weißem Leinen bezogen, das glatt gebügelt war, und die Decke glänzte vom hervorragend gewebtem Brokat.

Gegenüber vom Bett befand sich ein Kamin mit einem schwarz glänzenden Kohlenrost. Darüber war ein goldgerahmter Spiegel angebracht, der das Licht der Kerzen oder des Feuers verstärkte.

Rechts von der Schlafzimmertür stand ein Sekretär aus Kirschholz, dessen Messingbeschläge im Kerzenlicht glänzten. Ein Federkiel, ein Tintenfass und ein Stapel Papier lagen fein säuberlich auf der Oberfläche.

In einer Ecke stand ein Kleiderschrank aus Nussbaumholz mit Messinggriffen. In der Nähe der Fenster befand sich eine kleine Sitzecke – zwei gepolsterte Stühle aus dunkler Eiche, die mit feinem Chintz bezogen waren. Zwischen ihnen stand ein kleiner Tisch mit einer Porzellankanne und passenden Tassen. Ein Teppich bedeckte den sauberen Holzboden, dessen verschlungenes Muster die Wildblumen im Betthimmel widerspiegelte.

Spencer hielt nur einen Atemzug entfernt inne, sein intensiver Blick wurde sanfter. Joanna räusperte sich, ihr Korsett und das Unterhemd fühlten sich plötzlich zu eng an.

Er hielt den Kopf leicht in ihre Richtung geneigt und betrachtete sie mit einem schwachen Lächeln auf den Lippen. Er sah umwerfend gut aus, die gottgleichen Züge wirkten wie aus Stein gemeißelt, die breiten Schultern waren unter einem dunklen Mantel der neuesten Mode verborgen, eine weiße Krawatte bedeckte seinen kräftigen Hals.

Und sein Duft ... Sie wünschte sich, sie könnte ihn wie ein Parfüm in eine Flasche füllen und nur zu ihrem Vergnügen jeden Tag für ein oder zwei Minuten daran riechen.

Wenn sie ihre Jungfräulichkeit an irgendjemanden verlor, dann wollte sie, dass er es war.

Vielleicht konnte Miss Joanna Digby ihn nicht für den Rest

ihres Lebens haben, aber Mrs Hadecliff konnte ihren Mann heute Nacht haben.

Aber war das die richtige Entscheidung? Ihre Jungfräulichkeit vor der Ehe zu verlieren, könnte verheerende Folgen haben, wenn jemand davon erfuhr. Und wenn sie wie durch ein Wunder doch eines Tages heiraten würde, wie sollte sie dann ihrem Mann erklären, dass sie unrein war? Sie war zu ehrlich, um sich bei etwas so Großem zu verstellen.

Aber sie würde nie heiraten, sagte der Teil von ihr, der so sehr nach ihrer Mutter klang. Keiner würde sie je wollen.

Außer Lord Spencer Seaton ... Wäre es also so schlimm für sie, eine Nacht lang egoistisch zu sein? Ihrem Körper das Vergnügen zu gönnen, das er ihr bereits bereitet hatte – und mehr?

Wenn sie dann alt und einsam war, hatte sie wenigstens diese Erinnerungen, die sie in Ehren halten würde. Das wäre ein wahrhaft gelebtes Leben.

Auch wenn sie sehr viel riskierte.

Als würde sie ihren eigenen Körper von außen beobachten, sah Joanna, wie sie ihre Hand auf seine Brust legte. Seine Lippen waren so nah, dass sie seinen Atem auf ihrer Haut spürte.

„Ich kann den Schalk in deinen Augen sehen", murmelte er, als er die Arme um ihre Taille legte und sie noch näher heranzog. „Was machst du da?"

Für einen kurzen Moment fühlte sie sich, als würde sie an der Bordwand eines Schiffes stehen, sich am Dollbord festhalten und auf die Wellen blicken, die mehrere Meter unter ihr gegen den Schiffskörper schlugen. Sie könnte sich noch immer zurückziehen und Nein sagen, als Jungfrau nach London zurückkehren und ihr einsames Leben im Hintergrund fortsetzen.

Oder sie konnte springen. Springen und ihr Leben selbst in die Hand nehmen und zu der mutigen Frau werden, die sie immer sein wollte.

Ihr Magen drehte sich um, der Boden wankte und verschwand.

„Ich will, dass du die Schulden eintreibst", sagte sie. Joanna fühlte sich schwindelig und als würde sie in der Luft schweben. „Ich will, dass du mich ruinierst, Spencer."

Heute Abend hatte sich etwas verändert. Nicht nur, dass sie Verbündete waren, die vorgaben, Ehemann und Ehefrau zu sein, und die in einem Raum festsaßen, weit weg von ihrem wirklichen Leben ... auch sie war anders. Sie würde nie wieder dasselbe sanfte Mädchen sein, das sich auf dem Ball hinter einer Maske versteckte.

Vielleicht hatte er sie bereits verändert. Sie wollte jetzt volle Züge vom Leben trinken, so heftig, dass ihr dessen Saft über Gesicht und Hals lief.

Sie wollte, dass Lord Spencer Seaton aus ihr eine Frau machte. Sie wollte ihn ganz für sich allein.

Er gab ein schmerzvolles Stöhnen von sich und verschloss ihren Mund mit seinem, führte sie rückwärts zum Bett und ließ sich dann mit ihr auf die Matratze fallen. Sein Mund, seine Hände waren überall ... und seine Zunge führte ein verruchtes, neugieriges Eigenleben. Sie waren ein Wirrwarr aus Beinen und Armen.

Sie zitterte vor Verlangen, ihre Brüste waren geschwollen und schmerzten. Er drückte ihre Schenkel auseinander und rieb seine Hüften, zusammen mit etwas sehr Hartem und sehr Drängendem, gegen ihr Geschlecht, gegen ihr geschwollenes, sehnsüchtig pochendes und sehr heißes Zentrum. Sie bewegte ihr Becken auf und ab, drängte diesen Teil von ihr, der vor Sehnsucht verging, gegen ihn.

Er war so groß, so herrlich schwer, robust, hart und fest. Anders als gestern Abend, als er langsamer gewesen war, haftete seinen Bewegungen eine gewisse Dringlichkeit an. Er keuchte, als er sich zurückzog, aufstand und sie überragte, während er den Mantel abstreifte und sich dann das Hemd über den Kopf zog. Und Joanna lag sprachlos da und betrachtete die unendlich vielen festen Muskeln, die Brust und die Bizepse, die sich wie Berge an seinem Körper auftürmten, und die Ansammlung harter, klar definierter Bauchmuskeln.

Er besaß eine schmale Taille und breite Schultern, und er war viel größer als ein durchschnittlicher Gentleman, mehr ein Krieger als ein Aristokrat.

Der untere Teil seines Bauches mündete in eine wunderschöne v-förmige Kontur in seine Unterhose.

Joannas Mund wurde trocken, als sie, genau wie gestern, eine sehr große und sehr beharrliche Beule in seiner Hose sah.

„Möchtest du, dass ich dir helfe, Liebes?", fragte er, und seine Lippen verzogen sich zu einem unglaublich verführerischen Lächeln.

„Das möchte ich", sagte sie atemlos.

Er schmunzelte, drehte sie um, doch bevor er mit der Schnürung ihres Kleides begann, fuhr er mit den großen Händen über ihre Beine und massierte dabei ihre Muskeln durch den Stoff hindurch. Seine Berührung wirkte beruhigend und entspannend und ließ sie gleichzeitig brennen und zittern.

„So ein wunderschöner Hintern", murmelte er, während seine Hände ihren Po umschlossen und massierten. Es lag ein verführerisches Schnurren männlicher Befriedigung in seinem Ton, das Joanna zum Kichern brachte. „Appetitlich, üppig … atemberaubend."

Seine Berührung ließ immer wieder kleine Blitze durch sie hindurchfahren, ihr Fleisch brannte und schmerzte. Bald schnürte er ihr Kleid und ihr Korsett auf und zog ihr das Unterhemd und die Petticoats aus. Sie trug nur noch ihre dünnen Leinenstrümpfe mit den Strumpfbändern unterhalb der Knie. Er drehte sie um, und sie lag nackt vor ihm. Gemächlich ließ er den Blick über sie schweifen, als würde er jedes Detail der köstlichen Mahlzeit bewundern, die er gleich verschlingen würde.

„Oh, Liebes", murmelte er und schüttelte langsam den Kopf. „Meine Persephone. Was für ein köstliches Festmahl du bist."

Ermutigt von seinen Komplimenten setzte sie sich auf. Sie hatte endlich das Gefühl, die Kontrolle über ihr Leben zu übernehmen. Über ihr Schicksal. Sie entschied, was mit ihrem Körper geschah, mit wem und zu welchen Bedingungen. Er trug noch immer seine Hose, und sie war zum zweiten Mal nackt vor ihm. Sie zerrte am Saum der Hose, um sie ihm auszuziehen, aber plötzlich weiteten sich seine Augen, und er trat zurück.

Sie schluckte und blinzelte. „Was habe ich getan? Ich will dir nur nahe sein ... Du hast mich nackt gesehen. Du hast mich überall berührt. Sollte das nicht auch für dich gelten? Kann ich nicht dasselbe mit dir machen?"

Er schloss die Augen, als würde er gegen eine innere Qual ankämpfen. Sein Atem ging schwer, und Schweißtropfen kullerten über seine breite Brust.

„Ich will dir Vergnügen bereiten", flüsterte sie und rückte näher an die Bettkante. „So wie du mir Vergnügen bereitet hast."

Seine Augen öffneten sich, und er sah sie mit einem Ausdruck süßen Schmerzes an.

„Lässt du es mich tun?", flüsterte sie.

„Ich möchte es, Liebes. Du kannst dir nicht vorstellen, wie sehr. Ich wollte es schon vergangene Nacht tun."

„Aber?", fragte sie und rückte noch näher.

Ihre Oberschenkel waren leicht gespreizt, aber sie fühlte sich nicht unsicher. Im Gegenteil, sie fühlte sich begehrt und stark.

„Mein Körper ist kein schöner Anblick."

Sie verstand, was er meinte, als sie das Bein betrachtete, auf dem er manchmal hinkte.

„Oh ... deine Wunde ...", flüsterte sie.

Er nahm einen langen und tiefen Atemzug und nickte. „Meine Wunde. Niemand hat sie gesehen, außer dem Schiffsarzt, der mich behandelt hat, und den Matrosen, die ihm vielleicht geholfen haben oder an mir vorbeigekommen sind."

Ihr Herz schmerzte für ihn. „Glaubst du, ich würde dich deswegen als unangenehm empfinden?", fragte sie.

Widerwillig nickte er und sah plötzlich eher wie ein schüchterner, ängstlicher Junge aus und nicht wie ein mächtiger Mann, der Hades der Unterwelt, der sie verfolgte, herausforderte, über die Schulter warf, fesselte, rettete und ihr unvorstellbares Vergnügen bereitete.

Langsam stand sie auf und ging zu ihm, dann legte sie die Hände auf seine Brust und betrachtete seinen vollen Mund. „Es gibt absolut nichts, was mir an dir nicht gefällt, Spencer", murmelte sie und hauchte ihm einen Kuss auf die Brust, was ihn dazu brachte, geräuschvoll die Luft in die Lunge zu saugen. „Ich finde dich sogar viel angenehmer, als ich zugeben möchte."

Daraufhin schenkte er ihr ein kleines erleichtertes Lächeln.

Sie tupfte ihm einen Kuss auf den anderen Brustmuskel. „Wenn du mich lässt, würde ich gerne alles von dir sehen. So wie du mich gesehen hast."

„Du bist die absolute Perfektion, Joanna", murmelte er. „Ich möchte dich nicht erschrecken."

„Das kannst du nicht."

Er blinzelte heftig und atmete schnell.

„Lass mich dich sehen, du schöner Mann", sagte sie. „Lass mich dich wertschätzen. Dich bewundern. Lass mich dir Linderung verschaffen."

Er stieß einen scharfen Atemzug aus und nickte. „Wenn du möchtest, dass ich meine Hose wieder anziehe, um die Wunde zu bedecken, sag es einfach. Ich werde nicht beleidigt sein. Wenn du willst, dass ich irgendwann aufhöre, werde ich das verstehen."

„Das wird nie passieren", sagte sie und ließ ihre Hände über seinen Oberkörper gleiten.

„Aber wenn du es wünschst, kannst du es jederzeit sagen."

„Danke", sagte sie und lächelte. „Nun ... darf ich?"

Er nickte, sein kantiger Kiefer krampfte sich heftig zusammen.

Sie fühlte sich wie eine Göttin, die er auf ein Podest gestellt hatte, und gleichzeitig kam es ihr vor, als ob sie etwas Heiliges, Verletzliches und Kostbares berührte. Ihre Brust schmerzte.

Langsam zog sie die Hose herunter, die sich an der großen Wölbung zwischen seinen Beinen verfing. Dann sprang ihr etwas Langes und Dickes entgegen, das strammstand. Hitze stieg ihr in die Wangen, als sie sein großes Glied ehrfürchtig anstarrte. Es war stark und so groß, dass sie einen Moment lang sprachlos war. Sie leckte sich langsam über die Lippen und fragte sich, ob sie es küssen konnte, so wie er ihr Geschlecht geküsst hatte.

Doch bevor sie das tun konnte, musste sie ihn aus seiner Hose befreien, und sie setzte ihre Bemühungen fort. Als sie ihm um die Knie hing, erstarrte sie beim Anblick der Wunde an seinem Oberschenkel. Seine Beine waren dick und kräftig, mit den Muskeln eines Kriegers, nicht die eines Duke. Er hatte ihr erzählt, dass er gerne boxte, und sie hatte den Boxsack in seinem Schlafgemach gesehen. Deshalb war er wohl auch so stark.

Die Wunde war ein zerfetztes, rohes rosarotes Fleisch ohne die Haare, die auf der gesunden Haut zu sehen waren. Sie war verdreht und irgendwann offensichtlich zusammengenäht worden. Joanna konnte sehen, wie sich Muskeln unter dem dünnen Narbengewebe bewegten.

Aus einem Impuls heraus beugte sie sich vor und küsste die Wunde. Ein heftiger Schauer überlief ihn. Er zuckte zusammen, bewegte sich aber nicht weg.

„Tut es weh?", fragte sie sanft und sah zu ihm auf.

„Nicht jetzt", sagte er. „Willst du, dass ich mich anziehe und gehe?"

Sie kicherte und schüttelte langsam den Kopf. Ihr Herz hätte nicht mehr von diesem Mann erfüllt sein können. „Nein, Spencer. Das ist das Letzte, was ich im Moment will."

Erleichtert atmete er aus, und sie küsste sein verwundetes Fleisch wieder und wieder, bis sie spüren konnte, wie der Schenkel unter ihren Handflächen weich wurde. Sie zog die Hose hinunter, bis er aus ihr heraustreten konnte und nackt vor ihr stand – wohlgeformt, groß, kraftvoll. Und er gehörte ganz allein ihr ... für diese Nacht.

Dann küsste sie sich immer höher über den Schenkel, und ihre Belohnung war seine Reaktion, als er erst den anhielt Atem, ehe er schnell die Luft einzog. Als sich ihr Gesicht direkt vor seinem Glied befand, zögerte sie und leckte sich über die Lippen. So wie sein Mund sie vergangene Nacht mehrmals zum Höhepunkt gebracht hatte, wollte sie dasselbe für ihn tun.

„Würde es dir gefallen, wenn ich dich hier küsse, so wie du mich geküsst hast?", fragte sie und begegnete seinem dunklen und intensiven Blick.

Ein langsames, grollendes Knurren entrang sich seinem Mund, während er ihr Haar streichelte. „Es würde mich so sehr erfreuen, dass ich vielleicht nicht mehr lange durchhalte, Joanna. Es ist schon eine Weile her ..."

„Nun, dann ...", murmelte sie.

„Aber ... bist du sicher, dass du das tun willst?", fragte er.

„Ganz sicher", erwiderte sie und drückte einen Kuss auf die Spitze seines Gliedes.

Er atmete erneut geräuschvoll ein, warf den Kopf zurück und grub die Finger in ihr Haar. Sie küsste ihn wieder und wieder, dann leckte sie ihn, und ein Schauer durchlief ihn. Das gefiel ihm. Er hatte gestern Abend seine Zunge bei ihr benutzt. Vielleicht konnte sie dasselbe tun. Sie tat es und umkreiste sein hartes, heißes und samtiges Fleisch und wurde mit dem tiefen Stöhnen eines Bären belohnt, das ihr eigenes Geschlecht zusammenkrampfen und heiß werden ließ. Sie überlegte, dass er sehr gut in ihren Mund passen würde, und nahm ihn tiefer in sich auf, so tief sie konnte, und er stöhnte ihren Namen mit so etwas wie Bewunderung und Ekstase. Sie begann, ihren Mund auf und ab zu bewegen, doch er zog sich plötzlich schwer atmend zurück.

„Ist das nicht, wie ...", begann sie, aber er keuchte und sah sie an, als wäre sie eine Mahlzeit.

„Doch, das ist es ... Du machst das so gut ... Ich will dich so sehr, dass ich kurz davor bin zu kommen ... aber das will ich nicht. Noch nicht." Er hob sie auf die Füße. „Zuerst will ich dich zu der Meinen machen."

Er küsste sie, seine starken Hände strichen sanft über ihre Haut, umfassten ihre Brüste, spielten mit ihren Brustwarzen und wanderten dann hinunter zu ihrem Geschlecht, wo er ihre Falten spreizte und zufrieden murmelte, als er dort seine Finger kreisen ließ.

„Du bist schon so feucht", sagte er gegen ihre Lippen. „Du bist bereit für mich ..."

Sie stöhnte, wölbte ihren Rücken, ihre Brüste kribbelten vor Lust, und ihr Geschlecht schwelgte in purer Glückseligkeit.

„Gib mir mehr, Spencer", murmelte sie. „Ich will, dass du und ich so sehr miteinander verschlungen sind, wie es nur geht."

Er lachte leise, dann schob er sie sanft rückwärts, bis sie wieder auf dem Bett lag. Er beugte sich über sie und benutzte eine seiner großen schwieligen Hände, um ihre Schenkel zu spreizen. Sie bewegte ihre Hüften, wollte sich an seinem Glied reiben, denn sie wusste, wenn sie ihm mit dem Mund Vergnügen bereiten konnte, konnte sie es auch mit ihrem Geschlecht.

„Es könnte wehtun ...", murmelte er. „Aber nur beim ersten

Mal. Und sag mir einfach, wenn ich aufhören soll, und ich werde es tun, so Gott mir hilft."

Er lehnte sich über sie, stützte sich mit den Ellbogen auf, und sein Penis drückte gegen ihr Geschlecht. Er nahm ihn in die Hand und ließ die Spitze um ihren Eingang kreisen. Sie stöhnte, wölbte sich gegen ihn, wollte mehr von diesem Vergnügen. Dann drückte er sich in sie hinein, immer fester und fester. Der Druck nahm zu, aber sie wollte ihn noch viel tiefer. Er legte seinen Finger auf das Zentrum ihrer Lust irgendwo zwischen ihren Falten und rieb sie genau dort, wo sie ihn haben wollte.

Sie schrie auf, als die Intensität, ihn überall zu spüren, zunahm. Und sie wollte mehr davon. Er drückte weiter gegen ihren Eingang, konnte aber nicht vollständig eindringen. Sie drängte sich fester an ihn, und dann zerbrach etwas und zwickte genau dort, und er war in ihr. Der Schmerz war Teil des Vergnügens, und sie ließ sich hineinfallen und verschmolz mit ihm.

„Geht es dir gut?", fragte er.

„Ja", antwortete sie. „Komm her."

Sie zog ihn auf sich und drückte ihm die Hände in den harten Rücken. Er begann, sich zu bewegen, und etwas Wunderbares fing an, sich in ihr aufzubauen. Dasselbe Wunder wie damals, als er sie mit dem Mund verwöhnt hatte, nur viel intensiver. So intensiv, dass es sich anfühlte, als würde es sie ganz verschlingen. Zuerst bewegte er sich langsam und sanft, aber es war nicht genug, und sie ließ die Hüften kreisen, um ihm entgegenzukommen.

„Schneller ...", flüsterte sie. „Härter."

Er knurrte. „Oh, Joanna, du bringst mich noch ins Grab ..."

Er gehorchte ihr und stieß immer schneller und härter in sie hinein, so herrlich und so groß und so fest, dass sie sich an ihn klammerte, weil sie wusste, dass sie sich unter ihm auflösen würde ...

Und dann tat sie es. Er stöhnte auf, als das Geräusch von

Fleisch auf Fleisch so schnell und drängend wurde, dass es sich animalisch anfühlte. Ihr Körper bebte, jeder Nerv kribbelte vor Lust, die sie wie eine stürmische See durchströmte. Ihre Muskeln verkrampften und lösten sich rhythmisch, sie fühlte sich schwerelos, fließend, und sie zerfiel in glitzernden, funkelnden Sternenstaub wie ein Feuerwerk.

Spencer zog sich aus ihr zurück und stöhnte, als hätte er Schmerzen. Dann vergoss er seinen Samen auf das Laken neben ihr, auch wenn sie sich wünschte, sie wären in diesem Moment eins geblieben.

Kurz darauf wandte er sich ihr zu und zog sie in eine Umarmung. Sie trieb noch immer auf den Wellen der Lust, als sie seufzte und sich an seine Brust lehnte, ihr Körper fühlte sich schwer und warm an.

Sie war glücklich. Sie hatte das gewollt. Ihr Herz schwoll an vor Freude. In ihrem ganzen Leben hatte sie noch nie ein solches Glücksgefühl verspürt.

Er war ihr Erster ...

Aber jetzt wusste sie mit erschütternder Gewissheit, dass sie ihn als Einzigen haben wollte.

18

DIE WELLEN SCHLUGEN gegen das Schiff und bespritzten Spencer mit eisigem Salzwasser. Der Boden schwankte unter seinen Füßen, als würde er von einer riesigen Schlange auf und ab geworfen. Männer schrien um ihn herum, während sie ihre Musketen nachluden. Von Zeit zu Zeit ließen ihn die Explosionen der Musketen erschaudern, und das Abfeuern der Marineartillerie aus dem Bauch der *Concord* ließ seinen Magen rumoren. Die Luft war beißend mit dem Gestank von Schießpulver, brennendem Holz, Fleisch und Haaren und dem stechenden Geruch von Salzlake.

Feindliche Schiffe waren überall ... sie hatten die *Concord* eingekesselt ... Die Küste des Eriesees war farbenfroh, mit rotem und gelbem und orangefarbenem Laub, Farben, die er in England nicht oft sah.

Er zielte mit der Muskete auf das nächstgelegene Schiff und feuerte, wobei er den kraftvollen Rückstoß in der Schulter spürte, doch er hielt ihm stand. Er hatte gerade nach der Tasche gegriffen, in der er Papierpatronen mit Schießpulver aufbewahrte, um seine

Muskete nachzuladen, als eine Bewegung in der Luft ihn den Kopf heben ließ.

Eine Kanonenkugel flog auf Sam Holter zu, den Jungen aus Whitechapel, der auf dieser verfluchten Reise so etwas wie ein echter Freund für ihn war.

Spencer dachte nicht nach. Er sprang und zog Sam unter sich.

Die Explosion des Holzes war ohrenbetäubend, und das Schiff bebte durch den Aufprall. Aber es war der reißende Schmerz, der von dem gesplitterten Holz verursacht wurde, das sein Bein zerfetzte, der ihn schreien ließ. Es war, als ob jemand sein Fleisch mit einem heißen Eisen versengen würde.

Seine Lunge schmerzte. Er warf sich herum. Er war schweißgebadet. Sein Rücken, sein Bauch, sein Nacken schmerzten.

Sanfte Finger strichen ihm über die Stirn, und ein warmer weicher Körper drückte sich an ihn.

„Spencer", sagte eine Stimme, die wie ein Licht in der Dunkelheit war und ihn zurückholte. „Spencer, du bist in Sicherheit."

Er öffnete die Augen und sah Joannas Gesicht über seinem. Sie hatte die Arme um seine Schultern gelegt. Er blinzelte. Sein Herz klopfte hart und schnell, brach fast durch die Rippen. Er war schweißgebadet, und sein Oberschenkel schmerzte.

Aber er befand sich nicht im Krieg. Er war im Bett mit einer wunderschönen Frau. Seiner Persephone.

Er seufzte erleichtert auf und fuhr sich mit den Fingern durch das nasse Haar. Dann schloss er die Augen. Da war kein Schwanken des Bodens, kein Geruch von Salzlake, kein Pulverdampf, kein Tod.

Nur ihr berauschender Duft, weiche Bettwäsche und ein ruhiges, sicheres Zimmer.

„Du bist in Sicherheit", wiederholte sie, während sie ihn näher zu sich zog. Er spürte ihre weiche Brust an seiner Stirn und drehte sich zu ihr, genoss den Duft, die Weichheit ihrer Haut und die Fülle ihres schönen Fleisches. „Du bist in Sicherheit."

„Rede weiter", murmelte er, als er sich ihr ganz zuwandte. Sein Kopf lag in der Spalte zwischen ihrer Brust und ihrem Arm eingebettet. „Deine Stimme ist so beruhigend."

„Du bist in Sicherheit", sagte sie wieder, und er spürte, wie ihre tröstliche Gegenwart die verheerenden Erinnerungen zurückdrängte, die wie unsichtbares Blut ein Teil von ihm waren. „Du bist in Sicherheit."

Sie liebten sich noch zweimal, bevor sie beide gesättigt waren und wieder einschliefen. Er war ihr Erster, genau wie er es gewollt hatte. Alle ihre Küsse gehörten ihm, ihr Körper gehörte ihm, ihr Vergnügen gehörte ihm. Sie hielt ihn nicht für hässlich. Sie akzeptierte ihn so, wie er war.

Und das war genau das, was er brauchte. Die zerbrochenen Teile seiner Seele fühlten sich an, als würden sie sich wieder zusammenfügen.

Aber was er nicht erwartet hatte, war, dass er nicht wollte, dass es endete. Er wollte sich keine Nacht vorstellen, in der sie nicht in seinen Armen und in seinem Bett lag. Er wollte mehr von ihr.

In der dunklen Stille der Nacht weckten die leisen Schritte mehrerer Füße, die sich im Flur näherten, Spencer aus angenehmeren, glücklicheren Träumen. Eine Bodendiele quietschte.

Er stützte sich auf die Ellbogen und lauschte, während er spürte, dass auch Joanna sich bewegte. Es waren leise flüsternde Stimmen zu hören.

Alarmiert stand er leise vom Bett auf und gab Joanna ein Zeichen, sich im Kleiderschrank zu verstecken. Sie zog ihr Unterhemd an und ging leise wie eine Katze zum Schrank und stieg hinein. Spencers Pistolen lagen in der Kutsche. Verdammt noch mal, was hatte er sich nur dabei gedacht? Zwei Buttermesser lagen auf dem Teetisch neben den Teelöffeln und Tassen am Fenster. So leise, wie er konnte, trat er auf den weichen Teppich und nahm die stumpfen Messer an sich.

Die mussten genügen.

Sein Herz klopfte schnell, als er sich leise hinter die Tür stellte. Er war so klug gewesen, die Tür mit dem Schlüssel abzuschließen, aber jetzt konnte er sehen, dass er sich bewegte, weil jemand die Tür von der anderen Seite öffnete.

Seine Sorge galt nur Joanna. Wie sollte er sie mit zwei stumpfen Messern vor wer weiß wie vielen Angreifern schützen?

Und war der Gastwirt eingeweiht? Wer sonst könnte den Schlüssel haben, um die Tür von außen zu öffnen?

Schließlich fiel der Schlüssel heraus, und die Tür öffnete sich. Einer nach dem anderen traten drei männliche Gestalten ein, deren Pistolen und Messer im Mondlicht glitzerten.

Spencer griff den Ersten an und stach ihm eines der Buttermesser mit einem kräftigen Stoß ins Ohr. Als der Mann vor Schmerz aufschrie, ergriff Spencer die Pistole des Schlägers und schoss dem zweiten Mann in den Bauch. Helles Licht blitzte auf, ein Knall machte ihn taub, und in der Rauchwolke fiel der Mann umgeben von dem vertrauten beißenden Geruch von Schießpulver auf den Boden.

Doch der dritte Mann feuerte seine Waffe in Spencers Richtung ab. Ein weiterer heller Blitz und ein Knall ließen Spencers Nerven mit dem gleichen Gefühl der Panik kribbeln, das er in seinem Albtraum verspürt hatte. Sein Oberschenkel brannte, aber nicht von einer Wunde ... Tatsächlich spürte er keinen neuen Schmerz in seinem Körper – der Mann hatte ihn verfehlt.

Spencer stürzte sich auf ihn und versetzte ihm einen Stoß. Dann nutzte er die Verwirrung des Eindringlings, nahm instinktiv einen Boxerstand ein und schlug dem Mann auf die Nase. Blut spritzte, als die Nase des Schlägers unter der Wucht des Fausthiebs brach. Er stolperte zurück und stieß eine Reihe von Obszönitäten aus, während er sich das Blut aus dem Gesicht wischte. Seine wutentbrannten Augen blickten durch den Raum und suchten nach einem Vorteil.

Spencer holte zum nächsten Schlag aus und zielte auf das Kinn des Schlägers, aber der Mann duckte sich und konterte mit einem schnellen Schlag gegen Spencers Mitte.

Spencer drehte sich auf dem Absatz und blockte ab, doch als er sich bewegte, flammte ein scharfer Schmerz im verletzten Oberschenkel auf. Die Wunde schickte einen gleißenden Schmerz sein Bein hinauf und ließ ihn stolpern. Der Schläger nutzte die Gelegenheit und stürzte sich mit einer Reihe von Hieben auf ihn, von denen Spencer die meisten abwehren konnte. Doch ein harter Schlag traf ihn am Kiefer und ließ ihn zurücktaumeln.

Sich die Seite haltend, versuchte Spencer, die Balance zurückzugewinnen und sich zu konzentrieren, aber jede Bewegung verursachte einen stechenden Schmerz in seinem Oberschenkel. Schweiß tropfte über sein Gesicht, und auf den Lippen des Schlägers zeigte sich ein räuberisches Grinsen.

Spencer wurde in eine Ecke gedrängt. Jedes Mal, wenn er versuchte, anzugreifen, knickte sein Bein ein, und der Schläger konterte mit neuer Kraft. Ein besonders brutaler Aufwärtshaken ließ Spencers Kopf zurückschnellen und Sterne vor seinen Augen tanzen.

Der Eindringling kam näher, die Fäuste erhoben und bereit, den letzten Schlag zu führen. Doch in diesem Moment geschah etwas – eine plötzliche, verschwommene Bewegung, die Spencer nur am Rande wahrnahm und die den Blick des Angreifers von ihm weglenkte. Bevor der Mann reagieren konnte, prallte ein schwerer eiserner Kaminschürhaken seitlich gegen seinen Kopf. Mit einem Grunzen knickten die Knie des Mannes ein, und er sackte bewusstlos zu Boden.

Joanna stand schwer atmend da, den Schürhaken hielt sie noch immer in der Hand. Keuchend versuchte Spencer, sich aufzurichten und zuckte zusammen, als der Schmerz seinen Oberschenkel durchbohrte. Joanna ließ den Schürhaken fallen und eilte mit einem besorgten Ausdruck in den Augen auf ihn zu.

„Du ... du warst bemerkenswert", murmelte Spencer, und ein zittriges Lächeln formte sich auf seinen Lippen.

Joanna erwiderte das Lächeln und reichte ihm die Hand, um ihm dabei zu helfen, sich aufzurichten, was er mit einem Brummen tat. „Wir sind ein gutes Team, nicht wahr?", flüsterte sie.

„Was ist passiert, Mylord?", kam es vom Gang, und Spencer sah den Gastwirt mit einer Kerze in der Hand. Hinter ihm standen mehrere Gäste des Gasthauses, die die Szene mit großen Augen beobachteten. „Ich habe Schüsse gehört."

Spencer betrachtete die drei Körper auf dem Boden und stellte fest, dass er noch immer völlig nackt war. Er hob seine Hose auf und zog sie schnell an. Sein Körper schmerzte noch immer von den Schlägen, die er gerade erhalten hatte. Als er die Tür untersuchte, bemerkte er ein dünnes, behelfsmäßiges Werkzeug, das wahrscheinlich zum Knacken von Schlössern verwendet wurde, und das im Schlüsselloch steckte.

„Wenn Sie sich bitte um diese Männer kümmern könnten ... Sie haben versucht, mich auszurauben."

„Natürlich, Mr Hadecliff."

Als sie allein waren, feuchtete Joanna ein Tuch an und drückte die kalte Kompresse auf seine geprellten Rippen und Knöchel. „Was glaubst du, wer das war?", fragte sie.

„Ashtons Leute. Aus irgendeinem Grund weiß er es."

„Sollen wir gehen?", fragte sie. „Wenn er es weiß, könnte er mehr Männer schicken."

„Es wäre gefährlicher, mitten in der Nacht aufzubrechen und

auf der Straße zu sein. Wir wären dann jedem ausgeliefert, der uns angreifen will."

Sie nickte. „Geht es dir gut? Das war ein ganz schöner Kampf, und nach deinem Albtraum …"

Ihre Fürsorge für ihn war eine Erleichterung, sie verschaffte ihm mehr Linderung als das kalte Tuch.

„Mir geht es gut. Ich habe mir nur Sorgen um dich gemacht", sagte er.

Sie lächelte, und sein Herz fühlte sich gleich viel leichter.

„Erzähl mir davon …", bat sie, während sie das Tuch an seine Schläfe legte. „Von dem Schiff … von dem Albtraum … Wie bist du dort gelandet?"

Er räusperte sich. Der Angriff der Schläger auf sie hatte ihn seinen Albtraum wiedererleben lassen.

Aber Joanna hatte ihn, wie jedes Mal, daraus zurückgeholt.

Vielleicht würde es auch heilsam sein, dieses Erlebnis mit ihr zu teilen – egal, wie schwer es ihm fiel. Seine Familie bat ihn immer wieder, dass er ihnen von seiner Erfahrung erzählte … aber er konnte es nicht.

Doch jetzt fühlte er sich stark genug, um darüber zu sprechen und nicht zusammenzubrechen. Und selbst wenn er es tun würde, fühlte er sich von Joanna akzeptiert. Er hatte nicht das Bedürfnis, ein tapferes Gesicht aufzusetzen und so zu tun, als ob er in Ordnung wäre.

Sie wusste, dass er es nicht war.

Er brauchte sich nicht zu verstellen. Er konnte es ihr einfach sagen.

Erinnerungen spülten über ihn hinweg wie eine unerbittliche Flut.

„Ich dachte, ich hätte einen Albtraum, als ich auf dem Schiff die Augen öffnete", begann er und konnte beinahe spüren, wie der harte Holzboden gegen seinen Rücken drückte und das ständige Schaukeln des Schiffes seinen Magen aufwühlte.

„Mein Kopf tat weh. Ich war im ‚Portside' ziemlich übel zusammengeschlagen worden. Ich erinnerte mich an die Razzia der Pressbande ... Offiziere kamen hereingerannt, stießen Leute, packten sie an den Jacken und zerrten sie weg. Aber ich wurde in dem ganzen Durcheinander ausgeknockt."

Das Chaos jener Nacht kehrte schlagartig zurück – die plötzliche Invasion der Pressbande, deren grobe Hände ahnungslose Männer packten.

Als er für einen Moment die Augen schloss, konnte Spencer wieder die schwach beleuchtete Brigg sehen und die Verzweiflung spüren, die schwer in der Luft hing. „Und dann bin ich in der Brigg aufgewacht. Da waren noch andere", fuhr er fort. Er hatte seinen Blick auf Joanna gerichtet, aber er sah nicht sie, sondern die trostlosen, geschlagenen Gesichter, die ihn im halbdunklen Laderaum des Schiffes umgeben hatten. „Es gab Dutzende von uns, alle zusammen gefangen."

Er erinnerte sich an das Gefühl der Hilflosigkeit, an die Absurdität seiner Situation. „Ich habe versucht, sie von meiner Identität zu überzeugen." Ein bitteres Lachen entwich seinen Lippen. „Nur mit meiner Unterwäsche bekleidet, habe ich mich an den Gitterstäben festgehalten und geschrien, dass mich jemand rauslassen soll."

Er schüttelte den Kopf, die Erinnerung an die Ungläubigkeit der Wache und das spöttische Lachen der anderen Gefangenen schmerzte ihn noch immer. „Niemand hat geglaubt, dass ein Duke unter den Männern sein würde, die sich die Pressbande geholt hatten. Mein Titel, mein Status, alles, was ich war, wurde in diesem Moment bedeutungslos. Alle dachten, ich hätte mir nur eine lächerliche Ausrede ausgedacht, dass ich den vornehmen Akzent und die Redeweise ganz gut nachahmen konnte. Ein Duke, der von einer Pressgang auf ein Schiff gebracht wurde? Das war in ihren Augen unmöglich."

„O Gott", Joanna bedeckte ihren Mund mit einer Hand.

„Erst am nächsten Tag, weit draußen auf dem Meer, haben sie uns aus dem Laderaum herausgelassen", sagte er. Die Erinnerung an das Schiff, das die Wellen durchbrach und alles, was er kannte, hinter sich ließ, ließ seine Brust eng werden.

„Es war brutal. Regelmäßige Schläge haben dafür gesorgt, dass wir nicht meuterten. Und dann begann die Seeschulung. Wie man das Schiff putzt. Wie man die Taue einholt. Die Segel gehisst wurden. Wie man den Anker wirft und einholt. Ich habe schnell gelernt, aus der Not heraus. Eines Tages konnte ich endlich mit dem Kapitän sprechen ..." Die Frustration dieses Moments ließ ihn seine Fäuste ballen. „Aber obwohl ich in seinen Augen sehen konnte, dass er mir glaubte, hat er sich meinen Argumenten gegenüber verweigert. Mir blieb nichts anderes übrig, als den Kopf unten zu halten und Seemann zu werden. Man hat uns auch beigebracht, wie man kämpft und wie man mit den Kanonen schießt. Die Wochen vergingen, und ich wusste, dass wir uns dem Kriegsgebiet näherten. Wir haben zwei Stürme überlebt."

Er hielt inne, eine Flut von gemischten Gefühlen wühlte in ihm auf. „Ich habe schnell gelernt, wie man zur See fährt. Und meine Fähigkeiten im Schießen, Fechten und Boxen blieben nicht unbemerkt. Ich war ein natürlicher Anführer unter den Männern und konnte auch unter Druck gute Entscheidungen treffen. Deshalb wurde ich schließlich zum Offizier ernannt."

Er konnte die Abgeklärtheit in seiner eigenen Stimme hören. Es war, als würde er das Leben eines anderen Mannes beschreiben, nicht sein eigenes. Es war eine absurde Wendung der Ereignisse: Ein Duke, der zum Seemann wurde, dann ein Offizier unter Männern, die noch vor wenigen Wochen Fremde waren.

„Davor war ich noch nie länger als ein paar Tage auf einem

Schiff gewesen, aber ich habe mich angepasst und wurde ein Teil dieser Welt."

Er schmunzelte. „Ich habe gedacht, sobald ich nach Kanada kommen würde, wohin wir unterwegs waren, könnte ich mit den Verantwortlichen in einem der Häfen reden. Ich habe gehofft, ich könnte meiner Familie einen Brief schicken, um sie wissen zu lassen, dass ich am Leben bin. Ich hatte nicht die Absicht zu desertieren, aber ich musste sicherstellen, dass sie wussten, dass sie einen Duke in die Marine gezwungen hatten. Und dann kamen wir am Eriesee an ..." Er schüttelte den Kopf und senkte ihn. „Es war meine erste Seeschlacht überhaupt. Die Amerikaner waren viel stärker, als wir dachten. Gute Schiffe. Starke Kanonen. Sie haben auf uns geschossen. Ich erinnere mich noch lebhaft an den Moment, in dem sich alles änderte ... Die Kanonenkugel flog durch die Luft ... Splitter sprühten wie eine Fontäne. Der Schmerz in meinem Oberschenkel war so quälend, dass ich dachte, er würde brennen."

„Oh, Spencer ..." Sie drückte seine Hand. „O nein ..."

„Danach habe ich tagelang im Fieberwahn gelegen. Es gab viele Verwundete unter uns. Mehrere starben. Es war der Gedanke, zu Penelope zurückzukehren, der mich am Leben gehalten hat. Ich musste mich an irgendetwas festhalten. Etwas Gutes. Etwas, auf das ich mich freuen konnte. Ich weiß noch, dass es einen Moment gab, in dem ich wusste, dass ich sterben würde. Ich weiß nicht, woher ich es wusste ... ich wusste es einfach. In dem Moment hätte ich loslassen und aufhören können zu kämpfen. Ich war so müde ... so, so müde. Oder ich könnte meine Kräfte sammeln und mich durchbeißen. Und es war der Gedanke an sie, der mir Kraft gegeben hat. Es war meine Liebe zu ihr, die mich gerettet hat."

Joanna nickte leicht und wischte sich über die Augen. Er konnte die Traurigkeit in ihren Augen sehen, als er das sagte, und wollte hinzufügen, dass mit Penelope nie etwas passieren oder möglich sein würde. Sie gehörte zu seinem Bruder. Außerdem hatte Spencer schon seit Tagen nicht mehr an sie gedacht, weil sein Verstand und sein Herz mit Joanna beschäftigt waren ...

Aber er tat es nicht. Irgendwie war das Eingestehen dieser Gefühle eine Grenze, die er nicht überschreiten wollte. Sie wollte nicht heiraten ... und er auch nicht. Es gab viele Gründe, warum ihre Liaison bald zu Ende sein würde, Gründe, warum er ihr gesagt hatte, dass er sie niemals heiraten würde.

Aber er hatte ihr nicht die ganze Wahrheit gesagt ... dass er nicht vorhatte, überhaupt jemals zu heiraten. Er war nicht heil und würde es auch nie wieder sein. Außerdem war er kein Duke mehr. Obwohl Preston dafür gesorgt hatte, dass Spencer ein beträchtliches Vermögen besaß, das sein eigenes Erbe als Duke schmälerte, hatte Spencer keinen Titel mehr. Er war sein ganzes Leben lang darauf trainiert worden, ein Duke zu sein, die Familiengüter zu verwalten und sich an der Politik zu beteiligen. Was konnte er der Welt noch bieten, nachdem ihm die einzige Beschäftigung, die er außer dem Segeln kannte, genommen worden war? Er konnte nicht einer dieser Dandys werden, die nichts anderes taten, als Soiréen zu besuchen und Füchse zu jagen. In Wahrheit fühlte er sich verloren. Sein einziger Plan, sobald er sich an Ashton gerächt hatte, war, herauszufinden, wie viel Whisky ein Mann trinken konnte. Joanna hatte etwas Besseres verdient.

„Ich bin so froh, dass du lebst", flüsterte sie. „Ich bin mir sicher, dass deine ganze Familie das Gleiche fühlt."

Unvermittelt traf ihn die Erkenntnis. Seine Familie ... sie musste außer sich sein vor Sorge. Monatelang hatten sie nicht gewusst, wo er war, und seit er zurück war, hatte er es ihnen nicht leichter gemacht, indem er jeden Kontakt verweigert hatte.

Denn es war zu schmerzhaft, all das zu sehen, was er verloren hatte.

Aber in diesem Moment, trotz der Mörder, die hinter ihnen hergeschickt wurden, trotz der Tatsache, dass sein Feind noch immer frei und ungestraft herumlief, und trotz des Wissens, dass Spencer immer verwundet sein und Penelope niemals bekommen würde ...

Zum ersten Mal seit Monaten spürte er, wie sein Herz vor Glück anschwoll.

Als Spencer über sein früheres Verhalten nachdachte, überkam ihn ein Gefühl der Schuld. Er hatte sich seiner Familie gegenüber nicht gerade freundlich, ja sogar gefühllos gezeigt. Sie hatten eine solche Behandlung durch ihn nicht verdient. Sobald er wieder in London war, würde er sich mit ihnen allen treffen. Aber besonders wichtig war ihm, sich nach Calliopes Wohlbefinden zu erkundigen. Von seinen Geschwistern mochte er sie am meisten, sie war seine liebste Schwester, und es ging ihr nicht gut, und er fragte nicht einmal nach ihr. Ihre schwierige Schwangerschaft lastete schwer auf seinen Gedanken.

„Richtig. Natürlich tun sie das. Meine Familie ...“

Sie unterhielten sich bis in die frühen Morgenstunden. Bei Tagesanbruch war es an der Zeit, Mr Pottinger aufzusuchen und ihn zu verhören. Spencer half Joanna beim Anziehen, und sie tat dasselbe für ihn. Sie benahmen sich wie ein echtes Ehepaar, und der Gedanke daran ließ Spencers Herz schmerzen, denn seltsamerweise war das ziemlich tröstlich und schön. Und noch mehr spürte er die Leere in seiner Seele. Dies, wie auch viele andere Dinge, würde er im wirklichen Leben nie haben, denn er würde eine Frau, vor allem eine so liebenswürdige und so lebensfrohe wie Joanna, nicht mit jemandem belasten, der so kaputt war wie er.

Er würde niemanden glücklich machen. Er tat den Frauen nur einen Gefallen, indem er allein blieb, egal wie sehr ihn der Gedanke reizte, Joanna zur Frau zu haben.

Nach einem schnellen Frühstück bezahlte er, und sie stiegen wieder in die Kutsche. Während Carl sie durch das erwachende Tilbury fuhr, wurde Spencers Freude und Glück durch Entschlossenheit und Wachsamkeit in der ernsten Angelegenheit, Mr Pottinger zu finden, ersetzt.

Sie parkten gegenüber der Pottinger Shipping Company und beobachteten die Straße, die schnell voller und belebter wurde als am Abend zuvor, mit Arbeitern, die Fässer rollten und Karren zogen, und Herren, die eilig zu ihren Büros gingen.

Spencer wollte Joannas Hand nicht mehr loslassen. Ihre weichen, zarten Finger fühlten sich an, als wären sie für ihn gemacht. Er konnte nicht anders, als sie zu bewundern und ihr zuzustimmen, dass sie in der Tat ein gutes Team waren. Er hätte tot sein können, wenn sie nicht so mutig und schnell reagiert hätte.

„Was glaubst du, in welcher Verbindung Mr Pottinger zum Duke steht?", fragte Joanna, während sie das Gebäude beobachtete. „Was für Briefe könnte Joseph zu ihm bringen und warum?"

„Genau das will ich herausfinden", sagte Spencer, der seine vertraute Pistole unter dem Sitz der Kutsche hervorholte und sie hinten in die Hose steckte. „Ihm Angst einzujagen, hat geholfen, Joseph zu überzeugen. Vielleicht wird das auch bei Mr Pottinger helfen. Wenn nicht, habe ich noch immer Geld. Dem schlechten Zustand des Büros nach zu urteilen, könnte Mr Pottinger durchaus mit Geld motiviert werden ..."

Er brach ab, als der Mann mit dem buschigen Haar und dem Holzauge auf das Büro der Pottinger Shipping Company zuging, die Tür aufschloss und eintrat.

19

„Bleib hier", sagte Spencer, als er seine Hand auf die Kutschentür legte, um auszusteigen.

„Das werde ich nicht", sagte Joanna. „Ich dachte, wir hätten uns darauf geeinigt, dies gemeinsam zu tun."

„Ich versuche nur, dich zu beschützen", sagte Spencer.

„Wenn ich mich richtig erinnere, habe ich dich vergangene Nacht beschützt", sagte sie.

Er seufzte, und ein Knurren entrang sich seiner Kehle. Dagegen konnte er nichts sagen. Er machte sich einfach Sorgen um sie, aber er wusste, dass sie stark genug war, um sich selbst zu schützen ... und ihn. Es gefiel ihm nur nicht, wie sehr er sich um sie sorgte. Wie sehr ihn der Gedanke, dass sie verletzt werden könnte, ängstigte.

„In Ordnung", sagte er. „Aber sei vorsichtig."

Joanna und er überquerten die Straße und betraten das Büro. Eine Glocke läutete, als sie die Tür öffneten, und Mr Pottinger blickte auf, während er in den Schubladen des Schreibtischs wühlte. In seinen großen fleischigen Händen, die stark genug aussahen, dass er damit Walnüsse knacken konnte, hielt er einen Stapel Briefe, wie es schien. Sein Gesicht verfinsterte sich bei ihrem Anblick.

„Blockiere die Tür, Joanna", sagte Spencer, während er die Pistole hervorholte und sich dem Mann näherte, der sich mit grimmigem Gesicht und weit aufgerissenem Auge aufrichtete.

Joanna schloss die Tür von innen und lehnte sich mit dem Rücken dagegen.

Spencer wollte die Pistole nicht benutzen, um den Mann zu verletzen, aber er wollte überzeugend wirken. „Mr Pottinger, nehme ich an?"

Der Mann nickte.

„Haben Sie gestern Abend ein paar Schläger geschickt, um uns anzugreifen? Haben Sie uns verfolgen lassen?"

Der Mann nickte erneut. Gab es noch jemanden, der das Büro beobachtete, und sollten Joanna und Spencer mit weiteren Problemen rechnen? Er war froh, seine Pistole zu haben.

„Sehr gut, Mr Pottinger", sagte Spencer. „Ich habe nur ein paar Fragen, und wenn Sie ehrlich antworten und keine Schwierigkeiten machen, lasse ich Sie gehen. Ich will nur Informationen. Ich habe nicht die Absicht, Ihnen etwas anzutun. Haben Sie das verstanden?"

Der Mann, der nun blasser wirkte, nickte erneut.

„Wie sind Sie mit dem Duke of Ashton verbunden?", fragte Spencer.

Pottinger schluckte und richtete sich auf, sein Blick huschte schnell zu Joanna. „Ich kenne den Duke of Ashton nicht."

„Das bezweifle ich sehr, Mr Pottinger", sagte Joanna.

„Alles, was ich bekomme, sind diese Briefe, und dann muss ich sie mit einem meiner Frachtschiffe auf dem Weg zu den Westindischen Inseln zu einem Ort in Amerika bringen."

Spencer erstarrte, während sein Verstand sich überschlug.

Amerika? Warum sollte Ashton etwas mit Frachtschiffen nach Amerika schicken? Warum sollte er so geheimnisvoll agieren und einen Mann in Whitechapel benutzen? Und warum hatte er so viel Angst davor, dass Spencer die Notiz in der Gasse beim „Tyche" gelesen hatte, dass er ihn von einer Pressbande hatte verschleppen lassen?

Kriminelle Aktivitäten, hatte Joanna gesagt, und Spencer stimmte zu.

Er tauschte einen langen Blick mit ihr aus. Auch sie dachte angestrengt nach, zog die Augenbrauen zusammen, nahm eine aufrechte Haltung ein, und ihr Brustkorb hob und senkte sich schnell.

Die Antwort auf seine Fragen lag in den schwer fassbaren Briefen, denen Joanna und Spencer nachgejagt waren – Briefe, so vermutete Spencer, die Mr Pottinger jetzt in seiner fleischigen Hand hielt.

„Bitte geben Sie mir diese Papiere", sagte Spencer kalt. „Oder ich werde Sie erschießen."

Mr Pottingers Mund presste sich zu einer schmalen Linie zusammen. Er straffte die Schultern und trat einen Schritt zurück.

„Erschießen Sie mich, wenn Sie müssen. Aber ich werde sie Ihnen nicht geben."

Spencer mahlte mit den Kiefern. Er war so kurz davor, sein Ziel zu erreichen, dass ihn ein spürbares Zittern durchlief. Wenn er nur diese Briefe in die Finger bekäme, dann hätte er den Beweis für Ashtons mysteriöse Verbrechen, könnte den Strafprozess einleiten und endlich die Vergeltung bekommen, nach der sich all seine körperlichen und emotionalen Wunden sehnten.

Und dieser Beweis war nur zwei Meter von ihm entfernt.

Aber war er bereit, einem anderen Mann dafür zu schaden? Einem Mann, der vielleicht ein Opfer von Ashton war, so wie Spencer es war? So wie Joanna und ihre Familie es waren?

Spencers Entschlossenheit verstärkte sich, als er Pottinger ansah, der die Briefe mit einem verzweifelten Griff umklammerte. Als er erkannte, dass bloße Worte nicht ausreichen würden, ging Spencer mit bedächtigen Schritten voran und schloss die Lücke zwischen ihnen. Pottingers echtes Auge weitete sich, sein Blick huschte herum, während das hölzerne Auge geradeaus starrte und die unverkennbare Angst seine trotzige Fassade verriet.

„Mr Pottinger, ich werde nicht noch einmal fragen", warnte Spencer in eisigem Tonfall. Seine Hand verkrampfte sich um die Pistole, obwohl er noch immer hoffte, dass er sie nicht benutzen musste.

Pottinger wich zurück, bis er gegen die Wand stieß. Er suchte nach einem Ausweg, fand aber keinen. Joanna beobachtete die Szene mit einem Stirnrunzeln und war bereit zu handeln. Mit einem plötzlichen Ausfallschritt versuchte Pottinger, an Spencer vorbeizustürmen, wobei er sich die Briefe an die Brust presste. Aber Spencer war schneller. Er packte Pottinger am Arm und schleuderte ihn zurück gegen die Wand. Die Briefe flatterten in dem Handgemenge zu Boden.

Joanna hob schnell die verstreuten Briefe auf.

„Genug, Pottinger!", knurrte Spencer und drückte ihn mit seinem Unterarm gegen die Wand. „Diese Briefe sind Ihr Leben nicht wert."

Pottinger wehrte sich kurz, aber Spencers Kraft war überwältigend. Schwer atmend gab Pottinger schließlich seinen Widerstand auf, und seine Schultern sackten niedergeschlagen hinab.

Joanna entfaltete in der Zwischenzeit den ersten Brief und ließ ihre Augen mit einem Stirnrunzeln über die Worte huschen.

„Was ist es?", fragte Spencer, der sich nicht traute, von Pottinger wegzugehen, weil er befürchtete, der Mann könnte versuchen, die Briefe zurückzuholen und dabei Joanna etwas antun. „Was steht darin?"

Sie schüttelte den Kopf. „Ich verstehe das nicht. Es ist ähnlich wie das, was ich im ersten Brief in Ashtons Arbeitszimmer gelesen habe. Für mich ist das Kauderwelsch."

„Lies es laut vor", forderte Spencer.

„12. August 1813, Corinthian – 320 – 32 18-Pfünder, 10 32-Pfünder – Portsmouth – Boston."

Spencers Augen verengten sich, während sein Verstand versuchte, die Informationen zu entschlüsseln. „Portsmouth ist der größte Marinehafen in England ...", murmelte er. „Boston, das könnte der Binnenhafen in England oder der Seehafen in Amerika sein ... Zweiunddreißig Achtzehnpfünder bedeutet zweiund-dreißig Achtzehnpfünderkanonen und zehn Zweiunddreißig-pfünder sind ..." Die Erkenntnis dessen, was er sagte, traf ihn wie eine Sturmböe mit voller Wucht. „... leichtere Kanonen ..."

Das Ausmaß dessen, was er plötzlich begriff, ließ den Boden unter seinen Füßen wanken und drohte, ihn umzuwerfen.

Er starrte Pottinger an, der ihn mit trauriger Niedergeschla-genheit ansah, mit hängenden Schultern und ohne jeden Kampfgeist.

„Was willst du damit sagen?", verlangte Joanna ungeduldig zu wissen.

„Corinthian ist die HMS *Corinthian*, Joanna. Das ist das Schiff Seiner Majestät, eine Fregatte", sagte Spencer und zitterte am ganzen Körper wegen der möglichen Auswirkungen dieser Nach-richten. „Der 12. August 1813 ist das Datum der Abfahrt von Ports-mouth, Ziel Boston. Dreihundertzwanzig Mann an Bord. Das Schiff hat zweiunddreißig achtzehnpfündige Kanonen und zehn zweiunddreißigpfündige Kanonen."

Er hielt inne, sein Magen krampfte sich zusammen, und in seinem Magen stieg Galle auf. „Dein Onkel verkauft militärische Informationen an den Feind."

Seine Stimme hörte sich tot an, als er das sagte, aber seine

Gedanken wirbelten durcheinander, als er sich daran erinnerte, dass Dutzende von Männern auf der *Concord* verwundet und getötet worden waren. Darunter auch Sam. Tausende von Männern auf anderen Schiffen hatten ebenfalls ihr Leben verloren. Und der Duke, der ihnen im House of Lords dienen sollte, der dem Prinzen so nahestand, dass sie unzertrennlich erschienen, opferte ihr Leben für Geld.

Auch Spencers eigenes Leben war durch Ashtons Verrat zerstört worden.

Joanna blinzelte, ihr Mund stand vor Schreck offen, und der Brief zitterte in ihrer Hand. „Er begeht Hochverrat ...", murmelte sie.

Hochverrat war eines der wenigen Verbrechen, für das ein Adliger nicht nur angeklagt, sondern sogar gehängt werden konnte.

Die Pistole in Spencers Hand zitterte. Er ließ sie sinken, trat einen Schritt zurück und weg von Pottinger. Joanna öffnete weitere Umschläge und las laut weitere Daten, Schiffsnamen, Nummern, Abfahrts- und Ankunftshäfen vor. Es war ähnlich wie das, was sie in Ashtons Arbeitszimmer gelesen hatte, hatte sie gesagt. Sie wusste es also die ganze Zeit ... Sie hätte ihm sagen können, was sie gelesen hatte. Hätte sie ihm diese Information offenbart, hätten sie früher gewusst, was Ashton getan hatte ... Zumindest hätte sie es ihm sagen sollen, als sie gestern Abend Verbündete geworden waren. Nachdem er sie entjungfert hatte.

Sie hätte es ihm sagen sollen, verdammt noch mal! Er hatte ihr vertraut!

Aber konnte er ihr wirklich vertrauen?

Vielleicht nicht.

Aber abgesehen davon war da noch der Schock der Erkenntnis über das Ausmaß von Ashtons Verbrechen.

Alles, was Spencer hören konnte, waren Krähen, und alles, was er sehen konnte, war Ashtons toter Körper, der am Ende der Schlinge hin- und herschwang.

Das würde seine Vergeltung sein. Er würde den Mann anklagen müssen – nicht nur für die Zerstörung seines eigenen Lebens.

Sondern für das Leben von Tausenden von Männern, die in den stürmischen Meeren auf der anderen Seite des Atlantiks umgekommen waren.

Spencer schüttelte den Kopf und sah wieder zu Pottinger, der noch immer in der Ecke stand und in sich zusammengeschrumpft war. „Ist Ihnen klar, dass Sie Hochverrat an der Krone begehen?"

Der Mann ließ den Kopf hängen. „Ich weiß. Der Duke ist im Besitz all meiner Schulden. Wenn er sie einfordert, ist meine Familie ruiniert. Meine Kinder werden ihr Zuhause verlieren, und wir werden auf der Straße und im Armenhaus leben."

Joanna, die noch immer wie betäubt aussah, faltete die Briefe fein säuberlich zusammen und versteckte sie in ihrem Spencer. „Mr Pottinger, wollen Sie ihn nicht loswerden? Dafür sorgen, dass Ihre Familie geschützt ist und nicht von jemandem bedroht wird, der Verrat begeht?"

Das musste Spencer Joanna zugestehen. Vielleicht wusste sie, wie sie mit dem Mann sprechen musste, weil sie sich in der gleichen Situation wie Pottinger befand. Sie war nachgiebiger als Spencer und hatte eindeutig mehr Mitgefühl als er, konnte sich viel besser in die Menschen hineinversetzen, als er dazu in der Lage war.

Sie war selbstlos und freundlich. Zumindest dachte er das. Trotz seiner Wut schmolz sein Herz für diese Frau, gleichzeitig wünschte er sich, sie wäre egoistischer und würde an ihre eigenen Bedürfnisse denken.

Spencer starrte Pottinger an. Joannas Worte hatten ihn eindeutig erschüttert – sie hatte genau ins Schwarze getroffen.

Eigentlich sollte der Mann jetzt nachgeben, aber irgendetwas hielt ihn zurück. Vielleicht brauchte es einfach noch ein bisschen mehr Überzeugungskraft.

Spencer schlenderte zum Schreibtisch und setzte sich teilweise darauf, jetzt war er nur noch etwa einen Meter von Pottinger entfernt. Er konnte den ungewaschenen Geruch des Mannes riechen, die ungleichmäßigen Nähte an seinem braunen Mantel erkennen und die rechteckigen Flicken auf seinem gelblichen Leinenhemd.

„Wir haben jetzt genug Beweise, um Sie zu belasten", sagte Spencer. „Und wir werden Ashton zu Fall bringen. Sie können mit uns kooperieren. Oder Sie können mit ihm hängen."

Pottinger wurde noch blasser.

„Wenn Sie mit uns kooperieren, können Sie gegen Ashton aussagen und werden vielleicht begnadigt oder zumindest nicht gehängt. Und wenn Ashton bestraft wird, haben Sie keine Schulden mehr."

Pottinger sah zum ersten Mal hoffnungsvoll aus. Tränen traten in sein gutes Auge. „Ich bin ein erfahrener Kapitän. Ich habe die Seefahrt aufgegeben und bin wegen meiner schlechten Gesundheit in den Transport eingestiegen. Ich bin ein guter Seemann, aber kein guter Geschäftsmann. Ich mag es nicht, mein Land zu verraten. Aber er hat diese Schulden von mir. Er wird nicht zögern, mich zu ruinieren."

Spencers Hass auf Ashton kochte hoch und zerfraß sein Herz. Gab es wirklich nichts, was Ashton nicht tun würde, um zu bekommen, was er wollte?

„Er wird noch viel Schlimmeres tun, wenn man ihn weitermachen lässt", sagte Spencer düster. „Und damit nicht nur Ihnen schaden."

Als ob sie sich mit ihm abgestimmt hätte, ging Joanna zum Schreibtisch, zog einen leeren Stuhl heran, holte ein frisches Blatt

Papier und legte es vor sich hin. Dann nahm sie eine Feder und tauchte sie in das Tintenfass.

„Bitte, Mr Pottinger, das ist Ihre einzige Chance. Kooperieren Sie mit uns. Sagen Sie uns alles, was Sie wissen. Ich werde alles aufschreiben, während Sie sprechen. Sie werden es unterschreiben. Und seien Sie bereit, vor Gericht auszusagen, wenn es so weit ist."

Kluge Frau. Spencer hatte großes Glück, eine Verbündete wie sie zu haben. Was hätte Spencer getan, wenn sie nicht hier gewesen wäre? Ohne ihre Geduld wäre er wieder zu körperlicher Gewalt zurückgekehrt.

Pottinger schluckte schwer und nickte, sein Atem ging schnell und verzweifelt. „Es tut mir leid, dass ich ihm eine Nachricht über Sie beide geschickt habe. Außerdem habe ich den Mann vor Ort informiert, der für die Sicherheit meiner Operation verantwortlich ist. Dieser Mann hat zweifelsohne diese Schläger geschickt."

Um sie zu töten. Die unausgesprochene Andeutung war klar.

Spencers Kiefer spannten sich an, als Joanna blass wurde und die Augen aufriss. „Beobachtet er jetzt Ihr Büro?", fragte sie. „Weiß er, dass wir hier sind?"

Pottinger schüttelte den Kopf. „Ich weiß es nicht."

Spencers Magen zog sich vor Unbehagen zusammen. Die Kutsche der Grandhamptons hatte ihn zweifellos verraten. Ashtons örtliche Schläger mussten seiner Kutsche gefolgt sein oder sich in den nahe gelegenen Gasthäusern umgehört haben – es gab nur eine Handvoll davon. Wenn Ashtons Mann in Tilbury ihm berichtete, dass Spencer und Joanna in der vergangenen Nacht den Mördern entkommen waren, würde er wissen, dass Spencer bei der Enträtselung des Geheimnisses und der Suche nach Beweisen gegen ihn Fortschritte gemacht hatte. Das würde Ashton noch gefährlicher machen ... für ihn und für Joanna.

Ihnen lief die Zeit davon.

„Mr Pottinger", sagte Spencer, während er die Waffe senkte und aus einem nahe gelegenen Fenster schaute, um zu sehen, ob jemand sie beobachtete oder sich dem Büro näherte. „Sagen Sie uns, was Sie wissen. Es ist in Ihrem besten Interesse."

Pottinger nickte zögernd. „Sonntags bekomme ich die Briefe. Nicht jeden Sonntag, wohlgemerkt, aber immer am Nachmittag. Dann ist es meine Aufgabe, sie innerhalb meines Handelsnetzes weiterzuleiten und sie zu den Schiffen zu bringen, die nach Amerika fahren. Ich bezahle meine Seeleute, die auf den Handelsschiffen Arbeit annehmen. Wenn das Schiff die von den Amerikanern gehaltene Küste erreicht, fahren die Männer mit einem Beiboot an die Küste und gehen in eine bestimmte Kneipe in der Nähe von Washington, wo die Informationen in die richtigen Hände gelangen."

Joanna, deren flinke Hand mit Schreiben beschäftigt war, hob den Kopf und sah Pottinger an. „Können Sie mir sagen, wann Sie diese Briefe abgeschickt haben? Und wie lauteten die Namen der Schiffe und die Namen Ihrer Seeleute? Wir werden mit ihnen sprechen und sie bitten, sich ebenfalls zu melden, bevor sie wegen Verrats bestraft werden können."

Pottinger seufzte tief und nickte. Er schnappte sich eines der Logbücher und begann, die Seiten umzublättern und die Namen zu diktieren. Die Daten reichten zwei Jahre zurück.

Als er fertig war, reichte Joanna ihm den Federkiel und das Papier, auf dem sie geschrieben hatte. „Bitte, unterschreiben Sie, Mr Pottinger."

Pottinger seufzte noch einmal tief und unterschrieb. Spencers und Joannas Blicke trafen sich. Der kleine Sieg fühlte sich an wie ein Feuerwerk in seinem Bauch. Er war sogar noch süßer, weil er ihn mit ihr teilte. Sie hatte recht – trotz seines Reichtums und seiner Macht und Stärke besaß sie Fähigkeiten, die ihm fehlten. Ohne sie hätte er kein unterschriebenes Zeugnis von Pottinger bekommen. Er beobachtete, wie Joanna feinen Sand auf das Papier gab, um die Tinte zu trocknen, und dann ordentlich faltete, bevor sie es ihm reichte. Er steckte es sicher in die Innentasche seines Mantels, zusammen mit den Briefen, die Pottinger in seinem Büro aufbewahrt hatte.

Aber etwas in Joannas Blick beunruhigte ihn. Etwas stimmte nicht. Da war eine Art Sorge, ein Zögern. Sein Magen zog sich zusammen, weil er nicht wusste, was los war.

Dies war jedoch nicht der richtige Zeitpunkt, um mit ihr darüber zu sprechen. Er war hier noch nicht fertig, also schaute er Pottinger wieder an.

„Wie viel schulden Sie ihm, Mr Pottinger?", fragte Spencer.

„Eintausend Pfund, Sir", sagte Pottinger und zog die Schultern ein.

Die Summe war beträchtlich. Aber dank der Großzügigkeit seines Bruders konnte Spencer es sich leisten und sicherstellen, dass Pottinger sein Wort nicht brechen würde und vor Ashtons Erpressung sicher war.

„Ich werde eine Investition in Ihr Unternehmen in Betracht ziehen", sagte Spencer. „Sobald ich Ihre Bücher und die Rentabilität geprüft habe."

Pottinger runzelte die Stirn. „Wa...?"

„Betrachten Sie mich als Ihren neuen potenziellen Investor. Glauben Sie mir, ich werde viel fairer sein. Außerdem ..." Er griff in seine andere Tasche und legte einen Geldbeutel auf den Schreibtisch. „... ist dies ein Vorschuss. Nehmen Sie Ihre Familie und verschwinden Sie für eine Weile. Sorgen Sie dafür, dass sie vorerst in Sicherheit ist. Teilen Sie mir nur Ihre Adresse mit, damit ich Sie finden kann, wenn wir Sie für den Prozess brauchen."

Pottingers Hände zitterten, als er nach der Geldbörse griff. „Danke, Sir ... Vertrauen Sie mir wirklich? Mir, einem Verräter des

Landes? Ich habe den Mann benachrichtigt, der diese Schläger auf Sie angesetzt hat ... Wie können Sie mir so viel Geld anvertrauen?"

Joannas Blick war auf Spencer gerichtet, und in ihren Augen lag Staunen und ein Lächeln. Was machte sie nur mit ihm? Hätte er so etwas getan, bevor er sie traf?

Nein. Er hätte diesen Mann vernichtet, weil er gedacht hätte, er wäre genauso schuldig wie Ashton.

Es war ihr Mitgefühl, ihre Freundlichkeit und ihre Selbstlosigkeit, die ihn nachgiebiger werden ließen.

„Ich vertraue darauf, dass Sie das Beste für Ihre Familie wollen", sagte Spencer. „Das ist eindeutig nicht Ashton, und es ist nicht der Galgen. Die beste Hoffnung für Ihre Familie ist Ihre Zusammenarbeit mit meiner reizenden Partnerin und mir. Wenn Sie anders darüber denken, verliere ich nur mein Geld, aber Sie könnten Ihr Leben verlieren. Ich vertraue darauf, dass Sie die richtige Entscheidung treffen. Und wenn das hier vorbei ist und Ashton bestraft wurde, werde ich investieren. Ich brauche sowieso etwas zu tun, und ein Schifffahrts- und Handelsunternehmen würde mir gut zu Gesicht stehen."

Pottinger räusperte sich und nickte, die buschigen Augenbrauen waren zu einer Linie zusammengezogen. „Ich werde alles tun, damit sich diese Investition lohnt, Sir."

Als sie das Büro verließen, hatte Spencer das Gefühl, dass sie gerade einen großen Sieg errungen hatten. Sie traten auf die Straße, und er schaute sich nach einer möglichen Gefahr um, nach jemandem, der sie vielleicht beobachtete. Auf der Straße herrschte reges Treiben, und Spencer konnte niemanden sehen, der dort lauerte, wo er nicht sein sollte.

Sie hatten so viel herausgefunden ... aber statt Erleichterung und Siegesfreude hatte Spencer das Gefühl, als würde ein Felsbrocken auf seinen Schultern liegen. Auch Joanna lief angespannt neben ihm her.

„Wir sind heute ganz gut vorangekommen", sagte Joanna vorsichtig, als sie in der Kutsche saßen und Carl sie zurück nach London fuhr. Auf der Bank zwischen ihnen herrschte ein gewisser Abstand. „Was denkst du, was jetzt passieren muss?"

Spencer sah die Lagerhäuser von Tilbury vorbeiziehen. Er konnte dieses seltsame Gefühl in seinem Magen nicht abschütteln. Warum war sie so vorsichtig ... verhielt sich so distanziert zu ihm?

Es war klar, was als Nächstes geschehen musste. Ashton musste angeklagt und gehängt werden, aber für ein so schweres Verbrechen brauchte man noch mehr Beweise. Ein paar kryptische Briefe und die Aussage von jemandem, der Ashton Geld schuldete, reichten nicht annähernd aus, um einen Duke von Ashtons Rang und mit seiner Macht zu verurteilen.

Und dann traf es ihn wie eine Flutwelle. Warum war ihm das nicht früher klar geworden? Es musste der Schock gewesen sein, die enorme Enthüllung, wie schwer Ashtons Verbrechen wirklich waren.

Wenn Ashton gehängt werden würde, würden ihm der Titel und alle Ländereien entzogen werden und an die Krone zurückfallen. Das bedeutete, dass Gideon niemals sein Erbe bekommen würde, ganz zu schweigen von Ashtons Titel.

Spencer starrte in Joannas hübsche apfelgrüne Augen, die ihn misstrauisch musterten. Sie wusste es. Sie musste es sofort realisiert haben. Sie war die ganze Zeit ihm gegenüber misstrauisch gewesen, sonst hätte sie ihm von dem Inhalt des Briefes, den sie in Ashtons Arbeitszimmer gefunden hatte, erzählt. Es hatte nie echtes Vertrauen zwischen ihnen gegeben, so sehr er sich das auch gewünscht hatte. Bittere Wut schlug in wütenden Wellen über ihm zusammen. Wut auf sie, weil sie ein Geheimnis bewahrt hatte. Wut auf sich selbst, weil er seine Wachsamkeit vernachlässigt hatte.

Sie standen jetzt wirklich auf verschiedenen Seiten dieses Spiels, schlimmer noch als zuvor. Wenn Spencer bekam, was er wollte, würde ihre Familie verlieren. Wenn sie bekam, was sie wollte, und Ashton damit erpressen konnte, würde Spencer viel zu lange warten müssen, um den Strafprozess gegen ihn einzuleiten. Hunderte oder Tausende von Menschen könnten sterben, bevor Ashton Gideon die Urkunde aushändigte. Und Gideon würde noch immer den Titel und weitere geerbte Besitztümer verlieren, sobald Ashton verurteilt werden würde.

Ihre Allianz, die sich gestern Abend so stark angefühlt hatte ... verdammt, sogar heute Morgen ... war jetzt hauchdünn.

Und sie wusste es.

Bedauern fraß Spencer von innen auf. „Was jetzt passieren muss, willst du wissen?", sagte er mit ausgedörrter Kehle. „Wir brauchen mehr. Wir wissen noch immer nicht, warum Ashton das alles tut. Er steht dem Prinzen nahe. Er ist reich. Nach dem Prinzen selbst bekleidet er wahrscheinlich die wichtigste Position im Land, zumindest inoffiziell. Warum sollte er die Krone verraten?"

Joanna schürzte ihre vollen Lippen und betonte damit den Amorbogen, den er so gerne mit seiner Zunge nachfuhr. „Diese Information würde helfen, einen überzeugenden Fall zu schaffen."

Es bedeutete auch, dass er sich noch nicht von ihr trennen musste, und das ließ seine Brust vor Freude anschwellen.

Je länger sie jedoch brauchten, um weitere Beweise zu finden, desto wahrscheinlicher wurde es, dass Ashton erneut zuschlagen würde.

„Ich glaube, das Beste wäre, noch einmal mit meiner Tante zu sprechen", sagte Joanna. „Unter den richtigen Umständen könnte sie zu einem Gespräch unter vier Augen überredet werden."

Spencer verengte die Augen. Sie wollte mit ihrer Tante allein sprechen?

Da waren sie wieder. Die entgegengesetzten Ziele, die sie beide anstrebten. Sie hatten ihr Bündnis noch nicht offiziell aufgekündigt, aber konnte er ihr vertrauen? Oder würde sie die Chance ergreifen, jeden Beweis, den sie fanden, zu nutzen, um die Interessen ihrer Familie zu schützen?

Sie musste verstehen, wie groß die Auswirkungen waren, jetzt, da sie wussten, dass sie es mit Verrat zu tun hatten. Tausende von Leben standen auf dem Spiel.

Obwohl sie den Inhalt des Briefes, den sie in Ashtons Büro gefunden hatte, nicht mit ihm geteilt hatte, fühlte er sich Joanna nahe ... näher, als er sich seit Langem irgendjemand anderem gegenüber gefühlt hatte.

Näher als Penelope ... Penelope, von der er sicher war, dass er ihr vertrauen konnte ... so wie er sicher gewesen war, dass er seinem Bruder vertrauen konnte.

Was daraus geworden war, sah man jetzt. Sein Herz war geschwollen und zerschunden. Es hatte den Anschein, je näher sie London kamen, desto weiter entfernte er sich von dem glücklichen Ich, das er als Mr Hadecliff gewesen war ... und desto näher kam er dem dunklen und gequälten Lord Spencer Seaton. Dem verwundeten Lord Spencer Seaton.

Derjenige, der niemandem trauen würde. Nicht nach dem, was man ihm angetan hatte, nicht, nachdem man ihm alles genommen hatte.

„Und du möchtest mit ihr allein sprechen, nicht wahr?", fragte er und spürte, wie sich seine Stimme abkühlte.

Ein Teil von ihm zweifelte daran, ob es richtig war, Joanna so viel von sich preiszugeben. Sie könnte ihn benutzen. Sie könnte ihn ausnutzen, jede Schwäche, von der sie wusste, gegen ihn nutzen. Obwohl sie sich ihm hingegeben hatte, obwohl sie ihm gesagt hatte, dass sie ihn akzeptieren würde. Wie sanft sie seine Wunde geküsst hatte.

„Ja, allein, Spencer. Sie ist meine Tante. Sie hat sich nach dem Tod meiner Eltern jahrelang um meine Geschwister und mich gekümmert. Meinst du, du solltest anwesend sein? Glaubst du, sie ist eher bereit zu reden, wenn du dabei bist?"

Er schluckte und nickte. Sie hatte recht. Dieser Logik konnte er sich nicht entziehen. Er sollte ihr einfach vertrauen. Sie waren noch immer Verbündete. Sie teilten dieses unglaubliche Band, diese Verbindung, die noch tiefer war als alles, was er je mit Penelope gehabt hatte.

Tiefer als alles, was er in seinem ganzen Leben mit irgendjemandem erlebt hatte.

Was würde mit ihm geschehen, wenn sie ihn verriet? Wenn sie sein Herz zerschmetterte? Es ging ihm noch immer nicht gut.

Würde er sich von einem solchen Schlag jemals erholen können?

Und was war mit ihm? Was würde er jetzt wählen, wenn er müsste – seine Rache oder Joanna?

Er räusperte sich, um die Anspannung in seinem Körper zu lösen, die dieser Gedanke in ihm ausgelöst hatte.

„Du hast recht, Joanna", sagte er.

Jetzt, da sie ihrem Ziel näher gekommen waren, würde ihre Liaison sehr bald enden.

Und er würde sich von ihr trennen müssen ...

Aber vorher würde er noch eine Sache für sie tun, die ihr Leben zum Besseren verändern würde.

20

„Irgendetwas an dir ist anders, Joanna ...", sagte Charlotte am nächsten Morgen. „Meinst du nicht auch, Gideon?"

Charlotte biss in ihren gebutterten Toast, kniff die Augen zusammen und musterte Joanna, die eine angeschlagene weiße Teekanne mit gelben Blumen hochhob und mehr Tee in Gideons Tasse schüttete, die einen Riss durch die blauen Blumen hatte. Der Frühstücksraum wirkte grau im Licht des regnerischen Morgens. Der Lärm der Gresham Street in der Nähe von Cheapside war laut, Pferdehufe klapperten auf dem Kopfsteinpflaster, die Räder der Kutschen klapperten, und ab und zu hörte man die Rufe der Kutscher. Männer kratzten Pferdemist von der Straße. Kirchenglocken läuteten.

Das Licht des frühen Morgens fiel durch zwei leicht verschmutzte Schiebefenster auf den schlichten Holztisch in der Mitte des kleinen, aber aufgeräumten Raumes. Der Duft von Tee und geröstetem Brot erfüllte die Luft. An einer Wand befand sich ein kleiner Kamin mit einem alten Rost mit abgeplatzter schwarzer Farbe. Darüber hing ein goldgerahmtes Porträt ihrer verstorbenen Eltern, eines der wenigen Überbleibsel ihres früheren Reichtums. Der Kaminsims war spärlich mit ein paar Keramikfiguren und einem Kerzenständer aus Messing geschmückt.

Gideon lümmelte in seinem Stuhl, er hatte ein Bein lässig über das andere gelegt wie ein Mann, der es gewohnt war, seine Vergnügungen ohne Bedenken zu genießen. Er ließ die Zeitung sinken und musterte Joanna.

„Du siehst wirklich gut aus, Schwester", sagte er mit einem ermutigenden Lächeln.

Joanna fühlte sich anders. Sie war gestern Abend nach Hause zurückgekehrt, nachdem sie in der kleinen Straße, in der Spencer sie abgesetzt hatte, eine Droschke gemietet hatte, um nicht gesehen zu werden, wenn sie ohne Anstandsdame aus seiner Kutsche stieg.

Sie hielt die Schultern durchgedrückt und den Hals gerade. Sie hatte Lust gehabt, ihr Lieblingskleid anzuziehen, das einen sehr schönen grünen Farbton hatte, der das Grün ihrer Augen betonte. Sie warf einen Blick auf die Zeitung, die Gideon gerade las, *The London Gazetteer*, und beobachtete, dass er leise lachte, als er ihre Geschichte las. Am liebsten wollte sie ihren Geschwistern sagen, dass es ihre Geschichte war und dass das Essen, das sie aßen, nicht von Gideon gekauft worden war, wie sie dachten, sondern von ihr.

Sie überlegte sogar, ob sie sich bei einer richtigen Modistin ein neues Kleid bestellen sollte.

Und doch ließ ein Gefühl des drohenden Unheils sie zusammenschrumpfen. Die Angst vor einer bevorstehenden Enttäuschung ließ sie verkrampfen und auf den Schlag warten. Ihr Onkel war ein Verräter an ihrem Land.

Und das bedeutete das Ende ihrer Allianz mit Spencer. Verrat hatte ein sicheres Todesurteil zur Folge, selbst für so hochgestellte

Persönlichkeiten wie Dukes. Und Spencer wollte Rache. Er wollte nicht nur für sich selbst Rache, sondern auch für die Männer, die an seiner Seite gekämpft hatten.

Würde er sein Wort, das er ihr gegeben hatte, halten und ihr Bündnis respektieren?

Oder würde er sie verraten?

Und wie war das möglich, nachdem sie sich ihm bereitwillig hingegeben hatte, nachdem sie erkannt hatte, dass sie viel mehr für ihn empfand, als sie wollte?

„Tue ich das?", fragte Joanna und spürte nicht einmal, wie ihr die Röte über die Haut kroch. „Inwiefern?"

Anders als noch vor einer Woche, bevor sie Spencer kennengelernt hatte, hatte sich ihre Meinung geändert. Sie hatte es verdient, sich in ihrer Haut wohlzufühlen. Sie sollte sich nicht schuldig oder schüchtern fühlen. Sie war zur Frau geworden, hatte die intensivste und schönste Erfahrung ihres Lebens gemacht. Sie hatte einen echten Schläger besiegt, und sie hatte Spencer von sich erzählt ... etwas, von dem sie nie gedacht hätte, dass sie es jemandem erzählen würde.

Und er war nicht weggelaufen.

Sie hatte das Gefühl, endlich die Kontrolle über ihr eigenes Leben zu haben ...

Mit Ausnahme von Spencer. Die Stunden reinen Glücks, die sie in seinen Armen verbracht hatte, waren am nächsten Morgen durch die Nachricht vom wahren Verbrechen ihres Onkels zunichtegemacht worden.

Charlotte leckte sich nachdenklich über die Lippen. „Ja. Du siehst wirklich besser aus. Hast du abgenommen? Was haben die Hodgeses dich machen lassen? Die Ernte einholen?" Sie schnaubte ein wenig, aber ihr Lächeln erstarb, als Gideon sie anstarrte. „Ich dachte, du passt nur auf die Kinder auf."

Ihre Schwester musste immer nervöser werden, denn es waren

nur noch sechs Tage bis zu dem Tag, an dem sie den Prinzregenten treffen und ihm ihre Entscheidung mitteilen sollte. Das musste der Grund für Charlottes Sarkasmus sein. Auch Joanna war nervös und aufgeregt. Sie waren bei den Ermittlungen ein gutes Stück vorangekommen, aber reichte das aus, um ihren Onkel zu konfrontieren? Wahrscheinlich noch nicht genug, um ihn des Verrats zu überführen.

„Ich finde, ich sehe in jeder Form gut aus, Charlotte", sagte Joanna, die ihren eigenen kühlen Tonfall nicht erkannte. „Und ich brauche nicht abzunehmen, um besser auszusehen. Es ist nicht nur das Aussehen, das im Leben zählt. Als ältere Schwester bist du diejenige, die mir das sagen sollte."

Charlotte erstarrte mit offenem Mund und blinzelte. „Joanna ..."

Gideon starrte sie mit Respekt und einem Lächeln auf den Lippen an. „Bist das überhaupt du, kleine Schwester? Und sie hat völlig recht, Charlotte."

Joannas Brust fühlte sich an, als hätte sie sich mit noch mehr Luft gefüllt.

Charlottes Gesicht rötete sich, als sie die Reste ihres Toasts auf den Teller legte und mit zitternder Hand ihre Tasse aufhob. „Dein altes Du wäre nicht so gemein gewesen, Joanna."

Schuldgefühle machten sich in Joannas Magen breit. Charlottes Aussehen hatte sie in Schwierigkeiten mit dem Prinzen gebracht, aber das konnte man Charlotte nicht vorwerfen. Sie hatte nichts getan, um seine Annäherungsversuche zu ermutigen, und sie hatte auch keine Anzeichen von Unmoral gezeigt.

Joanna hatte gerade den Mund geöffnet, um sich zu entschuldigen – etwas, das sie auch früher immer getan hatte –, als die Tür aufging und ihre Haushälterin Mrs Parr mit langem Gesicht und großen Augen hereinkam.

„Lord Spencer Seaton und die Duchess of Grandhampton für Miss Joanna."

Vor Schreck schloss Joanna den Mund, und dann klappte er wieder auf. Die Aufregung, Spencer wiederzusehen – und dass er auch noch hierher in das Haus ihrer Familie kam ... offen, ohne sich zu verstecken, ohne sich in Whitechapel oder irgendwelchen Seitenstraßen zu treffen –, ließ ihren Körper summen, als wäre er voller Bienen.

Doch dann wurde ihr klar, dass Mrs Parr auch von der Duchess of Grandhampton gesprochen hatte ... Penelope, die Frau, die er liebte, war auch hier! Ihre Knochen füllten sich mit Schmerz. Warum hatte er Penelope hierhergebracht? Um Joanna seine Gefühle für seine Schwägerin unter die Nase zu reiben – nach allem, was sie durchgemacht hatten?

Gideon legte die Zeitung beiseite und sah sie mit einem amüsierten Gesichtsausdruck an. „Ah, die verworrenen Netze des Adels. Immer wieder ein reizvolles Schauspiel." Er hob die Augenbrauen. „Kennst du Lord Seaton und die Duchess, Joanna?"

Joanna öffnete und schloss ihren Mund noch einige Male, ohne etwas darauf erwidern zu können. Sie konnte ihren Geschwistern nicht sagen, dass sie eine skandalöse Wette abgeschlossen und ihre Jungfräulichkeit an Lord Seaton verloren hatte! Sie durften nicht wissen, dass er und sie die vergangenen Tage damit verbracht hatten, sich gegenseitig zu jagen, unzählige Stunden allein ohne Anstandsdame zu verbringen, sich zu küssen, miteinander zu schlafen und gegen Schläger zu kämpfen!

Charlotte starrte Joanna misstrauisch an. „Warum sind Lord Seaton und die Duchess hier, Schwester?"

Joanna blinzelte schnell. „Ich habe keine Ahnung."

Zumindest das war die Wahrheit.

„Ich nehme an, wir werden es herausfinden", sagte Gideon mit einem Blick auf seine Taschenuhr. „Ich muss mich beeilen, um zur

Arbeit zu kommen, aber bitte lasst sie ins Wohnzimmer. Ziemlich früh für einen Lord und eine Duchess, nicht wahr?", fragte er seine Schwestern, als er aufstand.

Sie gingen zu dritt in ihr bescheidenes Wohnzimmer, und ein paar Minuten später öffnete sich die Tür, Spencer kam herein und raubte Joanna die Luft zum Atmen.

Sein Blick verfing sich sofort mit ihrem – dunkel, intensiv und glitzernd. Obwohl sie saß, hatte sie das Gefühl, dass ihr bei seinem Anblick der Boden unter den Füßen wegrutschte. Er war lebendig ... unverletzt ... Der Kratzer und die Prellung unter seiner Lippe von dem Angriff in Tilbury hatten sich auf seinem Gesicht gerötet und betonten nur noch seine perfekten Züge.

Sie war kaum in der Lage, Luft zu holen, als sie einen Blick zur Seite warf und die Stirn runzelte. Die ältere Frau, die neben ihm stand, kannte sie nicht. Trotz des Altersunterschieds konnte sie die Ähnlichkeiten zwischen ihnen ausmachen. Sie hatte perfektes silbergraues Haar unter ihrer kunstvollen Haube, errötete hohe Wangenknochen und freundliche blaue Augen. Sie war nach der Mode des vergangenen Jahrhunderts gekleidet, aber ihr Kleid war wunderschön und passte perfekt zu ihrer stattlichen Figur. Sie stützte sich auf einen Spazierstock.

Das war ganz sicher nicht Penelope, nicht die Liebe seines Lebens.

„Guten Tag." Spencer nickte.

„Ähm", sagte Joanna. „Gideon, Charlotte, darf ich euch Lord Spencer Seaton vorstellen."

„Es ist mir ein Vergnügen, Sie kennenzulernen", sagte Spencer. „Und erlauben Sie mir, Ihnen meine Großmutter vorzustellen, die verwitwete Duchess of Grandhampton."

Oh, seine Großmutter ... Joannas Wut und Eifersucht lösten sich innerhalb eines Wimpernschlags auf. Das machte Sinn, denn sie war die ehemalige Duchess, während Penelope die aktuelle Duchess war.

„Das Vergnügen ist ganz meinerseits", sagte Gideon freundlich. „Bitte, kommen Sie herein. Möchten Sie einen Tee?"

Die Witwe trat ins Zimmer, setzte sich neben Joanna auf das Sofa und schenkte Charlotte und ihr ein freundliches Lächeln. „Ich nehme gerne einen Tee. Wir entschuldigen uns, dass wir so früh hier sind. Ich fürchte, es ist sehr unhöflich von uns, während des Frühstücks zu kommen."

Gideon nickte Mrs Parr zu, um ihr zu signalisieren, dass sie den Tee zubereiten sollte. „Keineswegs. Wir freuen uns, Sie zu empfangen."

„Ich danke Ihnen", sagte Spencer. „Ich bedaure, dass wir uns nicht früher getroffen haben."

„Und dennoch kennen Sie meine Schwester ... Woher?", fragte Gideon.

„Wir haben uns auf dem Ball Ihrer Tante kennengelernt", sagte Spencer, und sein dunkler Blick fixierte Joanna. „Und wir haben ein fesselndes Gespräch geführt, das ich nie vergessen werde."

Fesselnd?, wollte Charlotte tonlos von Joanna wissen und machte große Augen.

Joanna ignorierte sie, ihr Herz klopfte schnell. Was hatte Spencer vor? Warum hatte er seine Großmutter mitgebracht?

„Oh", sagte Gideon und blickte Joanna verwirrt an. „Das war mir nicht bewusst."

„Spencer hat lange über Miss Joannas ausgeprägten Sinn für Literatur erzählt", sagte die Witwe. „Sie besitzen ein ziemliches Talent, nicht wahr, Miss Joanna?"

„Joanna ist eine gute Leserin", sagte Charlotte.

„Und sie besitzt Talent für das Schreiben", fügte die Witwe

hinzu. „Ich bin schon ganz ungeduldig, Ihre Geschichten zu lesen."

„O ja, Jo hat schon als Jugendliche geschrieben", fügte Charlotte hilfsbereit hinzu.

Die Witwe sah Spencer stirnrunzelnd an. „Ich hatte den Eindruck, dass es erst kürzlich war?"

„Gibt es eine dringende Angelegenheit, Lord Seaton?", erkundigte sich Joanna, die schnell atmete und nicht genug Luft bekam, um sich zu beruhigen. Ihr Kopf drehte sich. Hatte er mit seiner Großmutter über sie gesprochen? Hatte er ihr geheimes Pseudonym verraten? Warum sprach die Witwe über Joannas Schreiben und drohte damit, ihrer Familie alles zu verraten?

„Ja, die gibt es", sagte Spencer. „Sonst wären wir nicht so unhöflich in Ihr Frühstück eingedrungen."

Ihr Herz pochte heftiger. „Worum geht es?"

„Ich brauche Ihre Hilfe und wollte Ihren Bruder um Erlaubnis bitten, dass Sie meine Großmutter und mich begleiten dürfen."

Gideons Augenbrauen zogen sich zusammen. „Sie wohin begleiten?"

„Es gibt eine Immobilie, die ich erwerben möchte, und der Verkäufer braucht meine Antwort bis elf Uhr heute Morgen. Da Miss Joanna ein scharfes Auge für Architektur hat und sich in der Gegend gut auskennt, wollte ich ihre Meinung hören."

Keiner sagte ein Wort. Sowohl Gideon als auch Charlotte wussten, dass Joanna überhaupt kein scharfes Auge für Architektur hatte. Vielleicht kannte sie sich in Cheapside aus, aber sie war sicher nicht so sachkundig, wie es ein Droschkenkutscher wäre. Und was ihre Meinung anging ... Kein Mann fragte eine Frau nach ihrer Meinung, wenn es um den Kauf einer Immobilie ging, es sei denn, sie waren verheiratet.

Was um alles in der Welt tat Spencer?

Gideon legte den Kopf schief, während er eindeutig ein

amüsiertes Lächeln unterdrückte. „Das ist eine neue Art, einer Dame den Hof zu machen, Jo", murmelte er so, dass nur sie es hören konnte. „Das muss ich mir merken."

Während sie gegen den Drang ankämpfte, ihn für diesen Unsinn zu ohrfeigen, blinzelte Charlotte und sah zwischen Spencer und Joanna hin und her. Joanna sackte in sich zusammen, die Zuversicht, die sie noch vor wenigen Minuten verspürt hatte, verschwand rasch.

Was tat er nur? Sicherlich machte er ihr nicht den Hof. Und wenn doch ... Ihr Herz vibrierte, dieses Brummen war so drängend wie Blasen, die in kochendem Wasser aufstiegen.

Aber er hatte gesagt, eine Heirat käme nicht infrage. Und sie würde niemals Ja zu ihm sagen, solange er Penelope noch liebte.

Die Tür öffnete sich, und Mrs Parr kam mit einem Tablett voller Tassen, einer Teekanne und Keksen herein. Während sie das Teeservice abstellte, drehte sich Gideon zu Joanna um. Mit seinem Blick fragte er sie, ob sie das wollte ... was es bedeutete ... und was sie von ihm hören wollte.

„Es ist eine dringende Angelegenheit, fürchte ich", sagte die Witwe. „Es tut mir leid für diese Eile."

„Keineswegs", sagte Gideon erneut. „Wenn Sie denken, dass Joanna helfen kann ... kann sie gehen."

Joanna lächelte kurz und höflich, ihr Herz schlug so schnell, dass sie davon in Ohnmacht fallen könnte. „Natürlich. Ich tue alles, um Ihnen zu helfen."

21

Etwa zehn Minuten später rollte die Seaton-Kutsche durch Cheapside, und Joanna schaute aus dem Fenster. Die Fensterläden vor den Schaufenstern der Läden entlang der Straße wurden geöffnet und gaben den Blick auf die Auslagen mit Stoffen, Haushaltswaren und anderen Dingen frei. Man konnte die Ladenbesitzer dabei beobachten, wie sie ihre Schaufenster aufräumten und ihre Waren in Vorbereitung auf den Tag ordneten.

Die Gebäude in Cheapside waren eine Mischung aus alter und neuer Architektur. Die Fachwerkhäuser und Staffelgeschosse neigten sich mit aus einem Flickwerk an Holzbalken und Putz bestehenden Fassaden leicht zur Straße hin. Die neueren Bauten waren gemauert, sie besaßen klare Linien und Symmetrie. Oft waren sie in hellen Farbtönen gestrichen und hatten größere Schiebefenster. Die neueren Gebäude, von denen sich einige noch im Bau befanden, wiesen eine neoklassizistische Ästhetik mit dekorativen Elementen wie Simse und Giebeln auf.

Joanna teilte sich die Bank mit der Witwe, einer geübten Gesprächspartnerin, die sie trotz Joannas Unsicherheit über den

Zweck ihrer Reise beruhigte. Spencer saß ihnen gegenüber und beteiligte sich gelegentlich an der Unterhaltung.

Als sie ankamen, half Spencer ihr beim Aussteigen aus der Kutsche, indem er ihre Hand hielt, und ein kleiner Schauer durchfuhr sie bei seiner Berührung. Sie holte tief Luft und versuchte aufzupassen, als ein Mann in einem unscheinbaren Mantel und Hose sie begrüßte. Er stellte sich als Mr Pattison, der Anwalt, vor und hielt eine Ledermappe in den Händen.

Sie befanden sich in einem belebten Teil von Cheapside mit einer Bank und mehreren Anwalts- und Buchhalterbüros auf der anderen Straßenseite. Die Büros anderer Unternehmen waren in den nahe gelegenen braunen Gebäuden untergebracht, die im georgianischen Stil gebaut wurden und Sprossenfenster besaßen. Etwa hundert Meter weiter die Straße hinunter konnte sie die St. Mary-le-Bow-Kirche sehen.

Sie näherten sich einem dreistöckigen Gebäude aus dunklem Backstein mit weißen Sprossenfenstern. Es gab keinen Hinweis darauf, um was es sich dabei handelte. Mr Pattison schloss die Tür auf und hielt sie für sie offen.

„Bitte folgen Sie mir", sagte Spencer, während er zur Tür ging.

„Nach Ihnen, meine Liebe", sagte die Witwe mit einem freundlichen Lächeln, das ihre Augen funkeln ließ.

„Danke", erwiderte Joanna und ging hinein. Es war ein leerer Raum mit Holzdielenboden und vier Säulen. Eine Treppe führte in die oberen Stockwerke, die Sprossenfenster ließen viel Licht herein, und zwei Kamine auf gegenüberliegenden Seiten des großen Raumes würden für ausreichend Wärme sorgen. Der ganze Raum wirkte wie ein sauberer Neubeginn, er war so luftig und voller Möglichkeiten. Was hatte Spencer mit ihm vor? Und warum brauchte er sie?

„Wie Sie sehen, Lord Spencer, ist es in einem sehr guten Zustand. Sie werden nicht viel Arbeit damit haben, alles für eine

Zeitung einzurichten. Sie könnten Ihre Schreiber und Redakteure hier sitzen haben." Der Mann wedelte mit dem Arm herum. „Und im hinteren Teil gibt es einen großen Raum für Druckmaschinen und ein Lager für Papier und frisch gedruckte Zeitungen."

Eine Zeitung?

Joannas Kehle schnürte sich zu, als Spencer sie ansah. Seine Augen glitzerten vor Aufregung, aber es stand auch eine Frage in ihnen. Ein kleines Lächeln umspielte seine Lippen.

„Mr Pattison hat die Überraschung verraten, fürchte ich", murmelte Spencer.

„Und oben gibt es separate Räume für die Büros des Chefredakteurs, der Buchhalter und so weiter. Wenn Sie mir bitte folgen möchten?", sagte er, während er auf die Treppe zuging.

„Was halten Sie davon?", fragte die Witwe. „Finden Sie das passend für eine Zeitung?"

Joanna sah sich um, als sie die große Eichentreppe hinaufstiegen. Sie konnte fast das Kritzeln von Stiften auf Papier hören, wenn Journalisten, Autoren und Illustratoren an der kommenden Ausgabe arbeiteten und in aller Ruhe Ideen und Überarbeitungen besprachen.

„O ja, das wäre passend", sagte sie, und ihre Augen trafen auf Spencers warmen Blick.

In der Tat befanden sich im Obergeschoss mehrere Büros, von denen einige bereits mit Schreibtischen und Stühlen sowie Bücherregalen ausgestattet waren.

Während der Anwalt weiter über die Vorteile einer Zeitung in Cheapside sprach, folgte die Witwe ihm und sah sich die Räume links und rechts von ihr an. Als sie aus dem Blickfeld verschwanden, nahm Spencer Joanna bei der Hand und zerrte sie in eines der leeren Büros, wo sie sich hinter einer offenen Tür versteckten.

„Was denkst du?", fragte er, während er sie mit dem Rücken

gegen die Wand drückte und seinen glühenden Blick auf ihr Gesicht richtete.

„Spencer!", flüsterte sie. „Sie können jeden Moment reinkommen!"

„Zum Teufel mit ihnen", murmelte er, während er seinen Kopf senkte und ihren Hals küsste. „Mhm ... wie ich deinen Duft vermisst habe."

Ein aufregender Schauer durchlief Joanna. „Wir haben uns erst gestern gesehen." Sie kicherte und atmete seinen Duft ein.

„Ganz genau. Also, was sagst du, möchtest du, dass dieser Raum hier dein Büro wird?"

Er gab ihr einen Kuss und dann noch einen, sein heißer Atem verbrühte ihre Haut. Sie schloss die Augen, das Vergnügen, seine Lippen auf ihrem Körper zu spüren, ließ ihren Kopf schwirren. Dann begann sie die Bedeutung seiner Worte zu begreifen. Ihr Büro?

„Hm?", fragte sie, als sich ihre Gedanken kurz klärten, und lehnte sich von ihm zurück.

„Das ist deine Zeitung für Frauen", sagte er, während seine Lippen an ihrem Hals knabberten und Schauer durch sie hindurchrieseln ließen.

„Meine was?", rief sie etwas zu laut, und Spencer lehnte sich zurück und musterte sie.

„Ich habe gestern ein Angebot abgegeben ...", sagte er, während er sie noch immer zwischen seinen gegen die Wand gepressten Händen gefangen hielt, „... und es wurde angenommen. Ich habe es in deinem Namen gekauft, Joanna."

Sie konnte nicht sprechen. Konnte nicht hören, was er sagte.

„In meinem ...?"

„In deinem Namen, ja", sagte er. Er trat von ihr zurück und blickte auf den Mahagonischreibtisch, von dem aus man einen schönen Blick auf die Straße hatte. „Das könnte dein Büro sein. Chefredakteurin."

In diesem Moment wusste Joanna, dass sie ihn liebte. Das war zu viel und zu groß. Zu viel Glück und ein viel zu großes unnötiges, aber wunderbares Geschenk, das sie nicht annehmen konnte.

Aber sie liebte ihn.

Während ihr Onkel ihre Familie und sie eines guten Lebens beraubt hatte, hatte dieser Mann, den sie erst seit einer Woche kannte, ihr ihren Traum ermöglicht.

Nein. Das war zu schön, um wahr zu sein. Sie mochte ihn lieben, aber er könnte sie verraten, erinnerte sie sich. Er könnte sie noch immer zur Seite schieben und einen Strafprozess anstrengen, um Ashton hängen zu lassen, und dann würde ihre Familie alles verlieren.

„Ich kann das nicht akzeptieren, Spencer."

„Doch, das kannst du", sagte er leise, während er zu ihr ging, ihre Lippen küsste und mit den Fingerknöcheln sanft über ihre Wange strich. „Es gehört bereits dir. Mr Pattison wollte dir gerade die Schlüssel und die Urkunde geben."

„Die Urkunde ..."

Ein Mann kaufte nicht einfach ein Gebäude und schenkte es einer Frau, die er kaum länger als eine Woche kannte ... einer Frau, die seine Rivalin gewesen war!

Und vielleicht war sie das noch immer.

Eine Frau, die keine Erfahrung mit der Leitung einer Zeitung hatte, keinen Namen in der Branche, und die sich noch immer hinter dem Pseudonym eines Mannes versteckte!

Sie straffte die Schultern. Ihr Kopf drehte sich weiterhin. Sie musste sich kneifen und aufwachen.

„Ich werde es dir zurückzahlen", sagte sie. „Das ist kein Geschenk. Es ist ein Darlehen. Nichts weiter."

„Nein. Ich habe jede Menge Geld. Ich habe nicht viel für

andere getan. Aber ich kann das für dich tun. Es ist kein Darlehen. Keine Investition. Es ist ein Geschenk, Joanna. Wenn man bedenkt, was ich dir bereits genommen habe …"

Als sie in seine schönen Augen blickte, spürte sie, dass sie wirklich im Mittelpunkt seiner Aufmerksamkeit stand. Und sie würde im Mittelpunkt der Aufmerksamkeit vieler Menschen stehen, wenn sie das Geschenk annehmen würde – was noch immer schwer vorstellbar war. Sie würde Journalisten, Drucker und Illustratoren anleiten müssen, sich um den Verkauf kümmern müssen, dafür sorgen, dass die Zeitung den Erwartungen der Leser entsprach …

Und sie müsste genügend Autorinnen finden, um die Kolumnen zu schreiben!

Ihr Brustkorb weitete sich vor Freude und Aufregung, während all diese Pläne in ihrem Kopf in einem Walzer aus Gedanken und Ideen herumwirbelten. Sie würde für immer ihr Versteck im Hintergrund aufgeben müssen. Sie könnte Geschichte schreiben … die erste Zeitung in England sein, die ausschließlich weibliche Autoren veröffentlichte!

Wo sollte sie überhaupt anfangen?

„Wie lauten deine Bedingungen?", fragte sie und hob ihr Kinn. „Was willst du als Gegenleistung? Du weißt, dass ich dich dafür nicht bezahlen kann. Nicht jetzt, und auch nicht, wenn Gideon sein Erbe bekommt. Selbst das würde nicht ausreichen."

„Wie ich schon sagte, Joanna. Ich habe keine Bedingungen. Ich will mich nur um dich kümmern. Eines Tages werden sich unsere Wege trennen. Und das wird mein Geschenk an dich sein."

Eines Tages würden sich ihre Wege trennen … Vielleicht schon sehr bald. Er machte ihr nicht den Hof. Er stellte ihr nicht seine Familie vor, weil er daran interessiert war, ihre Leben für immer zu verbinden.

Er hatte sie entjungfert, aber er wollte sie nicht heiraten. Dies war seine Art, sie zu entschädigen.

Hatte er ihr nicht gesagt, dass er ein Schurke war?

Und sie liebte ihn immer noch, dummes Mädchen.

„Das ist zu viel, Spencer."

Er hob sie auf den Schreibtisch und presste seine Lippen auf ihre, dann begann er, ihr Gesicht sanft zu küssen.

„Es ist bereits geschehen", murmelte er.

In ihren Augen kribbelten Tränen der Traurigkeit, als sie sich von ihm küssen ließ und er seine Arme um sie schlang.

Dies war ein Abschiedsgeschenk. Einen Abschied, den er heute nicht äußern würde.

Aber eines Tages. Vielleicht bald.

22

SPÄTER AM NACHMITTAG erlebte Joanna eine weitere Überraschung, als sie ihre Tante zu Hause besuchte. Der Butler ging hinein, um zu sehen, ob die Duchess zu Hause war, und kam zurück, um ihr zu sagen, dass sie es nicht war.

Joanna nickte und hatte keine andere Wahl, als zu gehen. Zu sagen, dass man nicht zu Hause war, war der Standardcode dafür, dass ein Besucher nicht willkommen war. Der Butler wusste ganz genau, wann seine Herrin tatsächlich aus war und wann sie da war.

Entweder wollte ihre Tante sie nicht sehen, oder sie war krank … oder sie hatte einen anderen Besucher.

Als Joanna die Treppe hinunterstieg, um zu gehen, drehte sie sich um und sah, wie ihre Tante sie vom Fenster ihres Wohnzimmers aus beobachtete. Und als sich ihre Blicke trafen, zog sie sich schnell hinter den Vorhang zurück. Joannas Magen kribbelte. Sie vermutete, dass ihre Tante nach ihren Fragen über Whitechapel vielleicht Angst hatte, mit ihr zu sprechen.

Oder hatte ihr Onkel darauf bestanden, dass seine Frau die Beziehung kalt und distanziert hielt?

So oder so, Joanna hatte keine andere Wahl, als sich zurückzuziehen. Am nächsten Tag kehrte sie zurück, nur um erneut abgewiesen zu werden. Und auch am Tag darauf.

Nur noch drei Tage, bis die Frist ablief, die der Prinz Charlotte eingeräumt hatte, um mit ihm zu Abend zu essen und seine Geliebte zu werden, und die Zeit wurde immer knapper. Joannas ohnehin schon angespannte Nerven wurden noch weiter strapaziert, als Charlotte vom Prinzen ein prächtiges Rubinarmband erhielt. Dazu erhielt sie einen Schlüssel und eine Einladung zu einer geheimen Adresse für eine Privataudienz bei ihm.

Zu allem Überfluss hatte sie auch nichts mehr von Spencer gehört, seit er ihr die Urkunde für das Gebäude gegeben hatte. Ihr Onkel musste irgendetwas getan haben ... irgendetwas versucht haben in den Tagen, nachdem er von Spencers Schnüffelei in Tilbury erfahren hatte. Die Bedrohung, vor der Pottinger sie gewarnt hatte, war kein Scherz!

Ashton könnte herausfinden, dass Pottinger ihn verraten hatte. Er hatte bereits einmal versucht, Spencer und Joanna zu töten. Er könnte jeden Moment wieder zuschlagen. Niemand hatte sie in Tilbury erkannt, aber sie wussten, wie sie aussah, und könnten eine Beschreibung liefern. Hatte er bereits geschlussfolgert, dass die Frau, die Spencer half, seine eigene Nichte war? Wenn ja, dann war ihr Leben ebenso in Gefahr wie Spencers.

Es war ein Wunder, dass Joanna ihre Affäre mit ihm überhaupt geheim halten konnte. Sie konnte ihm weder einen Brief schreiben noch an seiner Tür auftauchen. Jeder Versuch, ihn direkt zu kontaktieren, würde sie kompromittieren.

Zusätzlich zu ihrer Sorge um sein Wohlergehen vermisste sie ihn. Sie verspürte ein körperliches Bedürfnis, das er geweckt hatte, wie eine ständige Sehnsucht in ihr, die nur er lindern konnte.

Außerdem mussten sie über die nächsten Schritte sprechen, über die Tatsache, dass Ashton nun wegen Hochverrats angeklagt werden könnte, und darüber, was das für ihr Bündnis bedeutete.

Es gab nur eine Möglichkeit, mit Spencer in Kontakt zu treten, ohne ihren Ruf zu ruinieren … Aber das war das Einzige, was sie wirklich nicht tun wollte.

Sie war Penelope vorgestellt worden … damit sie sie aufsuchen und diskret nach Spencer fragen konnte. Aber sie würde lieber in kochendem Öl baden, als Penelope aufzusuchen.

Dann erinnerte sie sich daran, dass Penelope nicht ihre einzige Option war. Am dritten Tag, nachdem Spencer ihr das Zeitungsgebäude geschenkt hatte, suchte sie die Witwe auf. Aber man sagte ihr, die verwitwete Duchess wäre auf Penelopes Kunstsoirée, die für jedermann zugänglich war. Wenn Joanna also die Witwe sehen wollte, konnte sie das Haus ihres Enkels besuchen.

Joanna seufzte tief, erkundigte sich nach der Adresse des Duke und der Duchess of Grandhampton und machte sich auf den Weg. Es war nicht weit. Als sie die Stufen zu einem sehr modernen und eleganten Stadthaus in Mayfair hinaufstieg, glaubte sie einen Mann zu bemerken, der an einem Baum lehnte und das Haus beobachtete. Aber als sie sich umdrehte, um ihn genauer zu betrachten, war er verschwunden. Sie verdrängte ein ungutes Gefühl, als ein Schauer sie durchlief.

Sie klopfte an, und ein freundlicher Butler öffnete die Tür.

„Sind Sie wegen des Kunstempfangs hier, Miss?"

Sie räusperte sich. „Ja. Ja, das bin ich."

Er nickte. „Folgen Sie mir, bitte. Miss …?"

„Miss Joanna Digby."

„Sehr erfreut."

Sie folgte dem Butler durch den geschmackvoll dekorierten Flur und in einen großen Salon, in dem sich etwa zwanzig Personen aufhielten. Die Damen und Herren unterhielten sich, tranken Tee und betrachteten die verschiedenen Gemälde, die an drei Wänden hingen.

„Miss Joanna Digby", verkündete der Butler, und mehrere Köpfe drehten sich zu Joanna um.

Sie räusperte sich. Früher hätte sie sich unwohl gefühlt und sich am liebsten versteckt, aber das tat sie jetzt nicht mehr. Sie war mutig, einfallsreich, entschlossen und würde alles tun, um ihrer Familie zu helfen. Und sie war eine beliebte Schriftstellerin, wenn auch unter einem Pseudonym. Außerdem hatte sie einen Verbrecher besiegt, um Spencer zu retten.

Sie hatte keinen Grund, sich zu verstecken. Vielleicht hatte sie den nie gehabt.

Mit Erstaunen sah sie ihre Tante in der hinteren Ecke des Zimmers, die mit einer Frau mit dunklem Haar sprach. Die Augen ihrer Tante waren auf sie gerichtet – groß und voller Schuldgefühle.

Im nächsten Moment fiel Joannas Blick auf den Mann, den sie so sehr vermisst hatte. Er stand ganz nah bei der Duchess of Grandhampton und beugte sich mit einer solchen Vertrautheit zu ihr hinüber! Und das vor den Augen aller.

Die Eifersucht traf Joanna wie eine Wand aus Feuer. Penelope war so unglaublich schön mit dem dunkelblonden Haar, das in einem tadellosen Dutt zusammengefasst war, und dem Gesicht, das vor Gesundheit strahlte, den Augen, die glitzerten, und den rosigen Wangen. Sie war errötet, während sie mit ihm sprach, und als ihr Blick auf Joanna fiel, weiteten sich ihre Augen vor Schreck.

Verglichen mit der herrschaftlichen, eleganten und schönen Duchess of Grandhampton war Joanna ein überfülltes Kissen. Sie fühlte sich wie ein Eindringling. Als hätte sie niemals herkommen dürfen.

Egal, was Spencer sagte, wie intensiv er sie liebte, wie viele Gebäude er ihr schenkte ... Er würde niemals ihr gehören.

Er würde immer zu Penelope gehören.

„Miss Digby ...", murmelte Penelope, als sie sich Joanna näherte. „Herzlich willkommen."

Joanna warf einen Blick auf Spencer, dessen dunkle Augen sie intensiv fixierten. Ein hochgewachsener, dunkelhaariger Mann, der Spencer insofern ähnelte, dass er ebenso dunkelhaarig und gut aussehend war, dafür aber noch größer und mit einer weniger muskulösen, sportlicheren Figur, stellte sich neben Penelope.

„Ich danke Ihnen", murmelte Joanna.

„Erlauben Sie mir, Ihnen meinen Mann und Spencers Bruder Preston vorzustellen. Der Duke of Grandhampton."

Joanna studierte ihn und erinnerte sich an all die Dinge, die Spencer ihr über ihn erzählt hatte. Dies war der Mann, der Spencer die Liebe seines Lebens gestohlen hatte. Der ihm seinen Titel, seine Stellung, seine Ländereien und seine Frau genommen hatte.

Er besaß auch Ecken und Kanten, aber anders als Spencer. Irgendwie wirkte er distanzierter, unnahbarer, und doch war da Freundlichkeit in seinen Augen.

„Erfreut, Sie kennenzulernen, Duke", begrüßte Joanna ihn.

„Die Freude ist ganz meinerseits", erwiderte er mit einer leichten förmlichen Verbeugung. „Bitte, kommen Sie herein."

„Ich danke Ihnen", sagte sie noch einmal, als sie sich langsam in den Raum begab und Spencers Blick wie einen glühenden Schraubstock spürte.

„Ich freue mich, dass Sie gekommen sind", sagte Penelope, ihre Stimme klang sanft und freundlich. „Dies ist die erste kleine Kunstausstellung, die ich mithilfe Ihrer Tante organisiere. Es sind alles Bilder von Künstlerinnen."

Joanna blieb stehen und betrachtete die Wand. Fast jeder Zentimeter war mit Gemälden bedeckt. Sie waren wunderschön ...

Blumen ... Landschaften ... Porträts ... Alle waren von Frauen gemalt.

„In zwei angrenzenden Zimmern gibt es noch mehr", sagte Penelope, wobei ihre Stimme leicht zitterte. Warum hatte Joanna das Gefühl, dass Penelope nervös klang? Jemand, der so elegant und selbstsicher war wie die Duchess, konnte doch nicht nervös sein. „Und alle Künstlerinnen sind hier. Wir sind heute nur zu fünft. Miss de Luca ist auch hier. Sie ist meine Mentorin. Und Mr Turner. Erlauben Sie mir, Sie vorzustellen ..."

Verdammt, Joanna mochte diese Frau! Wie Joanna versuchte anscheinend auch sie, Frauen zu stärken und etwas dafür tun zu wollen, dass sie in dieser Welt mehr Chancen und Möglichkeiten bekamen. Es war kein Wunder, dass Spencer sich keine Zukunft mit Joanna vorstellen konnte, wenn er doch einst gehofft hatte, eine so schöne und liebenswerte Frau wie Penelope zu heiraten.

Und der berühmte Künstler William Turner war hier? Joanna hatte von ihrer Tante von ihm gehört, als sie noch in Neverton Place gewohnt hatte. Ihre Tante bewunderte Mr Turner und seine Werke sehr.

„Das würde mir gefallen, Duchess, aber vielleicht später?", sagte Joanna. „Dürfte ich zuerst mit meiner Tante sprechen? Ich wollte nicht in Ihre Kunstveranstaltung eindringen. Ich war auf der Suche nach ihr", log Joanna.

Ihr Blick wanderte wieder zu Spencer, der sich langsam auf sie zubewegte.

„Oh, bitte, Miss Digby ...", sagte der Duke, „... Sie stören nicht. Mein Bruder hat mir von Ihnen erzählt, und meine Frau hat in den höchsten Tönen von Ihnen gesprochen, nachdem Sie sich bei Ihrer Tante getroffen haben. Außerdem, Sie wissen es vielleicht nicht, aber ich habe Ihren dramatischen Sturz und die Rettung durch meinen Bruder in der Oper miterlebt."

Joanna lachte leise. Das schien so lange her zu sein. Damals war sie eine andere Frau gewesen.

„Hat er das getan?", erkundigte sich Penelope mit einem Augenzwinkern, als sie Spencer betrachtete, der neben ihnen stand.

„Miss Digby", sagte er zur Begrüßung. „Wie schön, Sie hier zu sehen. Wie geht es Ihrer Schwester?"

Joanna schluckte. „Es geht ihr gut. Sie ist nur nervös, weil ihre königliche ... Einladung ... in nur drei Tagen abläuft."

In Spencers Augen erschien ein besorgter Ausdruck. Penelope und Preston runzelten beide die Stirn und tauschten einen verwirrten Blick aus.

„Oh", sagte Spencer. „Dann muss etwas getan werden ... und zwar bald."

„Ja, in der Tat", antwortete Joanna. „Ich hatte gehofft, einen Rat von meiner Tante zu bekommen."

„Gute Idee." Er nickte.

„Und haben Sie noch mehr von Ihren Tilbury-Freunden getroffen?", fragte sie, nachdem sie ihn kurz gemustert und versucht hatte, Anzeichen von Verletzungen, neuen blauen Flecken oder Narben zu erkennen. Glücklicherweise gab es keine.

„Wer sind deine Tilbury-Freunde?", fragte Preston und schaute verblüfft. „Ist das ein neuer Gentlemen's Club, von dem ich nichts weiß?"

„Sie haben versucht, mich zu treffen", sagte Spencer und ignorierte seinen Bruder. „Sie haben mich zu einem Boxkampf eingeladen, aber ich war nicht in der Stimmung dazu. Ich bin sicher, sie kommen wieder."

Ein scharfer Stich Besorgnis ließ Joanna nach Luft schnappen. Der Mann, der draußen das Haus beobachtete, war wahrscheinlich einer von Ashtons Männern, die Spencer folgen oder ihm schaden sollten.

„Was redest du da, Spencer?", fragte Penelope. „Du bist nicht in der Verfassung zu boxen!"

„Dem kann ich nur zustimmen", sagte Preston. „Wenn deine Tilbury-Freunde das nächste Mal kommen, schick sie zu mir."

„Vielleicht wäre es am besten, wenn Sie Ihr Desinteresse deutlich zum Ausdruck bringen würden", schlug Joanna vor. „Vor allem an die Person, die das Match koordiniert."

„Ganz sicher", stimmte Spencer mit einem wissenden Grinsen zu. „Ihr Organisator muss von weiteren Versuchen abgehalten werden."

Joanna nickte, und ihr Blick kehrte zu ihrer Tante zurück, die in der Ecke des Zimmers stand und ein Gemälde mit Pfingstrosen betrachtete, das über ihr hing.

„Entschuldigen Sie mich, ich muss mit meiner Tante sprechen", sagte sie.

„Natürlich", erwiderte Penelope. „Es ist schön, Sie hier zu haben, Miss Digby. Ich hoffe, wir können Freundinnen werden."

Joanna nickte und zwang sich zu einem Lächeln. Sie schätzte dieses Angebot, bezweifelte aber, dass sie jemals genug Größe besitzen könnte, um mit der Frau, die Spencers Herz besaß, befreundet zu sein.

„Danke, Duchess", sagte sie, und mit einem Lächeln für Preston und Spencer ging sie zu ihrer Tante, während das Herz in ihrer Brust pochte.

Als sie sich neben die Duchess of Ashton stellte, blickte sie zu dem Gemälde auf. „Hallo, Tante."

„Joanna, wie geht es dir?", fragte die Duchess und drehte sich mit einem höflichen, wenn auch angespannten Lächeln zu ihr um.

„Mir geht es gut. Ich bin drei Tage hintereinander gekommen, um mich nach dir zu erkundigen ... aber du warst nicht zu Hause", sagte Joanna.

„Ja. Es tut mir leid, Liebes", sagte sie mit sanfter Stimme.

Joanna spürte, dass es ihrer Tante aufrichtig leidtat. „Ich war mit dem Duke beschäftigt."

Joanna hatte also recht. Es musste der Einfluss ihres Onkels sein. Vielleicht verdächtigte er sie tatsächlich, mit Spencer zusammenzuarbeiten. Oder vielleicht wollte er nur nicht, dass Joanna versuchte, die Duchess in die Affäre mit Charlotte zu verwickeln.

„Das ist schon in Ordnung, Tante", sagte Joanna. „Ich mache mir nur Sorgen um dich, das ist alles."

Die Augen der Duchess wurden feucht, und ihre Unterlippe zitterte leicht. Ihre Augen füllten sich mit Zärtlichkeit. „Oh, Joanna." Sie atmete scharf ein. „Du bist so süß, mein Liebling."

Joanna lächelte ihre Tante an und betrachtete die Bilder. „Ich wünschte, es stünde niemand zwischen uns. Ich möchte wirklich, dass unsere Freundschaft erhalten bleibt. Und ich bin sehr beeindruckt, dass du so talentierte Künstlerinnen unterstützt."

Die Duchess nickte traurig. „Es war immer mein Ehrgeiz, mich künstlerisch zu betätigen, aber ich habe nie die Möglichkeit bekommen, mich zu verbessern. Der Duke fand es ... unweiblich."

Joanna nickte verständnisvoll. „Mein Onkel kann ziemlich streng mit seinen Ansichten sein."

Die Duchess seufzte und ging in einen anderen Raum, der sehr geräumig war und, wie Joanna vermutete, als Empfangsraum für Bälle und Veranstaltungen genutzt wurde. Die Türen befanden sich direkt neben ihnen.

„Ich möchte dir ein bestimmtes Bild zeigen, es ist mein Lieblingsbild." Sie gingen in den Raum, in dem weitere Bilder an den Wänden hingen. Anders als in dem anderen Raum war hier niemand zu sehen. Sie blieben vor einem Porträt von drei Kindern stehen, einem älteren Jungen und zwei Mädchen. Alle drei waren unter zehn Jahre alt. „Miss de Luca hat es gemalt. Sie ist eine Meisterin der Porträts ... Sieh dir nur das Licht an, die Unschuld und das Glück der Kinder und die Freude in ihren Augen ... Aber das ist nicht der Grund, warum es mein Lieblingsbild ist. Warum ich es so sehr liebe ... Es erinnert mich an euch drei. An deine Schwester, deinen Bruder ... und an dich, mein Schatz."

Joanna lächelte, und ein bittersüßes Gefühl durchströmte ihr Herz. „Das kann ich sehen."

Ihre Tante lächelte und betrachtete wieder das Porträt. „Ich hatte nie Kinder", fügte sie traurig hinzu. „Mein ganzes Leben lang war ich nur ein hübsches Accessoire für einen mächtigen Mann. Unsere Versuche, Kinder zu bekommen, schlugen anfangs fehl, und dann kam der Duke gar nicht mehr zu mir." Sie lachte leise. „Verzeih mir diese Details. Du willst sie wahrscheinlich nicht hören."

„Nein, nein", sagte Joanna. „Ich möchte etwas über dich und dein Leben erfahren."

„Aber du ..." Die Duchess streichelte sanft Joannas Wange. „Du warst immer mein Liebling. Ich habe nie verstanden, warum deine Mama und dein Papa dich übersehen haben. Vielleicht konnte ich das Gefühl nachempfinden, das du haben musstest – unbedeutend zu sein –, und doch hast du, im Gegensatz zu mir, dir deine Stärke und deine Freundlichkeit bewahrt."

Etwas in Joannas Brust schmolz dahin, und sie ergriff die Hand der Duchess. „Tante, das bedeutet mir so viel ..."

Die Duchess lächelte, zog ihre Hand weg und blickte wieder auf das Porträt. Auch an ihrer Tante hatte sich etwas verändert, dachte Joanna. Sie war immer eine so perfekte Duchess gewesen – höflich, wohlerzogen, schön, stark, eine absolute Meisterin der Konversation.

Dennoch schien sie müde zu sein. Vielleicht auch erschöpft. Nicht weit davon entfernt, zusammenzubrechen ... Was hatte ihr Onkel in den vergangenen Tagen getan? Oder waren es die angesammelten Auswirkungen der jahrelangen Ehe mit ihm?

„Er hat schon vor langer Zeit fast jedes Interesse an mir verloren", sagte die Duchess. „Ich habe Gerüchte über seine Affäre mit der Duchess of Loxchester gehört ... Sie ist jetzt die Duchesswitwe, da ihr Sohn, der Duke, vergangenes Jahr geheiratet hat. Wenn ich ehrlich bin, hat es mich nicht gestört. Wenn Ashton mir Kinder geschenkt hätte, hätte ich für sie gelebt. Es hatte immer den Anschein, als ob für ihn nur sein eigenes Leben zählte, und es ihm egal war, was nach seinem Tod geschah. Die meisten Dukes wollen einen Erben. Die meisten Dukes würden ihre Frauen beschuldigen, unfruchtbar zu sein. Er hat mich nicht einmal dafür kritisiert. Aber er ... Es war, als hätte er es einfach ... vergessen."

„Du wärst eine wunderbare Mutter gewesen", sagte Joanna und drückte die Hand der Duchess. „Du bist eine wunderbare Tante."

„Oh, mein Schatz. Es tut mir leid, was der Duke seinen eigenen Verwandten angetan hat. Gideon das Erbe wegzunehmen ... Charlottes und deine Mitgift ... Das war für mich sehr schwer, dabei zusehen zu müssen."

Joanna schluckte. Einen besseren Moment als diesen würde sie nicht bekommen.

„Vielleicht gibt es einen Weg, wie du das ändern kannst", sagte Joanna.

Die Duchess seufzte und runzelte die Stirn. „Ich? Was kann ich tun?"

„Ich weiß von Amerika, Tante", sagte Joanna ganz leise. „Von meinem Onkel und Amerika, meine ich."

Ihre Tante schluckte und wurde ein wenig blass. Ihre Brust hob und senkte sich sehr schnell. „Ich kann mir nicht vorstellen, was du meinst."

„Ich meine damit, er ist in schlechte Geschäfte verwickelt."

Ihre Tante schnaubte leise und ging zum nächsten Bild, wobei sie sich mit der Hand in den Nacken griff. „Ich weiß nicht, wovon du redest, Liebes. Sieh dir das Fell dieses Hundes an ... wie realistisch, nicht wahr?"

Joanna leckte sich über die plötzlich trockenen Lippen. Sie konnte ihre Tante jeden Moment verlieren. „Es ist sehr realistisch! Es ist auch sehr realistisch, dass mein Onkel nicht nur Gideon Schaden zufügt, indem er die Urkunde und das Erbe zurückhält. Wusstest du, dass er eine Abmachung mit dem Prinzregenten getroffen hat, damit Charlotte die Mätresse des Prinzen wird?"

Die Duchess schnappte nach Luft und drehte sich zu Joanna um. „Er hat *was* getan?"

Joanna nahm die kalten Hände ihrer Tante in die ihren. „Charlotte ist in jemanden verliebt, der in den Kriegen im Baltikum dient. Er hat ihr noch keinen Antrag gemacht, aber es angedeutet, dass er es tun wird. Selbst wenn sie nicht verliebt wäre, Tante, wäre sie ruiniert. Unsere Charlotte würde eine königliche Hure sein! Deine eigene Nichte!"

Die Augenbrauen der Duchess zogen sich traurig und wütend in die Höhe. „Das kann ich nicht glauben!"

„Es ist wahr. Der Prinzregent hat Charlotte aufgefordert, ihn in drei Tagen allein zu besuchen. Der Duke will uns die Urkunde nicht zurückgeben, will nicht zulassen, dass sein Titel auf Gideon übergeht, wenn sie nicht einwilligt, die Geliebte des Prinzen zu werden."

Ihre Tante schüttelte ungläubig den Kopf, ihre Augen blickten in die Ferne. „Nein, das kann nicht sein. Er kann nicht so tief gesunken sein, dass er seine eigene Nichte prostituiert!"

„Es tut mir leid, aber das hat er vor. Er muss ein starkes Motiv dafür haben, dies zu tun. Ich kann nicht glauben, dass er das nur tut, weil er so gefühllos und egoistisch ist."

„Wie furchtbar! Ich kann nicht zulassen, dass er Charlotte das antut. Für meinen eigenen Vater war ich ein günstiges Geschäft, als er mich mit dem Duke verheiratet hat. Ich habe einen anderen geliebt ... wollte ihn heiraten ... aber mein Vater wollte die Verbindungen und die Unterstützung des Duke. Und deswegen bin ich hier."

Joannas Herz schwoll an für ihre Tante. Wie furchtbar und elend muss das für sie gewesen sein.

„Was wäre, wenn es einen Weg gäbe, dich zu befreien?"

„Wovon redest du?", fragte die Duchess nervös.

„Stell dir vor, du wärst frei von seiner Kontrolle. Was würdest du tun? Porträts malen? Skulpturen schnitzen? Wie sähe dein Leben aus, wenn du den Rest deiner Tage so leben könntest, wie du es dir immer gewünscht hast? Was wäre, wenn du ihn loswerden könntest?"

Die Duchess betrachtete sie mit großen Augen. „Was meinst du damit, ihn loswerden? Sicherlich nicht Mord?"

Joanna schüttelte den Kopf. „Nein, natürlich nicht. Aber mein Onkel muss für die Verbrechen, die er begangen hat, bestraft werden."

Die Duchess riss ihre Hände von Joanna weg und legte eine schwer atmend auf ihren Bauch. „Du weißt, wie gefährlich das ist. Er ist schon in den vergangenen Tagen so zunehmend nervös gewesen. Er herrscht mich immer öfter an. Er hat sich mit einigen sehr fragwürdigen Männern umgeben. Er hat sogar ..."

Sie unterbrach sich selbst, indem sie einen Arm um ihren Bauch schlang.

„Was?", verlangte Joanna zu wissen, und ihre Haut wurde kalt. „Hat er Hand an dich gelegt?"

Die Duchess richtete ihren Rücken auf und atmete zittrig aus. „Das spielt keine Rolle, Joanna. Er ist gefährlich."

„Ja. Aber wir haben ihn fast. Wir haben bereits Beweise gesammelt. Alles, was wir brauchen, bist du. Lord Spencer Seaton hat auch an dieser Sache gearbeitet. Er wird dich beschützen, wenn du es brauchst."

Die Duchess schluckte. „Joanna, du kannst dir nicht vorstellen ... Wenn Ashton davon erfährt ...“

„Ich weiß. Wir alle riskieren unser Leben und unsere Familien. Wir sind unserem Ziel sehr nahe. Aber wir können es nicht ohne dich tun.“

Die Duchess schüttelte den Kopf und sah auf ihre Füße. „Joanna ...“

„Willst du für den Rest deines Lebens mit einem schlechten Gewissen leben? Mit dem Wissen, dass du den Ruin deiner Nichte hättest verhindern können, die Ungerechtigkeit gegenüber Tausenden von Männern, die einen Krieg führen, und das Elend in deinem eigenen Leben?“

Das Gesicht ihrer Tante verzog sich, und Tränen traten ihr in die Augen. Sie schniefte, und eine Träne fiel auf ihren Schuh. Joanna umarmte sie an den Schultern.

Schließlich nickte die Duchess. „Du hast recht, Liebes. Ich kann das nicht mehr ertragen. Wenn ich helfen kann, werde ich es tun. Was brauchst du?“

Joanna erzählte der Duchess alles, was sie wussten – was mit Spencer geschehen war und die Beweise, die sie gefunden hatten, die Zeugenaussage.

„Aber wir wissen nicht, warum er das tut“, sagte Joanna.

Die Duchess seufzte und schüttelte den Kopf. „Als er vor etwa dreißig Jahren in Amerika war, hat er ein Grundstück in Springfield, Massachusetts, und eine Waffenfabrik gekauft. Der Krieg ist für ihn profitabel, weil er seine Waffen verkaufen kann, die dann gegen seine eigenen Landsleute eingesetzt werden. Und die Informationen, die er dem Feind liefert, hilft den Amerikanern dabei zu gewinnen. Damit werden die Interessen des Duke in Amerika geschützt.“

Joanna war schockiert. Er lieferte Waffen, um die Männer seines eigenen Landes zu töten?

„Kannst du die Grundstücksurkunden finden?", fragte sie. „Und die Namen seiner Verwalter?"

Die Duchess runzelte die Stirn und dachte nach. „Ich könnte, ja", sagte sie. „Ich weiß, wo er wichtige Dokumente aufbewahrt. Das weiß er aber nicht."

„Kannst du sie heute Abend besorgen?", fragte Joanna, deren Herz schnell schlug.

„Ich weiß es nicht. Vielleicht nicht, aber ich werde mein Bestes tun, um sie in den nächsten Tagen zu bekommen."

„Bitte beeil dich, Tante", sagte Joanna. „Das Schicksal von so vielen Menschen steht auf dem Spiel. Auch das von Charlotte, Gideon … und mein eigenes."

Und Spencers … *Gott, bitte lass nicht zu, dass Spencer etwas zustößt.* Er hatte schon genug gelitten.

„Das werde ich, Joanna. Aber komm nicht zum Anwesen. Ich schicke dir die Dokumente mit einem treuen Lakaien, dem ich vertrauen kann. Zu dir nach Hause."

„Danke. Beeile dich, bitte. Wir haben nur drei Tage Zeit."

„Bis dahin wirst du sie haben, mein Schatz."

„Und wirst du vor Gericht aussagen, wenn es dazu kommt?"

Die Duchess erblasste, nickte aber entschlossen. „Das werde ich tun. Mein Mann ist ein gefährlicher Mann. Wenn er es herausfindet … dann kann nur noch Gott Lord Spencer, dir und mir helfen."

23

Es war spät, als Spencer nach Penelopes Kunstausstellung nach Sumhall zurückkehrte.

Er hatte keine Gelegenheit gehabt, mit Joanna zu sprechen, nachdem sie mit ihrer Tante gesprochen hatte. Sie hatte sich danach schnell zurückgezogen und ihm einen bedeutungsvollen Blick zugeworfen, als hätte sie etwas Wertvolles erfahren. Und, oh, wie sehr er sich danach gesehnt hatte, diesen Blick in sich aufzusaugen, diese Verbindung, die so kostbar und wundervoll war – die Stunden und Tage ohne Joanna hatten sich hingezogen wie Harz.

Er war zum Abendessen geblieben, um Zeit mit seiner Familie zu verbringen, obwohl er sich eigentlich danach sehnte, Joanna zu sehen.

Er konnte sie nicht ohne Begleitung besuchen. Und selbst mit Anstandsdame würde seine Aufmerksamkeit sofort als Annäherungsversuch gewertet werden, vor allem nach seinem letzten Besuch mit seiner Großmutter. Die einzige Möglichkeit, sie jeden Abend nach jedem Essen zu sehen, war, sie zu heiraten.

Das sollte er tun. Er hatte sie ruiniert. Hatte ihr die Jungfräulichkeit genommen. Wäre eine andere Frau an ihrer Stelle gewesen, hätte sie vielleicht aufgeschrien und ihn in die Ehe gezwungen, indem sie ihm mit einem Skandal gedroht hätte.

Aber Joanna war nicht diese Art von Frau.

Die dunklen Straßen wurden von Gaslampen erhellt, als er vor seinem Haus aus der Kutsche stieg und einen Mann entdeckte, der etwa zehn Meter entfernt an der Ecke zweier Straßen auf der anderen Straßenseite stand.

Er war leicht zu übersehen, fast so dunkel wie die Schatten mit der unauffälligen braungrauen Kleidung und dem unauffälligen Aussehen. Aber Spencer spürte den schweren Blick des Mannes wie Steine.

Er fluchte leise vor sich hin und hielt inne.

Wurde sie auch von Männern verfolgt? Sie hatte heute nichts darüber erwähnt, aber was, wenn es so war? Großer Gott, jemand musste ihn heute beobachtet haben, als er zur Kunstausstellung nach Newdale Place ging. Dieser Jemand könnte auch gesehen haben, wie Joanna hineinging.

Und der Gedanke, dass sie in irgendeiner Weise verletzt werden könnte, war wie ein Eiszapfen, der an seinem Rücken hinuntergezogen wurde.

Er ging über den Gehweg vor Sumhall, um die Treppe hinaufzusteigen und hineinzugehen. Carl wartete auf dem Kutschersitz, um die Pferde und die Kutsche in den Marstall zu bringen.

Spencer drehte sich um, um zu sehen, ob der Mann, der ihn in den vergangenen Tagen beobachtet hatte – er war sich sicher, dass es derselbe war –, noch immer da war. Und tatsächlich, er war da. Spencers Blut brodelte wie Säure in seinen Adern.

Spencer hatte genug davon, sich zu verstecken. Er war ein Kämpfer. Er war keiner, der davonlief. Und doch war es genau das, wozu Ashton ihn gebracht hatte.

War das sein neues Ich? Der Feigling? Als Duke of Grand-hampton war Spencer nie vor einem Kampf davongelaufen. Er hatte Kämpfe gewonnen.

Spencer schritt zurück zum Wagen und öffnete die Tür. Er hob den Sitz an, nahm die vertraute Pistole heraus und steckte sie in den hinteren Teil seiner Hose.

Er war wütend auf Ashton. Er war wütend auf diese Kriminellen, die jeden seiner Schritte verfolgten. Und er war wütend auf sich selbst und seinen geschundenen Körper, der nicht das tun konnte, was er wollte.

Er war jedoch kein Narr, dass er dachte, er könnte jeden Mann, den er wollte, in einem Kampf besiegen – nicht mit dem verletzten Oberschenkel. Stattdessen würde er den Mann anlocken. Er würde ihm Angst einjagen und von der Beute zum Jäger werden.

Spencer überquerte die Straße, sein Blick haftete an dem des Mannes in den Schatten.

„Mylord!", rief Carl ihm nach.

„Bleiben Sie zurück, Carl", knurrte Spencer.

Der Mann auf der anderen Straßenseite löste sich von der Gebäudeecke und richtete sich auf, wobei sich ein Ausdruck von leiser Überraschung auf seinem Gesicht abzeichnete. Das war gut. Diese unerwartete Bewegung würde Spencer einen Vorteil verschaffen. Mit den nächsten paar Schritten, die Spencer machte, wich der Mann zurück, drehte sich um und rannte davon.

Spencer fluchte. Carl rief wieder nach ihm, und Spencer überlegte, ob er seinen Kutscher bitten sollte, mit ihm zu kommen. Aber sein Stolz sträubte sich bei dem Gedanken, um Hilfe zu bitten.

Spencer folgte dem Mann durch die schwach beleuchteten Straßen von Mayfair, seine Sinne waren geschärft, jeder Muskel angespannt für das, was kommen könnte.

Vielleicht war Spencer auf der Suche nach seinem alten Ich,

das er verloren hatte, nach dem Mann, der sein Leben vollkommen unter Kontrolle hatte: an der Spitze der Gesellschaft, Herr über seinen eigenen Körper, bereit, jede Herausforderung anzunehmen.

Der Mann schaute von Zeit zu Zeit zu ihm zurück. Nach der nächsten Kreuzung lief der Verbrecher weiter geradeaus, doch am Ende des nächsten Gebäudes bog er scharf nach links ab. Spencer fluchte, folgte ihm und griff nach seiner Pistole. Es war eine dunkle, enge Gasse, und Spencer konnte außer der Straßenlaterne am Ende nicht viel sehen.

„Bleiben Sie stehen oder ich schieße", warnte Spencer und zielte auf die dunkle Silhouette in drei Metern Entfernung.

Der Mann blieb stehen und drehte sich um, aber das finstere Grinsen auf seinem Gesicht ließ einen Felsbrocken des Grauens in Spencers Bauch fallen. Bevor Spencer reagieren konnte, tauchten vier weitere Gestalten aus den Schatten auf und gingen zielstrebig auf ihn zu.

Eine Falle? Der Mann musste gewusst haben, dass sich seine Komplizen hier versteckt hielten, und hatte Spencer zu ihnen geführt.

Und Spencer war direkt hineingelaufen. Verdammt.

In dieser Dunkelheit war es schwer, etwas zu sehen, aber er zielte auf den Kopf des ersten Mannes, der im Gegenlicht am Ende der Gasse gut auszumachen war, spannte den Hahn und schoss. Diese Männer waren eindeutig hier, um ihm zu schaden, und dies würde wahrscheinlich der einzige Schuss sein, den er abgeben würde. Er hatte vielleicht keine Zeit zum Nachladen.

Der Rückstoß, der beißende Geruch des Schießpulvers und der Rauch katapultierten ihn zurück auf das Schiff – er war dabei, ein weiteres Leben zu nehmen. Er spürte einen kurzen Stich des Bedauerns und des Zögerns, des Ekels vor sich selbst für diese Tat.

Der Mann stöhnte und schrie auf, als er zurückgeschleudert

wurde und sich an die Schulter packte. Er fiel auf den Boden und stöhnte vor Schmerz.

Spencers Herz pochte in der Brust, der Schock schoss durch seine Adern.

Das war's. Seine letzte Chance zu überleben – während der Rest von ihnen Messer und vielleicht auch Waffen besaßen. Er war in der Unterzahl. Er hoffte, dass der Schuss die Aufmerksamkeit eines der Bewohner der Straße erregt hatte. Tatsächlich wäre es das Beste, ins Licht zu rennen und um Hilfe zu rufen.

Er drehte sich um und lief humpelnd davon.

Aber er hatte keine Chance, das Licht zu erreichen. Schnelle, schwere Schritte eilten hinter ihm her, und er spürte den Angriff eher, als dass er ihn kommen sah. Instinktiv wich Spencer aus, und Stahl blitzte zu seiner Rechten auf, in der Nähe seines Oberkörpers.

Trotz des reißenden Schmerzes im Oberschenkel wirbelte Spencer herum und rammte seine Faust gegen die Nase des Angreifers. Der befriedigende Schmerz in seinen Fingerknöcheln und das Knacken des Knochens schickten ein kurzes Triumphgefühl durch ihn hindurch.

Aber es wurde gleich wieder im Keim erstickt, als drei weitere Männer ihn umzingelten. Der Größte stieß das Messer nach Spencer, und ein scharfer Stich verriet ihm, dass die Klinge seine Haut gestreift hatte.

Er konterte mit einem schnellen Schlag und traf mit der Faust den Kiefer des Angreifers. Der Mann taumelte zurück, aber die anderen waren schnell zur Stelle. Spencer nutzte seine Boxerfahrung, hielt die Füße in Bewegung und vollführte die Schläge mit geübter Präzision. Aber der Oberschenkel schickte bei jeder Bewegung brennende Schmerzen durch ihn hindurch, und die Wand, gegen die er mit dem Rücken stand, arbeitete gegen ihn.

Ein heftiger Schlag traf ihn in die Rippen und raubte ihm den

Atem. Er schnappte nach Luft, der Schmerz flammte mit jedem Atemzug auf. Gerade als er den Körper verlagern wollte, um sich zu verteidigen, näherte sich ein anderer Mann, den er vorher nicht bemerkt hatte, von hinten, packte ihn und versuchte, seine Arme festzuhalten. Spencer drehte und wendete sich, obwohl der verwundete Oberschenkel ihn unerträglich quälte. Es gelang ihm, sich zu befreien, aber die Anstrengung ließ ihn ungeschützt, als der vierte Mann, dem Spencer wahrscheinlich die Nase gebrochen hatte, aufstand und sie ihn zu viert erneut umzingelten.

Eine Faust krachte gegen seine Schläfe, Sterne explodierten in seinem Blickfeld. Er stolperte desorientiert, als ihn ein weiterer Schlag in den Magen traf. Er krümmte sich zusammen und kämpfte darum, bei Bewusstsein zu bleiben.

Die Angreifer waren unerbittlich, ihre Schläge kamen von allen Seiten. Spencer wehrte sich mit schwindender Kraft, sein Körper schmerzte, und seine Bewegungen wurden träge. Ein Tritt in den Solarplexus ließ abrupt den Atem aus seinem Körper entweichen. Er fiel, schnappte nach Luft, während Tritte auf ihn einprasselten, und konnte nur noch die Boxtechnik anwenden, den Oberkörper mit den Armen zu schützen.

Dann hörten die Schläge ebenso plötzlich auf, wie sie begonnen hatten. Er musste tot sein, dachte er, während er in verschiedenen Teilen seines Körpers auf den Wellen des Schmerzes ritt.

Er sah, wie sich die Füße von ihm abwandten und auf drei weitere Silhouetten zusteuerten. Was war da los? Wer waren die drei neuen Männer? Sie begannen, miteinander zu kämpfen – Arme holten aus, Fäuste schlugen zu und Beine traten.

Warum halfen sie ihm?

Spencer nutzte die Wand, um sich aufzurichten. Er spähte zu den Kämpfern und versuchte zu erkennen, wer sie waren. Einer der Retter, ein großer, breitschultriger Mann mit einer Narbe auf der Wange, führte eine Reihe präziser, kräftiger Schläge aus, die einen der Angreifer ins Taumeln brachten. Ein anderer Mann, der flinker und drahtiger war, wich aus und schlug schnell und gezielt zu, sodass seine Gegner verwirrt waren. Der dritte von ihnen war ein schweigsamer und imposanter Kämpfer, der mit emotionslosen Hieben zuschlug und jeden zu Fall brachte, der ihm nahe kam.

Obwohl er geschwächt war, versuchte Spencer, sich wieder in den Kampf zu stürzen, aber sein Körper protestierte, und seine Sicht schwamm bei jeder Bewegung.

Die Gasse glich einem Wirbelsturm aus Fäusten und Stöhnen, das Aufeinanderprallen der Körper hallte von den Wänden wider. Spencer lehnte sich um Atem ringend an die Wand, während er zusah, wie sich das Blatt zu ihren Gunsten wendete. Die Angreifer, die merkten, dass sie unterlegen waren, zogen sich zurück, ihre Selbstsicherheit war erschüttert.

Mit einer letzten Anstrengung verfolgten die drei unbekannten Männer die Angreifer aus der Gasse und verschwanden in der Nacht. Die Geräusche der Verfolgungsjagd verklangen und ließen Spencer in der Stille danach allein zurück.

Spencers Gedanken wirbelten durcheinander. Waren die drei Helfer Lakaien aus einem der umliegenden Häuser? Sie hatten nicht wie Lakaien ausgesehen.

Tatsächlich stellte er überrascht fest, dass ihm der Mann mit der Narbe bekannt vorkam.

War er nicht der Mann gewesen, der Joanna und ihn beobachtet hatte, als sie in Whitechapel waren und Joseph verfolgten?

In der Hoffnung, die Männer zu finden, löste sich Spencer von der Wand und verließ die Gasse. Jeder seiner Schritte wurde von Schmerz begleitet, der von überall her in seinem Körper widerhallte.

Er wurde ein wenig geblendet von dem Licht nach der Dunkelheit hinter ihm und blinzelte, während sich seine Augen daran gewöhnten. Die Straße war zu dieser Stunde ruhig, nur eine Kutsche fuhr in der Ferne vorbei und bog in eine benachbarte Straße ein. Die Fenster der nahe gelegenen modernen Häuser im georgianischen Stil waren schwach mit dem Licht von Kerzen und Gaslampen beleuchtet. Ein Herr lief auf ihn zu, aber von den Schlägern oder den Männern, die ihm geholfen hatten, war nichts zu sehen.

Seine Wange war empfindlich, und als er sie mit den Fingern berührte, zuckte er zusammen. Er sollte sich freuen, dass er wieder einmal lebend aus einer schwierigen Situation herausgekommen war. Aber er konnte sich nicht von dem brennenden Bedürfnis befreien, wissen zu wollen, wer ihm so unerwartet zu Hilfe gekommen war. Und warum.

„Seaton?", fragte eine männliche Stimme, und Spencer drehte sich um. „Spencer?"

Es war Dorian, der Duke of Rath, der mit seinem Gehstock auf ihn zuging. Als er Spencers Gesicht sah, verzog er besorgt die gut aussehenden klaren Züge und eilte auf ihn zu.

„Mein Gott, Spencer, was ist mit dir passiert?", verlangte er zu wissen, und seine himmelblauen Augen suchten Spencer schnell nach weiteren Anzeichen von Verletzungen ab.

„Ich wurde angegriffen."

„Verdammt. Komm, zu meinem Haus geht es da lang, lass uns gehen."

Spencer zuckte zusammen. „Das ist nicht nötig, Rath, ich wohne nur zwei Straßen weiter ..."

„Und ich bringe dich dorthin zurück, sobald wir sicher sind, dass du nicht in Gefahr bist."

Spencer stöhnte und nickte. „In Ordnung."

Aber sein Stolz verbot es ihm, Raths Schulter zu nutzen, die er ihm als Stütze anbot.

Sobald sie in Raths Haus waren, führte der Butler sie in das Wohnzimmer und verschwand, um starke Drinks und die Haushälterin zu holen, die laut Rath wusste, wie man Wunden flickte. Eindeutig eine praktische Fähigkeit in Raths Haushalt. Spencer hatte Raths Haus besucht, bevor der Mann Duke geworden war, und er erinnerte sich an die düstere und strenge Atmosphäre mit den dunklen Türkistönen, Aubergine- und Mahagonifarben, die jedes Licht zu absorbieren schienen, das die Fenster einließen.

Die Haushälterin Mrs MacArthur war eine hübsche Frau in den Fünfzigern, mit dunklem Haar, geradem Rücken und schottischem Akzent. Sie forderte ihn auf, still zu sitzen, während sie schnell und effizient die oberflächlichen Schnittwunden reinigte und verband, seine geschwollenen Prellungen mit Salbe versorgte und ihm dann in ein Tuch eingewickeltes Eis auf die schlimmsten Stellen legte. Sie verließ den Raum mit der Wanne voller blutrotem Wasser und einem Korb mit medizinischem Material in den Händen, als ob die Versorgung eines blutigen und geschlagenen Mannes nicht wichtiger wäre als der Wechsel der Bettwäsche.

Als sich der Duke und Spencer gegenübersaßen, im Kamin teures Holz statt Kohle brannte, wie es in den meisten Haushalten heutzutage üblich war, schüttete sich Spencer ein Glas Brandy in die Kehle.

„Ich nehme an, Mrs MacArthur hat den Medizinkorb immer griffbereit", sagte Spencer und hob eine Augenbraue.

Rath stieß ein bitteres Lachen aus und nickte. „Du kennst mich." Schweigen breitete sich zwischen ihnen aus, während Rath Spencer studierte. „Erzählst du mir, was passiert ist?", fragte er schließlich mit einer für ihn ungewöhnlichen Sanftheit.

Spencer seufzte. Ohne Umschweife und ganz gegen die guten Sitten nahm er die Karaffe mit dem Brandy und schenkte sich noch einen ein. Das Getränk tat seine Wirkung, entspannte seine schmerzenden Muskeln und ließ seinen Kopf angenehm schwirren.

„Ich habe einen Feind", sagte Spencer. „Und anscheinend auch einen geheimnisvollen Beschützer."

Rath runzelte die Stirn, stützte sich mit den Ellbogen auf den Knien ab und sah Spencer mit eindringlichem Blick an. „Einen Feind?"

Spencer seufzte und spürte, wie die Muskeln in seinem Kiefer arbeiteten. „Ja."

„Hat es etwas damit zu tun, dass du vergangenes Jahr von einer Pressbande verschleppt wurdest?"

Spencer nickte, während er den Blick auf die flackernden Flammen im Kamin gerichtet hielt. „Ja, das tut es. Der Mann, der dafür verantwortlich ist, ist der Duke of Ashton. Seit meiner Rückkehr stellt er eine ständige Bedrohung dar."

Raths Augen verengten sich, die ruhige, gefasste Fassade begann zu bröckeln und enthüllte eine darunter brodelnde Wut. Seine Fäuste ballten sich fest, und die Knöchel wurden weiß, als er den Ernst von Spencers Worten verstand. „Ashton, sagst du?"

Spencer lehnte sich zurück, sein Körper schmerzte bei jeder Bewegung. „Ja. Er ist gefährlich, manipulativ. Er hat Leute erpresst und sie zu seinem eigenen Vorteil kontrolliert. Er hat Hochverrat begangen, Rath. Und jetzt hat er es auf mich und die Menschen abgesehen, die mir etwas bedeuten."

Raths Miene verfinsterte sich. „Hochverrat ... Großer Gott. Und Erpressung? Das kommt mir unheimlich bekannt vor. Mein Onkel Admiral Langden war in einem ähnlichen Netz gefangen. Ein Familienskandal, den er unbedingt vertuschen wollte. Jemand hat ihn damit erpresst."

Spencers Interesse war geweckt, aber er wählte seine Worte mit Bedacht. Anscheinend hatten sein Freund und er einen gemeinsamen Feind, vor allem, wenn man bedachte, was Calliope ihm über Langdens Beteiligung an dem, was ihm widerfahren war, erzählt hatte.

Obwohl der Mörder von Langden offiziell unbekannt war, wusste Spencer, dass Calliope ihn getötet hatte, um Nathaniel zu retten. Aber er konnte das nicht mit Rath teilen und das Leben seiner Schwester riskieren. „Ashton hat ein Händchen dafür, die Schwächen der Menschen zu finden und sie auszunutzen. Er ist ein Meister in diesem Spiel."

Raths Augen funkelten. „Warte. Hast du mich deshalb gebeten, dich auf seinen Maskenball zu schmuggeln?"

Spencer nickte. Er erinnerte sich daran, dass Dorian ihn gebeten hatte, ihm zu erzählen, was passiert war und warum er den Ball besuchen wollte, und Spencer hatte ihn weggestoßen, wie er alle anderen weggestoßen hatte.

Das wollte er nicht mehr tun. War es nicht faszinierend, wie Joanna seine Barrieren in so kurzer Zeit durchbrochen hatte?

„Ja, das war der Grund", sagte Spencer.

Rath spie einen wüsten Fluch aus. „Könnte Ashton hinter dem Untergang meines Onkels stecken?" Raths Stimme, die normalerweise sanft und kontrolliert war, klang mit einem Mal scharf, und jedes Wort war mit Gift durchsetzt.

„Es tut mir leid, mein Freund", sagte Spencer. „Ich bin sicher, dass Ashton Langden gezwungen hat, dafür zu sorgen, dass ich auf der *Concord* lande und in den Krieg geschickt werde."

Das Gesicht des Duke rötete sich, eine Ader an seiner Schläfe pochte sichtbar. Er stand abrupt auf, und die Beine des Stuhls schabten laut über den Boden.

„Was für ein verachtenswerter, unehrenhafter Mann. Das hat er nicht nur meinem Onkel angetan. Er manipuliert und vernichtet andere Leben. Und wofür?"

„Das weiß ich nicht ...", sagte Spencer, „... aber ich vermute, es ist zu seinem eigenen Vorteil."

Joanna hatte ihm erzählt, dass sie gesehen hatte, wie ein Mann mit einem Akzent Ashton Geld gab. Und in Anbetracht der Nachrichten über Militärschiffe, die nach Amerika geschickt wurden, war es sehr wahrscheinlich, dass er Informationen an den Feind verkaufte.

Rath knurrte und begann, durch den Raum zu gehen, während er die Fäuste ballte und wieder löste. Rath war ein häufiger Boxpartner gewesen, und Spencer wusste, wie gut der Mann diese Fäuste einsetzen konnte. Die Wut, die ständig in Dorian aufgestaut war, verlieh ihm so viel Kraft, dass seine Schläge besonders gefährlich waren.

„Das ... das ist unverzeihlich!" Raths Stimme erhob sich. „Männer wie Ashton sind eine Plage für die Gesellschaft, sie vergreifen sich an den Schwachen und Unschuldigen!"

Spencer blieb sitzen und beobachtete Raths Wutausbruch. Er hatte das Temperament des Duke schon öfters auflodern sehen, aber nie mit solcher Intensität.

Spencer nahm einen weiteren Schluck Brandy und ließ sich von der Flüssigkeit von innen heraus wärmen. Er wusste, dass er bei Rath einen Nerv getroffen und eine tief sitzende Wut geweckt hatte, die seit Jahren unter der Oberfläche schwelte.

„Ich werde ihn zu Fall bringen", sagte Spencer. „Das ist der ganze Zweck."

„Nun, lass mich wissen, was du brauchst", knirschte Rath. „Und ich werde tun, was nötig ist."

Spencer schluckte, seine Kehle war wie zugeschnürt. Er konnte seine Brüder nicht darum bitten, denn sie würden dieses Geheimnis niemals vor ihren Frauen bewahren. Aus demselben Grund konnte er Nathaniel nicht danach fragen.

Und er musste nicht nur Joannas Leben, sondern auch ihren Ruf schützen.

Er könnte Dorian fragen, der Joanna genauso gut beschützen

könnte wie seine Brüder – sowohl physisch als auch durch sein Geld und seine Verbindungen. Spencer vertraute Dorian, wie er seinen eigenen Brüdern vertraute. Nur brauchte er keine Angst um Dorians Sicherheit zu haben. Dorian war einer der reichsten und mächtigsten Männer in England. Und seine Fäuste konnten tödlich sein.

Joanna wäre also in Sicherheit.

„Du musst jemanden beschützen", sagte Spencer. „Und du musst dabei sehr diskret sein."

Dorian hörte auf, auf und ab zu gehen. „Diskret?" Er kniff die Augen zusammen. „Es geht um eine Dame, nehme ich an? Ist das vielleicht dieselbe, der du auf dem Ball hinterhergelaufen bist?"

Spencer sah seinen Freund erstaunt an. „Ich wusste, dass du klug bist, aber heute hast du alles durchschaut. Ja. Ich brauche dich, um eine Dame zu beschützen."

Dorian nickte. „Ja, natürlich. Sag mir einfach, wer sie ist."

24

SPENCER HOB einen Kieselstein auf und warf ihn. Er schlug gegen etwas, von dem Spencer hoffte, dass es Joannas Schlafzimmerfenster war. Sie hatte ihm erzählt, ihr Schlafzimmer wäre das einzige, das auf den Hinterhof blickte, aber es gab noch ein anderes Fenster. Er hoffte bei Gott, dass es das richtige Fenster war. Mit den Augen suchte er den kleinen, abgelegenen Hinterhof ab, in dem nur der schwache Schein der entfernten Straßenlaternen die Dunkelheit durchdrang.

Es war schwierig gewesen, die Kutsche loszuwerden, die ihm gefolgt war, als er von zu Hause weggegangen war, aber er glaubte, dass er es endlich geschafft hatte. Nach einer Nacht Ruhe fühlte er sich viel besser. Die Prellungen und Schnittwunden schmerzten, aber das war nichts im Vergleich zu dem, was er im Krieg durchgemacht hatte. Verglichen damit war er so gut wie neu.

Aber er war noch immer schwächer, als er zugeben wollte, und er hatte sich fast das Genick gebrochen, als er über den Zaun des winzigen Marstalls geklettert war, der zu ihrem Haus gehörte. Wie um alles in der Welt hatte Joanna es geschafft, als sie versucht hatte, seine Kutsche zu sabotieren? Er rieb sich den schmerzenden Oberschenkel, der sich angefühlt hatte, als würde er zerreißen, als er auf den Füßen gelandet war.

Er wollte sich selbst abfällige Namen geben, weil er seinen verstümmelten Körper so verabscheute ... Aber er tat es nicht. Er hatte nicht mehr das Bedürfnis dazu wie bei seiner ersten Rückkehr nach England.

Die Wahrheit war, dass er noch immer zornig und mürrisch war und zum Himmel schreiend wütend über die Grausamkeiten, die Ashton ihm und Tausenden von anderen Männern angetan hatte.

Aber das war es nicht, was ihn unruhig gemacht oder ihm diesen seltsamen, unnachgiebigen Schmerz in der Mitte seiner Brust beschert hatte. Ein Schmerz, den er spürte, seit er Joanna das Gebäude geschenkt und ihre Nähe für mehrere Tage verlassen hatte.

Es war die Tatsache, dass er sich solche Sorgen um sie gemacht hatte, besonders nach dem Angriff gestern Abend, und dass er sie nicht besuchen konnte. Er hatte überlegt, mit einer Anstandsdame zu kommen und nur mit ihr zu reden ... zum Teufel mit der Annahme, er würde ihr den Hof machen. Nur mit ihr zu sprechen, wäre wie ein Schluck frischer Luft.

Was er aber wirklich wollte, war, sich in ihr zu vergraben, sie an seinem Schaft auf und ab gleiten zu lassen.

Aber allein sie zu sehen, würde den Schmerz in seinem Herzen lindern.

Er hob einen weiteren Kieselstein auf, warf ihn, und er klirrte leise gegen das Glas.

Das Problem mit einem Besuch bei ihr war, dass immer jemand das Haus beobachtete und ihm folgen könnte ...

Und damit würde er Joanna in Gefahr bringen.

Dieser Gedanke ließ sein Herz so heftig zucken, dass er glaubte, es würde in Tausende winziger, scharfer Splitter zerspringen.

Er hatte einmal eine Frau geliebt. Eine Frau, von der er gedacht hatte, er würde den Rest seines Lebens mit ihr verbringen.

Und dann hatte er sie verloren. Sie und alles, was ihn ausgemacht hatte.

Er war gebrochen, entstellt und leer aus dem Krieg zurückgekommen.

Und dann hatte Joanna ihn erfüllt. Sein Leben erhellt. Seine Tage erhellt. Wenn er also Joanna verlor ... Sein Herz machte wieder diesen heftigen Ruck, sein ganzer Körper war schweißbedeckt. Es fühlte sich genauso an, als wäre er an Bord der *Concord* verwundet worden, wieder einmal.

Er hatte Rath gebeten, auf sie aufzupassen, aber dieses eine Mal musste er selbst kommen, um sicherzugehen, dass es ihr gut ging. Dass Ashton keine Anzeichen zeigte, dass er von Joanna wusste.

Also war er mit dem Skeleton-Gig, das an einen schwarzen Vollblüter angehängt war, so schnell gefahren, dass er die Männer, die sein Haus bewachten, hinter sich Staub schlucken ließ.

Endlich bewegte sich jemand in der Dunkelheit hinter dem Fenster im zweiten Stock, und er sah Joanna, deren langes goldenes Haar über ihr Nachthemd fiel. Ihr Anblick setzte seinen gesamten Körper in Flammen. Er vermisste sie jede Minute, die er nicht bei ihr war. Obwohl er sie gestern bei Penelopes Kunstausstellung gesehen hatte, vermisste er sie noch immer. Verstand er auch nur im Entferntesten, wie tief sie in seinem Körper und seinem Geist steckte?

Spencer gab ihr mit Handzeichen zu verstehen, nach unten zu kommen. Mit offenem Mund und großen Augen starrte sie ihn an, zündete dann ihre Kerze an, nickte und verschwand vom Fenster.

Spencer stieß geräuschvoll den Atem aus, sein Herz klopfte so schnell, dass er genauso gut fünf Meilen hätte gerannt sein können. Er schaute sich um, aber in dem winzigen Hinterhof mit dem kiesbedeckten Boden, abblätternder Farbe, einer Wäscheleine, einem einfachen Plumpsklo und einem Müllhaufen war alles ruhig.

Nach ein oder zwei Minuten öffnete sich die Tür, die zu den Dienstbotenzimmern führte, und Joanna trat heraus. Ein Schal lag um ihre Schultern, und in der Hand hielt sie eine Kerze. In ihm brannte das Bedürfnis, sie zu berühren, die Arme um sie zu legen und sie nie wieder loszulassen, sie für den Rest seiner Tage in seinem Leben zu haben.

Aber dann würde er sie heiraten müssen ...

Und er konnte sie nicht heiraten ... Sie verdiente einen gesunden Ehemann, der sie wertschätzen und ihr alles geben würde, was diese wunderbare Frau verdiente.

Er war innen wie außen ein Krüppel, so etwas konnte er Joanna nicht zumuten. Er war nur noch ein trauriger Schatten von einem Mann, gebrochen und erbärmlich. Er konnte sie nicht zwingen, für den Rest ihres Lebens zu versuchen, ihn zu heilen, wenn sie so viel hatte, wofür es sich zu leben lohnte: ihre Zeitung, ihre Familie, und eines Tages würde ein Glückspilz, der zwei gesunde Beine hatte und keine dunklen Dämonen in sich trug, sie als den Schatz erkennen, der sie war.

Und dann würde sie ihm danken, dass er zur Seite getreten war und ihr Leben nicht ruiniert hatte.

„Spencer, was um alles in der Welt tust du hier?", flüsterte sie wütend, während sie ihn zum Fenster in der Ecke zog, die durch eine kleine Verlängerung der Dienstbotentür gebildet wurde.

Ein plötzliches Stocken in Joannas Atmung verriet Spencer, dass sie das ganze Ausmaß seiner Verletzungen wahrgenommen hatte. Spencer zuckte zusammen. Er wünschte, er könnte das geprellte Jochbein und den geschwollenen Schnitt über der Augenbraue fortwischen, um ihr den Schock zu ersparen.

„Was ist mit dir passiert?", stieß sie hervor.

„Ashtons Männer", sagte er abweisend. „Ich musste dich sehen", flüsterte er. Dann blies er die Kerze aus, nahm sie Joanna aus der Hand, stellte sie auf die nächste Fensterbank, küsste sie und drückte sie gegen die Wand. „Ist alles in Ordnung mit dir? Hat jemand angefangen, dich zu beobachten oder dir zu folgen? Hat jemand gewagt, irgendetwas zu tun?"

Gott, sie sah hinreißend aus – weich und einladend und verführerisch, wie ein Dessert, das nur für ihn gemacht war.

„Mir geht es gut", sagte sie. „Ich habe niemanden gesehen. Aber wie schlimm bist du ..."

Er ließ sie nicht ausreden, war einfach nur erleichtert, dass sie nicht bedroht worden war.

Es war, als ob das Tier in ihm die Oberhand gewann. Das Bedürfnis, mit ihr eins zu sein ... sie zu berühren ... mit ihr verbunden zu sein ... war wie eine unaufhaltsame Kraft. Er küsste ihre süßen Lippen, atmete ihren herrlichen weiblichen Duft ein und nahm sie in sich auf. Ihre weichen Kurven fühlten sich unter seinen Händen so gut an, und sein Körper reagierte auf sie wie ein durchgegangener Hengst.

Der Schmerz in seinem gottverdammten leeren, gebrochenen Herzen ließ nach. Doch es war gar nicht mehr so leer. Sie hatte sich dort fest niedergelassen.

„Spencer, wie verletzt bist du? Hast du starke Schmerzen?", flüsterte sie gegen seine Lippen, und ihre Stimme nahm diesen heiseren Klang an, den sie hatte, wenn er sie erregte.

Wovon sprach sie? Es tat nicht weh, wenn sich seine Erektion gegen ihren Bauch drückte und praktisch pulsierte.

„Mir geht es gut!", knurrte er.

„Komm", sagte sie und nahm seine Hand. Sie blickte mit nachdenklicher Miene zu ihrem Fenster hinauf. „Ich möchte sichergehen, dass du nicht schwer verletzt bist. Wenn du leise bist, können wir uns in mein Zimmer schleichen. Aber nur, wenn du lautlos bist. Gideon ist wie immer auf einem seiner Junggesellenausflüge. Charlotte hat einen tiefen Schlaf, und Mrs Parr schläft oben."

Es ging ihm gut, aber eine Einladung in Joannas Schlafzimmer ließ er sich nicht entgehen. Er würde sich von ihr inspizieren lassen, wo auch immer sie wollte.

„Mucksmäuschenstill", sagte er mit einem leisen Lachen.

Sie öffnete die Tür, und sie begannen, die enge knarrende Treppe hinunterzusteigen. Die Luft wurde kühler, als sie die unterirdische Küche erreichten, ein beengter Raum mit einem großen abgenutzten Holztisch in der Mitte. An den Wänden befanden sich Regale, in denen eine Reihe von Gläsern und Küchengeräten standen. In einer Ecke standen eine große Holzwanne und ein Waschbrett.

Sie stiegen die schmale Treppe hinauf und gelangten in einen Flur, der zur Eingangstür führte. Der Flur war einfach gehalten, an den schlichten Wänden hingen ein paar bescheidene Gemälde und Familienporträts. Die Dielen knarrten unter ihrem Gewicht.

Mit gedämpften Schritten ging Spencer weiter nach oben zum Schlafzimmer, wobei er sich des krassen Unterschieds zwischen diesem bescheidenen Haus und dem prunkvollen Sumhall vollauf bewusst war.

Das Schlafzimmer, in das sie eintraten, war klein, aber ordentlich. Ein einzelnes Fenster, vor dem einfache handgefertigte Vorhänge drapiert waren, ließ einen Hauch von Mondlicht herein, das einen sanften Schein in den Raum warf.

Als Joanna die Kerze anzündete, konnte er sehen, dass die Wände in einem sanften Lavendelton gestrichen waren. Die Farbe passte perfekt zu Joanna. In einer Ecke stand ein schlichtes Holzbett, das mit einer handgefertigten Steppdecke in verschiedenen

Blau- und Lilatönen bezogen war. Die Steppdecke war mit komplizierten Mustern bestickt. Es musste jemanden stundenlange geduldige Arbeit gekostet haben, um sie zu vollenden.

Neben dem Bett stand ein kleiner Nachttisch, auf den Joanna die Kerze stellte, deren Flamme flackerte und tanzende Schatten an die Wände warf. Neben der Kerze lag ein abgenutztes Buch.

Auf der anderen Seite des Raumes stand ein bescheidener Schreibtisch, der sich an die Wand schmiegte. Die Oberfläche war mit Papierbögen, einer Feder und einem Tintenfass bedeckt. Oben auf einem Stapel lag *The London Gazetteer*. Unter der Zeitung, die teilweise verdeckt war, lag ein Manuskript, das in einer sauberen, fließenden Handschrift verfasst wurde.

Neben dem Schreibtisch stand ein schmales Bücherregal, das fast bis zur Decke reichte und mit einer Vielzahl von Büchern gefüllt war. Die Titel reichten von Poesie bis Philosophie, von Geschichte bis zu den neuesten Romanen. Es war klar, dass die Bewohnerin dieses Zimmers sehr belesen war und über einen scharfen Verstand verfügte.

Gegenüber dem Bett stand ein kleiner Waschtisch mit einem Spiegel in einem schlichten Holzrahmen, einer Haarbürste, einem bescheidenen Schmuckkästchen und einer Vase mit einer einzelnen frischen Margerite.

Als Spencer seinen Blick durch den Raum schweifen ließ, stellte er fest, dass ihm die gewohnte Opulenz fehlte, und doch empfand er ein überwältigendes Gefühl von Wärme und Behaglichkeit. Dieser Raum mit seiner schlichten Einrichtung und der persönlichen Note war der perfekte Ort für Joanna: aufrichtig, nachdenklich und voller stiller Stärke.

Joanna schloss die Tür und drehte sich zu ihm um. Sein Herz fühlte sich an, als wollte es zerspringen, weil er sie so sehr vermisst hatte. Weil er glücklich war, sie zu sehen.

Wann würde er sie wiedersehen? Er respektierte sie genug, um ihr nicht die Position als seine Mätresse anzubieten ... Und doch konnte er sie nicht heiraten.

Dennoch ... Sie jetzt zu küssen, sie in den Armen zu halten, mit ihr zu reden, so intim zu sein, dass er ihren privaten Raum sehen konnte, war wie nach Hause kommen.

Ohne nachzudenken, überbrückte er die Distanz zwischen ihnen, nahm ihr Gesicht in seine Hände und küsste sie. Seine Erektion, die sich auf dem Weg nach oben beruhigt hatte, erwachte bei der bloßen Berührung ihrer Haut wieder zum Leben, drängend und eindringlich. Er verschlang ihre Lippen, begierig darauf, die verzweifelte Sehnsucht zu vertreiben, die er in den vergangenen Tagen nach ihr verspürt hatte. Ihre Lippen glitten weich und sanft über die seinen, ihr Mund schmeckte himmlisch.

„Spencer", murmelte sie.

„Ja?", fragte er an ihren Lippen.

„Lass mich sehen, wie es dir geht ..."

Er hielt inne und trat nur sehr ungern von ihr zurück, wobei er seine Arme weit ausbreitete. „Untersuchen Sie mich, Schwester." Er begann, die Haken seines Mantels zu öffnen. „Erlauben Sie mir, Ihnen zu helfen."

Joannas Augen weiteten sich, und sie warf einen Blick zur Tür. „Spencer, ich bin mir nicht sicher, ob du ..."

„Zu spät", sagte er grinsend und genoss die Röte, die so verführerisch über ihre Wangen kroch. „Du hast es so gewollt, und ich komme dir nur zu gerne entgegen."

Er streifte seinen Mantel ab und zog sich mit einem leichten Zucken das weiße Hemd über den Kopf, sodass er mit nacktem Oberkörper dastand. Joannas Blick glitt über seinen Oberkörper und wurde von Mitgefühl getrübt, als sie näher an ihn herantrat und mit ihren Fingerspitzen sanft über die blauen Flecken an seiner Seite, der Brust und den Armen fuhr. Er schluckte. Es tat nicht weh. Es erregte ihn nur. Und die Liebe und das Mitgefühl in

ihrem Gesicht ließen sein Herz anschwellen und gegen den Brustkorb drücken.

„Tut es weh?", fragte sie.

„Nein", sagte er, als er sie wieder an sich zog. „Du vertreibst
den Schmerz."

Er umfasste ihren Po und streichelte ihn gleichzeitig, während
er mit der anderen Hand ihre Brust durch das Nachthemd
hindurch umfasste und massierte. Der Schal fiel ihr von den
Schultern.

Sie beugte sich ihm entgegen und seufzte. „Du Teufel."

Er schluckte schwer und kämpfte darum, das Zittern seines
Körpers zu kontrollieren. Er sehnte sich so sehr nach ihr. „Soll ich
aufhören?"

Sie antwortete eine Weile nicht, dann schlang sie ihre Arme
um ihn. „Was ist mit Penelope?"

Er schüttelte verwirrt den Kopf. „Was hat Penelope damit zu
tun?"

„Ich habe euch beide gestern bei der Kunstausstellung gesehen ..." Ihre Wimpern zitterten. „Du hast mir nie geantwortet.
Liebst du sie noch?"

Er schüttelte den Kopf. Penelope? Sie schien jetzt so weit
entfernt und irrelevant zu sein wie ein eingebildeter Elefant. Es
war, als hätte Joanna schon immer einen Platz in seinem Herzen
gehabt, der alle früheren Zuneigungen in den Schatten stellte.
Penelope hatte ihn nie mit solch überwältigender Intensität
vereinnahmt – Körper, Herz und Seele –, wie Joanna es tat.

Sein Herz pochte bei der Erkenntnis, die er sich nicht ganz
einzugestehen wagte: Er liebte Joanna auf eine Weise, wie er
weder Penelope noch irgendjemand anderen geliebt hatte. Doch
mit diesem Eingeständnis drohte die Möglichkeit eines Herz-
schmerzes, der tiefgreifender war als alles, was er bisher erlebt
hatte.

„Ich stehe nachts nicht unter ihrem Fenster und werfe Kieselsteine, oder?", sagte er.

„Sie ist mit deinem Bruder verheiratet. Ich bin es nicht."

„Und Gott sei Dank dafür", murmelte er, während er sich
wieder zu ihrem Hals hinunterlehnte und Küsse darauf verteilte.

Sie stöhnte erneut auf und zog seinen Kopf näher heran.

Plötzlich knarrte irgendwo auf dem Flur eine Tür, begleitet
von Schritten, die auf dem Holzboden widerhallten. Joanna
erstarrte in seinen Armen, ihr Atem ging flach und schnell.

Sie sahen einander an und lauschten den Schritten, die sich
von ihnen entfernten.

„Ich glaube, es ist Charlotte", flüsterte sie. „Vielleicht ist sie auf
der Suche nach einem Glas Milch."

„Hast du nicht gesagt, sie schläft gut?", flüsterte er.

„Das tut sie normalerweise. Sie wird immer unruhiger. Sie ist
nicht mehr die, die sie sonst ist, weil der grausame Tag der
Entscheidung näher rückt."

Joannas Worte waren eine schwere Last, ihre Stimme klang
rau vor Schmerz. Er zog sie fest an seine Brust und wünschte sich,
er könnte die Last ihrer Sorgen lindern.

Dumpfe Schläge auf die Holzdielen signalisierten, dass Charlotte die Treppe hinunterging, wahrscheinlich in Richtung Küche.
Joanna versuchte, sich von ihm loszumachen, aber er hielt sie in
seiner Umarmung fest.

„Spencer!", protestierte sie. „Sie könnte hier reinkommen!"

Die Verlockung, erwischt zu werden, war plötzlich zu groß.
Wenn er mit Joanna entdeckt werden würde, könnte er
gezwungen sein, sie zu heiraten. Und wäre das so schlimm? Es war
beängstigend, wie sehr ihm der Gedanke plötzlich gefiel. Wenn er
egoistisch wäre, würde er Joanna in eine Ehe mit ihm locken.

Aber er liebte sie. Und deswegen konnte er es nicht tun. Sie
verdiente jemand besseren als ihn.

Nach ein paar Minuten kehrten die Schritte zurück. Sein Herz schlug ihm bis zum Hals, als sie direkt neben Joannas Tür anhielten. Joanna drückte sich an ihn, ihr Atem fühlte sich süß und warm an auf seiner Haut.

Wenn sie erwischt wurden, könnte er sie sofort für immer haben. Er hätte dann keine Ausrede mehr.

Aber die Schritte wurden wieder aufgenommen, und nach drei oder vier weiteren knarrte eine Tür, dann schloss sie sich mit einem dumpfen Geräusch, und es war still.

Joanna atmete aus und schüttelte den Kopf.

„Ich dachte, du würdest verschwinden!", sagte sie kichernd.

„Ich bin hier." Er küsste sie. „Breche alle Regeln ... küsse diesen schönen Hals ..." Langsam wanderte er mit seinem Mund an ihrem Körper hinunter, knabberte an ihr. „Diese schönen Brüste ..."

Er zupfte an ihren Brustwarzen und zog das weiche und doch feste Fleisch durch den Stoff hindurch in seinen Mund. Er ließ die Hände an ihrem Körper hinuntergleiten, zeichnete mit ihnen die Kurve ihrer schlanken Taille nach, vorbei an ihren großzügigen Hüften, bis hin zu ihren glatten Schenkeln.

„Und dieser köstliche Bauch ..."

Er kniete sich hin, zog den Saum des Nachthemds hoch und fuhr mit der Zunge langsam ihren Innenschenkel hinauf. Mit Genugtuung spürte er, wie sie erschauderte.

„Davon habe ich tagelang geträumt", murmelte er gegen ihre Haut. „Du beschäftigst nicht nur meinen Geist, du Zauberin. Du hast mich verhext."

Er ließ seine Zunge höher und höher wandern und genoss den vertrauten und köstlichen Geschmack ihrer Haut. Als er den Scheitelpunkt ihrer Schenkel erreichte, bebte er vor fast unerträglichem Verlangen nach ihrem Duft und dem Gefühl, sie an sich zu spüren. Er spreizte ihre Falten und freute sich zu sehen, dass sie bereits feucht war von ihrem eigenen Verlangen nach ihm.

„Glaubst du, ich habe Willenskraft, wenn es um dich geht?",
fragte er und legte den Mund auf ihr weiches, feuchtes, wunderbares Geschlecht. Sie keuchte und grub die Hände in seine Schultern. „Du bist es, Darling", sagte er und lehnte sich ein wenig
zurück. „Du bist diejenige, die die ganze Macht hat. Ich bin derjenige, der auf den Knien liegt. Ich werde immer auf meinen Knien
sein."

Er widmete sich erneut ihren Falten, und sie erlaubte ihm, sich
an der einen Mahlzeit zu laben, nach der er sich jede Minute des
Tages sehnte. Er spürte, wie sie um ihn herum zitterte, ihr Bein lag
auf seiner Schulter, und ihr warmes und geschmeidiges Wesen
öffnete sich ihm. Er konnte sich nicht daran erinnern, ob er es
jemals so genossen hatte, eine Frau zu befriedigen, wie er es bei
seiner Persephone genoss. Sie gehörte zu ihm, schrie sein Körper
und sein Herz. Es fühlte sich richtig an, so wie sich noch nie etwas
in seinem Leben richtig angefühlt hatte.

Als er mit der Zunge über ihr Lustzentrum schnippte, stieß sie
einen gedämpften Schrei aus, offensichtlich hatte sie Angst,
jemanden aufzuwecken, und ihr Kopf schlug gegen die Tür, als sie
in seinen Armen ihre Erlösung fand. Seine Männlichkeit pochte
und dehnte sich aus, und er konnte ein Knurren nicht unterdrücken, als würde er genauso vor Lust zerfallen wie sie.

Als ihr leises Stöhnen verstummte, spürte er, wie sie schwer
atmend gegen die Tür sank. Er stand auf und hob sie auf die Arme.
Seine geprellten Muskeln protestierten, aber das war ihm egal. Er
brachte sie zum Bett und legte sie auf die Seite, dann legte er sich
zu ihr, drängte seine Brust gegen ihren Rücken und platzierte eine
Hand auf ihren Bauch.

„Hast du genug, Liebes?", fragte er.

„Spencer!", sagte sie kichernd und mit gespielter Empörung in
der Stimme.

„Sag es mir ...", murmelte er, küsste ihren Hals, umfasste ihre

Brust und spielte mit der samtigen Brustwarze. „Sag mir, was du willst. Reden ...? Wieder einschlafen ...? Oder mich reiten?"

Sie verstummte, und er spürte, wie sich ihr Brustkorb bei den letzten Worten unter seiner Hand schneller bewegte.

„Du kannst es mir offen sagen", sagte er. „Sei nicht schüchtern. Niemals mit mir. Vergiss nicht, du bist jetzt Teil der Unterwelt, Persephone. In der Unterwelt gibt es keine Schüchternheit, kein Verstecken und keine Geheimnisse vor mir. Ich werde jeden schmutzigen Gedanken und Wunsch, den du jemals hattest, wahr werden lassen."

„Dich reiten ...", sagte sie mit einer kleinen, aber heiseren Stimme, die seinen Penis zucken ließ. „Das wird besser sein für deine Prellungen, oder?"

Er knurrte und konnte sich nicht zurückhalten, seine Erektion an ihrem wunderschönen Po zu reiben.

„Vergiss meine Prellungen, meine hungrige kleine Königin", murmelte er, während er das Gesicht in ihrer Halsbeuge vergrub und eine Hand zwischen ihre Schenkel schob. Sie war immer noch geschmeidig und heiß. Er rieb ihre geschwollenen Falten und spürte, wie sie an ihm erschauerte. „Und reite mich."

Mit der anderen Hand öffnete er seine Hose und schob sie die Beine hinunter. Sein Glied schmerzte und zuckte vor Sehnsucht nach ihr. Er wollte in ihr sein ... mit ihr auf die intimste Weise verbunden sein, die zwischen zwei Menschen möglich war. Ihr noch mehr Vergnügen bereiten, spüren, wie sie um ihn herum auseinanderfiel, während er in ihr auseinanderfiel.

Er rollte sich auf den Rücken und zog sie auf sich. Dann zerrte er das Nachthemd hoch und ihr über den Kopf, und sein Mund wurde trocken bei ihrem Anblick. Sie besaß perfekte weibliche Kurven, üppige Brüste mit festen, rosigen Brustwarzen und einen weichen Bauch, in den er so gerne beißen würde. Und ihre Beine, die sie über ihm gespreizt hatte, waren voll und rund und machten ihn verrückt vor Verlangen, sich zwischen ihnen zu vergraben.

„Ich habe dich noch nie so sehr gewollt wie jetzt", schnurrte er.

Er drängte seine Erektion gegen ihren Eingang und war mit einem Stoß in ihr, ihre Enge und Weichheit ließ heiße Lust durch seinen Körper strömen. Sie keuchte und drückte sich gegen ihn, ihr Rücken wölbte sich. Er begann sich zu bewegen, stieß in sie hinein. Ihre herrlichen Brüste wippten auf und ab, der Anblick war so verlockend, und die Lust nahm so schnell in ihm zu, dass er zu platzen drohte ...

Er hielt sie fest und beobachtete, wie sich eine Röte der Lust über ihren Hals und ihre Brust legte, während sie den Kopf rollen ließ. Sie bewegte sich auf ihm auf und ab, und er erwiderte ihre Bewegungen mit seinen Stößen. Die Schmerzen, die von den Prellungen herrührten, waren nicht viel mehr als ein Echo, lästig wie eine Fliege, aber er ignorierte sie und verscheuchte sie. Was konnte es anderes geben als diese Hitze und diese Verbindung mit dieser Frau, die sich so heilig und so ewig anfühlte, als wären sie und er von Anfang an füreinander bestimmt gewesen?

So sehr er sich auch bemühte, nicht zu kommen, bevor sie ihre eigene Erlösung gefunden hatte, so sehr spürte er, wie sich ihre Muskeln um ihn herum anspannten und wieder lösten.

Mit einem Fluch spürte er, wie sich die Lust vervielfachte, als sie sich rhythmisch um ihn zusammenzog. Er konnte nicht mehr an sich halten. Das war sein Verderben. Als er fühlte, wie sein eigener Höhepunkt ihn in seiner Glückseligkeit überkam, wusste er, dass sie sein Licht war.

Er würde nie eine andere als sie lieben.

Solange er lebte.

25

Joanna lag mit Spencer auf dem Bett, seine großen prächtigen Arme waren um ihre Taille geschlungen, und ihr Rücken presste sich fest gegen seine Brust. Sie war warm, gesättigt und glücklich. Sanft fuhr sie mit den Fingerspitzen seinen Unterarm auf und ab.

„Hattest du Schmerzen?", fragte sie. „Habe ich dir wehgetan?"

„Nein, Schwester." Er küsste ihre Schläfe. „Sie haben alles besser gemacht."

Sie kicherte, als sie seine harten, geprellten Muskeln nachzeichnete. Die Kerze flackerte friedlich. Die Nacht war dunkel und still, und Joanna hatte das Gefühl, dass sie die beiden einzigen Menschen auf der Welt waren. Könnte das bitte für immer so weitergehen? Nur er und sie, verschmolzen zu einem einzigen Wesen.

Sie fühlte sich vollständig.

„Was hat die Duchess gesagt?", fragte Spencer, und die Seifenblase des Friedens und des Glücks zerplatzte.

Joanna spannte sich an. Genau. Natürlich konnten es nicht so bleiben wie jetzt. Sie musste einen Schurken fangen, die Ehre ihrer Schwester schützen und die Zukunft ihres Bruders retten.

Widerwillig löste sie sich aus seinen Armen und setzte sich an den Rand des Bettes. Er lag noch immer auf der Seite, hatte aber die Hose hochgezogen, den Kopf auf den Arm gestützt und sah sie mit weichen, dunklen Augen an.

In ihrem Hinterkopf schwirrten Fragen herum ... Was bedeutete das?

Spencer war gekommen, um sich zu vergewissern, dass sie nicht verletzt war, zumindest hatte er das gesagt. War das echte Besorgnis gewesen? Oder war es nur ein Vorwand gewesen, um die Informationen zu bekommen, die er suchte?

Würde Spencer ihr Bündnis brechen oder sein Wort halten? Wollte er ihre Affäre nicht beenden? Und was war mit Penelope? Er hatte ihre Frage, ob er die Duchess liebte oder nicht, noch immer nicht wirklich beantwortet. Er war zu Joanna gekommen, obwohl ihre Abmachung abgeschlossen war, hatte ihr all diese Dinge erzählt, aber kein Wort über die Ehe verloren. Wollte er sie also als seine Mätresse? Und wenn ja, würde sie einwilligen? Wenn sie zustimmte, wäre sie wieder diese obskure, unsichtbare Frau. Jemand, den er nicht genug lieben würde, um ihn in den Mittelpunkt seines Lebens zu stellen.

Sie war nicht mehr diese Frau.

Sie stellte sich ihm gegenüber und verschränkte die Arme vor der Brust.

Wieder war da dieses nagende Gefühl, dieser Verdacht, den sie hatte, als er vorschlug, dass sie sich verbünden sollten. Was, wenn er sie nur ausnutzte? Er tat all diese netten Dinge für sie ... nannte sie schön, die Einzige, und behauptete, dass er völlig in ihrer Macht stehe.

Und doch waren das nur Worte. Er hatte ihr noch immer keinen Heiratsantrag gemacht. Das würde ein Gentleman an seiner Stelle tun. Ein Mann, der sie all diese wunderbaren Dinge nannte, würde sie heiraten. Wenn er sie wirklich glaubte. Wenn er nicht lügen würde.

„Ist alles in Ordnung, Joanna?", fragte er mit einem Anflug von Besorgnis auf seinem Gesicht.

„Es ist alles gut", sagte sie.

Was auch immer er vorhatte, sie war eine ehrbare Frau und würde ihr Wort ihm gegenüber nicht brechen. Sie glaubte noch immer, dass sie ein Team waren.

Aber ein Teil von ihr konnte den Verdacht, die Warnung, vorsichtig zu sein, einfach nicht abschütteln. An Spencer war alles zu schön, um wahr zu sein. Die Komplimente, der Schutz, das Gebäude, das er ihr geschenkt hatte ... Sie hatte ihm ihre Tugend gegeben. Wollte er nur ihren Körper kaufen? Warum verpflichtete er sich ihr gegenüber nicht, wenn er wirklich keine andere wollte, auch nicht Penelope?

„Meine Tante ...", begann Joanna zögernd, „... sie hat mir gesagt, dass mein Onkel eine Produktionsstätte in Springfield hat, die Waffen an die amerikanische Armee liefert."

Spencer setzte sich auf. „Was?"

„Es geht ihm noch immer um Geld", sagte sie. „Indem er die Amerikaner unterstützt, schützt er seine finanziellen Interessen, die viel größer sind als das Geld, das er für Spionage bekommt."

Spencer starrte ins Leere, dann fuhr er sich mit den Fingern durchs Haar. „Großer Gott ..."

Joanna nickte und betrachtete ihren nackten Fuß. Sie stocherte mit ihrem Zeh in einem kleinen Loch in der Holzdiele.

„Sonst noch etwas?", fragte Spencer. Er sah sie wieder an und runzelte die Stirn.

Sie nickte. „Es ist mir gelungen, ihre Hilfe zu gewinnen. Sie wird die Urkunden der Grundstücke finden und sie mir schicken. Sie hat sich auch bereit erklärt, als Zeugin auszusagen."

Sie erwartete, dass er „gut gemacht" sagen oder sich zumindest freuen würde, dass sie diesen wichtigen Schritt vorangekommen war. Stattdessen sprang er auf und lief leicht humpelnd durch den Raum.

Er knurrte einen Fluch. „Ich habe den Mann noch nie so sehr gehasst. All das nur für Geld! Wie viel braucht man denn? Die Waffen, die die Männer getötet haben, mit denen ich mich angefreundet habe, wurden wahrscheinlich von Ashton hergestellt. Oh, er wird dafür bezahlen."

„Es ist schrecklich ...", sagte sie und war verwirrt, „... aber ist das nicht etwas, das wir schon vermutet haben? Dass es um Geld geht?"

„Ja. Aber es sind die Waffen." Er stieß einen langen Seufzer aus, stützte sich mit den Händen auf die Lehne des Stuhls und ließ den Kopf zwischen den Schultern hängen. „Nach meiner Verletzung ... war da ein junger Mann, Sam Holter, der bei einem Chirurgen studierte. Er hat sich um mich und meine Wunde gekümmert. Als ich im Delirium lag und von der Fäulnis brannte, die meine Wunde zerfraß, wich er nicht von meiner Seite. Er stammte aus Whitechapel und hatte die traditionelle Heilkunde von seiner Großmutter gelernt. Er hat mir erzählt, dass er schon immer gerne geheilt hätte, aber nie die Gelegenheit dazu gehabt hätte, es zu lernen. Auf dem Schiff konnte er dem Chirurgen assistieren und durch die Behandlungen lernen. Zu Hause in Whitechapel hatte er eine Verlobte. Er wollte das Mädchen heiraten, doch er wurde einen Tag vor der Hochzeit von der Pressbande verschleppt. Wäre er nach Hause zurückgekehrt, hätte ich ihm eine Ausbildung finanziert, damit er an einer Universität Medizin studieren konnte. Er hatte sein ganzes Leben noch vor sich."

Er schüttelte den Kopf, seine Finger schlossen sich um die Stuhllehne, und seine Knöchel traten unter seiner Haut weiß hervor.

„Es war unser letztes Gefecht in der Nähe von Boston, als er angeschossen und getötet wurde. Und jetzt weiß ich, dass es durch ein von Ashton hergestelltes Gewehr geschehen sein könnte. Vielleicht hat er auch Informationen über unsere Position an den Feind weitergegeben. Die ganze Sache mit den Pressbanden ist so ungerecht. Ich weiß nicht, wie das überhaupt legal sein kann. Es ist unglaublich ungerecht, jemanden in einen Krieg zu zwingen, den er nicht will, als ob sein Leben keine Rolle spielen würde."

Joanna beobachtete, wie die Schatten der Qual über Spencers Gesicht spielten, jede Linie und jede Falte dunkel vor Kummer. Tränen stiegen in Joannas Augen auf, als sie zu Spencer hinüberging, der die Lehne des Stuhls losgelassen hatte, sich zusammenkauerte und ausdruckslos auf den Boden starrte. Sanft legte sie eine Hand auf seine zitternde Schulter. „Es tut mir leid, Spencer."

„Ich musste derjenige sein, der seiner Verlobten die Nachricht überbringt. Ich habe sie in Whitechapel gefunden und ihr gesagt, wie sehr der Junge sie geliebt hat. Ich habe ihr etwas Geld gegeben. Die Marine hätte sie nicht bezahlt, da sie noch nicht verheiratet waren. Aber sie hätten es sein sollen. Also habe ich es stattdessen getan."

Joanna konnte sich nicht daran erinnern, ob sie Spencer jemals so gesehen hatte. Sie hatte ihn nach dem Albtraum gesehen. Sie hatte gesehen, wie viel Hass in Spencers Blick lag, als er Ashton gesehen hatte. Sie hatte ihn gesehen, als er ihr von den Grausamkeiten seines Lebens auf dem Schiff erzählt hatte.

Aber das … Diese bodenlose Dunkelheit in seinen Augen, der Ausdruck von kaltem Verlangen nach Mord und Zerstörung war etwas, das sie fürchtete, anzuschauen.

„Spencer", sagte sie. „Er wird bald gerächt werden. Wir sind so nah dran."

Spencer schüttelte den Kopf, in den Tiefen seiner Augen

lauerte etwas Manisches. „Nah dran ist nicht genug, Joanna. Wir müssen handeln. Diese Urkunden noch heute holen. Bei Tagesanbruch fahren wir hin ... und dann leiten wir das Strafverfahren sofort ein."

„Aber sie hat mich gebeten zu warten!", protestierte Joanna, während Sorge und Panik dafür sorgten, dass sich ihr Magen zusammenzog. „Sie weiß, dass wir nur noch zwei Tage haben. Sie wird den Lakaien schicken!"

Das war nicht das, was sie vereinbart hatten! Sie sollten ein Team sein.

Diese Sorge und diese Panik ließen ihre Zweifel wachsen, machten sie größer denn je. Er würde sie verraten, diese Stimme ... dieser Blick ... Er sah aus wie eine Schlange, die sich in der Ecke wandte, um ihren tödlichen Schlag auszuführen.

Er sah nichts anderes als seinen Feind.

Er sah sie nicht mehr. Vergaß sie.

So wie es die Menschen immer getan hatten.

„Was ist mit mir?", fragte sie mit zitternder Stimme.

Er runzelte die Stirn, sah sie an und blinzelte verwirrt. „Mit dir?"

„Ja, mit mir. Ich habe nur noch zwei Tage Zeit, um Charlottes und Gideons Situation zum Besseren zu wenden! Zuerst muss ich Ashton die Beweise vorlegen und ihn davon überzeugen, seine Macht über Charlotte aufzugeben, Gideons rechtmäßiges Erbe auszuhändigen und sein Testament zugunsten meines Bruders zu ändern. Erst dann kannst du ein Strafverfahren einleiten!"

Er verzog das Gesicht. „Das kommt nicht infrage, Joanna."

Da war es wieder, das kalte, beklemmende Gefühl der Angst. Er würde sie verraten. Sie hatte richtig gelegen, ihm nicht zu vertrauen. „Was? Warum?"

„Weil es gefährlich ist!" Er richtete sich auf und sah sie mit großen Augen an. „Die Dinge haben sich geändert. Es hat schon zu lange gedauert. Es gibt Männer, die mich unerbittlich verfolgen. Sie haben mich gestern angegriffen. Das bringt mein Leben, dein Leben und das meiner Familie in Gefahr."

Sie schnaubte. „Wir können ihn noch immer vorher zur Rede stellen."

„Nein."

„Denn dann wirst du niemals deine Rache bekommen, nicht wahr? Denn das ist alles, was dich interessiert. Aber das ist nicht das, worauf wir uns geeinigt haben! Bitte, gib mir die Briefe, Spencer. Ich werde zuerst mit Ashton verhandeln. Wenn er mir dann die Urkunde für Gideon aushändigt und Seiner Hoheit mitteilt, dass meine Schwester nicht verfügbar ist, kannst du den Strafprozess einleiten."

Doch Spencer sah sie finster an. „Ich werde das nicht zulassen."

Das Grauen breitete sich in ihrer Brust aus, und sie erkannte auf erschreckende Weise, wie recht sie hatte.

„Du wirst mich nie an erste Stelle setzen, nicht wahr?", flüsterte sie. „Du willst mit mir schlafen, aber mich nicht heiraten. Du willst mich benutzen, um dich zu rächen, aber du hältst dich nicht an unsere Vereinbarung. Du sagst mir, dass du nur an mich denkst, aber jetzt denkst du nur an dich und deine eigenen Pläne!"

Er runzelte die Stirn und schüttelte den Kopf. „Nein, Joanna, was du ... Er ist es, er ist gefährlich ... und ich kann nicht ... ich kann nicht ..."

„Du kannst was nicht?", wollte sie wütend wissen. „Du kannst mir die Briefe nicht geben?"

Entschlossenheit verhärtete sein Gesicht. „Ich werde dir die Briefe nicht geben. Ich werde dich nicht zu ihm gehen lassen."

Tränen trübten ihre Augen. „Und du willst mich nicht heiraten."

Er schluckte schwer, in seinen Augen stand pure Panik. „Ich kann nicht, Joanna."

„Kannst du nicht oder willst du nicht?" Seine Ablehnung verbrannte sie wie Säure.

Was hatte sie erwartet? Sie war nicht Persephone, und er war nicht Hades. Er war nicht auf der Suche nach einer Königin.

Er war nur auf der Suche nach einer Frau, um seine körperlichen Bedürfnisse zu befriedigen. Sie war nicht gut genug, um für immer sein zu sein.

„Ich wusste, dass man dir nicht trauen kann. Wieso habe ich dir nur geglaubt!", rief sie. „Also, was war das alles zwischen uns? Nichts weiter als ein Mittel, um dein Ziel zu erreichen?"

Etwas in seinen Augen erstarb. „Genauso wie ich eines für dich war."

Oh, wie falsch er doch damit lag. Wie falsch. Sie liebte ihn. Und sie war dumm genug gewesen, ihm alles zu geben. Ihre Loyalität. Ihre Unterstützung. Ihren Körper ...

„Du hast mir gesagt, du wärst ein Schurke", spie sie. „Ich dachte jedoch nicht, dass du ein grausamer Mensch wärst. Du kannst deinen Verlag behalten. Behalte die Briefe. Behalte alles, was du willst. Ich will nichts mehr mit dir zu tun haben."

Er sah ihr eine Weile in die Augen, und in seinen dunklen Augen brannte Schmerz. Er nickte, richtete seine Hose, nahm den Mantel und ging zur Tür.

Als er sie öffnete, sah er sie an und wollte etwas sagen, überlegte es sich dann aber anders.

Er nickte ihr zu.

Und er verschwand in die Dunkelheit.

26

„BLACKMORE, hilfst du mir nun oder nicht?", fragte Spencer am nächsten Tag.

Er empfand selten echte Angst vor einem Menschen, aber wenn er in die kalten, toten Augen von Thorne Blackmore blickte, zog sich sein Magen vor Angst zusammen.

Blackmore lehnte sich in seinem Stuhl hinter dem großen Schreibtisch zurück, das Tageslicht fiel durch die großen Fenster hinter ihm auf seine Schultern und den Rücken und ließ ihn im Gegenlicht noch dunkler erscheinen. Blackmore war ein hochgewachsener, breitschultriger Mann mit einer seltsamen Mischung aus aristokratischer Haltung und krimineller Bosheit.

„Du willst also, dass ich meine Männer zum Haus eines der mächtigsten und gefährlichsten Männer in England schicke und von seiner Frau die Herausgabe von Dokumenten verlange?"

Spencer nickte. „Ja. Für jede beliebige Geldsumme. Sag mir einfach wie viel. Dann gehört es dir."

„Das letzte Mal, als mich jemand um einen Gefallen gebeten

hat, der dich betraf, wäre er fast gestorben ... nur um am Ende dann meine Schwester zu heiraten."

Spencers Kiefer mahlten. „Ich weiß, dass Richard Jane geheiratet hat, glaub mir. Das macht dich zu meinem Schwager. Außerdem ... ich bitte dich nicht um einen Gefallen. Ich bitte um eine Dienstleistung, für die ich gerne bezahle."

Blackmore verengte die dunklen Augen, in denen sich ein Hauch von amüsierter Überraschung zeigte. „Und es stört dich nicht, dass ich Richard alles hätte sagen können, was ich wusste ...? Dass ich deiner Familie noch in derselben Nacht, in der du auf das Schiff geschleppt wurdest, hätte sagen können, dass du nicht tot bist ...?"

Die Wahrheit ließ Wut in Spencers Magen auflodern. Er könnte Blackmore für genau das Gleiche verantwortlich machen, was er Ashton vorwarf. Wäre Blackmore ein Mann von Ehre gewesen, hätte Spencers Familie vielleicht früher handeln und ihn zurückholen können. Vielleicht sogar, bevor die *Concord* die Themse verließ.

„Dann hätte Penelope Preston nicht geheiratet. Und du wärst nicht mit dem kriminellen Lord von London verwandt. Und deine einzige kostbare Schwester wäre nicht mit dem ärmsten Duke Englands verheiratet. Stört dich das alles nicht?"

Spencer knirschte mit den Zähnen. All das war wahr. Penelope wäre in einem anderen Leben vielleicht seine Frau geworden. Und sie wären beide für immer unglücklich gewesen. Sie hätte sich immer zu seinem Bruder hingezogen gefühlt, der weder sie noch Spencer enthehrt hätte, indem er seinem Verlangen nachgegeben hätte. Spencer hätte sie irgendwann nicht mehr geliebt, weil sie seine Gefühle nicht erwiderte.

Er wäre Duke geblieben ... Sein Bein wäre heil geblieben. Er hätte weder Albträume gehabt noch die dunkle Leere tief in seiner

Seele gespürt. Er hätte weiter geboxt. Getrunken. Geschossen. Kunst bewundert.

Und er hätte nie Miss Joanna Digby kennengelernt. Seine kleine Persephone, die nach Granatäpfeln schmeckte und nach dem Paradies roch. Die Königin seiner Dunkelheit. Das Licht seines Lebens.

Nein, er gab Blackmore nicht die Schuld für das, was er durchgemacht hatte. Der Mann führte nur sein „Geschäft" und hatte nichts davon, die Seatons über Spencers Schicksal zu informieren.

Er beschuldigte jedoch den wahren Verursacher.

Ashton.

„Ich habe größere Sorgen als das, Blackmore. Außerdem sind meine Brüder und Schwester alle glücklich. Verliebt. Und so sehr ich es auch nicht gesehen habe, als ich zurückkam ... ich gebe zu, ich freue mich für sie."

Blackmore stand auf, ging zur Anrichte und schenkte ein Glas mit bernsteinfarbener Flüssigkeit ein. „Whisky?", fragte er Spencer, der sich halb zu ihm umdrehte. „Er ist von der Lagavulin Bay. Offenbar ein altes Rezept des MacDonald-Clans."

Spencer räusperte sich. „Ich mag Whisky. Von dem habe ich noch nie gehört."

Blackmore nickte knapp und goss etwas in ein zweites Glas, reichte es ihm und nahm einen Schluck aus seinem eigenen. Spencer folgte seinem Beispiel und musste sich davon abhalten, die Augen zu schließen, als reine Glückseligkeit auf seiner Zunge spielte. „Ein seltener Schatz", sagte er und schaute auf sein Glas.

„In der Tat", erwiderte Blackmore. „Was steht in diesen Dokumenten, Spencer?"

„Bevor ich darauf antworte, muss ich wissen, wie du zum Duke of Ashton stehst."

Er zuckte mit einer Schulter. „Er begleitet den Prinzenregenten hierher. Ich weiß, dass er viel zu sehr über seine Verhältnisse lebt. Er muss diesen opulenten Lebensstil zum Teil aufrechterhalten, um seinem königlichen Gönner entgegenzukommen, dessen Gier nie gestillt werden kann. Er tut etwas Illegales, obwohl ich dir nicht sagen könnte, was das ist. Ich habe mich nie genug dafür interessiert, um es zu untersuchen, da es mich oder mein Geschäft nie berührt hat."

Spencer nickte. Obwohl er es nicht wollte, begann er, Blackmore mehr und mehr zu mögen. Vielleicht war es die Nüchternheit des Mannes, oder vielleicht blickte ihn aus den Tiefen von Blackmores Augen eine ähnliche Dunkelheit an, die Spencer seit dem Moment gequält hatte, als er auf die *Concord* geworfen wurde.

„Ashton hat Hochverrat an der Krone begangen. Er war derjenige, der mich von der Pressbande hat verschleppen lassen. Und er ist für den Tod vieler Männer im Krieg verantwortlich, da er militärische Informationen an die andere Seite schickt. Und er verkauft dem Feind Waffen, die er auf amerikanischem Boden produziert. Die Dokumente sind die Besitzurkunden dieser Grundstücke. Und ich brauche sie, um Ashton hängen zu lassen. Ich will, dass das ganze Land davon erfährt. Ganz London soll kommen und sehen, wie seine Leiche in der Schlinge baumelt."

Blackmore nickte nachdenklich, dann stieß er mit Spencers Glas an. „Rache ist in meinen Augen ein edles Motiv", sagte er. „Lass mich dir etwas sagen, Spencer. Ich werde dir helfen. Ich werde auch kein Geld von dir nehmen. Betrachte dies als meine Entschuldigung dafür, dass ich deinen Bruder fast getötet und meine Männer in jener Nacht hinter dir hergeschickt habe."

Spencer nickte ein wenig überrascht. „Danke."

„Danke mir noch nicht. Denn ich werde eines Tages einen Gefallen von dir einfordern." Blackmore lächelte schief. „Womöglich wirst du an dem Tag denken, dass du mir lieber Geld gegeben hättest."

Spencer zuckte mit den Schultern. „Ich würde dich lieber jetzt bezahlen."

„Nein", sagte Blackmore mit einem Lächeln, das Spencer die Haare auf den Unterarmen zu Berge stehen ließ. „Wie du schon gesagt hast, wir sind jetzt Brüder. Es wird keinen finanziellen Ausgleich zwischen uns geben."

Und warum jagten diese Worte Spencer einen Schauer über den Rücken?

Schnelle Schritte erklangen im Flur, und die Tür öffnete sich. Jane kam herein, ohne von einem Brief aufzusehen, den sie in den Händen hielt. „Thorne, ich habe diese Idee für eine Wohltätigkeitsveranstaltung ... Ich habe mich gefragt ..." Sie hob den Kopf und hielt abrupt inne. „Oh, Spencer ... Lord Seaton ..." Sie räusperte sich. „Pardon, ich weiß nicht, wie ich Sie nennen soll. Sie sind jetzt mein Bruder, aber ich habe Sie erst zweimal gesehen ..."

Es war, als ob eine Nadel in Spencers Herz gestochen hätte. Wie recht sie hatte ... Sie war Richards Frau ... Richard, sein gutmütiger, weichherziger Bruder, der sich vor ein paar Jahren geschworen hatte, niemals zu heiraten, obwohl jeder wusste, dass er im Herzen ein hoffnungsloser Romantiker war. Und diese Frau hatte die Schale eines sorglosen Bonvivants geknackt und das Herz seines Bruders vollständig verschlungen.

Und er hatte noch nicht ein einziges Mal richtig mit ihr gesprochen.

„Spencer", sagte er mit einem Lächeln. „Nenn mich Spencer."

Sie strahlte, und Spencer konnte sofort die herzliche Güte in ihren intelligenten Augen erkennen. „Dann nenn mich bitte Jane."

Blackmore zog eine Augenbraue hoch. „Was ist mit der Wohltätigkeitsveranstaltung, Liebes?", fragte er. „Ist es für deine Schule? Willst du, dass ich spende? Sag einfach Bescheid. Du weißt, dass alles, was du brauchst, zu deiner Verfügung steht."

Spencer konnte die Verwandlung nicht fassen, als er beobachtete, wie Thornes kalte Augen vor Liebe dahinschmolzen, sobald er seine Schwester ansah.

Calliope, seine geliebte Schwester, hatte mit ihrer Schwangerschaft zu kämpfen und fühlte sich unwohl. Und er hatte sie noch nicht einmal besucht.

Jane nickte. „Weißt du was, Bruder, darf ich mich deswegen später noch einmal bei dir melden? Spencer, ich möchte nicht aufdringlich sein, aber alle haben dich vermisst, besonders Calliope. Morgen versammelt sich die Familie zum Geburtstag deiner Großmutter, und zwar in Calliopes und Nathaniels Haus, damit deine Schwester nicht so lange unterwegs ist."

Natürlich! Der Namenstag seiner Großmutter. Wie hatte er das nur vergessen können? Sein Herz füllte sich mit einer anderen Art von Schmerz, und ihm wurde bewusst, wie sehr er seine Familie vermisste. Er hatte sie in all den langen Monaten im Krieg und auf See vermisst. Doch jetzt war er zurück.

Und sie befanden sich nicht auf der anderen Seite des Ozeans. Sie befanden sich in seiner Reichweite. Er war es, der sie weggestoßen hatte. Er, der allein sein wollte. Er, der sie angeblafft und verjagt hatte.

Obwohl er nach der Ausstellung mit ihnen zu Abend gegessen und sich bemüht hatte, nicht mehr so abweisend zu sein, hielt er noch immer eine emotionale Distanz zu ihnen.

Er schluckte einen schmerzhaften Kloß hinunter. „Danke für die Erinnerung, Jane", sagte er. „Du hast recht. Ich darf Großmutters Namenstag nicht verpassen."

Und Joanna ... Die Einzige, die er nicht mehr erreichen konnte, war Joanna.

Er wünschte, sie würde mit ihm kommen, damit er sie allen vorstellen konnte.

Er war hin- und hergerissen zwischen seiner Loyalität ihr gegenüber und seinem Bedürfnis nach Rache. Einerseits wollte er sie schützen, indem er Blackmore diese Dokumente abfangen ließ, bevor sie sie benutzen konnte, um ihren gefährlichen Onkel damit zu konfrontieren. Andererseits konnte er das Gefühl nicht abschütteln, sie verraten zu haben. Ging es wirklich um ihre eigene Sicherheit oder war es ein egoistischer Akt? Der Krieg in seinem Inneren ging weiter, während er um eine Entscheidung rang.

„Wann soll ich dir das Gewünschte liefern?", fragte Blackmore.

„Heute, wenn möglich. Spätestens morgen", sagte Spencer.

Morgen war der Tag, an dem der Prinz Charlottes Entscheidung erwartete, der letzte Tag, an dem Joanna Ashton überzeugen konnte, Charlotte in Ruhe zu lassen und Gideons Urkunden herauszugeben.

„In Ordnung, Spencer", sagte Blackmore und stand auf. „Es wird heute erledigt."

27

IM DÄMMRIGEN LICHT des frühen Morgens war Charlottes Schlafzimmer ein Durcheinander aus Stoffen und geflüsterter Dringlichkeit. Joanna trat ein. Sie trug noch ihr Nachthemd, das Haar war offen, und sie fühlte sich erschöpft und träge von der schlaflosen Nacht. In Charlottes Augen standen ungeweinte Tränen, ihre Bewegungen wirkten eilig und sprunghaft, ihre Hände zitterten, als sie nach Kleidern und Schmuckstücken griffen und sie mit verzweifelter Präzision in ihren abgenutzten Koffer stopften. Hin und wieder warf sie einen verstohlenen Blick zur Tür, als erwartete sie einen unwillkommenen Besucher, und ihr Blick fiel auf Joanna.

Heute war der Tag, an dem Charlotte in die königliche Residenz eingeladen worden war, um eine Privataudienz beim Prinzen zu erhalten. Hätte Spencer Joanna die Briefe und das schriftliche Zeugnis gegeben, wie er es hätte tun sollen, hätte sie bereits zu ihrem Onkel gehen und etwas unternehmen können. Aber Joanna hatte nichts, und ihre Brust schmerzte für ihre Schwester. Ein Tag nach dem anderen war vergangen, und es gab keine Nachricht von ihrer Tante. Mit der strikten Anweisung der Duchess, dass Joanna sie nicht besuchen sollte, hatte Joanna keine andere Wahl als zu warten.

„Joanna, kann ich dein blaues Seidenkleid nehmen?", fragte Charlotte, als sie sich wieder ihrer Aufgabe zuwandte, wobei ihre Hände kurz über einem Stapel Kleider verweilten. „Es ist das schönste Kleid, und ich könnte es gebrauchen. Ich kann es auf meine Größe ändern lassen."

Die so beiläufig geäußerte Bitte traf Joanna wie ein Schlag. Dieses Kleid war ihr Lieblingskleid, ein seltener Genuss, den sie sich erlaubt hatte. Dennoch glaubte Charlotte, dass sie es sich nehmen konnte, als ob Joannas Wünsche zweitrangig wären.

Joanna öffnete den Mund, um etwas zu sagen, aber Gideons schwere und schnelle Schritte ertönten auf der Treppe, die nach oben führte, und im nächsten Moment erschien er ein wenig außer Atem in der Tür. „Joanna, hast du meine schwarzen Handschuhe gesehen? Ich werde zu spät zu meinem Termin kommen!"

„Ich habe deine Handschuhe nicht gesehen", sagte Joanna, die jetzt sogar noch irritierter war. „Ich bin keine Handschuhhalterin."

„Ich bin so spät dran ..." Sein Blick fiel auf den Koffer und den Kleiderstapel auf Charlottes Bett. „Charlotte, was machst du da?"

Charlotte richtete sich auf und sah ihm in die Augen, ihre Wangen glühten. Gideon die Wahrheit zu sagen, kam nicht infrage, darin waren sich beide Schwestern einig. „Ich gehe weg und bleibe eine Zeit lang bei den Hodgeses", sagte sie.

„Ach?", fragte er und runzelte verwirrt die Stirn. „Ich habe nichts von ihnen gehört."

„Sie haben gestern Charlotte geschrieben", bot Joanna eine Erklärung an. „Sie haben ihre Gouvernante entlassen, und unsere Tante braucht dringend Hilfe mit der kleinen Annie und den Jungs."

„Die Saison ist sowieso vorbei", sagte Charlotte mit einem scheinbar gleichgültigen Achselzucken.

„Aber ich sollte dich begleiten ... Du kannst nicht allein und ohne Begleitung nach York gehen."

Charlotte schenkte ihm ein tapferes Lächeln. „Doch das kann ich. Frauen machen das ständig. Keine Sorge, sie werden eine Kutsche nach York schicken."

Gideon schüttelte den Kopf, sein Blick war misstrauisch. „Wann wirst du gehen? Joanna, ich muss jetzt wirklich los ... meine Handschuhe!"

Charlotte wandte sich wieder ab und fuhr mit den Fingern über den Kleiderstapel. „Heute. Heute Nachmittag. Joanna, sei ein Schatz, kannst du mir bitte dein blaues Kleid bringen?"

Jetzt nahm sie auch noch an, dass Joanna es ihr bringen würde?

Ihre Dienerin zu sein, zu wissen, wo die Handschuhe waren, Charlotte ihre besten Sachen schenken, ihre Kleider und ihr Kostüm für den Maskenball zu nähen ...

Und ihre eigene Jungfräulichkeit zu verschenken, damit ihre Schwester nicht ruiniert wurde ...

Der bekannte Schmerz, übersehen zu werden, immer nur die Nebenfigur in der großen Erzählung ihrer Familie zu sein, nagte an ihr. In ihr brodelte der Unmut darüber, dass sie immer im Hintergrund stand und ihre eigenen Bedürfnisse und Sehnsüchte ständig überschattet wurden. Sie war immer da gewesen, unerschütterlich und bescheiden, hatte ihre eigenen Ambitionen wie vergessene Erinnerungsstücke weggesteckt. Aber in diese Frustration mischte sich eine tiefe, beständige Liebe zu ihrer Schwester, ein Beschützerinstinkt, der sie immer dazu gebracht hatte, Charlottes Bedürfnisse an erste Stelle zu setzen.

Eine Flut von Emotionen stieg in Joanna auf, eine Mischung aus Frustration, Liebe und einer neu entdeckten Entschlossenheit.

Es war genug. Sie hatte es satt, sich zu verstecken, damit Charlotte glänzen konnte. Sie hatte es satt, die stille Unterstützerin zu sein, die jeden an die erste Stelle setzte, nur sich selbst nicht. Sie hatte es satt, Gideons männliches Ego vor der Information abzuschirmen, dass sie seit zwei Jahren die Hälfte des Einkommens beisteuerte.

Sie hatte dasselbe mit Spencer getan. Sie hatte zugelassen, dass er sie in diese dumme Wette verwickelte, ihre Bedenken für sich behalten und sich in einen Mann verliebt, der sie nie an die erste Stelle gesetzt hatte. Sie sollte die Nummer eins sein wollen, nicht nur für jemand anderen.

Sondern für sich selbst.

Sie holte tief Luft. „Charlotte, Gideon, ich muss euch etwas sagen", begann Joanna, ihre Stimme klang fester, als sie sich fühlte.

Charlotte blickte schließlich auf, ihr Gesichtsausdruck wechselte von abgelenkt zu neugierig. „Was ist denn?"

Gideon runzelte die Stirn. „Ja, Joanna?"

Joanna zögerte, denn das Geheimnis, das sie so streng gehütet hatte, kam ihr plötzlich wie ein Schlüssel zu ihrer eigenen Befreiung vor.

„Ich habe geschrieben", sagte sie, und die Worte fühlten sich fremd und doch kraftvoll an, als sie über ihre Lippen kamen. „Für den *London Gazetteer*. Fortsetzungsromane. Aber ich habe ein männliches Pseudonym benutzt. Ich habe es geschafft, die Hälfte unserer Ausgaben damit zu decken, und keiner von euch hat es bemerkt."

Charlottes Augen weiteten sich vor Überraschung. „Du schreibst beruflich?"

Gideons Stirnrunzeln vertiefte sich, und er verschränkte die Arme vor der Brust. „Ich wusste, dass du eine gute Schriftstellerin bist, Schwester ... Warum hast du uns das nicht gesagt?"

Joanna zuckte mit den Schultern, ein bittersüßes Lächeln umspielte ihre Lippen. „Ich habe wohl nicht gedacht, dass das eine Rolle spielt. Ich habe mich immer im Hintergrund gehalten, nicht wahr? Meine Leistungen, meine Wünsche, sie schienen immer zweitrangig zu sein gegenüber den Bedürfnissen der Familie."

Charlottes Gesichtsausdruck nahm weichere Züge an, eine dämmernde Erkenntnis zeigte sich auf ihrer Miene. „Joanna, ich … ich wollte nie, dass du dich so fühlst."

Gideon schüttelte den Kopf. „Hast du dich wirklich so gefühlt?"

Joanna streckte die Hand aus und ergriff die Hand ihrer Schwester. „Das habe ich."

„Es tut mir leid, dass du dich so gefühlt hast, Joanna", sagte Gideon sanft. „Ich war mit den Gedanken woanders, aber du warst die ganze Zeit hier und hast uns unterstützt … Danke."

Joanna löste ihre Hand aus Charlottes. „Es ist Zeit für mich, aus dem Schatten zu treten. Ich bin mehr als nur eine unterstützende Schwester. Ich habe meine eigenen Träume, meine eigene Stimme."

Das Geständnis fühlte sich an, als würde sie eine Haut abstreifen und ein neues, stärkeres Ich zum Vorschein bringen. Joanna richtete sich auf, entschlossener denn je. Ein Gefühl der Leichtigkeit breitete sich in ihr aus, wo vorher Anspannung geherrscht hatte. Wie viele Jahre hatte sie auf diese Weise verbracht, gegen ihren natürlichen Instinkt, sie selbst zu sein, angekämpft, sich klein gemacht, damit andere größer sein konnten, damit andere sich wohlfühlten?

Es war genug. Sie liebte ihre Familie noch immer, aber es war an der Zeit, dass sie neben ihrer wunderschönen Schwester und ihrem brillanten Bruder glänzte. Es war Zeit für sie, sie selbst zu sein und nicht, um irgendwelche Ausreden zu suchen. Sie stellte sich aufrechter hin und straffte die Schultern, als würde sie allein dadurch, dass sie ihre Wahrheit aussprach, gestärkt werden.

Sie fragte sich, was passiert wäre, wenn sie Spencer gesagt hätte, dass sie ihn liebte. Hätte das einen Unterschied gemacht? Hätte er sie trotzdem betrogen? Sie kompromittiert und unverheiratet zurückgelassen? Sie benutzt?

Wenn sie am Anfang so stark gewesen wäre, hätte sie ihn das nicht tun lassen.

„Und was das Kleid angeht ...", fuhr sie mit neu gewonnener Zuversicht in der Stimme fort, „... würde ich es gerne behalten. Es ist schließlich mein Lieblingskleid. Ich hatte eigentlich vor, es heute anzuziehen."

Charlotte nickte, eine Mischung aus Respekt und Reue in ihren Augen. „Natürlich, Joanna. Es tut mir leid, dass ich von etwas anderem ausgegangen bin."

Dieser Moment war ein Wendepunkt für Joanna, eine Erkenntnis, dass sie es verdiente, gesehen und gehört zu werden. Sie war nicht nur eine Figur im Hintergrund der Geschichte eines anderen, sie war die Autorin ihrer eigenen Geschichte.

Joanna wusste, dass sie nicht einfach dasitzen und warten konnte. Auch ohne Beweise würde sie zu ihrem Onkel gehen. Und vielleicht würden ihre Worte ausreichen, um ihn aufzuhalten, und dann würde sie ihm einen Beweis besorgen, sobald er danach fragte.

„Geh nicht, bevor ich zurück bin, Charlotte", sagte Joanna, als sie sich umdrehte, um in ihr Schlafzimmer zu gehen und sich fertig zu machen. „Ich fahre nach Neverton Place, um zu sehen, ob unser Onkel dir nicht doch bei deiner Reise helfen würde."

Eine Stunde später stand Joanna in Ashtons Arbeitszimmer, und ein Schauer lief ihr über den Rücken, als hätte sie Fieber. Es war seltsam, diesen Raum bei Tageslicht zu sehen, wo sie doch vor etwa zwei Wochen hier ihren allerersten Kuss bekommen hatte, ausgebreitet unter dem herrlichen, harten Körper eines wahren Schurken, in den sie sich verliebt hatte.

Ihr Onkel war nicht er selbst. Sein Haar war in Unordnung, und er schob mit zitternden Händen manisch die Papiere auf seinem Schreibtisch hin und her.

„Onkel, danke, dass du mich empfängst", sagte sie, als sie den Raum betrat. „Ich hatte gehofft, du würdest mich nicht abweisen ... Es geht um Charlotte und das unanständige Angebot des Prinzregenten. Bitte, ich bin gekommen, um dich zu bitten, dies zu stoppen und das Richtige zu tun, indem du Charlotte aus dieser drohenden Affäre entlässt und mir die Besitzurkunde für Gideon gibst. Den Besitz, der rechtmäßig meinem Bruder gehört."

Ashton blickte zu ihr auf, seine sonst so gefassten Gesichtszüge wirkten verzweifelt. „Charlotte? Gideon? Bitte geh. Ich habe größere Probleme als das."

Gerechter Zorn brannte in ihrer Magengrube, als sie näher zum Schreibtisch trat. Sie empfand keine Reue. Sie hatte ihm eine Chance gegeben. Sie stand direkt vor dem Schreibtisch, und er blickte verwirrt zu ihr auf. „Was ist los?"

„Leider, Onkel, lässt du mir keine andere Wahl, als allen mitzuteilen, was du getan hast."

Er richtete sich auf, sein Blick wurde bösartig. „Wovon in aller Welt redest du?"

„Verrat", sagte sie und hatte das Gefühl, dass die Welt unter ihren Füßen ins Wanken geriet. Ein Teil von ihr wünschte sich, sie könnte sich irgendwo verstecken und all dem aus dem Weg gehen. „Ich weiß alles über deine Geschäfte mit der Pottinger Shipping Company und dem Haus in der Petticoat Street. Und ich weiß auch von deinem Waffenhersteller in Springfield, Massachusetts."

Jeder Rest Höflichkeit verflog, und seine Gesichtszüge erinnerten sie jetzt an eine Schlange. Kalte, unbewegte Augen starrten sie mit purer Bosheit an, bereit zuzuschlagen. Furcht, wie sie sie nie zuvor verspürt hatte, durchströmte Joannas Körper. Langsam legte er die Papiere weg, kam um den Schreibtisch herum und näherte sich ihr. Unbewusst wich sie einige Schritte zurück.

Sie hätte nicht kommen sollen.

„Und wer wird dir wohl glauben?", fragte er und stellte sich direkt vor ihr auf.

Er verströmte einen seltsamen Geruch nach scharfem Pfeffer, Alkohol und ungewaschenem Mund.

Jetzt war es zu spät, um wegzulaufen oder ihre Meinung zu ändern. Sie konnte nur noch versuchen zu gewinnen. Und hoffen, dass ihr Bluff funktionieren würde. „Ich habe Beweise", sagte sie und hob den Kopf. „Du wirst nicht wollen, dass ich sie benutze."

„Du hast nichts."

„Befreie meine Schwester von den Annäherungsversuchen des Prinzregenten. Gib mir Gideons Erbe zurück. Und du wirst es nicht herausfinden müssen. Ich bin sicher, diese Dinge sind nichts im Vergleich zu deinen kriminellen Aktivitäten. Den Tausenden von Menschen, die als Folge deiner Taten sterben."

Seine Augen weiteten sich, als er die Wahrheit erkannte. „Du bist die Frau, die Lord Spencer Seaton mit sich herumgeschleppt hat. Und das warst du auf meinem Maskenball? Mit ihm, in meinem Arbeitszimmer?" Er deutete auf seinen Schreibtisch. „Genau hier."

„Nein", verneinte sie und hatte das Gefühl, diese Schlacht zu verlieren. „Ich weiß nicht, wovon du sprichst."

Mit mörderischer Miene packte er sie am Ellbogen und zerrte sie aus dem Arbeitszimmer in die luxuriöse Diele, wo sein Diener ihr einen überraschten und besorgten Blick zuwarf.

„Lass mich los!", schrie sie und wand sich in seinem Griff. „Lass mich los!"

„Henry ...", bellte er, „... bring sofort die Kutschen her! Die Männer sollen sich bereit machen, mich zu begleiten."

„Sehr wohl, Euer Gnaden", sagte der Diener und lief den Flur hinunter.

„Denkst du, ich gebe dir einfach die Urkunde?", zischte Ashton, während er sie weiterzog und sie sich gegen ihn stemmte. „Glaubst du, ich mache mir Sorgen um deine kostbare Charlotte? Was der Prinzregent will, bekommt der Prinzregent. Was glaubst du, wozu ich all das Geld brauche, das ich nicht habe? Es ist für ihn! Er muss Ananas haben. Er muss Kaffee haben. Tee. Perlen aus der Karibik. Gold aus Nord- und Südamerika. Seide aus dem Orient. Tiger. Elefanten. Strauße. Maskenbälle. Feuerwerk ..."

Sie gingen nun die Treppe hinunter, und Joanna versuchte, die Finger ihres Onkels von ihrem Arm zu lösen. „Die besten Maler und ein ganzer Raum, der mit seinen Porträts bedeckt ist! Riesige Bankette, Ströme von Champagner, Wein und Portwein, die er und seine Gäste täglich trinken ... Ist dir klar, wie teuer es ist, sein Liebling zu sein, sein Vertrauter, seine rechte Hand? Und seine Scherze zu ertragen, jedes Verlangen, das sofort befriedigt werden muss, sonst verliert er das Interesse an dir!"

„Tante!", rief Joanna, als sie sich kurz vor der Eingangstür befanden. „Tante! Hilfe!"

Der Butler blickte überrascht auf den Duke und die zappelnde Joanna. „Kein Grund zur Sorge, Goodridge", sagte Ashton. „Es ist nur ein dummes Spiel, das meine Nichte spielt, und ich muss sie disziplinieren. Sie wissen ja, wie ungezogen meine Nichten und mein Neffe waren, als sie hier gelebt haben."

Der Butler nickte bedeutungsvoll und billigte die Bestrafung unartiger Nichten und Neffen. Sie gingen durch die große Eingangstür, dann die breite Treppe hinunter und in Richtung der Kutsche, die sich bereits näherte.

Es folgten zwei weitere Kutschen, jede vollgepackt mit Männern in Marineuniformen. Vier von ihnen stiegen schnell aus und näherten sich Ashton und Joanna. Sie drängten Joanna in die erste Kutsche.

„Hast du wirklich so viel Angst vor einer kleinen Frau, dass du zwei Kutschen voller Männer mitnehmen musst, Onkel?", fragte Joanna.

„Ich könnte dich auf der Stelle mit meinen eigenen Händen töten ...", erwiderte Ashton, „... aber ich muss mich vor den Angriffen derjenigen hüten, die mir meinen Erfolg auf ihre Kosten übel nehmen. Besonders jetzt, wo der verfluchte Thorne Blackmore zur Familie der Seatons gehört."

Nachdem er dem Kutscher Anweisungen für die Fahrt nach Tilbury zugerufen hatte, nahm Ashton auf der Bank neben ihr Platz.

„Onkel", flehte Joanna, deren Herz raste. „Du musst das nicht tun! Du kannst einfach aufhören und mich gehen lassen."

„Nein, Nichte, das kann ich nicht. Ich stecke zu tief drin." Er seufzte und stützte den Kopf in die Hände, während die Kutsche fuhr. „Wenn ich aufhöre, wäre das alles umsonst gewesen. Ich stehe so kurz davor, dass er mir Anteile an der Westindischen Handelsgesellschaft gibt – dem reichsten und mächtigsten Unternehmen der Welt. Dann werde ich endlich loslassen können. Verstehst du also, wie schlimm selbst kleinste Gerüchte über meinen Hochverrat sein können?"

Joanna schaute aus dem Fenster und betrachtete die vorbeiziehenden Häuser Londons. „Warum fahren wir nach Tilbury?"

„Dort gibt es einen netten kleinen Hafen, den niemand benutzt. Keiner wird bemerken, dass du verschwunden bist."

28

ETWAS FRÜHER AM SELBEN TAG …

„Spence?" Calliope drückte sich mit dem Ellbogen von den Polstern des Sofas hoch.

Als Spencer das schäbige Wohnzimmer in Roxburgh Place, Calliopes und Nathaniels Londoner Haus, betrat, brach sein Herz erneut beim Anblick der großen blauen Augen seiner Schwester. Sie wirkten besonders groß in ihrem blassen Gesicht, das einen Hauch von Grün hatte.

Der Rest der Familie – Preston, Penelope, Richard, Nathaniel und seine Großmutter – starrte ihn mit unterschiedlichem Ausmaß Erstaunens an, außer Jane, die aufstand und sich an seine Seite stellte.

„Ich habe ihm gesagt, dass wir alle hier sein werden", sagte sie, und Spencer lächelte alle höflich an.

„Gut gemacht, Jane", sagte seine Großmutter.

„Ich wollte deinen Namenstag nicht verpassen", sagte er zu

ihr. „Herzlichen Glückwunsch."

Er fühlte sich schuldig, weil er wusste, dass er sie weggestoßen hatte, obwohl sie versucht hatten, die Hand auszustrecken, um ihn zurückzubekommen.

Er vermutete, dass er noch immer nicht wirklich zurück war. Nicht ganz. Vielleicht würde er es nie sein.

Er ging weiter ins Zimmer und küsste seine Großmutter auf die weiche Wange, dann legte er schließlich seinen Hut auf die Anrichte und reichte ihr eine eingepackte Schachtel. „Für dich."

„Ah, danke, mein Liebling", sagte sie und gab ihm einen Kuss auf die Wange. „Ich wusste, dass du den Geburtstag deiner alten Großmutter nicht verpassen würdest."

„Spencer ..." Preston erhob sich von seinem Platz neben Penelope und überraschte Spencer erneut mit dem nachgiebigen, sanften Ausdruck auf seinem Gesicht. Ein Gesicht, von dem Spencer es gewohnt war, dass es kantig, grimmig und kalt wirkte. „Komm doch herein."

„Möchtest du einen Tee, Bruder?", fragte Calliope, die sich trotz ihres offensichtlich schlechten Zustands über den Tisch beugte, um ihm eine Tasse einzuschenken.

„Ja, den hätte ich gern", sagte er, während er seine Hände zu Fäusten ballte und sich wünschte, sie mit etwas beschäftigen zu können.

„Lass mich das machen, Liebes", sagte Nathaniel, aber sie schüttelte den Kopf.

„Mir geht es gut", betonte sie, während sie einschenkte. „Ich fürchte, wir sind alle meinetwegen hier. Obwohl Penelopes Ingwerplätzchen helfen, mir ist heute nicht so übel."

„Das ist gut", sagte Spencer und nahm die Tasse mit Unter-tasse aus ihren Händen entgegen.

Er stellte sich zwischen sie und Preston, und als Jane auf ihren Platz neben seiner Großmutter zurückkehrte, wurde es ganz still im Raum. Sie waren angespannt, sahen sich um, warfen einander unangenehme Blicke zu ... Und das alles nur seinetwegen. Er hätte nie herkommen dürfen. Er vermisste sie, aber jetzt, wo er hier war, fühlte er sich einsamer denn je.

Er nahm einen Schluck Milchtee, und das leise Klirren der Tasse auf der Untertasse war das lauteste Geräusch im Raum.

Das war ein Fehler. Er würde einfach noch ein bisschen länger bleiben und sich dann verabschieden.

Blackmore hatte geliefert. Gestern Abend hatten zwei sehr gut aussehende Zwillingsbrüder vor seiner Tür gestanden, der eine in Schwarz, der andere in Weiß gekleidet, und ihm eine Lederrolle überreicht.

Spencer fragte sich, wer sie waren und wie sie in den Besitz der Dokumente gekommen waren, aber die beiden geheimnisvollen Männer waren verschwunden, bevor er nachfragen konnte.

Es war alles da. Schwarze Tinte auf weißem Papier. Die Urkunden der Ländereien. Finanzberichte. Namen von Kunden und Managern.

Doch statt des Triumphs über den Sieg fühlte sich Spencer von einem quälenden, schmerzenden, prickelnden Verlust erfüllt. Er hatte sich selbst verloren. Seine Familie. Seinen Körper. Seinen Titel.

Was jedoch am wichtigsten war, er hatte Joanna verloren.

„Geht es Miss Joanna Digby gut?", erkundigte sich seine Großmutter, als ob sie seine Gedanken lesen könnte, und Spencers Teetasse klapperte, als er den Henkel zu fest drückte.

Die Erwähnung der Frau, die er liebte, war wie ein Messer, das direkt in sein Herz schnitt. Er warf einen Blick auf Preston und Penelope, die beide auf dem Sofa saßen. Er konnte sehen, wie die Hand seines Bruders die ihre berührte, als ob es niemand bemerken würde, wie sein kleiner Finger die Hand seiner Frau streichelte. Auf ihren Wangen lag eine gesunde Röte und in Prestons Augen der Ausdruck absoluter Liebe und Glück.

Und anders als noch vor zwei Wochen, als Spencer geglaubt hatte, vor Kummer zu ertrinken, weil er wusste, dass Penelope niemals ihm gehören würde, herrschte in Spencers Herz nichts als Zufriedenheit und Freude für sie und ihr Glück.

Alles, was er wollte, war, so mit Joanna zusammenzusitzen und eine gesunde, glückliche Röte auf ihre Wangen zu zaubern, während er heimlich ihre Hand streichelte, wenn er dachte, dass es niemand bemerken würde.

„Ich weiß es nicht, Großmutter", antwortete er mit einer seltsam angespannten Stimme. „Ich weiß nicht, wie es ihr geht."

„Wer ist Miss Joanna Digby?", fragte Calliope, während sie sich einen Ingwerkeks nahm.

„Spencer hat ihr ein Haus in Cheapside gekauft", sagte seine Großmutter verräterisch.

Spencers Kiefer arbeitete, als sich wieder alle Augenpaare auf ihn richteten.

„Großmutter", sagte er. „Du hast versprochen, dass du nichts sagen würdest!"

„Ach, habe ich das?", fragte sie unschuldig. „Ich bitte um Verzeihung, mein Schatz. Ich nehme an, das liegt daran, dass ich langsam alt und vergesslich werde."

Sie schenkte ihm und allen anderen ein süßes, aber zufriedenes Lächeln.

„Ist sie nicht die Nichte des Duke of Ashton?", fragte Preston. „Die, die du beim Sturz vom Balkon aufgefangen hast?"

Allgemeines Keuchen hallte durch den Raum.

„Du hast sie beim Sturz vom Balkon aufgefangen?", verlangte Richard zu wissen. „Na, wer ist jetzt romantisch?"

Spencer schüttelte den Kopf. „Ich ganz bestimmt nicht."

Sie würden ihn nicht für romantisch halten, wenn sie von der

Wette wüssten, die er Joanna vorgeschlagen ... und gewonnen hatte.

„Nun, was läuft da zwischen dir und ihr?", fragte Calliope. „Und wie ist sie mit dem Duke of Ashton verbunden? Ist sie wirklich seine Nichte?"

Spencer erwog, alles zu leugnen und sie alle von sich zu stoßen, so wie er es am Anfang getan hatte. Er überlegte, wieder einmal wegzulaufen. Vor ihnen. Vor dem Schmerz. Davor, sich im Spiegel zu betrachten.

Aber er schaute sich im Zimmer um. Sein Blick fiel auf seine glückliche Schwester, die nun Duchess des ärmsten Duke von England war und in einem prächtigen, aber heruntergekommenen Herrenhaus lebte. Er wusste, dass sie nicht hatte heiraten wollen, dass sie immer zu stark und zu unabhängig erschien, um einen Ehemann zu haben. Und doch hatte sie ihre Unabhängigkeit aufgegeben und sich auf eine Vernunftehe eingelassen, um Nathaniels Hilfe zu gewinnen – für Spencer.

Und nicht nur sie. Er sah zu Richard, der zugestimmt hatte, die Schwester des gefährlichsten Verbrecherfürsten in London zu heiraten, um Informationen zu erhalten, von denen er gehofft hatte, sie würden helfen, Spencer zu finden. Sein jüngster Bruder wäre für seine Mühen fast erschossen worden.

Und schließlich ... sah er zu Preston. Sein Bruder, der so voller Trauer und Wut gewesen war, dass er die Tochter seines Feindes, Lord Neville Beckett, geheiratet hatte, um Spencers Tod zu rächen. Denn Beckett hatte Thorne angeheuert, Spencer Prügel zu verpassen, von denen Preston ausgegangen war, dass sie seinen Bruder getötet hatten.

Sie alle hatten ihr Leben verändert, sie alle hatten etwas für ihn geopfert.

Hatten sie es nicht verdient, dass er dasselbe für sie tat? Die Mauern aufzugeben, die er aufgebaut hatte, um sein neues, leeres, verletzliches Ich zu schützen, das aus dem Krieg zurückgekommen war? Seine Verteidigung fallen zu lassen und für seine Familie verletzlich zu werden, so wie sie es für ihn getan hatte?

„Was ist los, Spencer?", fragte Preston.

Spencer holte die Lederrolle mit all den Beweisen, all der harten Arbeit, die er in dem Wettstreit mit Joanna geleistet hatte, hervor und hielt sie vor sich.

„Es ist alles hier", sagte Spencer. „Alle Beweise gegen den Mann, der mich meines Lebens beraubt hat. Und ich denke, ihr habt ein Recht darauf zu erfahren, wer das ist."

„Es ist Miss Digbys Onkel", sagte Calliope. „Der Duke of Ashton."

Spencer blieb der Mund offen stehen. „Woher weißt du das?"

Sie zuckte mit einer Schulter. „Wir mussten dich im Auge behalten, auch wenn du uns nicht sehen wolltest. Wir wussten, dass dieser abscheuliche Mann vielleicht nicht aufhören würde. Also haben wir jemanden beauftragt, dir zu folgen."

„Moment ... Der Mann mit der Narbe, der mir in Whitechapel gefolgt ist? Und die drei Männer, die mir vor drei Tagen zu Hilfe gekommen sind?"

„In der Tat", sagte Calliope. „Wir haben mehrere Spione beauftragt. Ein paar Informationen hier", sagte sie beiläufig. „Etwas Klatsch und Tratsch dort. Mehrere Leute hatten den Duke und Admiral Langden bei diversen Gelegenheiten in einer angespannten Unterhaltung gesehen, was das Erste war, was uns aufhorchen ließ. Dann erwähnte Sebastian den Brief von Ashton an seine Mutter, als Ashton in Amerika war. Und danach hat Nathaniel Ashtons Spazierstock gesehen, als er ins House of Lords ging – den mit dem Griff aus Walrosselfenbein – und das brachte alles zusammen."

Spencer sah sie erstaunt an. „Wie konnte ich nur annehmen, dass du dich von dieser Gefahr fernhalten würdest? Dass es eine

Möglichkeit gäbe, dich davon abzuhalten, die Wahrheit zu erfahren?" Er lachte leise, und sein Herz erwärmte sich durch die Liebe, die er für seine Schwester empfand.

Sie lächelte ihn an. „Du hast es nur ein wenig vergessen ... und du hattest jedes Recht dazu, bei allem, was dir passiert ist."

Er nickte und seufzte.

„Darf ich diese Dokumente lesen?", fragte Calliope. „Nur, damit ich die Beweise sehen kann?"

Er nickte und reichte seiner Schwester die Lederrolle. Der Rest der Familie versammelte sich um sie, und jeder von ihnen erhielt einen Brief oder ein Dokument zur Prüfung.

Doch als Penelope aufstand, um ein Dokument entgegenzunehmen, hielt Spencer sie auf. „Penelope", sagte er und wandte sich dann an seinen Bruder. „Preston. Kann ich euch beide kurz sprechen?"

Penelope leckte sich über die Lippen, und sie und Preston tauschten einen Blick aus und nickten. „Natürlich."

Die beiden folgten Spencer zu den Fenstern mit den gesprungenen Glasscheiben und der abgeplatzten Farbe an den Holzrahmen. Spencer blickte aus dem Fenster auf den schlechten Zustand des Vorgartens. Er war dankbar, dass er erfahren hatte, dass Nathaniel nach der Geburt ihres Kindes, womit die Bedingungen des väterlichen Testaments erfüllt werden würden, ein riesiges und wohlhabendes Anwesen erben würde. Er sah, dass mit den Reparaturen begonnen worden war, und war sich sicher, dass dieses Haus unter den Händen seiner Schwester bald wieder in seinem alten Glanz erstrahlen würde. Aber er konnte sich vorstellen, dass Calliope einen Schock erlitten hatte, als sie an ihrem Hochzeitstag ihr bröckelndes neues Heim betrat. Sein Herz füllte sich mit Dankbarkeit.

Konnte er sich vorstellen, jemals ein solches Opfer für die zu bringen, die er liebte? War er nicht schon egoistisch genug gewesen? Und was war mit Joanna? Alles, was sie in ihrem Leben getan hatte, war, sich für andere aufzuopfern. Er hatte sein ganzes Leben lang nur egoistisch gelebt, als Erbe eines reichen Herzogtums, und dann selbst als Duke.

Er hatte ihr alles genommen – ihre Jungfräulichkeit, ihre Ehre und jetzt auch noch die letzte Chance, ihre Familie zu retten – für seinen egoistischen Rachefeldzug.

Wenigstens konnte er seinen Bruder und dessen neue Frau von ihren Verpflichtungen entbinden.

Als Penelope und Preston vor ihm standen, räusperte er sich. Hier waren sie, ein perfektes Beispiel für Glück. Er sehnte sich so sehr nach dem, was er fast gehabt hätte, aber nie wieder haben konnte … mit Joanna.

Was er wirklich wollte, war lebenslanges Glück mit der Frau, die er liebte.

„Ich wollte mich nur aufrichtig dafür entschuldigen, dass ich euch mit meinem Verhalten Unbehagen bereitet habe", sagte er.

„Es ist nicht nötig …", begann Penelope, aber Spencer unterbrach sie.

„Bitte, Penelope. Es ist nötig. Ich möchte nur sicherstellen, dass es kein böses Blut mehr zwischen uns gibt. Ich habe dich einmal geliebt", sagte er, und seltsamerweise lösten diese Worte nicht die Qualen aus, die sie früher ausgelöst hatten. „Aber das tue ich nicht mehr."

Er sah, wie Erleichterung in ihre Augen trat und eine seltsame Anspannung von Prestons Körper abfiel.

„Ich glaube, ich habe dich seit vielen Monaten nicht mehr geliebt … Vielleicht habe ich es nie wirklich getan. Ich habe die wahre Liebe mit der Idee von Liebe zur richtigen Frau verwechselt. Mit dem Willen zu leben. Und der Sehnsucht nach meinem verlorenen Leben. Jetzt, wo ich mich in jemand anderen verliebt habe, kenne ich den Unterschied."

Preston und Penelope sahen einander erleichtert und neugierig an.

„Es ist alles in Ordnung, Spencer", sagte Penelope sanft. „Das Wichtigste ist, dass es dir gut geht und du lebendig nach Hause zurückgekehrt bist. Ich hoffe, wir können wieder Freunde sein, wie wir es früher waren. Ich habe dich immer wie einen Freund geliebt und werde dich jetzt, wo wir eine Familie sind, als Bruder umso mehr lieben."

Er spürte, wie sich ein echtes, warmes Lächeln auf seinen Lippen ausbreitete. „Das würde mir sehr gefallen." Er sah zu Preston und drückte seinem Bruder die Schulter. „Ich freue mich sehr für dich, Bruder. Seid glücklich. Ihr beide. Ich meine es ernst."

Und das tat er. Die Erkenntnis, dass er diese beiden Menschen von seinem Zorn, seinen Schuldgefühlen und der ständigen Ungewissheit über seine Absichten befreite, war, als würde er einen Damm öffnen und dem Strom freien Lauf lassen.

Preston grinste und umarmte Spencer wie ein Bär, und Spencer schlang seine eigenen Arme um seinen Bruder, und in seiner Seele begann etwas, wieder zusammenzuwachsen.

Als sie sich trennten, hatte Penelope Tränen der Freude in den Augen und ein sanftes Lächeln auf den Lippen.

„Danke, dass du das gesagt hast, Spencer", sagte sie. „Es bedeutet uns wirklich viel."

„Nun sag mir", sagte Preston nachdenklich. „Ist Miss Joanna Digby die Frau, in die du dich verliebt hast?"

Spencer atmete tief ein. Es war eine Sache, sich selbst gegenüber so etwas einzugestehen. Es war eine andere, es anderen gegenüber zuzugeben. Aber jetzt, da er sie verloren hatte, hatte er nichts mehr zu verlieren.

„Ja", sagte er, und da war er wieder, dieser Riss in seinem Herzen. „Ja, sie ist diejenige."

„Und warum stellst du sie uns nicht vor? Warum machst du ihr keinen Antrag? Ist es, weil sie Ashtons Nichte ist?"

„Nein", sagte er. „Es ist, weil ich alles ruiniert habe."

Und wie der Strom, der durch den Damm brach, redete er weiter und erzählte den beiden alles, was sich zwischen Joanna und ihm zugetragen hatte. Von seinem verzweifelten Verlangen nach Rache, ihrer Rivalität und wie sie begonnen hatten, zusammenzuarbeiten – und wie er sie verraten hatte.

„Auch wenn ich sie liebe und es getan habe, um sie zu schützen. Ich habe ihr die Chance genommen, ihre Schwester vor dem Ruin zu bewahren und ihren Bruder davor, alles zu verlieren, was ihm zusteht. Sie will, dass ich sie heirate. Und das kann ich nicht."

„Warum kannst du nicht?", fragte Penelope.

„Weil ... weil ich ihr nicht viel zu bieten habe. Ich weiß nicht mehr, wer ich bin. Ich habe so viel verloren. Ich habe alles verloren."

„Und doch ...", sagte Preston, „... hast du sie gewonnen."

Spencer sah ihn an und runzelte die Stirn.

„Ich verstehe das Gefühl des Verlusts, Bruder", sagte Preston. „Wir haben dich verloren. Aber du bist wieder da. Du bist nicht mehr die alte Version von dir. Vielleicht fühlst du dich leer. Aber vielleicht bedeutet das, dass du ein anderer bist. Als wäre dein altes Ich gestorben, und das ist es, was du fühlst. Aber es gibt auch das neue Du, das zurückgekommen ist. Derjenige, der sich in diesem neuen Leben wiederfinden muss."

Spencers Herz schlug schnell in seiner Brust. Die Wahrheit von Prestons Worten hallte tief in seiner Seele nach. Er wollte, dass sie wahr waren.

„Ohne Ashton wäre ich nicht in dieser Situation", knurrte er starrköpfig. „Und er hat so vielen anderen Schaden zugefügt. Er muss bestraft werden."

„Ich stimme zu. Was hast du vor?"

„Ich werde ein Strafverfahren einleiten. Mit deiner Macht als Duke of Grandhampton und Sebastians Unterstützung werden wir die besten Anwälte Englands engagieren und dafür sorgen, dass er gehängt wird."

Preston legte den Kopf schief. „Ich verstehe und stimme zu, dass Ashton aufgehalten werden muss. Aber geht es dir um Gerechtigkeit oder um Rache? Wenn es Rache ist, wirst du die Frau, die du liebst, nicht bekommen. Denn wenn er gehängt wird, kann ihr Bruder sein Erbe und den Titel vergessen. Ihre Familie wird um das beraubt, was ihr zusteht. Und sie wird dir nie verzeihen."

Spencer sah ihn stirnrunzelnd und vor Wut schäumend an. Er hasste Ashton, daran würde sich nichts ändern. Ashton verdiente es, gehängt zu werden – nicht nur um Spencers willen. Für Tausende von Männern und die Frauen und Familien, die diese Männer verloren hatten. Für England.

„Ich war da, wo du jetzt bist", sagte Preston. „Ich war auf Rache aus, auf Kosten der Liebe dieser wunderbaren Frau. Und ich musste meinem Feind verzeihen, denn eines Tages wusste ich, dass die Liebe wichtiger ist. Denn ich wusste, dass ich durch das Festhalten an meinem Hass und meinem Wunsch nach Rache das Einzige verlor, was mir wichtig war. Penelope. Die Liebe meines Lebens. Vergebung bedeutet nicht, dass man die Taten des Duke entschuldigt. Und es bedeutet nicht, dass man ihn nicht zur Rechenschaft ziehen sollte, sondern nur, dass man es mit klarem Verstand tut und nicht mit einem von Wut überwältigten. Dann kannst du endlich heilen. Und glücklich sein."

Spencer schwieg daraufhin einige Augenblicke. „Glücklich? Nicht jeder bekommt ein Happy End, Bruder."

Er hatte Joanna nie ein Happy End versprochen, hatte sich eine solche Möglichkeit für sich selbst nie vorstellen können, nachdem er alles verloren hatte, was ihm wichtig war.

Und doch hatte er sie vermisst. Er war unglücklich gewesen ohne sie. So traurig, als wäre ihm das Herz aus dem Leib gerissen worden. Er hatte einen Vorgeschmack darauf bekommen, wie sein Leben ohne sie aussehen würde.

Preston hatte recht. Spencer würde in seinem Hass und seiner Selbstsucht kochen. Allein.

Und was dann? Nachdem Ashton gehängt wurde?

Nichts. Leere. Einsamkeit.

Er würde einsam und voller Bedauern sterben, während er an sie dachte.

Spencer war kurz davor, sein Ziel zu erreichen, aber er hatte die Liebe seines Lebens durch sein eigenes Handeln verloren. Er hätte sie nicht verraten brauchen. Sie hatten ein gemeinsames Ziel, und sie arbeiteten als Team.

Die Liebe *war* wichtiger, genau wie Preston gesagt hatte. Joanna war wichtiger.

Zum ersten Mal in seinem Leben war es an der Zeit, selbstlos zu sein – für sie. Um ihr zu zeigen, dass sie nicht diejenige sein musste, die alle Opfer brachte. Er liebte sie, und es war an der Zeit, dass jemand sie an die erste Stelle setzte.

Wie sie es schon immer verdient hatte.

Es war an der Zeit, seine Rache aufzugeben. Selbst wenn er sie nicht zurückbekommen würde. Er wollte, dass sie bekam, was sie wollte ... was sie verdiente.

„Du hast recht, Bruder", sagte er und blickte zu seiner Familie, die alle die Beweise lasen und sie mit empörten, aber leisen Stimmen diskutierten. „Du hast recht. Sie hat etwas Besseres verdient. Ich wollte die Beweise nutzen, um den Strafprozess zu eröffnen. Aber heute ist der letzte Tag, an dem ihre Schwester ..." Er hielt inne. Es stand ihm nicht zu, dieses Geheimnis zu verraten, denn es war nicht seines. „Der letzte Tag, an dem das einen Unterschied machen kann. Ich werde tun, was sie von Anfang an tun wollte. Ich werde für sie mit Ashton verhandeln."

„Würdest du dann nicht deine Chance verlieren, einen Strafprozess zu beginnen?", fragte Penelope.

„Vielleicht", sagte Spencer. „Aber solange Joanna und ihre Familie in Sicherheit sind, ist es das wert. Preston hatte recht. Das ist es, wofür es sich zu leben lohnt." Natürlich würde er immer noch dafür sorgen, dass Ashtons Spionagenetzwerk und sein Waffenhersteller geschlossen wurden, damit niemand mehr seinetwegen sterben musste und das Land nicht seinetwegen verraten wurde.

Als er das sagte, hatte er zum ersten Mal seit einem Jahr das Gefühl, endlich er selbst zu sein.

„Ihr alle", sagte er, als er zu seiner Familie zurückkehrte. „Bitte gebt mir die Dokumente zurück. Ich brauche sie, um Ashton zu konfrontieren."

Calliope stand auf, die Papiere noch immer in der Hand. „Oh, Bruder, wenn du glaubst, dass du allein gehst, irrst du dich gewaltig. Wir werden nicht zulassen, dass du dich diesem Mann allein stellst."

„Außerdem", sagte Richard. „Er hat das nicht nur dir angetan. Er hat es uns allen angetan."

Nathaniel nickte. „Wir kommen auch mit."

29

DIE RÄDER von Spencers Skeleton-Gig klapperten beim Fahren, während das gleichmäßige Trappeln der Hufe seines schwarzen Pferdes in der Luft hallte.

Hinter ihm fuhr seine Familie in Prestons und Richards Kutschen, mit Ausnahme von seiner Großmutter, die Ashton ihre Meinung sagen wollte. Sie fuhr in ihrer eigenen Kutsche hinter Richard her, zusammen mit der Armee von drei Hunden – Janes Foxhound Hercules und Calliopes und Nathaniels beiden größten Hunden, dem Mischling Orion und der Dogge Argos. Nathaniels Schwester Hazel, die Zwillingsschwestern Violet und Poppy und sein dritter Hund, der Beagle Cerberus, wurden zu Hause gelassen, um sie vor Gefahren zu schützen.

Zu seiner eigenen Überraschung war Spencer froh, die Unterstützung seiner Familie zu haben. Er brauchte sie nicht mehr wegzustoßen, um zu heilen. Im Gegenteil, die Menschen, die ihn am meisten auf der Welt liebten, an sich heranzulassen, gab ihm Kraft und erlaubte es ihm, sich vollständig zu fühlen.

Die Einzige, die er in seinem Leben vermisste, war Joanna.

Neverton Place lag gut sichtbar zwischen den Bäumen am Ende des Pfades, prächtig wie ein Palast, umgeben von einem beeindruckenden gusseisernen Zaun und Tor. Es befand sich eine fünfzehnminütige Fahrt von Mayfair entfernt, in einer Gegend, in der es keine anderen Gebäude gab. Er würde das einzig Richtige tun, was er konnte. Er wollte für Joannas Familie verhandeln, im Austausch dafür, Ashton nicht strafrechtlich zu verfolgen. Sobald Spencer für Charlottes Sicherheit gesorgt und Gideons Urkunde erhalten hatte, würde er zu Joanna gehen, auf die Knie fallen und sie anflehen, ihm zu verzeihen und ihn zu heiraten.

Doch als sie sich näherten, fuhr eine luxuriöse Kutsche aus den Toren. Als sie nur noch ein Stück von Spencer entfernt war, konnte er Ashtons Wappen an der Tür erkennen. Zwei schwarze Pferde zogen die Kutsche mit hoher Geschwindigkeit, und ein ungutes Gefühl machte sich in Spencers Magen breit. Natürlich könnte es die Duchess of Ashton sein, die vorfuhr, aber ... Er zog an den Zügeln, hielt an und betrachtete die Kutsche mit einem Stirnrunzeln. Als sie auf seiner Höhe war, schaute er in das Fenster. Er konnte zwei Personen darin erkennen ... Die erste, die weiter weg von ihm saß, war eindeutig ein Mann – zweifellos Ashton. Und näher bei ihm, am Fenster, saß ...

Joanna!

Keiner der beiden bemerkte ihn, als die Kutsche vorbeirauschte. Sie sahen einander an und waren scheinbar in eine hitzige Diskussion vertieft.

Es folgten zwei Wagen voller Männer in Marineuniformen. Insgesamt mussten es zwölf Schläger sein!

Spencers Herz drohte ihm aus der Brust zu springen. Er wendete das Gig und fuhr Ashtons Kutsche hinterher, nachdem er den Kutschern seiner Familie zugerufen hatte, ihm zu folgen.

Spencer gab seinem Pferd die Sporen, und es stürmte in vollem Tempo vorwärts.

Sie war in Gefahr! Sie war in genau der Situation, von der er gefürchtet hatte, dass er sie hineinbringen könnte – und es war alles seine Schuld. Hätte er sie nicht gedrängt ... hätte er eher erkannt, wie töricht und selbstsüchtig er gewesen war ... wäre er mehr wie sie gewesen – gütig und lieb und selbstlos –, hätte er Ashton bereits in der Hand, und sie wäre nie darin verwickelt worden.

Er fuhr hinter Ashtons Kutsche her und sah, dass seine Familie sich an seine Fersen geheftet hatte.

Plötzlich sah er eine weitere Kutsche mit voller Geschwindigkeit auf ihn zukommen. Sie verlangsamte, ließ Ashtons Wagen passieren, und als Spencer erstaunt in das Fenster blickte, erkannte er Dorian, der alles mit einem verwirrten, aber wütenden Gesicht beobachtete. In dem einen Moment, in dem sich ihre Blicke trafen, gab Spencer ihm ein Zeichen, sich ihnen anzuschließen.

Als er einige Minuten später zurückblickte, sah er Dorians Kutsche, die ihm ebenfalls folgte.

Sie fuhren um London herum in Richtung Osten und bogen schließlich auf die Straße ab, die er mit Joanna genommen hatte, um nach Tilbury zu gelangen. Hier nahm der Verkehr ab, und Spencer sah endlich eine Möglichkeit, sie zu überholen. Er trieb das Pferd an und fuhr voraus. Er spürte den Wind um sich herum, jeder Stein und jede Unebenheit auf der Straße erschütterte ihn. Dies war höchst gefährlich, das wusste er. Das Skeleton-Gig war schnell und leicht, aber wenn er auf eine Unebenheit stieß und das Gig ins Schleudern geriet, konnte er unter dem Gefährt oder dem Pferd landen, und das konnte tödlich enden.

Trotz der Gefahr trieb er das Pferd weiter an, und schließlich passierte er die beiden Kutschen voller Männer und zog mit Ashtons Kutsche gleich, sodass er hineinsehen konnte. Joanna drehte sich zu ihm um und öffnete erschrocken den Mund, ihre

Augen waren weit aufgerissen. Er fixierte sie mit seinem Blick und versprach ihr im Stillen, dass alles gut werden würde. Er würde nicht zulassen, dass ihr etwas zustieß.

Leider sah Ashton ihn auch. Sein Gesicht wurde zu einer wütenden Maske, auf der sich die Brauen zusammenzogen. Er griff nach seinem Gehstock und klopfte an die gegenüberliegende Wand, woraufhin sich die Kutsche beschleunigte.

Spencer spornte sein Pferd noch weiter an und versuchte, aufzuholen. Doch gerade, als er sich wieder einen Vorsprung verschafft hatte, scherte Ashtons Wagen plötzlich zur Seite aus und versuchte, Spencer in den Graben am Straßenrand zu drängen. Das Manöver war riskant, und einen Moment lang bewegten sich die Räder von Spencers Skeleton-Gig gefährlich nahe an der Kante.

Spencers Herz raste, und seine Instinkte übernahmen die Kontrolle. Er riss die Zügel hart nach links und wich nur knapp dem Graben aus. Der Rappe, der die Dringlichkeit spürte, gab ein trotziges Wiehern von sich und preschte mit neuem Elan vorwärts. Die Räder des Gigs wackelten bedenklich, aber Spencers geschickte Handhabung verhinderte, dass es umkippte.

Hinter ihm explodierte etwas.

Ein heißer Luftzug strömte an seinem Ohr vorbei.

Er fühlte sich, als wäre die Explosion direkt in seinen Magen geknallt. Sein Rücken spannte sich an wie ein Brett, sein Atem blieb ihm im Hals stecken, als hätten sich zwei riesige Fäuste um seine Luftröhre geballt. Er spürte, wie das Gig unter ihm so heftig schwankte wie das Schiff, konnte fast sehen, wie die Kanonenkugeln um ihn herumflogen und einzuschlagen drohten. Die Bilder des Krieges, sein aufsteigendes Entsetzen und der Hauch des Todes über ihm brachten ihn dazu, sich in sich selbst verkriechen und weglaufen zu wollen.

Aber Joanna …

Joanna ...

Allein ihr Name, der ihm durch den Kopf ging, klang wie ein Segen. Er musste für sie stark bleiben. Er durfte nicht zusammenbrechen. Wieder einmal, wie damals auf dem Schiff, musste er an die Liebe glauben. Er musste leben ... für die Liebe. Aber dieses Mal für eine tiefere, wahrere Liebe. Die Liebe zu jemandem, der echt war und nicht nur ein schönes, perfektes Bild.

Ohne zu wissen, ob er sie verlieren würde, wie er Penelope verloren hatte.

Weil die Liebe jedes Risiko wert war und weil sie beide ein Happy End verdient hatten.

Er nahm einen reinigenden Atemzug, während der Schreck noch immer in prickelnden Wellen durch ihn hindurchfuhr. Ohne seine Beine oder Arme zu spüren, drehte er sich um und sah, dass eine der Kutschen, die mit Ashtons Männern besetzt waren, in Rauch eingehüllt war. Einer von ihnen, derjenige, der neben dem Fahrer saß, hielt eine Pistole in der Hand und lud sie erneut. Dahinter folgten die drei Kutschen seiner Familie und die Kutsche von Rath.

Es gelang Spencer, vor Ashtons Kutsche zu ziehen. Er konnte die Rufe der Kutscher seiner Familie hinter sich hören, die ihre Pferde anspornten, aber er konnte es sich nicht leisten, zurückzublicken. Er konzentrierte sich voll und ganz auf die Straße und das gefährliche Katz-und-Maus-Spiel, das er mit Ashton spielte.

Mit einem letzten, entschlossenen Ruck zog Spencer das Gig quer über den Weg vor Ashtons Kutsche und zwang sie damit zu einem kreischenden Halt. Die Pferde bäumten sich auf, ihre Hufe flogen durch die Luft, und die Kutsche schwankte gefährlich. Spencer sprang von dem Gig herunter, seine Augen fixierten Ashton und forderten ihn auf, einen Zug zu machen.

Hinter ihm hörte er die beiden Kutschen voller Männer und

die Kutschen seiner Familie vorfahren, aber Spencer dachte nur an Joanna.

Er musste zu ihr gelangen, um sicherzustellen, dass sie in Sicherheit war.

Ashton stieg aus der Kutsche, er war unübersehbar wütend. Bösartiges Gift verzerrte sein gut aussehendes Gesicht. Er zog eine Pistole heraus und richtete sie auf Spencer.

Spencer nahm kaum wahr, dass weitere Männer aus den beiden hinteren Kutschen stiegen. Er hörte Nathaniels Schrei und sah, wie er seine eigene Pistole in die Menge der Männer richtete und gleichzeitig einen Säbel zog. Dorian sprang mit einer Pistole in der einen und einem Säbel in der anderen Hand aus seiner Kutsche.

Spencers Herz raste. Calliope ... Jane ... Penelope ... und seine Großmutter – sie alle waren auch hier!

Alle Menschen, die er auf dieser Welt liebte, waren hier, und sie alle befanden sich in tödlicher Gefahr.

Seinetwegen.

„Hände hoch", befahl Ashton und hielt Spencers Blick fest. Er sah zu seinem Kutscher. „Peter, fessle ihm die Arme auf dem Rücken."

Spencer wollte sich nicht die Hände binden lassen. Ashtons Kutscher war ein großer Mann, aber Spencer hatte in den Boxringen des „Portside" schon gegen größere Männer gekämpft. Peter näherte sich ihm mit bedrohlicher Miene und einem Seil in der Hand. Der Kutscher war breitschultrig und stämmig, sein Blick brutal. Spencer erkannte, dass er die Vorstellung genoss, ihn zu überwältigen.

Spencer blickte zu den Kutschen seiner Familie und sah, dass seine beiden Brüder nun auch draußen waren. Zusammen mit Dorian kämpften sie mit Ashtons Schlägern. Nathaniels Säbel glitzerte im trüben grauen Licht des Tages, als er ihn schwang. Richard und Preston ließen ihre Fäuste fliegen. Dorian lieferte sich einen Schwertkampf mit zwei von Ashtons Männern. Die Tür an der Kutsche seiner Großmutter stand offen, und mit einem gewaltigen Knurren und Bellen stürzten sich die drei Hunde in die Menge der Schläger.

Aber Spencer hatte seinen eigenen Kampf zu führen. Als Peter sich nach vorne stürzte, um seine Arme zu packen, wich Spencer aus und nutzte den Schwung des Kutschers gegen ihn. Peter stolperte, fand aber schnell sein Gleichgewicht wieder und drehte sich mit einem Knurren zu ihm um.

Spencer konnte sich wegen des verletzten Oberschenkels nicht auf seine übliche Beinarbeit oder Kraft verlassen. Stattdessen musste er seinen Verstand und seine Geschicklichkeit einsetzen. Er täuschte eine Finte nach links an, um Peter anzulocken, duckte sich dann schnell unter dem ausgestreckten Armen des Kutschers hindurch und landete einen harten Schlag in dessen Mitte. Peter stöhnte atemlos auf, konterte aber mit einem wilden Schwinger, der auf Spencers Kopf zielte.

Spencer wich aus und spürte den Luftzug, als die Faust ihn nur knapp verfehlte. Er konterte mit einem schnellen Schlag in Peters Gesicht und spürte das befriedigende Knirschen beim Kontakt. Doch der Schmerz in seinem Oberschenkel wurde stärker, eine scharfe Erinnerung an seine Verwundbarkeit.

Peter, der Spencers schwächelnden Zustand erahnte, grinste bösartig und stürzte sich erneut auf ihn. Diesmal war Spencer nicht schnell genug. Die fleischige Hand des Kutschers schlang sich um sein Handgelenk und zog ihn aus dem Gleichgewicht. Die beiden Männer rangen miteinander, jeder versuchte, die Oberhand zu gewinnen.

Aus den Augenwinkeln heraus bemerkte Spencer das kurze

Aufblitzen eines weißen Kleides. Plötzlich durchbrach eine scharfe, gebieterische Frauenstimme die Anspannung in der Luft. „Genug!"

Beide Männer erstarrten und drehten sich um, um Joanna zu sehen, die mit einer Pistole direkt auf Ashton zielte. Ihr Gesicht war blass, aber entschlossen, in ihren Augen loderte ein Feuer.

Ashton stand mit einem überraschten Gesichtsausdruck da.

„Lass ihn los, Peter", befahl sie mit fester Stimme. „Oder ich schwöre, ich werde abdrücken."

„Du Miststück", knurrte Ashton. „Du hast meine Pistole gestohlen!"

Seine Hand wanderte zu seinem Rücken, wo er die Schusswaffe diskret in den Bund seiner Hose gesteckt hatte, die nun jedoch offensichtlich fort war.

Joanna zog eine Augenbraue hoch. „Manchmal ist es von Vorteil, nicht aufzufallen."

Als Spencers Blick auf Joannas entschlossene Haltung fiel, überkam ihn eine Welle von Gefühlen. Ihr goldenes Haar fing die Sonne ein, und Strähnen davon hatten sich unter der Haube hervor gelöst und umrahmten ihr Gesicht mit einem schimmernden Heiligenschein. Ihre grünen Augen, die normalerweise sanft und freundlich wirkten, funkelten jetzt mit einer grimmigen Entschlossenheit, die ihre Schönheit nur noch verstärkte. Sie war atemberaubend. Spencers Herz schwoll an vor Bewunderung. In diesem Moment war sie nicht nur die Frau, die er liebte, sondern eine Kraft, mit der man rechnen musste, und ihn traf eine überwältigende Welle von Stolz und Verlangen.

„Joanna, mach dich nicht lächerlich!", spottete Ashton, als er mit ausgestreckter Hand auf sie zuging. „Du wirst sie nicht abfeu..."

Ein ohrenbetäubender Knall zerriss die Luft und scheuchte

einen Vogelschwarm hinter der Baumreihe in die Flucht. Rauch erfüllte die Luft um Joanna, und Spencers Herz machte einen Sprung, weil er hoffte, Ashton am Boden zu sehen. Doch er war unversehrt, aber wütend.

„Du dummes, dummes Mädchen!", sagte er. „Du hast deine einzige Chance verpasst."

Spencer, der noch immer mit Peter kämpfte, nutzte aus, dass der Kutscher momentan abgelenkt war. Mit einer schnellen Bewegung drehte er Peters Arm um und nutzte sein eigenes Gewicht, um den größeren Mann in die Knie zu zwingen. „Genug, Peter", knurrte Spencer, seine Stimme klang tief und gefährlich. „Das Spiel deines Herrn ist vorbei. Es ist das Beste, wenn du kooperierst."

Peter, der keuchte und eindeutig unterlegen war, nickte widerstrebend. „Gut", spie er. „Ich habe sowieso seit sechs Monaten kein Geld mehr bekommen. Ich bin ihm keine Loyalität schuldig."

Spencer ließ ihn los und stand trotz der Schmerzen in seinem Oberschenkel aufrecht. Eine weitere laute Explosion zerriss die Luft, und ein stechender Schmerz durchfuhr Spencers linke Schulter. Er blickte nach unten und sah, wie sich ein dunkler Fleck auf seinem Mantel ausbreitete.

Als er Ashton wieder ansah, hatte dieser die Pistole in der Hand, die er sich zurückgeholt und offenbar während des Handgemenges nachgeladen hatte. In seinem wütenden Gesicht stand ein zufriedenes Grinsen.

Eine Frau schrie, und Spencers Blick kehrte zu Joanna zurück. Ihr entsetztes Gesicht war auf ihn gerichtet, und sie wollte gerade zu ihm laufen, als Ashton sich auf sie stürzte und eine Hand zum Stiefel bewegte. Kaltes Grauen erfasste Spencers Herz.

Die Zeit verlangsamte sich.

Spencer kämpfte darum, sich aufzurichten, aber er hatte das

Gefühl, sich durch Schlamm zu bewegen. Einige Meter entfernt kämpfte seine Familie weiter. Einer von Ashtons Männern schlug mit dem Säbel nach Argos, Hercules und Orion. Alle drei knurrten ihn an, die Zähne gefletscht, das Fell auf dem Rücken gesträubt, die Lefzen zu einem Knurren verzogen, das sehr scharfe Reißzähne offenbarte. Hercules, der kleinste der drei, machte einen Satz nach vorn und versuchte, den Mann in den Knöchel zu beißen.

Nathaniels Säbel schimmerte im schwachen Licht, als er die Angriffe zweier Gegner abwehrte. Er stand mit dem Rücken zu einer knorrigen Eiche, das Gesicht zu einer wütenden Maske verzerrt. Spencer sah, wie Calliope, die noch immer in einer der Kutschen saß, eine Pistole zur offenen Tür heraushielt und feuerte. Einer von Nathaniels Angreifern fiel mit einem Schrei, aber ein weiterer nahm seinen Platz ein.

Stolz auf Calliopes Schießkünste erfüllte Spencers Brust, aber es würde einige Zeit dauern, bis sie die Pistole nachladen konnte.

Richard schlug den Kopf eines anderen Mannes gegen Ashtons zweite Kutsche, und er fiel zu Boden. Dann rannte Richard auf Preston zu, der von zwei Männern in eine Ecke gedrängt wurde. Plötzlich erschien ein Spazierstock durch den Schlitz in der Tür der Kutsche, in der seine Großmutter saß, und einer von Prestons Gegnern stürzte. Das verschaffte Richard einen Vorteil. Als der Mann aufstand, hatte er nicht genug Schwung, und Richard versetzte ihm einen kräftigen Schlag gegen den Kiefer.

All das zog vor Spencers Augen blitzschnell vorbei, während Ashton die Klinge, die er im Stiefel verstaut hatte, herauszog und sich auf Joanna stürzte. Ihre Augen weiteten sich, als sie nach hinten stolperte.

Spencer blieb der Atem in der Kehle stecken. Er kämpfte gegen den Schmerz, gegen die Erschöpfung und gegen die Angst um ihr Leben.

„Joanna!", rief er, während er seinen trägen Körper hochschob.

Er bewegte sich zu langsam. Er würde zu spät kommen! Es war, als wäre er in einem Albtraum gefangen, gezwungen, hilflos dabei zuzusehen, wie die Frau, die er liebte, in tödliche Gefahr geriet. Schließlich zwang er sich auf die Beine, das Blut lief ihm über den Arm, aber er war zu weit weg!

Brüllend machte er ein paar stolpernde Schritte, um sie vor Schaden zu bewahren.

Joannas Fuß blieb an einem Stein hängen, und sie stürzte zu Boden. Ashton ragte über ihr auf, und auf seinem Gesicht zeigte sich ein triumphierendes Grinsen. Er hob die Klinge, bereit, den tödlichen Schlag auszuführen.

Joannas Mund öffnete sich zu einem stummen Schrei. Spencers ganze Welt drohte zu zerbrechen, wie das Schiff, das von einer Kanone in die Luft gejagt wurde, wie sein Bein, nur dass sie dieses Mal nie wieder zusammengesetzt werden könnte.

Wenn er heilen konnte, wenn das Leben einen Sinn hatte, dann nur, wenn sie am Leben war.

Panik explodierte in seiner Brust, als er vorwärtstaumelte. Es fühlte sich an, als hätte sich die Erde selbst gegen ihn verschworen und würde sich an seinen Füßen festklammern, um ihn zu umgarnen und zurückzuhalten.

Dorian, der in der Nähe in einen heftigen Zweikampf verwickelt war, erblickte Joanna. Mit dem Schrei eines Kriegers riss er sich von seinem Gegner los und stürmte auf Ashton zu. Sein Gegner folgte ihm.

Aber der Schrei reichte aus, um Ashtons Arm innehalten zu lassen, und er sah auf. Mit voller Geschwindigkeit stürzte sich Dorian auf Ashton.

Überrascht drehte Ashton sich um, und Dorians Körper kollidierte mit seinem. Die beiden Männer stürzten zu Boden, aber Dorians ursprünglicher Gegner packte ihn am Mantel und riss ihn

hoch, drehte ihn um und versetzte Rath einen furchtbaren Faust-
schlag ins Gesicht.

Als wäre Dorian von einem Moment auf den anderen ein
anderer Mensch geworden, verzerrte sich sein Gesicht zu einer
wütenden Maske. Wenn es jemals Ares, den Gott des Krieges,
gegeben hatte, dann befand er sich genau hier, in Dorian. Nach ein
paar präzisen, blitzschnellen Schlägen, die wie Geschosse
einschlugen, war sein Gegner orientierungslos und wich zurück.

Während Joanna sich zurück auf die Füße kämpfte, stand
Ashton mit dem Messer in der Hand auf.

Spencer war nur ein paar Schritte entfernt. Dorian hatte ihm
genug Zeit verschafft.

Mit einem Brüllen stürzte sich Spencer auf Ashton und riss ihn
mit seinem unverletzten Arm zu Boden. Spencer pinnte Ashton
unter sich fest, indem er sein Gewicht benutzte, um ihn unten zu
halten.

„Sie haben mir alles genommen", knurrte Spencer. „Aber sie
werden Sie mir nicht nehmen."

Ashton fletschte die Zähne, und sein Gesicht war von verzweifelter Wut verzerrt, als er versuchte, das Messer in Spencers Seite
zu stoßen. Trotz der Schmerzen blockte Spencer Ashtons
Unterarm mit seinem eigenen ab. Während sie im Staub miteinander rangen, spannte sich jeder Muskel in Spencers Körper an.

Schließlich gelang es Spencer mit seinem unverletzten Arm,
das Handgelenk von Ashtons messerschwingender Hand zu
ergreifen. Er drückte seinen verletzten Arm gegen Ashtons Kehle.
Ashtons Gegenwehr nahm ab, sein Atem kam in abgehackten
Stößen.

„Lassen Sie mich los, Sie Narr!", krächzte Ashton.

„Ihre Gier hat unzählige Leben ruiniert", sagte Spencer mit
zusammengebissenen Zähnen. „Sie haben Familien ohne Väter,
Brüder und Söhne zurückgelassen!"

„Ich stelle nur die Waffen her!", knurrte Ashton und griff mit der freien Hand nach Spencers Hals.

Spencer quetschte Ashtons Handgelenk so fest zusammen, dass das Messer aus dem Griff des Mannes fiel. Aus den Augenwinkeln sah Spencer, wie Joanna die Klinge ergriff und sich entfernte. Tapferes, kluges Mädchen.

„Ich kann nicht für den Krieg verantwortlich gemacht werden!" Ashton fuhr mit seiner Tirade fort. „Ich habe nur eine kluge geschäftliche Entscheidung getroffen. Und die Spionage ... Die Amerikaner würden ihre Informationen woanders bekommen, wenn nicht von mir!"

„Sie Mistkerl", spie Spencer. „Sie können nicht einmal jetzt die Verantwortung übernehmen! Ich habe fast ein Jahr darauf gewartet!"

Als er den Kopf hob, sah er seine Familie auf ihn zueilen. Ashtons Männer lagen bewusstlos herum oder rannten hinkend in den Wald, während sie sich die Seite hielten.

Calliope, die ihren Kopf aufrecht hielt, kam näher an Ashton heran, ihr gelbes Kleid leuchtete vor dem Grün hinter ihr.

„Na, sieh mal einer an. Jetzt sind Sie nicht mehr so groß und mächtig", sagte sie triumphierend.

„Bist du in Ordnung, Schwester?", fragte Spencer. Er betrachtete seine Familie. Seine Brüder hatten Prellungen und Schnitte im Gesicht, zerrissene Kleidung und aufgesprungene Knöchel, und Penelope, Jane und Calliope hatten Staub auf ihren Kleidern. Jane hatte ein blutiges Messer in der Hand und Penelope ein Holzbrett, das sie wie einen Knüppel hielt.

Calliope hatte eine Pistole in der Hand, aus der Rauch aufstieg.

„Ja, mir geht es gut. Jetzt sogar noch besser", sagte sie. „Jetzt will ich alles wissen. Wie ist es dazu gekommen, dass Sie den Amerikanern Geheimnisse verraten haben?", fragte Calliope.

Sie sah Rath stirnrunzelnd an, als er auf sie zukam, und versuchte offensichtlich, ihn einzuordnen.

Mit finsterem Blick starrte Ashton schweigend zu Calliope hinauf, und Spencer verstärkte seinen Griff ein wenig. „Es begann alles auf einer Soirée", keuchte Ashton. „Ein Mann, der sich als Diplomat ausgab, hat mich angesprochen. Er war charmant und führte ein gutes Gespräch. Er hat angedeutet, dass er von meinen finanziellen Problemen wüsste, und bot Geld für sensible Informationen. Es schien ein einfacher Ausweg zu sein, aber es wurde zu einer Falle, aus der ich nicht entkommen konnte."

„Und wer ist Ihr Kontakt in Amerika?", fragte Calliope.

Spencer drückte erneut zu, als Ashton ihn stumm anfunkelte. „Colonel Jonathan Hargrave, ein hochrangiges Mitglied des Kriegsministeriums", presste der gefangene Duke zwischen zusammengebissenen Zähnen hervor. „Er hat eine einflussreiche Position inne und ist für das Sammeln von Informationen über die britischen militärischen Bemühungen verantwortlich."

„Was hatten Sie gegen Admiral Langden in der Hand? Warum hatte er solche Angst vor Ihnen?"

„Wagen Sie es nicht, darauf zu antworten", sagte Dorian kalt und drückte Ashton einen Säbel gegen den Hals. Der Mann schluckte und nickte. „Das ist nicht Ihr Geheimnis, das Sie verraten sollten."

Spencer verstand seinen Freund und wollte ihn nicht bedrängen. Er wusste, dass Calliope das auch verstehen würde.

„Na gut", sagte sie. „Aber Sie sind dafür verantwortlich, was mit Nathaniels Zwillingsschwestern passiert ist. Also ist das hier für sie!"

Calliope schwang ihren Arm zurück und schlug Ashton auf die Nase. Ein Knacken ertönte, und Ashton stöhnte vor Schmerz.

„Violet wird immer eine Narbe haben, und Poppy wird immer den Albtraum von der versuchten Entführung haben."

„Ah!", schrie Ashton. „Miststück!"

„Wagen Sie es nicht, meine Schwester etwas anderes als Duchess zu nennen", sagte Spencer. Er zog den Ellbogen seines gesunden Arms zurück und rammte Ashton mit einem geübten Boxschlag die Faust ins Gesicht.

Fleisch klatschte auf Fleisch, dann fiel Ashton bewusstlos zurück.

30

SPENCER STIEß sich schwer atmend von Ashton ab, seine Schulter pochte vor Schmerz. Die Welt um ihn herum war ein Wirrwarr aus Geräuschen und Bewegungen, aber alles, worauf er sich konzentrieren konnte, war das brennende Gefühl in seiner Schulter und die Auswirkungen des Kampfes, der gerade stattgefunden hatte.

Eine sanfte Berührung an seinem Arm holte ihn in die Realität zurück. Joanna stand neben ihm, ihr Gesicht war von Sorge gezeichnet.

„Spencer!", rief sie aus und tastete mit den Fingern vorsichtig die Wunde an seiner Schulter ab.

Ihre Berührung war kühl und lindernd, ein starker Kontrast zu den brennenden Schmerzen.

Sie zog ein Taschentuch aus ihrer Tasche und drückte es auf die Wunde. Der weiße Stoff färbte sich schnell rot, aber ihre Hände blieben ruhig.

„Halte das", wies sie ihn an und führte seine Hand zu dem Tuch.

Spencer tat, wie ihm geheißen, wobei seine Augen die ihren

nicht verließen. In ihrem Blick lag eine Mischung aus Angst und Erleichterung.

Und eine Zärtlichkeit, die sein Herz anschwellen ließ, größer als seine Brust.

„Geht es dir gut?", flüsterte sie mit besorgter Stimme.

„Ja, bist du in Ordnung, Bruder?", fragte Preston, der näher kam.

Spencer nickte und schluckte schwer. „Das werde ich sein", antwortete er mit heiserer Stimme. „Dank euch allen."

Er stand auf und wandte sich Joanna zu, sein Herz pochte heftig. „Vor allem dank Dorian. Sie wäre tot, wenn du nicht gewesen wärst."

Der Ausdruck in Dorians grimmig blickenden blauen Augen wurde weicher. „Natürlich. Es war mir eine Ehre, an deiner Seite zu kämpfen, Spencer."

Er blickte auf seine Familie und Freunde, die ihn mit Liebe und Akzeptanz beobachteten, und seine Brust fühlte sich an, als würde sie vor Liebe und Dankbarkeit platzen. Alle Männer hatten Kratzer und Prellungen, geschwollene Lippen und Augenlider.

„Seid ihr alle in Ordnung?", fragte er sie.

„Ja", sagte Calliope, die Nathaniels Wunden begutachtete und sie mit einem Tuch abtupfte. „Zum größten Teil."

Seine Großmutter kam mit geröteten Wangen näher. „Ich habe auch geholfen", sagte sie lächelnd und wedelte mit ihrem Gehstock. „Dieser Stock ist nicht nur zum Gehen da. Er eignet sich auch hervorragend dafür, um jemandem ein Bein zu stellen."

Als Spencer leise lachte, sah sie Joanna besorgt an.

„Miss Joanna ..."

Spencer wirbelte zu Joanna herum und untersuchte sie eingehend nach Kratzern, blauen Flecken oder etwas, das eine gefährlichere Wunde darstellen könnte. „Joanna ... bist du in Ordnung?"

Er fasste sie an den Schultern und nahm jeden Zentimeter ihres kurvenreichen Körpers unter dem einfachen Kleid in Augenschein. Ihr grauer Spencer hatte einige kleine Risse, aber es gab keine Anzeichen von Wunden. Sie roch nach Straßenstaub und nach sich selbst. Ihre grünen Augen ... Gott, wie sehr hatte er den Anblick dieser weichen Lippen vermisst und den Duft von Granatapfel, den er durch das Schießpulver hindurch noch immer riechen konnte.

„Mir geht es gut", sagte sie. In ihren Augen war deutlich die Sorge um ihn erkennbar.

Sie umfasste sein Gesicht, und er lehnte sich in ihre Berührung hinein und gönnte sich einen Moment des Glücks, indem er einfach nur ihre Haut an seiner spürte. Wie sehr er sie vermisste. Die Welt war nicht mehr dieselbe ohne sie.

Sie blickte zurück auf den am Boden liegenden Ashton. „Ich nehme an, es ist nicht so gelaufen, wie wir es wollten. Ich habe nicht das bekommen, was ich von ihm wollte ... Aber du kannst vielleicht immer noch bekommen, was du willst."

Er schüttelte den Kopf, Schuldgefühle nagten an seinem Magen. „Ich bin nach Neverton gekommen, um zu verlangen, dass er aufhört, deine Familie zu belästigen, dass er Charlotte in Ruhe lässt und Gideons Erbe zurückgibt."

Sie verengte die Augen. „Was? Aber du wolltest ihn konfrontieren, ihn anklagen ..."

„Das wollte ich. Aber ich konnte es nicht zu Ende bringen, Darling." Er nahm ihr Gesicht in beide Hände, und nichts hatte sich so richtig angefühlt, seit er sie das letzte Mal berührt hatte. „Ich wusste, dass ich dich dann für immer verlieren würde. Und keine Rache der Welt war das wert."

„Spencer ... was willst du dann?"

„Die Frau, die ich liebe", sagte er. „Dich."

Sie nahm einen langsamen, zittrigen Atemzug. „Du liebst mich?"

„Ich liebe dich, Miss Joanna Digby. Meine Persephone. Meine Königin der Finsternis, die mich zurück ins Licht geführt hat. Du hast mich gefragt, ob ich dich jemals heiraten würde, und ich war zu feige, dir zu sagen, dass es genau das war, was ich wollte. Dieser ganze Kampf, alles, was ich durchgemacht habe, hat mich zu dir geführt, Joanna. Von dem Moment an, als ich dich auf dem Ball sah, ging es immer nur um dich. Du füllst all meine Gedanken aus."

Ihre Wimpern flatterten, als sie die Gelenke seiner Hände umklammerte, die noch immer ihr Gesicht hielten. „Spencer, ich habe mich von dir so verraten gefühlt. Ich habe dir alles gegeben, und du … Ich weiß nicht, ob ich dir wieder vertrauen kann."

Das tat weh, aber sie hatte recht. Er löste die Hände von ihrem Gesicht und nickte, dann griff er in die Innentasche seines Mantels und holte eine Lederrolle mit Briefen und Dokumenten heraus. „Nimm das. Das ist alles, was wir zusammengetragen haben. Seine Taten in Amerika und das schriftliche Zeugnis deiner Tante, das ich ihr als der Schurke, der ich war, gestohlen habe, bevor sie es dir schicken konnte. Nimm sie. Nutze diese Dokumente, wie du willst. Es liegt jetzt alles in deinen Händen."

Sie nahm die Rolle und schaute kurz hinein, dann schürzte sie die Lippen und nickte. „Danke."

„Du kannst mit Ashton verhandeln, und ich werde kein Strafverfahren gegen ihn einleiten, wenn du das nicht willst. Aber die Krone könnte dir dankbar sein, dass du einen Verräter zur Strecke gebracht hast, und Gideon erlauben, den Titel und das Anwesen zu behalten. Die Entscheidung liegt bei dir. Ich werde verstehen, wenn du dieses Risiko nicht eingehen willst."

„Wenn Gideon den Titel und die Ländereien bekommt, gehört die Urkunde über sein Anwesen sowieso ihm."

„Ja."

Sie umfing sein Gesicht. „Und Ashton wird keine Macht mehr über meine Familie haben. Also wird Charlotte frei sein."

„Ja. Wenn du ein Strafverfahren anstrebst, wird er wahrscheinlich bestraft, aber vielleicht nicht gehängt. Auf diese Weise könntest du noch immer bekommen, was du willst."

„Aber du nicht?", fragte sie.

„Das werde ich ...", sagte er und nahm ihr Gesicht ebenfalls in seine Hände, „... wenn ich dich kriege."

Sie biss sich auf die Lippe, ihre Wangen röteten sich.

„Es gibt nichts in meinem Leben, das heller leuchtet als du", sagte er und fiel auf ein Knie. Er hörte, wie seine Familie gemeinschaftlich keuchte.

Er hatte noch keinen Ring, aber er würde es wiedergutmachen, wenn sie ihn jemals akzeptierte.

„Nichts ist so stark wie meine Liebe zu dir. Ich liebe dich. Ich werde dich immer lieben. Bitte, heirate mich, Joanna."

Sie stieß einen zittrigen Atemzug aus. „Mein ganzes Leben lang dachte ich, ich verdiene nicht das Beste. Dass mein Platz im Hintergrund war. Dass ich nie im Mittelpunkt der Aufmerksamkeit stehen würde. Du hast mir gezeigt, dass ich mich geirrt habe. Dank dir habe ich gelernt, dass ich alles verdiene, was ich will ... und dass mein Platz im Vordergrund ist ... oder wo auch immer ich ihn haben will."

Sein Herz klopfte schnell. Seine Welt würde entweder in zwei Hälften zerteilt werden und nie wieder in Ordnung kommen ... oder in hellen, fröhlichen Farben zerplatzen.

„Das tust du ganz sicher, mein Schatz", sagte er.

„Und ich möchte, dass dieser Platz neben dir ist", sagte sie. „Weil ich dich auch liebe, Lord Spencer Seaton. Und ich werde dich heiraten."

Fröhliche Rufe und Jubel brachen aus, und Spencer und Joanna sahen sich um, als seine Familie glücklich grinsend klatschte. Seine Familie kam näher und bildete mit den drei Hunden einen Kreis.

Dorian stand unbeholfen an der Seite, aber seine Großmutter nahm seine Hand und zog ihn in den Kreis.

Spencer grinste und schüttelte den Kopf. Er hatte mit der Liebe seines Lebens reinen Tisch gemacht. Jetzt war es an der Zeit, mit seiner Familie das Gleiche zu tun.

„Ich danke euch allen für eure Hilfe", sagte er. „Ohne euch hätte ich es nicht geschafft. Ich kann nicht glauben, dass ich Joanna und euch alle verloren habe, nur weil ich auf Rache aus war."

„Du hast uns nicht verloren, Bruder", sagte Richard mit einem Grinsen. „Nicht, wenn wir alle zusammen kämpfen ... füreinander, nicht gegeneinander."

Seine Kehle krampfte sich bei den heftigen Emotionen, die ihn durchliefen, zusammen. Sie waren alle hier, standen an seiner Seite. Er hatte die vergangenen Wochen damit verbracht, gegen sie zu kämpfen, weil er Angst gehabt hatte, sie an sich heranzulassen, sie die Hülle eines Mannes sehen zu lassen, zu der er während des Krieges geworden war. Und doch hatten sie die ganze Zeit über für ihn gekämpft, ob er es wollte oder nicht ... Sie hatten für ihn gekämpft, obwohl er keine Ahnung davon hatte, es nicht zu schätzen wusste und sie nicht akzeptieren wollte. Wie falsch er doch lag.

Er hatte mit so vielen Dingen falschgelegen.

„Jeder muss seinen eigenen Weg gehen ...", sagte Penelope mit einem sanften Lächeln, „... und deiner hat dich zu Miss Digby geführt, einer Dame, die dich offensichtlich genauso liebt wie du sie."

„Ja", sagte er und legte einen Arm um Joanna.

Sie stand mit einem Lächeln auf dem Gesicht da und zog sich

nicht scheu zurück. „Und meiner hat mich zu dir geführt", fügte sie hinzu.

„Als ich zurückkam ...", sagte er mit heiserer Stimme, „... dachte ich, dass ich ein Mann wäre, der alles verloren hatte. Aber ich lag so falsch. Joanna hat mir gezeigt, dass ich, auch wenn sich das Leben verändert hat, wieder glücklich sein kann, solange ich die habe, die ich liebe." Er sah in Prestons Augen, in die von Calliope, Richard und seiner Großmutter, in die seiner liebevollen Familie, die so viel von sich gegeben hatte, um ihn zu finden. Und dann wandte sich sein Blick Penelope, Jane und Nathaniel zu, seinen unglaublichen neuen Schwestern und dem neuen Bruder, und Dorian, der in den vergangenen Wochen seine Freundschaft auf die eindrucksvollste Weise bewiesen hatte. Dann wandte er sich wieder seiner Braut zu, deren herrliche, funkelnde Augen wie Frühlingsblätter aussahen. Und er ließ die aufrichtigsten Worte aus seinem Herzen kommen ... durch den Schmerz, durch die Traurigkeit, durch die Enge in seiner Brust hindurch. „Solange ich euch alle habe."

„Ich denke, man kann mit Sicherheit sagen ...", sagte Jane, „... dass wir alle dieses Gefühl teilen. Wir alle haben dank deines wilden Abenteuers die Liebe unseres Lebens gefunden. Auf eine seltsame und verruchte Art und Weise, dank Ashton."

Sie alle sahen den verräterischen Duke an. Er lag noch immer mit geschlossenen Augen auf dem Boden, aber er atmete.

„Du wirst uns also nicht mehr wegstoßen?", fragte Calliope Spencer. „Weil ich dich nämlich so sehr vermisst habe."

Er schüttelte den Kopf und öffnete die Arme für sie. „Niemals, Schwester."

Sie kam zu ihm und umarmte ihn zusammen mit Joanna. Doch statt nur dieser beiden Frauen legten sich viel mehr Arme um ihn, und im Handumdrehen war er fest in eine Kugel eingewickelt, sicher und warm und geborgen. In seinen Augen kribbelten

Tränen der Liebe und Dankbarkeit. Sein ganzer Körper dehnte sich aus, groß und leicht und wunderbar.

Es gab keine zerbrochenen Teile mehr von ihm, auch wenn er nicht mehr der Mann war, der er vor einem Jahr gewesen war. Und er würde es auch nie wieder sein.

Er war jetzt jemand anderes.

Aber das war in Ordnung. Er mochte diese neue Version von sich selbst.

Und nicht nur das.

Er war endlich zu seiner Familie zurückgekehrt. Er hatte die Liebe seines Lebens gefunden.

Er war zu Hause.

EPILOG

FÜNFZEHN MONATE SPÄTER ...

„Es ist mir eine große Ehre, die Eröffnung der *Persephone* zu verkünden!", sagte Joanna und warf die Hände in die Luft, und Spencers Herz schwoll so sehr an, dass es ihm aus der Brust zu platzen drohte.

Die fünf Dutzend Menschen um sie herum brachen in Beifall aus. Auch Spencer klatschte und grinste so breit, dass sein Gesicht schmerzte. Das da war seine Frau. Gekleidet in ein wunderschönes taubenblaues Kleid und einen Spencer in einem dunkleren Farbton mit goldenen Verzierungen und gestickten Blumen und Ranken, sah sie prächtig aus. Ihr Gesicht strahlte, ihre Augen funkelten.

Inmitten des Trubels von Cheapside und der Menschen, die sich versammelt hatten, um die Eröffnung ihrer Zeitung zu feiern, trafen ihre strahlenden Augen auf die seinen, und das ganze Chaos um ihn herum löste sich auf, als hätte es nie existiert. Vielleicht kreiste die Erde um die Sonne, aber er kreiste um diese Frau. Er verstand nicht, wie sie jemals denken konnte, dass ihr Platz im Hintergrund war.

Sie wurde geboren, um zu führen. Hinter ihr befand sich die erste Zeitung in England, die nur von Frauen verfasste Geschichten druckte. Über dem Eingang prangte der stolze Schriftzug Persephone.

„Lady Seaton!", rief einer der Journalisten in der Menge. „Warum haben Sie Ihre Zeitung *Persephone* genannt?"

Joannas Augen trafen wieder auf die von Spencer und funkelten vor Schalk und Humor. Er grinste sie an und freute sich auf ihre Antwort.

„Nun, weil Persephone die Göttin der Unterwelt war. Die Trägerin des Frühlings und des Lebens. Aber sie musste erst in der Unterwelt versteckt werden, um zu ihren wahren Kräften zu kommen. Ich glaube, so haben sich viele Frauen jahrelang gefühlt. Ich habe mich hinter einem sehr erfolgreichen männlichen Pseudonym versteckt, weil es keine Zeitung gab, die die geschriebenen Werke einer Frau akzeptierte und genauso bezahlte wie die eines Mannes. Ich weiß, dass sich viele, viele andere Frauen auf die eine oder andere Weise verstecken. Aber Persephone fand ihre Stärke in der Dunkelheit und kehrte zurück, um zu leuchten. Ich denke, als Frauen sind wir alle auf irgendeine Weise Persephone. Diese Zeitung ist also eine Möglichkeit, die Talente von Frauen ins Licht zu rücken. Eine Zeitung für Frauen von Frauen."

Aus den Augenwinkeln sah Spencer Penelope, Jane, Calliope und Emma, die Duchess of Loxchester, nicken. Seine Großmutter legte eine Hand auf ihre Brust und lächelte anerkennend. *Bravo!*, formte sie stumm mit den Lippen. Preston, Richard, Nathaniel und Sebastian, die in der Nähe standen, nickten ebenfalls. Dorian, der Duke of Rath, stand zusammen mit drei seiner Freunde neben ihnen.

Aber niemand war stolzer auf Joannas Antwort als Spencer.

„Worüber werden Sie schreiben?", fragte ein anderer Journalist.

„Nun", sagte sie und blickte zu sechs Frauen, die rechts neben ihr standen. „Wir werden über Themen schreiben, die für Frauen wichtig sind. Beziehungen, Ehe, wie es ist, heutzutage eine Frau zu sein – die Kämpfe und Freuden, die wir durchmachen – sowie Belletristik und Poesie, die Frauen gefallen. Dies sind die Frauen, die das alles wahr machen werden. Wir haben eine Chefredakteurin, eine Texterin, eine Illustratorin und drei feste Korrespondentinnen sowie mehrere Schreiberinnen, die gelegentlich schreiben werden, und wir sind immer offen für neue Stimmen."

„Wie kommen Sie darauf, dass das erfolgreich sein wird?", fragte eine andere männliche Stimme arrogant aus der Menge.

Joanna lachte. „Ich denke, wir werden abwarten müssen, um es herauszufinden. Aber ich kann Ihnen sagen, dass die ersten Anfragen für Abonnements, die wir bereits vor Erscheinen der ersten Zeitung erhalten haben, und das nur durch Mundpropaganda, mich erstaunt haben. Ich denke, es gibt ein großes Bedürfnis nach etwas, bei dem es nicht nur um Mode und Klatsch geht. Eine Plattform, auf der Frauen ihre Gedanken und Erfahrungen frei artikulieren und verbreiten können."

Joanna schaute sich in der Menge um. Als Teil der Familie und unerwarteterweise auch als Spencers neuer Freund war Thorne Blackmore anwesend. Ebenso wie seine drei Freunde, die Spencer überraschenderweise zu mögen gelernt hatte – der weiße und der schwarze Bischof aka Morgan und Tristan Nightshade und Brace Sterling, der Arzt ohne Lizenz. In den vergangenen fünfzehn Monaten hatten Thorne und seine Männer dazu beigetragen, weitere Beweise in dem Strafverfahren gegen Ashton zu sammeln und Zeugen zu finden und zu überzeugen, sich zu melden und auszusagen. Sie hatten dies schnell und effizient getan.

Genau wie Spencer war auch Dorian Thorne und seinen Männern dankbar. Doch während Spencer sich leicht und frei fühlte, versank Dorian immer tiefer in seinem Zorn, ins Grübeln und Mürrischsein.

Als Thornes kühle Augen auf die von Spencer trafen, nickte er leicht, und ein kleines Lächeln umspielte Thornes Lippen. Auch die anderen drei Männer nickten Spencer zu. Sie erwiesen ihm ihren Respekt und verschwanden im nächsten Moment aus Spencers Blickfeld. Er konnte sich nicht vorstellen, dass sie sich in der Öffentlichkeit unter die höfliche Gesellschaft mischten, aber er schätzte es, dass sie gekommen waren, um Joanna zu unterstützen.

Spencer wusste, dass es etwas gab, das diese vier Männer verband. Er hatte nie nachgefragt, weil er dachte, Thorne würde irgendwann von sich aus darüber reden, wenn er es wollte. Aber es war ähnlich wie die Dunkelheit, die Spencer und Thorne verband. Spencer wusste es.

Sie trafen sich von Zeit zu Zeit in Thornes Büro, vereint durch ihre gemeinsame Vorliebe für schottischen Whisky. Thorne fragte ihn dann jedes Mal über seine Zeit bei der Marine aus und nickte nachdenklich, während er zuhörte. Er sagte kaum etwas, aber Spencer spürte, dass Thorne selbst von einem dunklen Geheimnis geplagt wurde.

Aber diese Dunkelheit hatte ihren Einfluss auf Spencer verloren. Er hatte gelernt, sie zu akzeptieren. Sich nicht von ihr abzuwenden oder so zu tun, als ob sie nicht da wäre. Nicht wegzulaufen.

Sich selbst zu akzeptieren, auch wenn er verwundet, beschädigt und verloren war.

Und um mehr darüber zu erfahren, wer er jetzt war. Sowohl ein ehemaliger Duke als auch ein Lord. Sowohl ein ehemaliger Boxer als auch jemand, der für immer humpeln würde ... und doch stark genug war, um seine Familie zu beschützen. Und die Frau, die er liebte.

Jemand, der sich in den tiefsten, verdorbensten Teilen seiner Seele nach Rache sehnte, und doch in der Lage war, die Wut, die ihn antrieb, loszulassen und das Richtige zu tun – nicht nur für sich selbst, sondern auch für andere.

Er war als gebrochener Mann aus dem Krieg zurück nach London gekommen, verloren und isoliert, ein Fremder auf der Suche nach einem Zuhause. Er hatte dieses Zuhause gefunden, als er Joanna gefunden hatte, als er sich in sie verliebte, und als diese Liebe ihn heilte, den leeren Hohlraum in seinem Herzen füllte und ihn lehrte, ein neues Leben zu führen, als neuer Mensch.

Er war ein Mann, der von den Toten auferstanden und nun wirklich lebendig war.

„Und nun erlauben Sie mir, die Türen zu *Persephone* zu öffnen!", verkündete Joanna. „Herzlich willkommen! Wir haben in den letzten Wochen hinter den Kulissen gearbeitet, um Ihnen einen Einblick in die erste Ausgabe zu geben, die Sie alle erhalten werden!"

Es folgte weiterer lauter Applaus, und seine anmutige Frau öffnete die polierten Holztüren mit den glitzernden Griffen. Als die kleine Menschenmenge eintrat, verschränkte seine Großmutter ihren Arm mit seinem.

„Ich bin so stolz auf meine Mädchen", sagte sie leise.

„Deine Mädchen, Großmutter?", fragte er mit einem leisen Lachen.

„Nun, ja. Ich hatte einen Sohn, aber der hat deine wunderschöne Mutter geheiratet, und sie war die Tochter, die ich nie hatte. Dann kam noch ein Mädchen, Calliope, eine Naturgewalt. Aber ihr Männer hattet noch immer die Oberhand in unserer Familie. Zum Glück hat jeder von euch eine wunderbare Frau gefunden, und ich bin so stolz, sie alle meine Enkelinnen nennen zu dürfen."

Sie standen drinnen, während Lakaien Tabletts mit Getränken herbeibrachten. In der Halle gab es einen Empfangstresen und drei weitere Tische, die näher an den Wänden standen. Er war im neoklassischen Stil dekoriert, mit prächtigen Säulen und einer Reihe von griechischen Statuen, die Frauen in verschiedenen Formen und Größen darstellten.

„Schau dir Penelopes Bilder an", sagte sie. „Und die brillante Jane verändert Dutzende von Leben in Whitechapel. Calliope ist endlich dabei, ihr eigenes Detektivbüro zu eröffnen. Und Joanna ... das hier! Sie leben das Leben, von dem ich wünschte, ich hätte die Kühnheit gehabt, es zu leben."

Spencer hob die Augenbrauen. „Was wolltest du denn tun, Großmutter?"

Sie seufzte und kicherte. „Ich wollte schon immer Opernsängerin werden."

Spencer tätschelte ihre behandschuhte Hand auf seinem Arm. „Du wärst eine Berühmtheit gewesen, Großmutter. Dein Gesang ist großartig. Das ist der Teil, der mir bei jeder Soirée der liebste ist."

„Du Schmeichler", sagte sie mit einem zufriedenen Lächeln.

„Worüber flüstert ihr beiden?", fragte Calliope, die mit Nathaniel und dem Rest der Familie zu ihnen kam.

„Ich bin so stolz auf euch alle", sagte seine Großmutter, als sie Spencer losließ und ein Glas Champagner von dem Diener entgegennahm, der gerade vorbeikam. „Und heute ganz besonders auf dich, Joanna."

Spencer spürte einen kleinen Energieschub aufgrund Joannas Nähe, bevor sie sich zwischen Nathaniel und ihn schob und sich ihrem großen Kreis anschloss.

„Da ist sie ja", sagte Penelope mit einem strahlenden Lächeln. „Ich gratuliere dir, meine Liebe! Du hast es geschafft!"

Seit dem Tag, an dem er ihr einen Antrag gemacht hatte, gab es keine Spannungen mehr zwischen Penelope und Joanna.

Joanna strahlte erneut und bedankte sich freudig bei ihnen allen. Dann sah sie zu ihm auf. „Ohne diesen bemerkenswerten Mann wäre nichts möglich gewesen."

„Nein, nein ...", sagte er, „... es geht um dich."

„Aber du hast mir das Gebäude geschenkt", rief sie. „Und die Investitionen für die Einrichtung und die Maschinen ..."

Er schmunzelte. Wie konnte sie das nicht wissen? All das war nichts im Vergleich dazu, zu sehen, wie erfüllt und glücklich es sie machte. Er würde seine Seele an den Teufel verkaufen, wenn es nötig wäre. „Es war nur ein kleiner Schubs."

„Wo sind all die Gäste hin?", fragte Jane und sah sich um.

„Meine Chefredakteurin Miss Eccot hat sie auf eine große Tour mitgenommen, während ich Zeit mit den Menschen verbringe, die mir am wichtigsten sind."

Die Tür öffnete sich, und Gideon stürmte keuchend herein, Charlotte und ihr Mann Mr Linsby folgten ihm.

„Joanna!", rief er.

„Joanna!", rief Charlotte, und Nathaniel trat zur Seite, damit Gideon und Charlotte neben Joanna stehen konnten. „Es tut mir so leid, dass wir zu spät sind ... Oh, alles sieht so schön aus! Herzlichen Glückwunsch, Liebes, ich bin so stolz auf dich!", sagte Charlotte und küsste Joanna auf die Wange.

„Herzlichen Glückwunsch, Schwester!", sagte Gideon, der erstaunt aussah. In seinen Augen stand eine Art wilder Ausdruck, und das Haar war unordentlich, als würde er ständig mit der Hand durchfahren. „Du Geschäftsfrau! Ich wünsche dir viel Erfolg und bin mir sicher, dass *Persephone* in jedem Haushalt gelesen wird."

„Danke", sagte Joanna. „Aber was ist denn los?"

„Das Urteil ...", sagte Gideon mit einem Seufzen. „Das Urteil wurde endlich gefällt."

Spencer wünschte, Rath wäre hier, um es zu hören, aber er war mit dem Rest der Gäste bei einer Führung durch das Haus. Spencer würde es Dorian erzählen, sobald er ihn sah.

Schweigen breitete sich unter ihnen aus. Ashtons Prozess hatte fünfzehn Monate gedauert, und er war die ganze Zeit über im Gefängnis festgehalten worden, aber er hatte es geschafft, die besten Anwälte zu seiner Verteidigung zu engagieren. Sie hatten alle möglichen Tricks angewandt und jedes Beweisstück und jede Aussage angefochten, was den Prozess erheblich in die Länge gezogen und dazu geführt hatte, dass Spencer viele Stunden im Gerichtssaal verbrachte, um auszusagen und Fragen zu beantworten. Aber er hatte auch zusammen mit seinem Anwaltsteam mit allen Mitteln dafür gekämpft, dass Ashton für seine Verbrechen bezahlte.

Doch als unglückliches Timing eine Wahl zwischen der Teilnahme an der Eröffnung von *Persephone* und der Anhörung des Ergebnisses des Prozesses nötig machte, hatte sich die gesamte Familie dafür entschieden, für Joanna da zu sein. Gideon wäre auch dabei gewesen, aber er musste vor Gericht anwesend sein, weil das Urteil Auswirkungen auf seinen Titel und sein Erbe haben würde, und Charlotte war zu seiner Unterstützung bei ihm gewesen.

„Und?", fragte Calliope. „Wie lautet das Urteil?"

„Stuart Digby ...", sagte Gideon, „... der nicht mehr länger der Duke of Ashton ist, wird mit dem nächsten Sträflingsschiff nach Australien transportiert."

„Was ist mit deinem Titel? Deinem Erbe?", fragte Richard.

„Sie haben mir alles gegeben", sagte er und starrte wie betäubt ins Leere. „Dank Joanna hat die Krone beschlossen, unserer Familie dankbar zu sein und nicht zu verlangen, dass wir den Titel und die Ländereien einbüßen. Also ... bin ich jetzt der Duke of Ashton."

Preston, Nathaniel, Sebastian und Spencer tauschten einen verständnisvollen Blick aus. Keiner verstand die Schwere dieser Verantwortung besser als sie. Spencer war einmal Duke gewesen. Der Rest von ihnen war jetzt Duke. Und sie hatten einen neuen Duke in ihrer Mitte.

Nathaniel drückte Gideon die Schulter. „Tja, was soll ich sagen? Willkommen in der Welt des Wahnsinns."

Kichern und leises Lachen ging durch die Gruppe.

„Ich weiß nicht, was ich jetzt tun soll", sagte Gideon. „Ich wollte das hier ... Ich wollte aufhören, mich abzumühen, um Geld zu verdienen. Ich wollte mir keine Sorgen mehr machen müssen, wie ich für uns sorgen soll ... Aber jetzt, wo ich mich nicht mehr abmühen muss ... jetzt, wo ich Tausende von Hektar und Dutzende von Anwesen und all diesen Schmuck und diese Kunst besitze ... Ich weiß nicht, ob ich das will, was damit einhergeht. Die Verantwortung. Die Suche nach einer geeigneten Frau. Die Fortführung der Linie. Dafür zu sorgen, dass ich nichts davon verliere ... Wie soll ich das machen, wenn ..."

Er hörte auf zu sprechen, aber Spencer konnte sich vorstellen, was er sagen wollte. Als er von seiner eigenen Familie zurückgewiesen und wie ein Fremder behandelt worden war.

„Du bist es wert", sagte Joanna leise. „Wenn jemand das ist, dann du. Und noch so viel mehr."

Er lächelte sie traurig an, schnappte sich vom nächsten Lakaien ein Glas Champagner und leerte es in einem Zug.

Als alle schwiegen und ihn anschauten, räusperte sich Spencer. „Was ist los?", fragte er.

„Nun, Ashton wird nicht gehängt, Bruder", sagte Calliope. „Also ..."

Spencer suchte nach einer Spur von Hass, Groll oder Enttäuschung. Als er das erste Mal vom Schiff heruntergekommen war, hätte ihn dieses Ergebnis in pure Wut versetzt. Er wäre in die Kammer des Richters gestürmt und hätte gefordert, dass er das Urteil aufhebt und stattdessen die Todesstrafe verhängt.

Aber er brauchte das nicht mehr, um sich ganz zu fühlen. Seine Liebe zu Joanna hatte ihm geholfen zu heilen, die zerbrochenen Teile zusammenzufügen und ihn gelehrt, dass er ein besserer Mensch war.

Er liebte, und er wurde geliebt.

Dank Ashton hatte er Joanna gefunden. Er hatte seine Berufung in der Wirtschaft und im Investment gefunden. Nach nur einem Jahr als Investor der Pottinger Shipping Company hatte er es geschafft, sie nicht nur wieder profitabel zu machen, sondern auch zu vergrößern. Preston hatte Spencer die Ländereien überlassen, die Preston besessen hatte, bevor er Duke wurde, und Spencer verwaltete diese nun. Obwohl er damit weniger Verantwortung trug als während seiner Zeit als Duke, machte ihm das nichts aus, denn so hatte er Zeit, neue Geschäftsmöglichkeiten zu finden und Joannas Unternehmen mit aufzubauen. Außerdem half er Preston, Nathaniel und Sebastian bei der Arbeit an einem Gesetzesentwurf im House of Lords, der Pressbanden und Zwangseinberufungen verbieten sollte.

Spencer hatte ein arbeitsreiches, erfülltes und glückliches Leben. Er hatte Ashton seine Verfehlungen längst verziehen.

„Gut", sagte Spencer. „Er bekommt die Strafe, die er verdient. Ich hege keinen Groll mehr gegen ihn. Ich habe meine Pflicht gegenüber meinem Land erfüllt, und die Sünden, die Ashton begangen hat, liegen nun zwischen ihm und Gott."

Heimlich verschränkte er seine Finger mit denen von Joanna, wobei ihre Hände in den Falten ihres Kleides verborgen waren.

„Gut, Bruder", sagte Preston mit einem entspannten Lächeln. „Ich bin froh, das zu hören. In Hass zu schwelgen, ist keine Art zu leben, wenn es so viele erfreulichere Dinge gibt, mit denen man seine Zeit verbringen kann."

Der Rest der Veranstaltung verging schnell. Als die Gäste von der Besichtigung zurückkehrten, stellten sie Joanna einige Fragen. Er unterhielt sich leise mit Rath, der die Nachricht von Ashtons Verurteilung mit einem heftigen Nicken aufnahm, aber sie schien die Wut, die hinter den stechend blauen Augen des Mannes loderte, nicht zu lindern.

„Warum bist du nicht glücklicher?", fragte Spencer ihn leise. „Ist dein Wunsch, deinen Onkel zu rächen, damit nicht erfüllt?"

Raths Kiefermuskeln arbeiteten, während er ins Leere starrte. „Das ist er. Aber ..." Er hörte auf zu sprechen, atmete einen Moment lang schwer und sah auf seine Schuhe. „Schon gut. Danke für die Nachricht, mein Freund, und für all die Arbeit, die du geleistet hast, um für Gerechtigkeit zu sorgen. Bitte übermittle Lady Seaton meine Glückwünsche. Das ist ein großartiges Unterfangen, und ich werde dafür sorgen, dass meine Schwester die Zeitung abonniert. Ich muss jetzt gehen."

Nachdem Rath gegangen und Joanna frei von den Journalisten war, bat Spencer sie, ihm eine private Führung durch ihr persönliches Büro zu geben. Kichernd willigte sie ein.

Ihr Büro war sehr stilvoll und schön in hellblauen und goldenen Tönen gehalten, und es war so typisch für sie. An der Wand über ihrem Schreibtisch hing ein großes Gemälde mit einem halbierten Granatapfel, dessen saftige rote Kerne auf der weißen Seide glitzerten, auf der er lag. Spencer hatte es ihr geschenkt. Er hatte es von Penelope als Spezialauftrag malen lassen.

Und es war genau so geworden, wie er es sich gewünscht hatte ... Es erinnerte ihn an seine Lieblingsstellen an seiner Frau.

Als sie die Tür hinter sich schloss, verriegelte er sie, nahm sie in seine Arme und drückte sie an die Wand hinter der Tür. Er eroberte ihren Mund und wurde sofort hart und hungrig nach ihr. Seine Arme glitten an ihrem Körper hinunter, ohne eine einzige köstliche Kurve auszulassen. Wie perfekt sich ihre Brüste in seinen Händen anfühlten. Und wie die Kurve ihrer Taille zu ihren perfekt gerundeten Hüften führte, die wie geschaffen waren für männliche Anbetung und die Befriedigung seiner dunkelsten Begierden.

Sie schob ihn zurück, führte ihn zu ihrem großen Ledersessel und ließ ihn sich hineinsetzen. Dann glitt ihre Hand an seinem Oberkörper hinunter, um seine pochende Erektion durch die Hose zu streicheln, und er stieß seinen Schaft gegen ihre Handfläche.

„Ich wette mit dir …", murmelte sie gegen seine Lippen, diese kleine Verführerin, „… dass ich dir deinen Höhepunkt bringen kann, bevor du mir meinen bringen kannst."

Als Spencer seine Frau in die Arme zog, spreizte sie ihre Schenkel über ihm, und er streichelte ihr mit den Fingerspitzen sanft über den Rücken.

„Ich schlage eine andere Wette vor, Liebes", sagte er und küsste ihre Lippen ganz, ganz sanft.

Sie schmunzelte und sah ihn an, ihre grünen Augen schimmerten.

„Nun, bisher sind alle Wetten, die du vorgeschlagen hast, zu meinen Lieblingsbeschäftigungen geworden. Also, was schwebt dir vor?"

„Ich wette mit dir, dass ich dich jeden Tag für den Rest deines Lebens glücklich machen werde. Ich wette mit dir, dass wir bis ans Ende unserer Tage glücklich leben werden."

„Die Wette nehme ich an, mein schöner Schurke."

Vielen Dank, dass du **KÜSS MICH, RAKE** gelesen hast. Wenn dir die Geschichte von Joanna und Spencer gefallen hat, hole dir jetzt deinen kostenlosen Bonus-Epilog:

    https://mariahstone.com/dein-bonus-epilog-duke4/

Das bringt unsere Dukes & Secrets-Reihe zu einem Ende. Doch wenn du noch nicht bereit bist, unsere Dukes & Secrets-Welt zu verlassen, dann lies gleich weiter mit dem Prequel zur Serie, *DIE GEKAUFTE BRAUT DES DUKE*, und finde heraus wie unsere Geschichte ihren Anfang genommen hat!

Ein einfallsreicher Bräutigam. Eine unwillige Braut. Ein überraschendes Geheimnis.

Lies DIE GEKAUFTE BRAUT DES DUKE jetzt >

    ⭐⭐⭐⭐⭐ *„Spannend geschrieben und mit so viel Gefühl. Ich liebe diese Serie!"*

Oder hast du Lust auf einen Highlander?

    Wenn du historische Romantik magst und die Geschichte von Craig und Amy noch nicht gelesen hast, solltest du unbedingt **DIE GEFANGENE DES SCHOTTEN** lesen.

. . .

Atemberaubend, leidenschaftlich, romantisch -- für alle Fans von Outlander! In ihren Armen findet er Stärke. In seinen Armen findet sie Hoffnung. Kann ihre Liebe die Zeiten überdauern?

Lies DIE GEFANGENE DES SCHOTTEN jetzt>
⭐⭐⭐⭐⭐ *„Eine der ROMANTISCHSTEN UND HERZER- GREIFENDSTEN GESCHICHTEN, die ich seit langem gelesen habe!"*

Oder bleib im Regency London und lies auf den folgenden Seiten einen ersten Auszug aus **DIE GEKAUFTE BRAUT DES DUKE.**

❦

August 1812

„Ich werde heute Nacht mit dir schlafen."

Die Stimme des Baronets klang rau, befehlend und streng, und Emma drückte ihre gefalteten Hände so fest zusammen, dass ihre Fingerknöchel schmerzten.

Entschlossenheit ließ das aufgedunsene Gesicht ihres Mannes Sir Jasper Bardsley im Halbdunkel der Kutsche hart wirken, denn das helle Licht des warmen Tages erreichte nicht seine Züge. Der Boden der schäbigen Kutsche klapperte und senkte sich unter ihren Füßen, dann hob er sich abrupt wieder an, was Emmas Magen sinken ließ und einen kurzen Anfall von Übelkeit verursachte. Die Deckenpolster waren zerrissen und hingen in Fetzen herab, Schafswolle ragte aus den Löchern in den Sitzen, und die braune Farbe an der Tür war abgeplatzt.

„Ich fühle mich nicht gut", erwiderte sie.

Es stimmte. Der Gedanke, dass der Mann, mit dem sie seit einem Jahr verheiratet war, sie intim berühren könnte, machte sie krank.

„Lass mich raten." Er verschränkte die Arme über seinem runden Bauch und streckte seine dünnen, in Hirschlederhosen gekleideten Beine aus, bis seine modischen Reitstiefel die Bank berührten, auf der sie saß. „Es hat mit deinem monatlichen Zyklus zu tun?"

Sie atmete scharf ein, ihre Brust hob und senkte sich rasch vor Sorge. Wann hatte sie diese Ausrede das letzte Mal benutzt? Könnte es vor einem Monat gewesen sein?

„Ja", sagte sie.

Seine Stiefel schlugen mit einem dumpfen Knall auf dem Boden auf, er lehnte sich nach vorn und stützte die Ellbogen auf seine Knie. Seine Miene wirkte bedrohlich. „Meine Liebe, das hast du vor zwei Wochen auch schon gesagt."

Er hatte sie ertappt. Sie wussten beide, dass ihre Ausreden, warum sie ihn in den vergangenen sechs Monaten nicht in ihr Bett gelassen hatte, genau das waren ... Ausreden.

Als kleines Mädchen – und älteste Tochter eines armen, aber durchaus angesehenen Mannes – hatte sie von einer glücklichen Ehe geträumt. Sie brauchte weder einen reichen Mann noch einen Mann mit einem Titel. Alles, was sie wollte, war ein Haus voller Kinder und einen Mann, den sie liebte und respektierte.

Stattdessen hatte sie Sir Jasper Bardsley geheiratet.

„Ich brauche einen Erben, Emma", sagte er. „Einen Erben, den du mir geben musst. Das ist deine *Pflicht* als meine Frau. Aber bisher warst du mir keine gute Ehefrau. Du gehorchst nicht, bist respektlos und widersetzt dich mir. In der ganzen Woche, die wir auf Cross Manor verbracht haben, hast du mir nicht einen

Moment lang Beachtung geschenkt. Viel lieber hast du fröhlich mit jeder anderen Person in Sir Lionells Gesellschaft geplaudert."

Hilflose Frustration breitete sich in Emmas Magen aus. Die Wände der Kutsche schrumpften um sie herum, sodass sie sich vorkam wie in einer winzigen, dunklen Gefängniszelle, aus der es keinen Ausweg gab. Ihre Brust zog sich zusammen, und sie rang um Atem.

Sie brauchte dringend Luft und einen Moment, um sich zu sammeln, und schaute aus dem Fenster. Sie fuhren durch ein kleines Dorf namens Clovham, auf dessen Marktplatz geschäftiges Treiben herrschte. Kühe, Ziegen, Pferde, Hühner, Gänse und sogar Hunde wurden verkauft. Die Stände waren voll mit Gemüse und anderen Produkten.

In etwa vier Stunden würde sie wieder in ihr häusliches Gefängnis in Bardsley House zurückkehren, wo sie sich den Schmutz der Straße und die Demütigung, die sie während der ganzen Woche auf der Hausparty in Cross Manor erfahren hatte, abwaschen konnte.

„Du bist auch nicht gerade ein guter Ehemann, Sir Jasper", sagte sie, ohne ihn anzusehen.

Er grunzte. „Das ist so ungerecht. Ich gebe dir alles. Du hast ein gutes Haus, ein Einkommen, und ich bin derjenige, der dir vorgeschlagen hat, deine Garderobe gemäß der neuesten Londoner Mode zu erneuern."

Sie funkelte ihn an, fühlte, wie sich ihre Brust hob, und war kaum imstande, ihre Wut zu zügeln. Sie hatte sich aus gutem Grund geweigert, ihre Garderobe zu erneuern. Denn während er liebend gern leichtfertig Geld für seine Kleidung ausgab, zerfiel ihr Anwesen aus Geldmangel um sie herum. Emma klammerte sich an die Kante der gepolsterten Bank, und ihre Fingernägel kratzten über den ausfransenden Stoff.

„Willst du mich mit aus meinen Kleidern herausquellenden

Brüsten vorführen, sodass jeder sie sehen kann?"

„Warum nicht? Lady Kinlea trägt diese Kleider doch auch, und du hast einen fast so schönen Busen wie sie."

Emmas Wangen glühten. Noch nie in ihrem Leben hatte sie sich so klein und unbedeutend gefühlt.

Sie konnte eine Menge über Lady Kinlea erzählen – ein hübsches und elegantes Mitglied der Londoner Gesellschaft mit drei zauberhaften Kindern, die Emma vergöttert hatte. Lady Kinlea hatte nicht aufgehört, mit Sir Jasper zu flirten, und das vor den Augen ihres eigenen Mannes und auch Emmas. Doch warum Lady Kinlea Sir Jaspers Aufmerksamkeit wollte, war Emma schleierhaft.

„Frauen erzählen einander Dinge, die sie Männern nicht erzählen", sagte er. „Ich habe dich gebeten, dich mit ihr anzu-freunden und den neuesten Londoner Klatsch und Tratsch heraus-zufinden, damit ich nützliche Kontakte knüpfen und klug investieren kann. Stattdessen hast du mit ihren Kindern herumge-tollt. Du hast mich in Verlegenheit gebracht."

Emma unterdrückte ein Keuchen. „Ich habe *dich* in Verlegen-heit gebracht?"

Erst vor drei Tagen hatte Emma beobachtet, wie ein zerzauster und nervös dreinblickender Sir Jasper und Lady Kinlea hinter einem Rosenstrauch hervorkamen. Es hatte sie nicht überrascht, dass Sir Jasper eine Geliebte hatte. Wahrscheinlich hatte er sogar mehr als eine. Und sie verspürte auch keinen Anflug von Eifer-sucht. Nicht mal eine Prise Schmerz. Im Gegenteil, sie war leicht erleichtert. Wenn er seine Befriedigung woanders fand, standen die Chancen gut, dass er sie eine Zeit lang nicht mehr belästigen würde.

Doch Sir Jasper ignorierte ihre Frage. Seine runden, glatt rasierten Wangen röteten sich vor Zorn, und seine kleinen grauen Augen glitzerten vor Bosheit. „Wirst du mich heute Nacht in dein

Bett lassen, Madam? Ja oder nein?"

Sie würde verdammt sein, wenn sie zuließ, dass er sie jemals wieder berührte. Erneut schaute sie aus dem Fenster. Inmitten von Getreidestoppeln bearbeiteten Bauern und ihre Kinder die Felder, sammelten das Heu ein und warfen es auf Stapel. Vereinzelte Büsche und Bäume unterteilten die Felder in mehrere Parzellen. Schafe und Kühe grasten auf den Weiden, und der Geruch von Dung und frisch gemähtem Gras stieg Emma in die Nase. Sie würde liebend gern ihre Position aufgeben und stattdessen auf diesen Feldern arbeiten, wenn sie dadurch ihrem brutalen Mann entkommen könnte.

Sie hatte ihn geheiratet, um ihrer Familie zu helfen. Das kleine Landgut ihres Vaters warf kaum genug ab, um über die Runden zu kommen, geschweige denn eine der vier Töchter mit einer nennenswerten Mitgift auszustatten. Als Sir Jasper Bardsley auf einem der Landbälle sein Interesse an Emma bekundet hatte, sah Emma zum ersten Mal seit Jahren wieder Hoffnung in den Augen ihrer Mutter und ihres Vaters aufblühen. Statt eine Mitgift zu erwarten, was ungewöhnlich war, hatte Sir Jasper ihrem Vater einige seiner Ländereien im Austausch für ihre Hand versprochen. Dadurch würde sich nicht nur die finanzielle Situation der Familie, sondern auch die Heiratsaussichten ihrer Schwester verbessern.

Wie hätte sie ein solches Angebot ablehnen sollen, selbst wenn es bedeutete, ihren Traum von einer Heirat aus Liebe aufzugeben? Und wer wusste schon, ob ein anderer Herr mit einem guten Namen ein Angebot machen würde, das tatsächlich zu mehr Einkommen führte, anstatt eine Mitgift zu verlangen?

Doch ein Jahr später erschauderte sie bei dem Gedanken daran, dass ihr Mann sie berühren könnte. Und ihr Vater wartete noch immer auf die Urkunden für das Land, das ihm versprochen wurde. Sie wusste jedoch, dass er sie niemals bekommen würde ...

Ihr Mann erwartete von ihr, dass sie sich seinen Wünschen beugte. Dass sie sich ihm unterwarf. Dass sie sich alles von ihm diktieren ließ. Rechtlich gesehen war sie als Ehefrau sein Eigentum.

Nur würde sie sich nie von ihm unterkriegen lassen, ihm nie den Schmerz zeigen, den seine Worte verursachten.

Deshalb lächelte sie. „Wie ich dir gesagt habe, ich habe meinen Zyklus. Du kannst heute Nacht nicht mit mir schlafen."

Sie sah den Moment, in dem Sir Jasper die Fassung endgültig verlor. Er knurrte in hilfloser Wut und fletschte seine Zähne, dann starrte er aus dem Fenster.

„Sogar die sehen glücklicher aus, als du mich machst", sagte er, und Emma folgte seinem Blick. Sie näherten sich einem Schweinestall, in dem ein Schweinehirt und seine Frau plauderten, während sie den Mist aus dem Stall schaufelten.

Sir Jasper sprach weiter. „Du bist eine schlechte Ehefrau. Du versäumst es, deine Pflichten zu erfüllen – zu gehorchen und deinen Mann glücklich zu machen. Du bist undankbar. Zweifellos bist du auch frigide. Warum sonst solltest du etwas verweigern, was so viele andere Frauen gerne mit mir tun würden? Ich wette hundert Pfund, dass du deinen Mann schätzen lernen würdest, wenn du dieses Leben ausprobieren müsstest!" Er deutete auf das Paar und wurde mit einem Mal still, dann leuchteten seine Augen auf.

„Genau das ist es, was du brauchst", sagte er mit einem gehässigen Grinsen. „Eine Lektion."

Mit seinem Gehstock klopfte er an die Wand hinter Emma, und der Wagen hielt direkt vor dem Schweinestall.

Emmas Magen kribbelte vor Nervosität. „Was meinst du damit, Sir Jasper?"

Er stieg aus und warf über die Schulter: „Komm mit!"

Er ging auf den Schweinehirten und seine Frau zu.

Mit einem mulmigen Gefühl im Bauch folgte Emma ihm. Dabei gab es keinen Grund zur Beunruhigung, noch nicht. Das Gras fühlte sich weich an unter ihren Schuhen, als sie ging, und sie legte eine Hand auf ihre Haube, als ihr eine starke, kühle Brise entgegenwehte, die einen stechenden Gestank von Schweinen und Dung mit sich brachte. Emma schluckte gegen den Würgereiz in ihrem Hals an.

Ein paar Meter entfernt stand ein unscheinbares Wohnhaus mit rohen Steinmauern und einem Strohdach, kleinen Fenstern und einer wettergegerbten Tür. Etwa zehn Meter weiter befand sich ein hölzerner Schuppen, daneben ein weiteres steinernes Gebäude mit einem großen Tor, in dem offensichtlich die Tiere untergebracht waren. Der gesamte Hof war von einem Holzzaun umgeben. Das Grunzen und Quieken von zwei Dutzend Schweinen hallte laut durch die Luft.

Als sie sich Sir Jasper näherte, unterhielt er sich bereits mit dem Paar. Sie schienen beide in den Vierzigern zu sein, und ihre müden, wettergegerbten Gesichter waren dunkel von der Sonne, der sie ständig ausgesetzt waren, und wiesen schmutzige Flecken auf. Die Haube der Frau war alt und geflickt, und ihr ungekämmtes, ergrauendes Haar wurde vom Wind umhergewirbelt.

„Wie viel möchten Sie für Ihre Kleidung?", fragte Sir Jasper.

„Wofür brauchst du ihre …", begann Emma, doch Sir Jasper unterbrach sie.

„Wären zwei Pence ausreichend?", fragte Sir Jasper.

Für zwei Pence bekamen sie zwei Pints Milch. Das konnte nicht alles sein, was diese Kleider wert waren. Sir Jasper war ein Geizhals.

„Ich bitte um Verzeihung, Mylord, wozu?", fragte der Mann und kratzte sich an seinem struppigen Bart.

Emma fasste sich an den Hals. Sir Jasper hatte etwas von einer Lektion gesagt … und jetzt wollte er diesen Schweinebauern ihre nach Dung stinkenden und mit Dreck verschmierten Kleider abkaufen.

„Wir brauchen sie für den Markt in Clovham", antwortete Sir Jasper. „Wir sind gerade daran vorbeigekommen, und ich habe gesehen, dass dort Vieh verkauft wird." Sir Jasper betrachtete sie von oben bis unten und grinste böse. „Wird sich auf dem Markt noch immer an die alte englische Tradition gehalten? Werden dort auch Ehefrauen verkauft?"

Ein Schauer lief Emma durch die Glieder.

„Manchmal", sagte der Schweinehirt und kniff verwirrt die Augen zusammen. „Die Bauern tun das. Vor drei Jahren hat der Kuhhirte seine Frau an den Schmied verkauft. Er war unglücklich mit ihr und hat herausgefunden, dass sie mit dem Schmied gesündigt hat. Die Kinder sind natürlich bei dem Kuhhirten geblieben."

Mit einem triumphierenden Blick straffte Sir Jasper die Schultern, als er sie ansah. „Ausgezeichnet. Lady Bardsley, wenn du dein Glück nicht bei mir findest, vielleicht findest du es ja bei einem Hufschmied."

Die Münder des Schweinehirten und seiner Frau blieben offen stehen. Emmas Haut kribbelte, und Kälte durchfuhr ihr Innerstes. Ein wenig damenhaftes Lachen entrang sich ihrer Kehle. „Das ist nicht dein Ernst, Sir Jasper."

„Ich versichere dir, es ist mein voller Ernst."

Sie hielt dem Blick seiner blassen, nagetierähnlichen Augen stand. Und dann sah sie ihn. Den Bluff. Die Angst hinter seinem Triumph und seiner Verachtung. Er würde sie niemals wirklich verkaufen. Er war ein Baronet. Zwar gehörte er nicht dem Hochadel an, aber sein Titel war vererbbar. Er brauchte sie, eine gut erzogene Tochter eines Gentlemans, um einen Erben zu bekommen.

Es war nur eine leere Drohung. Er wollte ihr lediglich eine Lektion erteilen. Eine recht effektive Methode, das gestand sie sich ein, als sich ihr Magen vor Sorge zusammenzog. „Nun gut, Sir Jasper. Dann verkauf mich doch an einen Schmied."

Sir Jasper nickte, und dann war alles verschwommen. Die Frau, die sich als Harriet vorstellte, führte Sir Jasper und Emma in das Haus.

„Möchten Sie etwas Sauberes, Mylady?", fragte Harriet und musterte sie von der Seite.

„Nein", übernahm es Sir Jasper, für sie zu antworten. „Ich möchte, dass sie genauso stinkt, wie Sie es tun."

Emma zog sich im Haus um. Das Unterkleid, das Kleid und die Schürze fühlten sich staubig und hart auf ihrer Haut an, und der Geruch von Schweinemist haftete an ihr, sodass sie Mühe hatte, tiefe Atemzüge zu nehmen. Um die Verkleidung zu vervollständigen, zog Sir Jasper die Kleidung von Freddie, dem Bauern, an.

Vor Freddies Pferd und Wagen stehend, die Sir Jasper gemietet hatte, damit sie wie ein richtiges Bauernehepaar in Clovham ankamen, legte er Emma ein Seil um den Hals.

„Das ist Tradition", sagte er und zog die Schlinge um ihren Hals zusammen. „Eine Frau muss wie Vieh zum Verkauf geführt werden. Geschieht dir recht."

Ihr Unterkleid juckte. Es war zu kurz für ihre Größe, sodass ihre Knöchel entblößt freilagen. Das Seil kratzte an ihrem Hals. Es war eine erdrückende Erinnerung daran, dass sie das Eigentum ihres Mannes war.

Der bösartige Triumph, der sich auf seinem Gesicht abzeichnete, ließ ihr die Galle im Magen aufsteigen. „Das wird dir zeigen, was für ein ausgezeichneter Ehemann ich war. Wollen doch mal sehen, wie du dich fühlst, wenn du erst einmal das Leben einer echten Schweinehirtin ausprobierst, Lady Bardsley."

Er maß sie mit einem zufriedenen Blick, als er sie so gedemütigt sah. Dann befahl Sir Jasper ihr, auf den Wagen zu steigen, und er setzte sich auf den Fahrersitz und fuhr sie nach Clovham. Als er in der Nähe des Marktplatzes anhielt, sprang er vom Wagen und lief drum herum, um sie zu holen. Als er ihr beim Absteigen half, gesellte sich zu seinem triumphierenden Gesichtsausdruck auch noch ein Anflug von Erregung hinzu.

Er zog sie an dem Seil hinter sich her. „Sir Jasper, würdest du endlich damit aufhören?", fragte sie.

Ohne eine Antwort zu geben, zerrte er fester, und sie fiel praktisch nach vorn.

Sie gingen zwischen einigen Ständen mit Kräuterbündeln, Gläsern mit Honig, Marmeladen und Gelees sowie Kerzen, Seifenkuchen und Bienenwachs hindurch. Andere Händler hatten Kisten mit Möhren, Pastinaken, Kartoffeln, Kohl, Fisch, frischem Wild und Fleisch direkt auf den schmutzigen Boden des Marktplatzes gestellt. Es gab auch Kühe, Schafe und Esel zu kaufen. Um den Markt herum befanden sich schmucke Steinhäuser mit weiß getünchten Fenstern, in denen verschiedene Läden ihre Waren den Städtern und den Besuchern von den umliegenden Bauernhöfen und aus den Dörfern präsentierten. Durch die Scheiben konnte man Bänder, Hüte und Handschuhe sehen, aber auch Stoffe, Porzellantassen und -teller und andere Waren.

Auf dem Platz war es laut, Händler riefen, Menschen verhandelten, lachten und plauderten. Schafe blökten, Kühe muhten, Esel brüllten. Es roch nach Dung, Kräutern, Gemüse und Fisch. Neugierige Blicke landeten auf Emma, als sie weiterging, und ihr Magen zog sich zusammen. Einige Leute traten zur Seite, als sie vorbeiging, und verzogen angewidert das Gesicht. Das war auch kein Wunder. Sie stank zum Himmel.

In der Mitte des Platzes stand ein leerer Wagen, auf den Sir Jasper kletterte und Emma hinter sich hochzog. Sie standen höher als alle anderen, sodass der ganze Markt sie sehen konnte.

Sir Jasper drehte sich zu ihr um und sagte: „Sag, dass du mich wieder in dein Bett lässt und all das wird vorbei sein."

Sie richtete ihren Rücken gerade auf. Emma weigerte sich, sich zu einer sexuellen Beziehung mit irgendjemandem zwingen zu lassen, auch nicht mit ihrem Mann.

Als sie nichts erwiderte, füllte er seine Lungen mit Luft und schrie: „Ehefrau zu verkaufen! Ehefrau zu verkaufen! Das Startgebot liegt bei einem Penny. Für den Preis von einem Pint Milch könnt ihr sie haben!"

Die Verlegenheit ließ Hitze in ihre Wangen steigen, als Dutzende von männlichen Augenpaaren sich auf sie richteten. Und dann verwandelte sich die Verlegenheit in blankes Entsetzen, als sich eine interessierte Menge bestehend aus Metzgern, Bauern, Hirten, Fischern und Arbeitern aufgeregt um den Wagen scharrte.

Und die Gebote begannen...

Lies DIE GEKAUFTE BRAUT DES DUKE jetzt >

ERHALTE EIN KOSTENLOSES BUCH VON MARIAH STONE

Melde dich auf Mariahs Mailingliste an und erfahre als Erste über die heißesten Deals und die Veröffentlichungen meiner neuen Bücher, lies unveröffentlichte Auszüge aus meinen Romanen, und erhalte exklusive Give-aways!

KostenloseLiebesromane.de

BÜCHER VON MARIAH STONE

MARIAHS ZEITREISEN-LIEBESROMAN SERIEN

- IM BANN DES HIGHLANDERS
- IM BANN DES WIKINGERS
- IM BANN DES PIRATEN
- IM BANN DES SCHICKSALS

MARIAHS REGENCY ROMANCE SERIE

- DUKES & SECRETS

ALLE BÜCHER VON MARIAH IN REIHENFOLGE

Scan den QR-Code für eine vollständige Übersicht über alle Ebooks, Taschebücher, und Audiobücher von Mariah.

BITTE SCHREIBE EINE EHRLICHE REZENSION ÜBER DIESES BUCH

So sehr ich es mir auch wünsche, leider habe ich nicht die finanziellen Möglichkeiten wie die grossen Verlagshäuser, Anzeigen in Zeitungen zu schalten oder Plakate in U-Bahn Stationen aufzuhängen.

Aber ich habe etwas viel, viel wertvolleres!

Engagierte und treue LeserInnen.

Wenn dir das Buch gefallen hat, wäre ich dir sehr dankbar, wenn du dir fünf Minuten nehmen könntest, um eine kurze online Rezension auf der Produktseite dieses Buches zu schreiben.

Damit hilfst du mir und gleichzeitig auch neuen LeserInnen meine Werke zu entdecken.

Vielen Dank!

ÜBER MARIAH STONE

Mariah Stone ist eine Bestsellerautorin historischer Liebesromane, bekannt vor allem durch ihre beliebten Serien 'Im Bann des Highlanders' und 'Dukes & Secrets' sowie ihre sinnlichen Wikinger-, Piraten- und Milliardärs-Romane. Mit fast einer Million verkauften Büchern schreibt Mariah über starke Frauen, die Highlander, Wikinger, Dukes und Piraten in die Knie zwingen und ihnen ihr Herz schenken. Ihre Bücher sind weltweit in mehreren Sprachen erschienen und als E-Book, Druckausgabe und Hörbuch erhältlich.

Melde Dich noch heute zu Mariahs Newsletter an und erhalte eine von Mariahs Novellen kostenlos auf mariahstone.com/de/signup/!

f facebook.com/mariahstoneauthor

◎ instagram.com/mariahstoneauthor

BB bookbub.com/authors/mariah-stone

⦿ pinterest.com/mariahstoneauthor

a amazon.com/Mariah-Stone/e/B07JVW28PJ